U0948520

女人之约

郁容秋的病危通知，快下班的时候送到了工厂医务室。

医务室负责人兰医生，把握不准这悲痛的消息，是立即上报还是等到明天早上再说。

按说该早点报上去。毕竟是辛苦了一生一世的职工，到老了死了，领导要去看看，叫去的安心，活着的心里也温暖。但这个时机很难把握，报得早了，死或不死还不一定。医院里怕负责任，常常未雨绸缪，领导兴师动众地去过了，最后病人又全须全尾地复了原。出院后在厂门里碰上了，两下里都不大自然。病人觉得自己没死，劳驾了那么多领导，挺对不起人。领导嘴上不说什么，心里怪医务室谎报军情。若是信送晚了，领导三脚两步赶到，病人已进入弥留状态，瞳孔散大得连人影也辨不清了，拉着领导的手直叫自己小儿子的名，自然也是医务室的失职。最好的时机是病人回光返照的时刻，头脑清晰，思维敏捷，面色和善，双目炯炯有神，放射出智慧的光芒。而且格外健谈，充满了对世事的深刻洞见。古人曰："人之将死，其言也善"，指的就是这种时刻。

只是这个火候很难把握，跟战机似的，稍纵即逝。判断一个人什么时候死，比判断一个人什么时候生困难多了，没有任何公式可以遵循。

生死不由人。兰医生是一位负责的医务工作者，她决定下班后不回家，先上医院。一来是要当好领导的参谋，二来她也很想看看厂里这位最美丽的女人，如今病成了什么样子。

已经过了探视时间，传染病医院里充溢着古墓般的荒凉。裹着棉大衣的老人从幽暗的拐角处发出不许探视的警告。兰医生出示了病危通知书，这是最好的通行证，她所向披靡。

郁容秋住高干病房。入院时医院床位极紧张，厂长指示：一定要不惜一切代价挽救病人，要血有血，要钱有钱。

护士小姐敲着病历本说："只有高干病房还有空床。高干们吃的是国宴，卫生条件好，自然很少得传染病。只要你们付得出房钱，普通人不是传染病也能住。"

陪同郁容秋住院的兰医生，想起了厂长的指示，毫不犹豫地接过了入院登记表。姓名、年龄、籍贯这些都好填，唯有是何种干部级别这一栏犯了难。无论多少钱厂里都可以不在乎，但任命一个高级干部的事，兰医生想：别说是自己，就是叱咤风云的厂长，也得顿挫一下。

"你现在是多少级？"她问蜷在一旁的郁容秋。

"四……四级。"郁容秋的脸上像涂着没有搽开的增白粉蜜，寒霜一片，眼圈黑得像盖了两枚墨色图章。头发像京剧里的青衣，一缕缕被冷汗粘在额角，惨白的嘴唇咝咝吐着气："四级。"

"填四级可不行，这也太高了。'文革'以前，一个华东局、中南局的书记还不够四级呢！虽说瞎填，也得差不多。"小护士瓦片形的白帽子，因为晃动，像蝴蝶花似的颤抖着。

兰医生知道，郁容秋的四级是确有其事——她是厂里的普通四级车工。

“能住你们这儿的最低级别是多少？”兰医生问。因为下垂得过久，蘸水笔尖聚起一滴椭圆形的墨水，根蒂部正在瓶颈般地变细，墨水滴渐渐变成饱满的鸭梨形，颤颤巍巍地闪动着柏油似的微光。

“怎么也得十级以内。”护士小姐毋庸置疑地说。

兰医生给郁容秋填了一个九级，相当于“文革”前的厅局地师级。

这是一间很大的病房，有吊灯、冰柜、遥控彩电……洋红色的地毯冲淡了医院里惯常的萧瑟之感，带来轻微的暖意。甚至气味都不是令人自惭形秽的消毒水味，而是像栀子花一样淡淡的幽香，像大宾馆豪华的客房。

郁容秋侧卧在半摇起的特制病床上，床旁的地灯像一支金笔，勾勒出她尖峭的身影。肩胛骨像倒竖的铁锨一样锋利，颈子像用灰白的铁丝编织而成，看得见一根根粗细不等的脉络。唯有裹在蓝条纹病号服里的双腿，仍旧是笔直的。由于宽大服装的遮掩，看不出瘦弱，仿佛一段美丽的桦木。

兰医生准备了满腔的怜悯，预备看到一个被疾病折磨到濒死的妇人。劝慰和同情，像瀑布一样壅塞在她的齿间。

听得门响，卧床的女人吃力地转过身来，兰医生惊骇住了。

郁容秋像年画一般艳丽，面颊白里透红，双唇晶莹闪亮，翘起的睫毛像蝴蝶的触须一般轻盈颤动着……

哪里有这样美丽的垂危病人？！这尤物般的女人难道会死吗？兰医生立即想到，这是郁容秋同医生做了手脚。这个女人，什么事情办不成呢？

她家住在兰医生楼下。也就是说，她的天花板就是兰医生家的地板，是近邻了。但兰医生从不跟郁容秋打招呼。一是大家搬到这楼里不久，并不熟悉。二是这女人的名声很坏，外号“大篷车”。

“大篷车”很妖媚，是那种眼睛能抛出绊马索的女人。兰医生上楼的时候，亲眼见过她领着陌生的男人在开门。楼道不宽，“大篷车”

正从精致的乞丐包里往外掏钥匙，男人脸朝墙壁，身子侧向一旁，友好地给兰医生让路，也许是怕兰医生筐里支棱着的芹菜蹭脏了他笔挺的西服。

兰医生回到家，放下芹菜，洗净手上的泥，去收阳台上的衣服。她听到楼下窗帘环在窗帘轨上小心翼翼滚动的声音，才确信人们关于郁容秋放荡的传闻，绝非虚构。

郁容秋就是这么个女人，她丈夫似乎知道这一切。兰医生也在楼梯口遇到过她丈夫领回陌生的女人。但实在讲，那些女人都没有郁容秋漂亮。逢到这种事情，人们总要问清是谁开的头，以便多少能排出个道理来。但郁容秋家的这种局面，已经好多年了，没有人知道谁打的第一枪。因为她男人是外单位的，跟大家没关系，厂里的人就把仇恨集中在"大篷车"身上，不让自己家的孩子同郁容秋的女儿玩。这种防范绝对是有道理的。郁容秋的女儿不过十六七岁，却打扮得像个少妇，也常有男孩子来找她。

有人敲门。兰医生打开一看，几乎不敢认这位楼下的邻居。她卸去往日时髦的服装，穿一套土豆皮色工作服，蓬头散发，简直像是上门推销被套的外地灾民。但细细观看，裹在粗糙衣服内的胴体，依旧是光洁而明亮的。

"跟您借样东西。"她笑眯眯地说，一改平日的风骚模样。兰医生不合时宜地想到了一个词：从良。

"我能有什么东西值得你来借？"兰医生惊讶地问。眼前的这个女人虽不敢说有多少财富，但男人们供给她的日常用品，都是奢华而昂贵的。

"借鞋。"郁容秋跺跺小巧玲珑的脚，一双雪白的半高跟皮鞋，把地板跺得像一面铁皮鼓，"脚上没鞋穷半截，您不知道这句古话呀！"

"咱们俩的脚倒是差不多大，但我绝没有比你这双更好的鞋。"兰医生斩钉截铁地说。

"您有。肯定有。我想了半天，最后判定这东西只有您有。您先别把话说死。我要这东西也不是为了自己，全是为了厂里。”郁容秋很诚恳地说，生怕兰医生一下关了房门，便把白鹿蹄似的脚，横在门轴处。

兰医生糊涂了，不知自己朴朴素素的家里有双什么鞋被这女人看了去，并且如此铭刻在心。

“到底是什么鞋呢？”连她也好奇了。

“‘军臭’。我想借您的‘军臭’穿穿。”郁容秋回答。

“‘军臭’是个什么东西？”兰医生真糊涂了。郁容秋赶紧解释：“‘军臭’就是解放鞋。要不是兰医生当过兵，还真没处找这种古老的装备。”

“大篷车”装上“军臭”的轮子，那副尊容，令人啼笑皆非。

“你为什么要这副打扮呢？”兰医生虽说对郁容秋平日的张扬不以为然，但看到一个漂亮女人钻到这样一套不伦不类的行头里面，好像红玫瑰一下变成了狗尾巴草，还不如当初妖娆着顺眼。

“我当黄世仁了！”她兴奋地在兰医生家洁净的地板砖上走来走去，崭新的解放鞋鞋底留下一行“人”字形的橡胶花纹。

三角债是一个巨大的旋涡，把庞大的国有企业淹得两眼翻白。这件事细说起来复杂透顶，简而言之就是赖账。你欠我的，我欠你的，像瞎驴走在一圈没有尽头的磨道上。兰医生所在厂的厂长是一位干练的女强人，她最初不愿意该人家的账，结果受害最深。账面上她有一大笔钱，但保险柜里空得能给耗子做窝。眼看连工资都发不出来，厂长组织了浩浩荡荡的讨债大军。机关干部全体出动，厂长财神爷似的供着他们。买来飞机票，带上土特产，最后厂长再亲笔签上一封言辞恳切、情意浓浓的信笺，恳求对方把拖欠的钱还了。

没想到，杨白劳如今比黄世仁横多了！欠账不还成了天经地义的事。各路兵马落荒归来，只带回极少的现钱。全厂几千人的嘴巴要喂，机器不能停产啊！女厂长心急火燎，恨不能用钢钎把太阳穴打个洞，让脑浆凉快凉快，想出一个好办法。

人一到没主意的时候，就想起老祖宗的招数来了。“贴黄榜！”

厂长说，“我就不信，我偌大一个厂子，就没个讨债的人才！咱们的干部，一个个养尊处优惯了，高贵得不行，哪里像是讨账的，像新女婿上门，羞羞答答，客客气气，还能要得回钱来啊？债主就得像个债主的样！卑贱者最聪明，我要不拘一格选人才。甭管你是谁，讨得回钱来就是好样的！”

黄榜贴出来了。底下的工人觉得这是个出头露脸的好机会，不必一天八小时站在机车旁边苦熬苦挣。当干部，出差给补助，还能山南海北地逛逛。就算是讨不回来钱，谅也不能怎么着，大不了还回来当工人呗！真有胆大妄为的撕了黄榜。女厂长的榜同旧时代的不同，不是揭走了就算完，而是随揭随贴，能人多多益善嘛！

过了几天，新贴出的黄榜就没人揭了。听说对每个敢揭榜的人，厂长都在百忙之中亲自面试。没有人能过得了这一关，厂长一挥手，你该回哪儿回哪儿，你该干什么就干什么去。有人问女厂长是如何面试的，这些落第之人都守口如瓶。

一时间，谁能加入讨债帮，成了一件大荣耀的事。

一个阳光明媚的早晨，“大篷车”郁容秋走到布告栏前，把黄榜扯了下来，团在手里，却又不马上离开，用涂着蔻丹的指甲，细细地刨残留的黄纸屑。相当一段时间内路过大门口的人，都能看见站在那里抠纸屑的郁容秋。不明底细的人还以为她又犯了作风问题被人抓住，罚在那里打扫卫生呢！

郁容秋从来没有这么近地观察过女厂长，她觉得自己在靠近一块冰，有一股端庄的威严，从这个女人身上逼射而出。

这是厂里的外宾接待室，最豪华的房子，女厂长把它当作了考场。郁容秋从来没进过这间屋子，满屋的金属光泽晃得她睁不开眼睛。虽是自己的厂子，却有到了外地的感觉。主要是因为空调使屋里像秋天一样凉爽。还有，厂长没有穿惯常的工作服，而是一套质地高档的西装。

陌生的环境，陌生的人。女厂长正是刻意营造出这种气氛。店大欺客，你要是连我都不能说服，还想赤手空拳地讨回钱来吗？

两个女人互相注视着。一个是这个厂的最高领导，一个是最普通的女工。

女厂长打量着郁容秋。她有许多工人，她不可能都记住他们。这个女人很漂亮。女厂长不喜欢漂亮的女人，她最优秀的女工程师和女车间主任，都不漂亮。她自己也不漂亮。漂亮几乎是女人事业上的大敌。但厂长很快纠正了自己的思维状态，这次要不拘一格选人才。价值观念要整个颠倒过来，因为索债这件事本身就是颠倒了的乾坤。平日里选拔干部要重学历，这回厂长完全不计较这点，而且私下里认为学历越低越好。学校在教授人们知识的同时，也教授人们矜持与自尊，而这两条，恰是于索债极不相宜的。还有平日里要注重表现，这回厂长豁出去了，无论是谁，无论用何种办法，只要将钱讨回来就是英雄好汉。

女厂长讨论过郁容秋的处分问题，那是几年前的事情了。女厂长记住了这个名字，但她不认识这个人。她尽量使自己公正平和地说："现在，假设我为某大厂的厂长，而你是我们厂派出的清欠人员。金额为一百万。开始吧。"女厂长双手抱着肘，缩在巨大的皮圈椅内，好像一只肥硕而警觉的老猫。

郁容秋面对这个威风凛凛的女人，感觉自己像灰尘般的猥琐。美貌、机智、令男人神魂颠倒的手段，这些赖以支撑自己全部自尊的基石，都在顷刻间摇摇欲坠。她从前只在很远的地方看到过厂长，觉得她盛气凌人，不可一世。一大群男人簇拥着她，她颐指气使地吩咐他们，每一句话都是圣旨。在这样近的位置上观察厂长，她觉得厂长实在是一个姿色平庸的女人，斑白的头发，沉重的脑袋，皱纹像一把精致的折扇，铺满脸庞……

门无声无息地开了，像一股轻柔的夜风溜了进来，一个潇洒的小伙子夹着卷宗走到厂长面前，毕恭毕敬地放下，殷勤地打开到某一页……

郁容秋看惯了男人们讨好的嘴脸，她不佩服男人，她觉得自己能征服他们。她佩服女人，尤其佩服不用她这种手段征服男人的女人。她呆呆地望着厂长，这是在她有限的生活圈子里，活得最高贵的女人。

郁容秋的椅子与女厂长的皮圈椅等高，若论身材，郁容秋还更挺拔些，这样她双眼的位置与厂长是在同一水平，严格追究起来，郁容秋的眼珠还要比厂长的眼珠位置高上几毫米。但郁容秋额头低垂，眼睑半旗似的降着。眼光透过密集的睫毛，仿佛夕阳穿过笔直的白桦树林。眼波飘带似的荡过单人床一般宽大的写字台，从青瓷笔筒的边缘溅落下来，绕过包绕着厂长的那团威严空气，像只小蜜蜂盯在厂长胸前第二颗纽扣上面。那是一粒像纪念章一样沉重而古老的铜纽扣。

“这个扣子不好。要是我，会选一种黑色有大理石花纹的扣子。”

郁容秋很奇怪，这个屋子里难道还有第三个女人吗？她能看到自己大脑屏幕上闪现的字吗？要不怎么把自己心里想的话给说了出来？她可真够胆大的了！竟敢批评厂长！厂长是谁？厂长是郁容秋在这个世界上看到的最至高无上的女人。也许有许多女总统女总理比厂长更荣耀更辉煌，但郁容秋没见到她们。电视里见过的那不算。郁容秋在电视里还见过龙卷风和火山爆发呢，同她毫无关系。郁容秋知道全厂的人都崇拜厂长，出身于高级知识分子的家庭，受过高等教育，如今是这样一家重工业工厂的掌门人。做女人做到这个份儿上，多么气派呀！

那个不知天高地厚的女人，藏在何处？她就不怕女厂长恼羞成怒吗？

女厂长挺满意这个开头。她面试催款员，完全是即席发挥。她被三角债搅得五内俱焚，急等着谁能把钱收回来。她是全厂几千人的当家人，像无米下锅的小媳妇，等着用这钱去还账、买原料，给大伙儿开工资，买过节发的肉鸡和活鲤鱼。

很多人见了咄咄逼人的女厂长就嗫嚅不语，女厂长挥手就把他们赶出了这间华丽的办公室。这个样子还想索账吗？催款员要先有一种从气势上压倒对方的勇气，而绝不能被对方所屈服。

这个女人居然从指责她的衣服开始，这挺好。从来没有人指责过厂长的穿着，这套西服还是她出国考察时定做的。

郁容秋静等了半天，没听到那个胆大妄为的女人再说第二句话，才猛然醒悟到自己在下意识中把心里话说了出来。她看一个女人，首先是挑剔她的衣服。作为拥有出众姿色的女人，她对别人的长相很宽容。长相是父母给的，就像出身一样，但衣服可是随自己选择。她挑剔过全厂所有女人的服饰，觉得她们都不会穿衣服，她因此充满了自信，觉得自己很有眼光。但她没敢挑剔过厂长，厂长不是平常意义上的女人。没想到，面试竟这样开始了。

“穷啊！厂里没钱。发不出工资。扣子是随便买的。你说的那种扣子很贵。”厂长随随便便地说。

“那种扣子并不贵……”郁容秋只说了半句，就噤了声。女厂长已经开始扮演一个赖账的角色了。

“我临到进贵厂大门之前，先跟厂里的工人聊了聊，知道您厂子里虽说困难，可并没有到揭不开锅的地步。您看，我这儿有您厂工人的工资条，计算机打的，正经不少呢！不瞒您说，我们厂可真到了山穷水尽的地步。发工资那天，没给大伙儿发钱，发了一张字条，说没钱，请大家勒紧皮带坚持几天，等借回钱来就发，先发工人，后发干部。大伙儿一看，也不好再说什么了。最苦的是那些退休工人，腿脚不利落，顶风冒雨地跑到厂里来领钱，年岁大了儿女们都嫌弃，全靠这两个钱给自己撑腰呢！我说的就是上个月的事，天气预报不知您还记得不，我们那儿下大雪。发不下钱，老头老太太这个骂哟，说厂里蒙骗他们，肯定是把工资存银行里赚利息了，又哭又闹。不怕您笑话，我家还真等着您厂里还了账，我厂里拿这钱发了工资，我拿这工资去买粮呢！我对孩子说，上回你过生日，你舅给你的那十块零花钱还在不？孩子说在，我没乱花。我说你真是妈的好孩子，这钱先借妈用吧。妈说话算话，一定还。只要厂里有了钱，妈就还你的，妈不会赖你的账。青天白日的，妈哪能是那种人呢？”

郁容秋慢条斯理地娓娓道来，一副良家妇女的忠厚相，话语中却机锋四伏。

好！哀兵必胜。女厂长不禁心口夸赞。不过她也更为焦虑：这女人谈到厂内的情况，不是事实，起码目前还没到这种地步。但只要局势继续恶化下去，谁又能保证那种举债食粥的情形一定不会出现？

“今天你就是说出大天来，我也没钱。告诉你，要钱没有要命一条！”女厂长恶狠狠地说。要她说出这些话来不容易。她是端庄而矜持的知识女性，纵使被逼急了，也不会这样发泄。但从那些灰溜溜回来的催款员嘴里，她听熟了这句泼皮语言。

郁容秋可不怵这个。女厂长咬牙切齿吐出来的话，在她听来那么亲切、那么熟稔。她从小就是被这种语言腌出来的，明知厂长是在模仿别人，也顿觉亲热。

“我要您的命有什么用呢？自古以来，杀人偿命，欠债还钱，天经地义的事。真要赖着不还，咱就去打官司。您这个厂宣布破产，到时候来戴大盖帽的查封您的厂子和固定资产，拍卖产品，以资抵债。人死账不烂，这笔钱说到哪儿，您也是要还的！您这厂长当得挺滋润，为了这九牛一毛的事，咱们何必公堂上见！再说，我这回来是立了军令状的。您的命金贵，我的命可是不值钱。您要是真敢赖账不还，我就敢写了帖子到处散，然后一根草绳吊死在你工厂的大门框上！”

“别……别……”不论是作为现实中的还是假设中的厂长，女厂长都急忙摆动双手。

郁容秋轻快地笑了，厂长平日的威严都被这个动作抹去了，原来是个不禁吓唬的女人！看来，她没有跟泼人吵过架！

女厂长毕竟是厂长，她迅速调整了思路，正襟危坐地说：“我纵使有还钱之心，也没有还钱之力。真是没钱。人人欠我，我欠人人。要不然，我把欠我厂钱的厂家名单抄给你，你能要回多少，全带回去抵账。这下总行了吧？”这又是一把让讨债员们无法对付的撒手锏，女厂长转赠给了郁容秋。

“您甭跟我说这个，我是一家不烦二主。是您欠我的钱，不是别人欠我的钱，我跟旁人说不着。冤有头，债有主，讲的就是这个理。您可以广开门路，清仓挖掘。俗话说，船破了有底，底破了有帮，快沉了还有三百大钉呢！瘦死的骆驼比马大！再不然，我给您出个主意，前两年不是各厂都买了许多国库券吗？您就把它折给我们算了。反正您留也留不住，还谁不是还呢？给了我，我们全厂念您的好，我个人更是感激不尽。利率该多少算多少，保证不让您吃亏。您要是同意，咱们这就去取国库券吧！”郁容秋说着站起身，做出要走的样子。她虽平日里常同各色人等对垒，但像今天这样滴水不漏地叫板，也着实费了精神。幸好临来之前多少看了会儿报纸，说起来才有板有眼。

“国库券没有了。您来晚了，昨天有人在你前头要账，已经给搜刮走了。”女厂长已开始佩服这个卑微的女工机敏的思维和伶俐的唇舌，但她还要逼她一下。外出索债，什么情况都可能遇到。

“一点儿都没剩？不能吧？犄角旮旯里总还能再找出点。”郁容秋也觉得自己这话根底不足，可她没想出应对之词，只好借反问以争取一点儿考虑时间。

“我堂堂一厂之长，怎么能骗你呢？”女厂长扮演的厂长果然愠怒了。

“我哪敢怀疑您呢！”郁容秋已经思谋出了对策，反正事情已无理可讲，拿出女人斗法的手段就是了，“那厂长就请您多原谅了。打今天起，我每日到您这办公室外候着拿钱。钱一天不到手，我是一天不会走的！”说完，脸上配合语气，布出严霜一般的神色。

“这么着吧！你大老远地跑一趟也不容易，我们厂现有一万台照相机，就抵给你们吧！”这并不是女厂长突发奇想，真有一个厂要拿这笔货物抵债，她一时还没想好怎么处置。

“一万台照相机？”郁容秋喃喃重复，望着厂长阴晴莫测的脸色，她真不知该如何对答。她突然想自己来遭这份洋罪干什么？厂里有钱发工资，自然有她一份。若是都开不出钱来，天塌下来有高个子顶，且轮不到她一个妇道人头上呢！况且有那么多男人同她好，他们绝不会看着她挨饿受穷的！饿死谁，也饿不死老娘！

她想站起身来扬长而去，走出这间洋溢着冷气、令人汗毛孔闭锁的陌生房间，回到她的车床前。她轻车熟路，手艺不错，车出来的活计像她的衣服一样清洁合体。

可她不能这么就走了，得给女厂长一个面子。女人都爱面子，她之所以想当讨债员，不就是想给自己挣一份面子吗！她把厂长这个问题回答了就走。

怎么答呢？去他的讨债员吧！郁容秋顾不得这些了，她只从一个持家的女人的角度来琢磨这件事：“一万台照相机，合我们厂每人分四台。我们要那么多这玩意儿干什么使呢？能熬能煮还是能穿能盖？况且您保修吗？零配件全吗？您不能这么打发我！再退一万步讲，就是我不跟您为难，我一个小小的办事员哪里就拍得了这么大的板！您看这样好不好，您把照相机就地拍卖了，便宜点会有人买的。再把现钱给我。我呢，也同时给厂子里发报请示，能有现钱实在是最好不过。万一卖不出钱来，厂里再定要不要相机的事……”

女厂长被折服了。不卑不亢、不温不火，真是滴水不漏、铁嘴钢牙啊！她站起身，两手撑着桌沿，用对一百个人讲话的声调说：“郁容秋同志，从现在起，我正式聘任你为我厂清欠业务员！”说着伸出手来。

郁容秋吃惊地半张着嘴，任湿润的牙齿在清冷的空气中渐渐干燥……许久才伸出手去，仿佛试摸炉子烫不烫，小心翼翼地把半截手指送进厂长的掌心。

厂长很高大，她的手却是纤巧而绵软的。她吃惊于这个身材窈窕的女人，手指却像手表发条一样坚韧而有弹性。她用力摇了摇。

郁容秋受宠若惊，讨好地问：“您扮的这个厂长是个男的还是女的？”

“男的或者女的，这有什么关系呢？是厂长，这一点就足够了。”女厂长不悦地说，她经常碰到这种性别上的歧视。对于来自男人的，她多少已习以为常；对于来自同性的，她更敏感而愤怒。

“当然很重要！”郁容秋对堂堂一厂之长对这个问题的忽视感到吃惊，她愿意为厂长弥补缺陷，“假如对方是女的，话谈到这里，就没有什么指望了，我只有等您的指示，是空手而归还是押回一万台照相机。假如是个男的，当然还有办法……”

“什么办法？”女厂长已约略猜到了，她眉毛下面的筋肉聚在了一起。但她毕竟是厂长，眉毛本身还停留在原来的位置，整个面容静如止水。厂长受过的高等教育和她良好的家教，使她不愿意以恶意去揣测别人，尽管那谜底已昭然若揭。于是就显出一种恶毒，彼此心领神会不行，她非要当事人把自己的心思明白无误地昭示在太阳底下。

郁容秋脸上有了悲壮的神色："现在不是都时兴用兵法吗？三十六计里，可有美人计这一说。我既然敢揭了您的黄榜，就做了这个准备。为了厂子，为了大伙儿的利益，我也豁出去了。只是我有一个要求，倘若我把钱讨回来了……"

女厂长被这种卑贱和高尚混淆在一起的坦白打动了，她截断郁容秋的话："我将给你以重奖，你还可以按比例提取数目可观的钱……"

"不！厂长！我不是指的这个。"郁容秋觉得自己也够胆大的，竟敢打断厂长的话，可她到这里来，不就是为了要说出这句话吗？！"厂长，我只是想与您有个约定……"

女厂长静静地注视着面前这个女人，她的要求和她的坦率，都令女厂长深深不解。女厂长懂几国外语，有高超的管理经验，可她不懂这个与她生理构造相同的女人。不懂就不懂吧，这个纷杂的世界上有多少令我们眩惑的事件！只要能维持工厂的正常运转，其他的又算得了什么！

"好！我答应你！"女厂长郑重地说。

"我天南海北地走，一定能为您买到那种有黑色大理石花纹的扣子。"郁容秋说这句话的时候，像一个调皮的少女。

女厂长正脱下西服换上工作服，要到车间里去巡视。

"就是上门讨债，也不必跟灾民似的呀！"兰医生对借到了"军臭"的郁容秋说。

"穿成这样才好要钱呢！人穷志短，马瘦毛长。我一钻到这套衣服里头，自个儿都开始可怜自个儿了。递个小话，装个傻耍个癫的，都觉得那么自然，现在我可懂了，为什么演员一穿上服装就进入角色，道理是一样的。干什么吆喝什么呗！"郁容秋兴致勃勃。像兰医生这种地位的女人，在厂里平日要属第一世界，根本不屑理睬郁容秋，今天这么友好，自然是因为郁容秋位置不一样了。

“人凭衣服马凭鞍。有些大厂门禁森严，你这副打扮，恐怕连大门也进不去。”兰医生依旧忧心忡忡。当医生的本来不关心生产，可三角债空前地普及了大家的忧患意识。

“您等着！”郁容秋穿着“军臭”，“噔噔”跑下楼，像士兵紧急集合时一般迅捷。

数分钟后，郁容秋回来了。浑身珠光宝气，像一位雍容华贵的夫人。没容得兰医生看分明，“腾腾”又跑下楼。这一次装扮成一位端庄清秀的女干部……兰医生一时间眼花缭乱，她家成了服装模特儿演出的舞台，楼下郁容秋家则是后台化妆间。

因为频繁的穿穿脱脱，郁容秋白缎子似的皮肤，沁出淡蓝色的网纹。兰医生给她披上一件军大衣。对这种讨债方式，她无以评说，但人可不要冻感冒了。

郁容秋很感动。从来没有哪个女人这样关切过她：“这件军大衣也借给我好吗？我第一站是去东北。”

兰医生点点头。

从此，她很难在楼道里再碰见郁容秋了。那女人来去匆匆，好像一股裹着巴黎香水的旋风。郁容秋转战南北，几乎每战告捷。为厂里索回了大量欠资。从此，她出去清债，都是坐飞机。何时回北京，一个电报或者电话打回来，就有小卧车到机场去接，俨然成了一个功臣。郁容秋偶尔出现在厂里的时候，总是穿着最豪华、最时髦的服装，连兰医生都觉得借给她军用品，简直是受骗上当。大家背后议论，这个女人，过去是“大篷车”，现在成了“国际列车”了。发奖金的时候，有的人做鬼脸说，这是“大篷车”卖×挣回来的钱。大家哄堂大笑，然后该拿钱买什么就高高兴兴地去买。骂归骂，表面上对郁容秋客气多了。头头脸脸的科长们，见了郁容秋也都点点头示意，毕竟她是厂长亲自发掘出来的能人，又给厂里索回了可观的资金。经济滑轮抹了润滑油，别的都是小节了。

郁容秋从未有过这样的神采飞扬，走路的时候腰杆笔直，好像行进在硕大的席梦思床垫上，每一步都充满弹性。

兰医生以敏锐的职业眼光，觉察到郁容秋的苍老和消瘦。尽管施了很重的脂粉，仍旧像破旧门窗上的新漆，无法遮盖虫蛀剥脱的斑驳。

“最近怎么样？”兰医生问女邻居，她觉得她的气色越来越不佳了。

“账收得很有成效。”郁容秋忧郁地回答。她现在对所有以前伤害过她的人都趾高气扬，对一般人也爱答不理，但对兰医生，始终十分尊重。

“账催完了，你就可以好好休息几天了。”兰医生说。

“我不喜欢账催完了，也不想好好休息。现在这样多好！”郁容秋说。

真是一个怪女人！原来她的忧郁，不是因为身体不佳，而是担心账快清完了。兰医生本不想再说话，但医生的直觉告诉她，面前这个盛装的女人，患了渗入膏肓的重症。

“要是觉得哪儿不舒服，早点儿看看。人不能太疲劳。当医生的，喜欢有点儿小病就大叫大嚷的病人，那样不耽误病情。”兰医生谆谆告诫。

“我就是头痛、恶心……全身没有力气。”郁容秋倚着楼梯栏杆说，全然不顾面粉似的尘土沾脏了她华美的衣服。

“还有什么？当病人的没有什么不可以对医生说。”看到郁容秋欲言又止，兰医生循循善诱，“要是在这里说不方便，就到我家去吧！”兰医生以为郁容秋要说出什么怪症状来了。

“其实，我根本就没病！”郁容秋猛地把身子撤离栏杆，把披肩发抖得像大风中的床单。

这女人，讳疾忌医，根本值不得可怜！兰医生在心里冷笑，疾病是最科学的一个妖怪。

果然，郁容秋在外地索债现场突然晕倒，那边怕出人命官司，立即给她买了机票，连同欠款由专人护送回来。兰医生奉旨到机场去接郁容秋，把她直送医院。她几乎不认识这个风流的女人了，不但因为郁容秋容颜枯槁，更因为她的打扮：破烂不堪的衣服，脚下穿着“军臭”……

郁容秋被诊断为晚期肝硬化。

看到兰医生这么晚来看她，郁容秋说：“兰医生，您来了。”打着招呼，眼睛却还痴痴地往外张望，好像兰医生把什么人掩藏在了门外。

“就我一个，先来看看你。怎么样，好些了吧？”兰医生看出郁容秋病势危笃，嘴上还是说着宽慰的话。

凑近了看，才发现红妆之下，郁容秋的肤色已十分暗淡，幽冷的死亡气息，像一种最持久的香精，盖过一切化妆品的气味，从这个鬼魅般的女人身上散发出来。

“病人是不应该化妆的。你描了眉，扑了粉，打了唇红，医生就不知你病得怎么样了。”兰医生温和地说。对一个就要永远离去的女人，什么事不可以原谅呢！

“医生知道不知道，其实已经没有用了。我自己知道就是了。”郁容秋平静地说。

兰医生想起她曾矢口否认自己有病，就说：“要是早点医，会好得更快些。”

“我没有病。”郁容秋微笑着，露出雪白的牙。她全身已充满病态，唯有牙，还是美丽而洁净的。

病到死已临头，还这样固执！兰医生就是再想宽容她，也有几分愠怒。

“真的。这不是病，都是酒害的。我这几年在外面，您知道我喝了多少酒？我想一担担挑起来，能浇几亩好地了！我的肝就是让这些酒给腌坏了。世上不是有醉枣吗？我的肝是醉肝。赶明儿火化我的时候，八宝山的烟筒里冒出的气都得是酒味……”郁容秋调整了一下枕头的高度，使自己侧卧得更舒适，用手轻轻捶击着自己的右肋，“我觉得我挺对不起我的肝。它跟了我这么多年，我原来都不知道肝在哪儿。想起来不知道肝在哪儿的日子，已经那么遥远了。所有不知道肝在哪儿的人，但愿你们永远别知道。我不能喝酒。有人说会喝酒的女人血管里有一种酶，能把喝下去的酒变成水，这边进那边走，喝多少也不醉。我不知道那种酶是个什么东西，可我知道我没有。我只要喝酒，就觉得那些藏着火苗的水，把我的胃烧得一块块地脱皮，就像尿碱沤了的墙灰，大片往下掉。我鼻孔里喘出的气，只要划一根火柴，就能呼呼冒烟，好像我是沼气炉子似的。酒顺着肠子进了肝，我能感到它们像四脚蛇似的在我肚子里爬。我买过猪肝，软软的，像是一顶红丝绒的帽子。我知道，我的肝硬得像一块生锈的钢板。肝中间的每一个小孔都浸满了酒精，像冻豆腐的蜂窝里都结满了冰一样。我想，我死了以后，谁要是有兴趣敲敲我的肝，一定像用高跟鞋敲木鱼一样，又脆又响……”

兰医生椎骨发凉。她不怕死人，也见过濒死之人侃侃而谈。

当一个人要永远告别的时候，他所有的聪明才智，都会像蜡烛临熄灭前的最后一跳，爆发出凄艳的火花。但这个女人太清醒、太冷静了！她不知该怎样同她讲话，居高临下的劝慰或者设身处地的怜悯，都显得那样苍白。她嗫嚅着：“既然不喜欢喝酒，就不要喝吗……”

“谁说我不喜欢酒？谁说的？”郁容秋涂着黑色眼影的眼帘，像海鸥翅膀一样忽闪着，显出肝脏病人特有的暴躁，仿佛要把那个说她不喜欢酒的造谣生事者从黑暗中揪出来。片刻之后，她又开心地笑了：“我可喜欢酒了。要是没有酒，天知道我的活儿可怎么干！男人们喜欢酒，他们是酒做的骨肉。我跟他们对着喝，酒场上的男人都不愿输在一个女人手里，可他们没有我这种决一死战的气概。他们醉了，我不醉。或者说，我连说的醉话也是向他们要账。酒可是个好东西，它能让人的嘴巴特别快，根本不听大脑指挥。您是研究医学的，您可以查查酒是不是能在神经上钻成洞，让人的思维乱窜？我口袋里有台录音机，我把他们酒桌上说的话都录下来，等他们酒醒了放给他们听。他们比听世界名曲还专心致志。听完了，什么也不说，立马就地还钱，然后赶我走……”

兰医生真没想到自个儿每月发的奖金，竟散发着腥烈的酒气，像一篓子醉蟹。她搓着手说：“嘿……真没想到……”

几乎没有人来看郁容秋。她的丈夫不知和什么女人寻欢去了，女儿也早已有了自己的幸福。厂里的有关业务部门来看过郁容秋，进了门，屁股连椅子也不沾，好像病毒会透过厚厚的衣裤，像蚊子似的叮进他们肉里。郁容秋每天都用仅存的气力，把自己化妆得很美丽，端庄地等待着……今天总算来了一个人，她怎么能控制自己谈话的欲望呢！

“当然也有不近烟酒，花岗岩一块的。这样更好办了。我就打扮得花枝招展的到他家去。他当然躲着不见。这正中我意，我对他夫人说，你丈夫欠了我的钱，从此后我天天来，什么时候还了什么时候算。这一招，简直灵验极了。当天晚上，他们家里就不会安宁。我不知道枕头风在别的事情上有多大效力，这桩事上可是马到成功。其实，外地小市的土厂长，我哪能看到眼里去，不过是吓他们一跳，看着好玩就是了，谁跟他们当真……”郁容秋咯咯地笑起来。声音可是无法化妆的，干瘪粗散，像是从啄木鸟凿空的树洞里发出来的。

戴着瓦片帽的护士小姐走进来，她不去谴责呷呷怪笑的郁容秋，反倒向兰医生竖起了手指：请安静！兰医生明白，这种对危重病人的迁就，也是死亡确已逼近的征兆。她顺势说：“你好好休养，我改天再来看你。”心里说，要赶快向厂长报告，郁容秋的日子不多了。

郁容秋恋恋不舍地欠了欠身，算是送行。突然，她说：“等一等，我有样东西要给你。”吃力地从床头柜里拽出一双鞋。

是“军臭”。刷得很洁净，像一条背面是绿色、腹部是黑色的干鱼。“医院里找不到鞋刷，我是用手指头捅着刷的。可能不干净，请多包涵。”

兰医生接过鞋，黑色胶底的花纹已经基本磨平了，可见这女人在外地时是经常穿着它的。“我留着也没用，你以后穿吧。”兰医生又往回送。

郁容秋嶙峋的手腕拦住她：“我大概没有机会再穿这鞋了。”

“别说这话！你能好！能好！”兰医生诚心诚意地说。

“病在谁身上，谁自己知道。”郁容秋凄然一笑。也许是觉得气氛太伤感了，她转了话题：“其实，就是我的病真好了，这活儿我也干不长了。”

“为什么呢？这活儿全厂再没有比你干得更好的了。”兰医生说的是真心话。无论对郁容秋怀有多少成见的人，都得承认这是一个事实。

“是啊！从前骂我是破鞋的人，现在乖乖地冲我笑。以前有不少男人跟我好过，可他们当着人从不理我，好像我身上刷了一层永远不干的油漆，谁沾上就像斑马似的，走到哪儿都会被人辨认出来。为了他们的这份怯懦，单独相处的时候，我加倍惩罚他们。他们不愠不恼，我都搞不清谁是真正的能人了。有时候，看着昨天还在我胯下受辱的男人，今天变得冠冕堂皇，当着众人讲大道理，大家还挺服气他。我就想，我征服了这个男人，也就征服了所有佩服他的人。兰医生，您别笑我，我是个普通人家的女儿，偏巧又生得心比天高。我想做个出类拔萃的女人，可我没有这个机会。没想到，清理三角债给了我一个扬眉吐气的好机遇。我从来没有这么舒心过，从来没有这么被人尊重过。别说喝的是酒，就是毒药。我也眼睛不眨地咽下去。甭管我在不认识的人那儿受了多大委屈，可一回到我认识的人堆里，我心里甭提有多快活。这回不是靠哪个男人抬举，这是我自个儿挣回来的面子。所以，我巴不得老这么乱，你欠我的，我欠你的，永远也理不出个头绪，我就可以一辈子在天上飞来飞去地清欠，病了住进这带空调铺地毯的高干病房……还是九级……九级啊！我们家祖祖辈辈连见都没见过这种州官府官级的干部……”郁容秋的声音低落下去，好像是梦呓般地模糊起来。兰医生知道垂危病人往往有这种情况，时而神采飞扬，时而委顿如泥，情绪像潮汐陡升陡降。她蹑手蹑脚地退到门口，打算通知护士前来照看，然后自己赶快离开，后事还且要张罗呢。

“兰医生，托您给我带个话。”郁容秋突然扶着床沿睁开眼，声音清朗得如同婴儿的第一声啼哭。

“行。行。带给谁？”兰医生忙不迭地答应，心想这一定是同她相好的一个男人。兰医生是标准的贤妻良母，但听了郁容秋这番披肝沥胆的剖白，她决定哪怕是违背常理，也一定把这可怜女人的口信带到。

“带给厂长。”郁容秋说。

“哪个厂的厂长？”兰医生掏出随身带的纸笔，预备记录。这女人四处周游，定然认识很多厂长。

“就是咱们厂的厂长啊！”郁容秋反倒对兰医生的一本正经惊讶起来。

“什么话，你说吧。”兰医生松了一口气，她回去的第一件事，就是要向女厂长汇报郁容秋的病况。

“我同厂长有个约定。”郁容秋神秘地说。

“什么约定？”

“您回去同厂长说，我跟她有个约定，她就一定记起来了……”郁容秋又像雪人似的委顿下去，充满不愿被人打扰的疲倦。她的头枕在蓬松的鸭绒枕垫上，只压出一个极浅的坑，好像头是一只空水罐。罐子将最后一滴水都倒了出来，就异乎寻常地安静下去，等着岁月的风沙将它掩埋。

“你放心，我一定带到。好好休息，会好起来的。”兰医生说。

“您说，我真的会好起来吗？”不知从哪儿来的力量，郁容秋突然用两手环住兰医生的手腕，兰医生有一种被铸住的感觉。

都病成这种样子了，怎么还存在这种不合实际的幻想！刚才不是挺明白的吗，怎么眨眼间又糊涂了？不过，兰医生什么都见过，她小心翼翼地把手退出来，然后毫不踌躇地撒谎：“一定能好！”

“郁容秋真的没有康复的希望了？”女厂长问。在自己家里，厂长卸去了西服和工作服，只穿一件华丽的精纺羊毛衫，像一位尊贵的夫人。

“是的。不但没有康复的希望，而且依我多年医务工作的经验，她的时间也只有这几天了。”兰医生拘谨地说。她虽然常给厂长看病，但这一刻是汇报工作，厂长不是病人。

“你是说，她一定要死了？”厂长逼问了一句。

“是这样。”当医生的并不避讳死这个字眼，也许是刚从郁容秋那儿回来，谈到一个目前还活着的女人的死期，毕竟令人不安。

“如果她能活下去，我以后会去看她。她给厂子里立下了汗马功劳，她在厂子经济形势最恶劣的困境之中，给了我们以莫大的帮助。假如没有郁容秋的努力，我们不会这么快地从困厄之中走出，我们会永远记住她的功绩的……”女厂长竖着茶杯盖，轻轻拨动茶面上浮动的梗叶，缓缓地像念一段讣告。

兰医生预感到了某种不祥的气息。

“现在，她要死了，我看，我就不必去了，叫有关部门安排一下后事即可。我很忙，我有许多事。全厂几千工人，我不可能每一个人离世的时候，都在他身边守着……”女厂长很响亮地把茶杯盖扣上了。

“可是，郁容秋不是一般的工人啊……”兰医生说。

“是啊，她不是一般的工人。她不如一般的工人，她受过处分，名声很坏……”女厂长平视着兰医生，她不明白，这个平日很聪慧的知识分子怎么这样不开窍！

“可是郁容秋她说与您有个约定！”

“郁容秋说的？她告诉你了？她至死都不忘这件事吗？”女厂长显然紧张起来，她焦躁地站起身，在地毯上走出很急遽的步伐。

兰医生没想到厂长的反应如此剧烈。那究竟是怎样一个女人与女人的约定呢？

“厂长，我只是想与您有个约定。不是钱。我的丈夫对我不好。我的女儿没有钱已经这样轻浮，有了钱，更不知会怎样，我不要钱。我只是希望，假如我能出色地完成规定的清欠指标，我想让您给我鞠一个躬……您是不是觉得我太狂妄了？不，您是我最敬佩的女性。您不仰仗任何男人，凭着自己的本事，堂堂正正地立在这个世界上，所有的男人和女人都尊重您。我一辈子也做不到像您那样，可我也渴望光荣一次，也像模像样地立在人前头一次。厂长，别笑话我这个想法冒昧，我愿意一千次一万次地给您鞠躬，只求倘若我是个合格的催款员，您能代表全厂，给我鞠一个躬……”在那间充满冷气的房间里，郁容秋脸庞上淌过透明的汁液，仿佛粉脸上覆盖了一片水色的香叶。

这真是一个奇怪的先决条件。尽管突兀，女厂长还是感到惬意。“我的腰弯一弯就那么值钱吗？”她戏谑地说。

“我说过了不是为了钱。”漂亮女人低下头，口气却毫不退让。

“好，我答应你！”女厂长郑重地说。鞠个躬算什么呢？这在国际上是普通的礼仪。你可以故作清高不谈钱，但一厂之长必须谈钱，钱已经像厂长自身的血脉一样宝贵。况且，这个女人能否搞到钱来，还是一个不明底细的神话。女厂长巴不得能早点给这个女人鞠躬，那证明严冬即将过去，春天就要到了。为了工厂，她已经付出了全部心血，再加上脊柱倾斜一下角度，算得了什么牺牲！

今天的厂长望着那天的厂长，觉得她很愚蠢。她没有想到起用这样的女人，在全厂掀起了轩然大波，人们普遍认为厂长已经山穷水尽，穷途末路。女厂长坚决顶住了这一点，就像洪峰到来的时刻要不断加高堤防，她苦口婆心地开导大家：不论人怎样，钱总是干净的。厂里的种种传闻她都知道，她不止一次庆幸自己是女人。假如是男厂长，重用这样的女人，会被人们舌头编织而成的绳索活活勒死。她以自己卓越女企业家的人格，在为一个下贱的女人做名誉上的担保。这种牺牲和这种代价，只有在其位的人才能体验到。

“郁容秋没有说她同您约了什么。只是说让我带话给您，说您一定记得的。”兰医生小心翼翼地说。

“是的，我记得。”女厂长决定对女医生敞开心扉。一个工厂就像一座海岛，厂长像个孤独的渔夫。

“她要我向她鞠个躬。”女厂长已经平静下来。

好个别出心裁的女人！兰医生在吃惊的同时，也佩服郁容秋的匪夷所思。

“我不鞠！”厂长斩钉截铁地宣布，“作为女人，我很可怜很同情这个女工，不管是什么原因造成她的命运，她的一生是不幸的。假如我是普通人，我完全可以鞠这个躬，作为生者对即将逝去的人的安慰，我还可以做得更周到一些。但是，我身不由己，因为我是厂长！厂长向这样一个卑贱的女人弯腰，会成为厂内经久不息的新闻。在可以预见的不久的将来，它甚至会演绎成骇人听闻的传说。”

兰医生点点头。厂长绝非多虑，工厂的休息室像远古时先民们居住的洞穴，可以诞生最神奇的想象。

“实在讲，像郁容秋这种人的崛起，是由于不正常的经济形势造成的，就好比饥不择食一样。现在，作为一个历史阶段，它已经从我们面前翻过去了。她就要死了，我却还活着，还要给几千人当家。好比一个家里的爷爷，给一个不肖子孙鞠躬，你说我以后还能有权威吗？”

兰医生不语。

“所以，请对郁容秋讲，并非我一厂之长食言而肥，实在是官身不由人。假如她为了这个厂子，已经付出了重大的代价，那么，请求她再做最后一次牺牲，她想借我这一躬以提高自己做人的价值，我却不能鞠这一躬，要保持作为厂长的价值。作为一个女人，我失信于她，她可以在九泉之下怨恨我。作为一个厂长，我别无选择。”

夜，静寂得如同一张无边的桑叶，无数不知名的声音，蚕似的噬着它，留下大大小小朦胧的空洞。

兰医生的思绪像秋千一样徘徊在两个女人之间，她觉得环境太能左右人的意志了。在充满华贵和死亡气息的干部病房里，她义无反顾地同情郁容秋。在女厂长家被焦灼的脚步摩擦得锃亮的地板上，女人的步伐踩出战壕样的痕迹，她想：女人能够干的事业，除了从医之外，实在是很有限的……

“兰医生……您给我带话……带到了吗？”郁容秋终于没有气力化妆了，像一片剪纸，平展展地架在白色的被子下。各色抢救胶管，像一把怪异的伞，笼罩着她。

“带到了……带到了……”兰医生忙不迭地说。

“那她……怎么还……还不来啊？”郁容秋像一个等妈妈回家的小女孩，怯怯地问。

“她忙。她可忙了。咱们都不知道她有多忙，她可是真忙啊……”兰医生语无伦次但非常坚决地说。

郁容秋闭了一下眼睛，再睁开的时候，像拧去盖子的墨水瓶，漾着幽蓝的光。

“兰医生，您知道我这一辈子什么事干得最漂亮吗？”

“不……不知道。”兰医生夸张地摇头。只要郁容秋不谈厂长，什么话题她都乐于奉陪。

“就是讨账了。”

兰医生点点头。这一次，没有夸张。

郁容秋又闭起眼睛。兰医生以为她就此疲倦地昏睡，觉得很好，没想到，她又像打开一本沉重的字典一样，翻开眼皮，刚才是在积蓄力量。

“所以，我一眼就能看出谁想赖账。厂长觉着我没用了。她放不下面子，她想赖了同我的约定。对不对？兰医生，您甭骗我，我什么都知道。厂长赖了我这笔债，我就要死了，我没地儿去讨了……兰医生，您跟我说实话，我说得不错吧？”郁容秋的双眼，像极地生满了苔藓的荒原，在一片惨白的背景下，暗淡而执着。

“不不，绝对不是这样！你想到哪里去了！厂长说，她一有空第一件事就是到医院里来看你，她说你给厂里立了大功。你不能这么不相信人！你要是这样，连我都信不着，我这就走！”兰医生佯装发怒。一般人都不敢对病人发火，但兰医生敢。只有这样，病人才能相信谎言，而谎言是对病人的最高仁慈。

郁容秋果然慌了：“我信。我信。兰医生，别生我的气。我纵使信不过厂长，也不能信不过您。只是我这一辈子，被人骗的次数太多了，我也骗过人……我知道您不会骗我，厂长也不会的，不过是我一天自个儿待着没事，瞎想得太多了……”郁容秋没有闭上眼帘，兰医生却看不到她的眼神。这其中隔着水幕，像汽车大灯厚而瓷实的玻璃罩，把郁容秋的瞳仁放大得如同古井……

兰医生再也不想多待一分钟，否则对自己对别人都是煎熬。刚想溜走，就听到郁容秋对着空洞的天花板说：“我等着您……”

兰医生在其后的几天内，坚决不去医院。她怕自己抵挡不住那充满死亡智慧的诘问，反倒更添人痛苦。但她终于忍不住了，跑到医院。

她想，郁容秋是个聪明的女人，隔了这么长的空白，她该不会再追问什么了。

兰医生猜得真对，郁容秋真的不再追问那件事了。

“这是你们的高干女病人最后一直握在手里的东西。”戴瓦片帽的护士小姐平摊开手。

三枚像围棋子一样润泽的扣子，有着黑色大理石样的纹路。

教授的戒指

一

“屈侠，你的陶教授挺怪。明明有一位如花似玉的少夫人，为什么还要把戒指戴到中指上？”朱提说。

“戴中指上怎么啦？又不是往卖身契上按手印，还非得用二拇哥。你不是也戴在中指上了？街上偶然碰上，我敢说你连教授脸上的老人斑都没看清，就注意到了戒指，还有如花似玉……女人啊，真是女人！”屈侠装作感慨地说。恋人吵架斗嘴，是感情最好的黏合剂。

“喂！屈侠，你是真傻还是跟着教授做学问做傻的？戴在中指是待字闺中的表示，已婚的人是要戴在无名指上的，你知道不知道？亏我晓得你们教授的底细，要不然还以为他在施放求偶信息呢！”

“朱提，不许你信口开河。”屈侠正色道，“教授是医界圣手，是我非常尊崇的导师。你若成为我的妻子，就要恭恭敬敬地对待我的老师。就连他那位美丽的夫人，你也要尊称她为师娘。不可造次。”

“屈侠，现在是什么时辰？”朱提问。

“二十一世纪的××年五月十日的下午五时十分。”

“噢。你还蛮清楚的。那为什么还要用一个世纪以前的老古董要求我？”朱提撇嘴。

“不是老古董，是国粹。古老传统美德。你知道陶教授那双手，挽救过多少人的生命！”

“我们不要每次约会都谈你的教授好不好？”朱提娇媚地说，“屈侠，说点儿富有诗意的话嘛！”

屈侠说：“别急，我已经安排了跟你说诗意的话的时间，马上就轮到了。现在我要向你讨教一个学术上的问题，请帮忙。”

“讨教？不敢当。你是医学泰斗的博士生，我不过是个女职员。就像轻量级和重量级的拳击比赛，不可同日而语。”

“你听我说完。当然你对医学是一窍不通，可你在别的事上伶俐得很。比如女人的服装发型？是不是？我的小姑娘？”

“那倒是。可我想不通，这能帮你什么忙。”

“你能帮我一个大忙。”屈侠两眼熠熠生光。

“什么忙？”朱提也来了兴趣。

“帮我做一次私人侦探。”

“什么？我？私人侦探？侦什么？是不是你以前女朋友的近况？”朱提闪着一只双眼皮、一只单眼皮的大眼睛，觉得这是今晚上最美妙的一道菜了。

“我只有你一个女朋友，朱提，我跟你说过了。不要把浪漫的情调带到严肃的学术问题里来。”

“好吧。说吧。侦查对象是谁？”朱提竭力把美丽的脸庞绷起来，这使她的眼睛显出天真的诡谲。

“教授。”屈侠简短地吐出这两个字。

“哪位教授？”朱提问。

“还有哪位教授？就是我的导师陶若怯教授。我对其他的教授都称呼姓，比如张教授李教授。唯有对我的老师，省略了姓，犹如我们称呼自己的爸爸妈妈不带姓一样。”屈侠很郑重地说。

“哦！屈侠！我更爱你了！”朱提说着，在屈侠的颊上吻了一下。

“我想你的正常反应不应该是这样的。”屈侠喟叹，“女人怎么从什么事上都可以飞快地联想到爱呢？”他用餐巾纸抹着腮帮子上的口红。

“侦查自己的老师，我当然大吃一惊了！这么惊险的主意谁能想得出来？只有你！我的屈侠。世界上的一切都和爱有关系。现在我们来谈正事。你每天跟他形影不离的，他的一举一动都在你的监视之下，我不是画蛇添足吗！”

“你可不是蛇足，是火眼金睛。我的设想是这样的……”

鸽血红的葡萄酒在空中碰响。

二

丹岚夫人端上陶若怯教授的早餐：夹黄油的窝头片，掺了奶粉的豆浆，还有几块没有辣椒的四川榨菜。没有辣椒当然不能算是四川榨菜了，只是不知道叫它什么名好，姑且称之。榨菜买来当然是有辣椒的，因教授体弱，辣椒易上火，就被丹岚夫人用纤纤素手洗去了。丹岚夫人看上去只有三十几岁，但照顾起教授来，周到得像个老妪。

教授的胸腔发出金属样的咳嗽。

“今天风这么大，你又咳得这么厉害，在家歇息一天吧。”丹岚夫人轻声劝说。

“不行，今天是我出门诊的日子，许多人是不远万里赶来就医的。在这个世界上，你可以骗任何人，但不能骗病人。”

“教授，这等于说您不会骗任何人。我们每个人在一生的某个时刻都会生病，都是病人。”

“是的。但这并不包括你。”教授不耐烦地说。

丹岚夫人默默退去。教授只有对待病人的时候才和蔼可亲。

教授穿上雪白的工作服，因为他很瘦很高，下摆仅垂到膝盖上方。这使他显得有些滑稽。其实完全可以定做得长一些，但教授说不必了。“我的个子大约二十岁时就长成了这个样，那正是我开始行医的日子。没有人会为一个普通医生定做工作服。在以后半个多世纪的漫长岁月里，我已经习惯了它像一条超短裙。如果你们现在坚持要给我换一件长大褂，我会被它绊倒的。”

教授在走廊里被一位白发苍苍的老婆婆拦住了。

“先生，我要看看你的病……”老太太确实够糊涂的了，说话也颠三倒四的。教授有什么病需要她看！

“老婆婆，您要先去挂个号。”紧跟着教授的屈侠说。

“号早就挂完了，小先生。老先生，我是大清早从老远的地方赶来的，我的儿子已经死了，要不然他会陪我半夜里就来的……”老婆婆的拐棍杵倒了一个痰盂，污水流到她的脚面上。

“屈侠，你去对挂号的人说，就说我是自愿地为这位老人加个号。要是那个呆板的机器人又说出我的身体之类的话，你就绕开它那些可恶的程序，把病人直接带到我的诊室。”教授边走边说，并不停留。

医院的走廊很空旷。一般的病人都是在家里用电脑直接从医疗中心取得诊断，然后机器人送药上门。只有那些险恶而又复杂的疑难病人，才会来面谒医生。

屈侠把老妪安顿在候诊室，温和地说：“老妈妈，看病是按先来后到的顺序的。只有请您多等一些时候了，很抱歉。”

老奶奶吧嗒着嘴，露出一口白牙说：“能看上大夫就行。真没想到，医院这儿比商店还挤……”

屈侠摇着头说：“您应该想到的。想不到您这么大年纪了，牙齿还这么好。”

老妪说：“年轻人，这是义齿。如今什么都能以假乱真。”

“医道不能。”屈侠转身回到教授的诊室。他要寸步不离地守在教授身边，观察教授怎样诊病。

教授在世界医学界享有盛誉。无论多么扑朔迷离的怪病，只要教授的右手一摸，就能给出诊断意见。俗话说：对症下药。知道了是什么病，就不愁治了。教授已近老年，技艺越发炉火纯青。他不保守，每年广招研究生，基础知识的考试极其严格。有幸成为教授的弟子，青年人都欣喜若狂。可惜的是，这么多年，从教授身边就没有毕业一名学子。这不，跟屈侠一起入学的师兄师弟，全被教授淘汰了。屈侠如今可是三亩地里一头蒜——独苗一个了。

“尽管你懂得所有的中西医学理论，但还远远不是一名好医生。”教授曾说。

“是的。我知道医学是一门同人类历史一样古老的学问。它有时很严谨，已经解剖到细胞分子亚分子水平；有时候又很朦胧，大而化之得像一团迷雾。好的医生是风浪中的船长。”

屈侠说完后紧张得不行。因为教授平常所说的话，不知道哪句就是对你水平的测验。他要觉得你不配再当他的学生，就会客客气气地请你到他家去吃饭。

“我夫人做得一手好菜。”教授心平气和地说。饭后就将你逐出，并不说明原因。

“不怕天不怕地，就怕教授家的席。”这是师兄弟们的临别赠言。

教授没有请屈侠吃饭的意思，说：“做一个好医生是很苦的。”

屈侠说：“一个人的苦，可以换得许多人的欢乐，我想还是很值的。”

教授说：“要有爱心。爱心和爱情是不同的。爱情只是对某一个特定的异性，爱心则要持久广阔得多。你还要研究许多领域，比如电子技术……医学是一个广泛交叉的学科。”

看来教授在短时间内还没有把屈侠轰走的意思，可他也并不传授弟子什么经验。只让你看，不给你讲。屈侠觉得自己就像旧时木匠铺里的小学徒，师傅让你打眼你就打眼，让你接榫你就接榫。至于手艺，凭你自己摸索去吧！

一年就这样白白耗费了。屈侠一赌气差点儿想拂袖而去。可是教授的医术对他的诱惑实在是太大了。

每个病人都是一口禁闭的箱子。尽管电脑在屏幕上可以把人肢解为一堆散件，提供像行星运行轨道一样庞杂的数据，给你打出超级市场账单一般的诊断证明，它还是有百分之一的误差。这是一个可怕的比例。

每个生命都是一个单独的世界，是一个完整的百分之百。谁摊到了这个百分之一，就是万劫不复的灾难。全世界人口已经达到一百亿，百分之一就是一个亿！

况且你想啊，连电脑都被蒙住了的病，定是充满探索的奥秘。

卧薪尝胆也得留下来呀！

今天的第一个病人是轮椅推进来的，枯瘦若木乃伊。屈侠几乎立即断定他是癌症晚期。

“先生的肚子里有一个不明肿物。条索状……不是炎症，不是肿瘤，不是寄生虫，不是……”他的随行人员递过来的电脑资料长达一千页，像一部惊世骇俗的长篇小说。

所有的报告单都说不清他到底得了什么病，可连小孩子也能在他肚皮上摸到那个像热狗样的赘物。

“先生什么饭也吃不下去……”随从毕恭毕敬地说。

病者是一个大人物。屈侠敏感地判断出来了。身份会使医生莫名其妙地紧张，在格外的谨慎中延宕了病情，使情况越发复杂。

教授伸出右手，就是中指戴有戒指的手。那真是一只古老又廉价的首饰，好像是镀金的，上镶一粒红玛瑙雕成的相思子。

也许有一个缠绵悱恻的爱情故事。屈侠想。

由于他这一走神，陶若怯教授已经完成了诊断过程，松开了病人芦管似的细胳膊。

“请准备一颗微型中子炸弹，爆破半径在650～960微米。”教授命令式地说。

“您要谋杀我吗？”病人虽然极端虚弱，还是不失威严地说。

“不。我要拯救你。”教授说。教授对病人从来不用“您”。面对高官重爵，显出居高临下的傲慢。

“用炸弹吗？”病人看了看随从，随从围拢来。他病入膏肓，仍有逼人的震慑力。

“是的。用炸弹。”教授明显地露出厌烦之色。他讨厌病人问长问短，喋喋不休。

“我可以在您使用这种非常的治疗手段之前，知道我的腹腔里即将被你炸掉的这座建筑物是什么吗？”病人说。

“可以。不过我一般只同家属谈病情，怕病人的神经经受不起。”教授略踌躇了一下。

“先生一直亲自掌握他的病情，因为这对国家是很重要的，您尽可以直说。”随从小声说。

教授说：“好的，那么我告诉你，它不是什么建筑物。如果你坚持使用这个比喻，那它就是……”教授斟酌了片刻，“一间厕所。”

“您这是什么意思？”骨瘦如柴的先生用最后的气力勃然大怒。

“我的意思再明白不过了，你的肚子里的那块货色，是粪便。”

啊！连屈侠都几乎惊叫出声。

先生的脸色像是听到了世界大战爆发的消息。“粪便粪便？！”他惊愕地连连重复。

“您知道先生是谁吗？教授！”随从恶狠狠地问。

“我不需要知道他是谁。他是病人，这就足够了。”教授淡淡地说。

“不要吓着教授。把我当平常人来医病，最好。到底是怎么回事，还请教授详细讲讲。”先生毕竟有些大将风度，又知道了肚里不是癌，心情就好起来。粪便就粪便吧。

“你小时候有一次空着肚子吃了不少黑枣，后来肚子就有些胀，过了一段时间就好了。黑枣与你的肠液结成了小小的结石，像一株有生命的植物，在漫长的年代里不动声色地长大。在大约两百天前，你生了一场很大的气，好像是感情上的波折。气郁化痞，这个东西就骤然膨胀。由于你精神上的高度紧张，胃肠蠕动几乎完全终止。这块肿物就显出了恶性病变的征候……”教授的语调徐缓平和，像在念一册古旧的线装书。

先生未置可否，只是说："假如您能治好我的病，使我还能在这个位置上服务，我想提名您为国家安全部门的负责人。您好像有特异功能。"

教授说："我接受病人的唯一馈赠，就是他们的健康。你可以到一旁接受治疗了。"

骷髅般的先生还想说些什么，教授说："下一个。"

一位非常妖娆的女士富有弹性地走进来。"您好！"她目空一切地打招呼。

今天怎么净碰上稀奇古怪的病人？屈侠想。

"你怎么不舒服？"教授按常规问。

那女人只是微笑，并不答话。

时间流逝。屈侠想女士可能耳背，大声重复了问话。女士矜持地说："那您看我哪儿不好呢？"

又碰上了这路病人。他们好像存心要和医家捉迷藏，顽固地信奉"病家不用开口，就知病情三分。说得对你吃我的药，说不对分文不取"原则，非得让医生先说。

这不是耽误工夫吗？屈侠暗暗叫苦，教授不愠不恼，轻声说："伸手。男左女右。"

接下去的步骤屈侠不用看也知道。教授伸出中指戴戒指的右手给病人把脉。不知教授年轻时是跟哪位走江湖的郎中学的手艺，依屈侠看，教授把脉的姿势极不标准，位置略高，用力也不均衡。要是创立脉学的先哲看到了，鼻子非气歪不可。

但教授就是凭着这一摸，成为神医，你不服也得服。据说有人用全息摄像机把教授诊病的全过程拍了下来，回去用极慢的速度重放定格，也看不出丝毫名堂。

"你是一位舞蹈家。此病每月朔望两日发病。"教授缓缓说。

"哎呀！您怎么知道的？我刚刚从国外回来，就是想逃开这可怕的魔鬼。时差搞得我都不知道是什么日子了，可它还是风雨无阻地来折磨我。医生您可要救救我。再这样下去，我只有死了才能摆脱它……呜呜……”女舞蹈大师哭起来。

屈侠还是第一次听到这样的怪病，不由得竖起耳朵。

“我的身体里好像有一只铜壶滴漏，它精确地辖制着我的生命钟。每到发作的时候，我就抽搐不止，全身痉挛得像一张铁弓。我恐惧极了！这么多年来，我从来没有看过医生。这病太古怪了，像一个谋杀案。没有人会相信我的，我不敢到医院，怕人家说我是妖女……”舞蹈大师一反初来时的倨傲，悲悲切切说个不休。

“医生，您就是不能救我，也要告诉我到底是什么病把我害死的。要不我到了阴间也是个屈死鬼啊！”舞蹈大师哭诉着，简直不给别人插话的机会。

教授宁和地说：“你不要这么紧张。你的病是在大脑里长了一窝虫子。”

“什么什么！您是否想给小报制造耸人听闻的花边新闻？”舞蹈大师柳眉倒立。

“我和我的助手将终生为你保密。”教授设身处地地说。

屈侠用力点点头。

“我怎么从来就没听说过这种病？”舞蹈大师半信半疑。

别说病人，就是医学院的高才生屈侠，也是头回听到。

“这是一种极为罕见的病症。在我做医生的漫长生涯里，你是第二例。”教授解释。

“那第一例呢？”女病人忙不迭地问。

“很遗憾。他死了。”教授沉痛地说。

“我不信！”舞蹈大师歇斯底里地号叫起来，“我绝不会得这样可怕的绝症。你是江湖骗子，你胡说八道！虫子怎么会像天文学家一样知道月有阴晴圆缺？你看不出我是什么病，就故弄玄虚！”

屈侠想把这个疯狂的女人请到外面去吃点镇静剂。教授轻摆了一下手。

“你听我说。不要小看虫子。虫子也是一种生命。你早年吃过生肉，虫卵就是那时潜进了你的血液。它们在你的脑子里定居下来，生儿育女。它们的繁殖周期是以月相变化为规律的。既然澎湃的潮汐都听从月亮的指挥，虫子当然也可以这样了。”教授耐心地解说。

“那我可怎么办？！”舞蹈大师挥拳就要砸自己的脑袋，屈侠刚要赶上前制止，女病人又停了手。“不能打。要是万一打漏了，虫子跑了出来，我的头就成了马蜂窝……呜呜……”她孤苦无助地哭了。

“我可以把你的病治好。虫子外面包着一层膜，很薄，但已经足够了。我们可以用b-射线刀将它完整地剔除。”教授很有把握地说。

“真的？”女病人泪眼婆娑地问。

“是的。”教授说。

“您有绝对的把握？”舞蹈大师咄咄逼人地追问。

“医学是没有绝对这个词的。我们将尽力而为。”教授坦诚相待。

“你们要把我的脑袋打开瓢儿？隔皮买瓜生熟还没个准儿呢，说我脑袋里有虫，你有什么证据？拿出来！”

虽说舞蹈大师重病在身，屈侠也觉得她稍稍过分了一些。这又不是对簿公堂，还要什么证据。你来看病，说明你信这个医生，凡事信则灵不信就不灵嘛！陶教授就是靠圣手摸脉诊病，你还让他拿出什么证据！

没想到，教授和颜悦色地说：“你说得有道理。为了更保险起见，你到隔壁去做一下系统检查。”

“要抽很多血吗？我就是因为怕抽血，才不敢上医院的。人家都说您这儿不用抽血，我才来的。没想到，又打发我去抽血。”女病人啰唆不止。

“女士，您是否陷入了一个怪圈。您是仰慕教授的特殊方法，才到我们这里来的。教授为您详细地解说了病情，您却信不过。现在双管齐下，您又有怨言。”作为教授的学生和助手，屈侠忍不住插话。

教授严厉地示意他闭嘴：“人命关天，慎重些好。”

“所有的检查只需一滴血就可以完成。”屈侠耐心地解释。

大师刚离去，诊室的门又被推开。“小伙子，什么时候能轮到我？呵呵，我的腿都坐麻了。”拄拐棍的老奶奶又来了。

教授半仰着脸，雪白的头发遮没了他智慧的额头，已经睡着了。诊断是一桩非常耗费精气神的事情。

“教授累了。一会儿就轮到您了。请再耐心等等。”屈侠好言劝走她。

“人家说虫包没外膜，不能手术。可您说有。”舞蹈大师回来了。

“人家是谁？”教授猛然惊醒。

“电脑。”舞蹈大师说。

“请你记住，人脑永远比电脑强。赶快手术，现在是最好的时机。”教授谆谆告诫。

“可是您的第一个病人不是死了吗？我一想起来，好怕。脑袋被打开，那个重新缝起来的人还是我吗？”舞蹈大师战战兢兢。

“是你。”教授和蔼地说，“而且比现在的你还要完美。”他沉吟着，思绪穿过遥远的时空，“是的。我的那一位病人死了。这是我终生的遗憾。在那以后的日子里，我无数次地检讨自身。我分析了失误，改进了仪器，不断磨砺感觉……”教授猛地打住话头，“你的手术会成功的。”

“谢谢！谢谢！”舞蹈大师倒退着退出诊室，好像是盛大演出之后的谢幕。

病人像传送带似的进来，被教授的圣手抚摸之后，带着明晰的诊断离去。

“还有……几个……病人？”教授虚弱地说，伴随着一阵金属调的咳嗽。

“一个……最后一个。就是您让加号的那位老婆婆。要不然，我劝她回去，下回再来。您太疲倦了。”屈侠心疼地说。

“请老人家来。她来一趟不容易。我们悬壶济世之人，说话要算数的。”教授半合着眼说。

“您来吧。”屈侠对老婆婆说。

“我……害怕……”老婆婆反倒往后退。

“没什么可怕的。教授只是把脉，请尽量放松。”屈侠劝慰着老婆婆，搀她坐在教授对面。

只要一见到病人，教授就精神抖擞。

老婆婆主动伸出胳膊。

教授把自己的右手扣在老人的右手上，顷刻间就放下了。

屈侠跟随教授这么长时间，从未见过教授对病人如此草率。

“为什么？”教授说，语调里充满了好奇。

“你问我为什么来看你啊？我头痛、脚痛、肚子痛、喉咙痛、神经痛……全身上下没有不痛的地方哇！”老人家长吁短叹。

“你所说中只有一条是准确的。那就是肚子痛。你正处在月经期。”教授严肃地说。

屈侠吓了一跳。老妪白发飘飘，起码也有八十岁了。

“你这个医生，怎么能瞎说呢？我这么大的岁数，重孙孙都有了，怎么还会来红！你呀你，人人都说你医术高，我看是鬼话连篇。我不要你给我看啦！”老婆婆说着，拐杖捣蒜似的捅着地板，气哼哼地走了。

三

“屈先生，我想请你到我家去做客。”陶若怯教授说。

屈侠的脸白了。

“你是不是哪儿不舒服？”教授关切地问。

“不不。没有。”屈侠镇静下来。反正已是那么一回事了，兵来将挡，水来土屯呗！

“带上你的女朋友。我夫人说她很漂亮，有一次我们在街上相遇过，可惜我老眼昏花，不曾认清楚。你应该打个招呼的。”教授亲切地说。

“当时看您和夫人谈兴正浓，不好意思打搅。”屈侠说着，心里想：教授夫人的眼睛快赶上望远镜了。

屈侠全文传达给朱提。朱提说：“教授夫人真的说我很漂亮？”

屈侠说：“真是妇人之见。人家不过是一句客气话罢了，你就当真。

这回咱俩一块儿去，就可以近距离观察教授一家了。教授是一个谜。”

朱提说：“你看我穿什么颜色的衣服好？”

“穿白色吧。教授最喜欢白色。”

朱提说：“你那个教授，真像个得道的仙人。”

“他不是仙人。他也感冒，也咳嗽。上卫生间好像还有痔疮。有时候还很忧郁。当不看病的时候，他是一个平平常常的老头，简直就是未老先衰。可他一站在病人面前，就像电焊似的冒出耀眼的火花。经他诊断的病例，有百分之百的准确率。百分之百啊，你知道这是什么含义吗？”屈侠激动了。

“知道。二年级的小学生都知道。不就是个个都说对了吗！”朱提说。

“那就是完完整整的生命。”屈侠神往地说。

“你以后会和教授一样造福于人类的。”朱提说。

“可教授总是不把过程告诉我。我见到了结果，但不明白它是如何来的。”屈侠苦恼地说，“你再谈谈那天的感受。”

“让我再好好想想……他按了我的脉，好像和通常的中医有些不同，中间他还调整了位置，好像是在特意寻找一处穴位……用他的戒指。”朱提回忆着。

“太好了！这是很有价值的资料。只是你后来为何狼狈逃窜？”

“我怕他认出我来。其实认出我来倒没什么，只是教授以后知道了他的得意弟子伙同外人，化装侦查他，教授也许会生你的气。我这样一跑了之，他也就算了。”

“你为我想得真周到。谢谢。”

“谢谢要拿出实际行动来。给我一个吻。”

四

教授的家十分简朴，家具是莹白的冰雪色。但丹岚夫人一出场，就充满富丽辉煌的感觉。她实在是太美丽了，虽说穿的是家常衣服，依旧明眸皓齿、光彩照人。她所有的部位都像古希腊的女神一般完美无瑕，特别是眼睛，像黑潭里的寒星，顾盼生辉。当她凝视你的时候，好像有一束闪电传来，阅读你的心灵。

“非常欢迎你们！尝尝我做饭的手艺。我猜，你们的教授一定为我吹嘘过了，其实不过是点儿家常菜。我到厨房去忙，你们坐。”丹岚夫人说着走了。

灿烂的大灯熄去了，只留下暗淡的红烛。这是一个极富诗意的谈话氛围。

“小姑娘，认识你我很高兴。”教授和朱提拉了一下手。这个接触略有些别扭，教授的中指扣住了朱提的手腕子。近在咫尺的屈侠看清，红相思子戒指贴在了朱提的“内关”穴上。

“我们其实早就认识了，那天在我的诊室里。你的化装技术很高明，连我这个老医生，最初都被你骗过了。你为什么要伪装成病人呢？那天你并没有回答我的问题就溜掉了。今天你是作为屈侠的女朋友——我学生未来的生活伴侣到我这儿来做客的，想必是不能再跑了的。那么，你就必须回答我的问题了。为什么？”教授严峻地说。

屈侠暗自叫苦。这是一场鸿门宴，屈侠你怎么就没想到呢？那天教授已经捕捉到了朱提的生命信息，只是不知道她的确切身份，今天不是送货上门了吗？教授借握手巧妙地摸了一回脉，朱提就露了馅儿。

内关穴和戒指，是要害。

朱提尴尬得像只受惊的兔子，跑也不是，躲也不是。

屈侠挺身而出：“教授，一切都是我的错。是我幕后策划，想探到您医术的秘密。”

教授说：“偷艺好像是咱们中国的老传统了。我记得鲁班、孙悟空好像都是偷着学本领的。”脸上的表情高深莫测。

朱提抢着说：“后来他们都被师傅发现了，给骂了一顿。可师傅最后还是把手艺传给他们了。”

“你们俩可真是天造地设的一对人精。”教授的话里听不出嗔贬之意。

朱提嘴甜甜地说："我们俩算什么呀。您和师母才是珠联璧合！"

教授莞尔一笑："我们是半路夫妻，与你们不能比。"他向厨房叫道，"丹岚，快来看看这对我早已同你说过的年轻人。"

屈侠悚然一惊：原来教授洞若观火！

丹岚夫人款款而出："急什么？我的原始菜系还没有烧好呢！"

"我很急。"教授说，"他们能打多少分？"

丹岚夫人灿若星辰的美目充满盈盈笑意："刚见头一眼的时候，我就给他们打过分了。要是不好，我哪里放心你同他们俩说这许多话？"

"到底是多少分呢？"教授迫不及待地问。

丹岚夫人说："就在这儿讲吗？"

教授说："你说好了。我对他们俩还是有基本的判断。请你看，不过是为了更保险。"屈侠和朱提面面相觑。他们俩说的"他们俩"当然是指的他们俩了。可这些是什么意思？好像暗号。又不好插嘴，呆呆地看着老夫少妻打哑谜。

"八十分，"丹岚夫人说，"我的汤要漕出来了。"说着走了。

"真是一个好成绩。"教授高兴地直搓手，"太好了！"

屈侠和朱提呆若木鸡，教授也并不忙于解释。

"这是我特意复制出的原始菜系，你们尝尝味道好吗？来来，先品苔藓汤。"丹岚夫人端上热气腾腾的汤钵。

"这汤钵怎么是用石头抠成的？"朱提大吃一惊。

"你想想，原始人盛流食，除了用石头器皿，还能用什么？"教授兴致很好地解释。

大家呷了一口，果然鲜美无比。

"夫人，你这汤是怎么烧成的？教教我。回家先给妈妈烧，以后再烧给屈侠喝。"朱提天真地说。

丹岚夫人微笑着说："汤是不难烧的。只是这火有些难取。"

朱提说："火有什么难的？煤气火、酒精火、汽油火……不是多得很吗？"

丹岚夫人说："这些火都是不行的。你想，原始人从哪里能得到这些火？"

屈侠醒悟道："那这就必得是天火了。"

丹岚夫人说："是的。火种是我在大雷雨的天气，从原始森林里被闪电点燃的枯木上取来的。一直保存着。"

陶教授惊诧地说："我一点儿都不知道！这对你是非常危险的！"

丹岚夫人说："你不是推崇返璞归真吗？我愿意为你做这事。你又不是总有学生来做客。"

朱提说："想不到这汤还这么惊险传奇。屈侠，对不起，我可做不出来了，巧妇难为无火之汤。"

夫人微笑着说："小姑娘，你何时要做汤了，到我这儿来取火种就是了。只要我在，它就不会熄的。"

教授说："为了我们的相识，我指的是精神上的。我不能喝酒，就以这古朴的苔藓汤替代，让我们一饮而尽！"

后来又吃了炙烤的兽肉和清蒸的树叶野果，风味特佳。

五

当天夜里，屈侠被急速的电话铃声惊醒。

"我是你的丹岚师母。陶教授请你立刻到我们家来！"声音非常急迫。

"陶教授，他……他怎么啦？"屈侠惊恐地问。刚从教授家离开不过几小时，没有极异常的变化，生性沉稳的教授绝不会深更半夜地打搅别人。

"是的。他说他的情况不好。"丹岚夫人悲切地说。

"我马上就到。"屈侠撂下电话，风驰电掣般赶到教授家。

一进客厅，屈侠就愣住了。

教授正悠然地坐在沙发上品茶。"你师母做的汤有点儿咸。"他说。

屈侠哭笑不得地点点头。他的气还没喘匀呢！

“半夜叫你来，真是很抱歉。但科学是一桩需要献身精神的事业，我只能如此。”

屈侠说：“我选择了这个事业，无怨无悔。”

教授说：“你的伴儿呢？”

“在她父母家。”

“叫她一起来吧。我要同你谈的事情很重要。”教授说。

朱提也睡眼惺忪地赶到了。

“特地叫你们来的原因，是我就要死了。”教授从容不迫地说。

“什么？！”屈侠和朱提差点儿从沙发跌落到地上。面前这位精神矍铄的老人，用谈论天气预报的口吻说到自己的死亡，神情静如止水。

“先生。这不可能！您虽然已鬓发苍苍，但按现代的年龄分野，只是中年人。您怎么就想到死！”屈侠慌忙拒绝先生的话。

“不是想到，是感到。”先生挥挥手，好像赶走一只嗡嗡叫的小蚊子，“我们谈正题。经过我长期的观察和你师母昨晚的当场测试，我决定收你为我的关门弟子，把我一生诊病的心得传授与你。寻觅半生，终于找到理想的传人，我心中快活无比。这件事本想从明天早上开始进行，没想到突然收到了来自体内的异常电波。死亡已经像一只野兽，出现在我的视野。我闻见它的气息了……”教授不得不停下来，浊重地喘着气。这番话耗竭了他的精力，他要积蓄一会儿心神才可继续说下去。

屈侠和朱提惊心动魄地听着。

“你们已经发现了教授戒指的秘密，那是他半个世纪研究的心血结晶……”丹岚夫人说。

“好了。”教授虚弱地打断了夫人的话，“那些枝枝蔓蔓的事，等以后再说吧。反正你们有的是时间。”

“这枚戒指是一个极为精巧的人体生物电流传感器。人的所有感觉，说到底，都是一种电流。火焰灼伤我们的时候，实际上就是一种损伤电流。恐惧是一种电流，欣喜是另一种电流……”教授滔滔不绝地说。

“那么，我爱屈侠，也是一种特定的电流了？”朱提好奇地问。

屈侠狠狠地瞪了朱提一眼，这是什么时候，你说这些没油没盐的话！可惜，朱提只顾半仰脸虔诚地看着教授，根本就没注意到屈侠的白眼。

“理论上是这样的。可以像光谱似的绘制出人类的思想情感频道，还可以加以精确的定量分析，包括变化轨迹。”教授侃侃而谈。

“哎呀！这太可怕了！”朱提惊呼，“我可不想让屈侠知道，我在他以前还爱过别人……”

“是啊！”教授长叹一声，“居里夫人也没有想到她的发现会变成惨绝人寰的原子弹。这就是我非常严格地选择传人的原因。并非我的保守，而是事关人类的精神自由，他必须忠诚正直，绝不将这项研究用于医学以外的领域。”教授冷峻地说。

“我发誓。”屈侠明亮的目光清泉般宁澈。

“我也发誓，和老公一道忠心耿耿。”朱提郑重其事地表态。

教授难得地开颜一笑：“我信得过你们！”他接着说，“任何复杂的疾病，体内都会向大脑发出频频的报急电流。只是病人像一个初上战场的指挥官，无法破译这些宝贵的情报……”

“您的戒指就把这些电流传递出来，像接力火炬一样传给您，由您亲身感受病痛，分析症状……”屈侠心领神会地说。

“对！对！”教授非常高兴，“你的悟性很好。每次我都在诊断的那一瞬间幻化为病人。这就是我要向你传授的诀窍。”

“我明白了为什么每次诊完病，您都筋疲力尽。因为您就是病人，设身处地感受了痛苦。”屈侠说。

“教授是用自己的痛苦换来了他人的生命。”丹岚夫人心疼地说。

“我没有那样伟大。不过是一个体验了无数病痛的多病之躯，是一个死了许多次的不死之人。经历的苦痛愈多，愈坚定了我济世救人之心。”教授又停息下来，大口地喘气。

屋内是死一般的寂静，任何语言都已多余，只有钟表永不迟疑的响声。

“开始吧。我的时间已经进入了倒计时，不敢耽搁了。”教授说着，褪下了镶有红色相思子的戒指，“孩子，你把它戴在中指上，扣在我的内关穴上……”

屈侠顺从地伸过手去，戴上红色相思子戒指。教授手把手地指点他。

屈侠小心翼翼地扪着导师瘦骨嶙峋的胳膊，并没有丝毫异样的感觉。“看，要这样调整位置，红宝石一定对准病人的穴位……”教授虚弱但是非常清晰地说。

蓦地，屈侠感到了椎心泣血般的痛楚，差点儿大声呻吟。剧烈的头痛像毒蛇缠绕着他的脑髓，无数尖锐的玻璃碴儿蹂躏着他眼睛后方的筋脉，心脏像被章鱼残忍地捏紧又松开，血液沸腾地冒着泡……

看到他陡然变色的脸庞，一旁的丹岚夫人赶快扭转了红宝石的方向，痛苦就烟消云散了。

“第一次，他还不适应。”夫人轻声说。

好舒适、好清凉的夜晚。屈侠重又感到自己年轻的躯体矫健而充满活力。健康，健康是多么珍贵美好的财富啊！

“刚才那是……”屈侠嗫嚅着。虽说从理论上他知道是怎么一回事了，却无法相信。

“是的。那就是教授此时此刻的感觉。很惨烈的痛苦。”丹岚夫人代她的丈夫回答了。

屈侠愕然地盯着教授平静的眉宇，教授淡然地点了一下头：“刚才我们像是一个联体人。这就是心脑血管病的感觉。至于具体的细微分类，你还要多历练，积累经验。”

屈侠还没有从片刻前的痛苦中缓过劲来，心有余悸地说：“难道不能采取更科学的方法吗？比如测量仪……”

教授说：“我毕生都在朝这个方向努力，只是尚未成功，就接到了死亡的请柬。这副担子就要交给你了。”

洪荒般的静谧。

“小伙子，你现在还可以后悔。这件事将腐蚀你一生的幸福。我的第一位夫人就是因为不能容忍这种她称为非人的生活，离我而去。这才使丹岚在我的生活中出现了。这就是我一定要你们俩一齐来的原因。”教授的嘴角轻轻抽动。

屈侠知道教授是忍受着巨大的痛苦在说这些话。在导师为人类献身的一生面前，他责无旁贷、义无反顾。

“我不悔。吾爱吾师，吾爱真理，吾爱人类。”屈侠眼里噙着泪水和火花。

“我爱屈侠。我爱屈侠所爱的一切。”朱提说。

“内关穴为人体内气的总关口……”教授开始传授。

六

教授让丹岚夫人马上到报馆发一个启事，说自即日开始，圣手陶教授将敞开大门应诊，且皆为义诊，分文不取，吁请海内外疑难病症尽早前来就医。

“教授，您的身体哪里经得住这般劳顿？”屈侠知道，教授是想在最后的时日里，多教他一些本领，忍不住劝道。

“不。不完全是为了你。只有当面对病人的时候，我才感到自身生命的价值。我要用最后的精力，为他们再做一点儿事。就算告别。”教授微笑着说。

“师母，您不要去发这个启事吧！”朱提偷偷地对丹岚夫人说。

“他是劝不住的。”夫人美丽的眼睛里充满哀愁，“小姑娘，我已经看出，你的未婚夫是很像教授的。但愿你将来不要碰到这种时候。”

病人云集而来。其后的一个星期，屈侠饱经沧桑、备受折磨。红宝石相思子戒指，忽儿戴在教授手上，忽儿戴在屈侠手上，像一支燃烧的火炬。屈侠刻骨铭心地记住了什么是癌症的剧痛，什么是炎症的灼热，什么是心脏的梗死，什么是气管的痉挛……经验在痛苦的地基上耸立起来。

屈侠几次提出再体察一下教授的病况，想借此说服教授休息。教授拒绝："不必。我自己的病自己知道。"

朱提悄声问丹岚夫人："教授大约还有多长时间？"

"那天夜里叫你们的时候，说还有十天。"丹岚夫人心如刀绞地说。

"只有最后三天了。"朱提滴下泪水。

教授难得地出现了一次误诊。由于他殚精竭虑地救治病人、传授知识，自身的痛苦加上病人的痛苦，犹如一把双刃的斧头，加速刈伐着他的生命之树。他的寿命缩短了，今天是最后的晚餐了。

他不愿告诉他们。悲哀已经够多的了，他愿意在微笑中走完最后的台阶。

门外还有病人，教授用商量的口吻说："今天就到这里吧。明天再重新开始。非常抱歉。"

拒绝病人，这在教授漫长的行医生涯里，还是第一次。屈侠想，教授是要把最后的时间留给丹岚夫人。

屈侠把教授送到家，知趣地说："我和朱提走了，明天再来看您和师母。"

教授说："不要走。我需要你在身边。我是一个老猎人，要把自己的经验尽可能多地传给你。以后你就要独自在黑暗中摸索。"

屈侠说："我是站在您的肩头上开始工作的，我会用双手再把他人托举起来。"

教授的眼珠突然像镀了油，晶光四射："孩子，你不是一直想知道我现时的感觉吗？戴上相思子戒指，扣住我的内关穴，仔细体会。"

屈侠依言办理。他已经很熟练地掌握了方法，调整好位置，红宝石把教授和他的弟子紧紧地粘在一起。

屈侠做好了领略极端痛苦的思想准备，走进了教授的弥留世界。

到处是皑皑的冰雪，砭入骨髓。高远的天空，有五色的祥云逶迤。金色的霞光从云隙中麦芒般地洒下，将峰峦剪出黛青的绿影。远处有辉煌的屋宇，缥缈的音乐像香花的气息弥漫而来。在莽莽苍苍的白雾之中，有一颗红色的玻珠跳荡起伏。一种像羽毛一样温暖而洁白的神韵，源源不断奔涌而出，涤荡寰宇……

这是什么？

在屈侠储存的成千上万份感觉档案里，没有这份独特的境界。

“教授！这到底是什么？是什么！”屈侠失声叫道。

没有人回答他了。只有教授的手紧握着他的手。

“教授去了。他让你最后感觉到一个智者的死亡。那不是痛苦，是一种超凡入圣的解脱。”丹岚夫人说。美丽的女人多半软弱，但此时的夫人，异乎寻常地冷静与果敢。

只是她的胸腔里发出怪异的响声。

七

明天就要为教授下葬了。将有无数人为这位普通医生哭泣。

遗体安卧灵堂。

在悲痛的日子里，丹岚夫人没有掉一滴眼泪。她除了安顿教授的丧事，就是向屈侠传授教授的经验心得。

“好了。你现在已经懂得和我一样多了。教授告之于我的，我已全盘馈赠于你。我想，我们之间的友谊也就到此结束吧。”丹岚夫人端庄地说。她美丽的仪容并没有因为巨大的悲痛而憔悴，依旧光彩照人。

“师母！您为什么要这样说？我和朱提视您为亲人。”屈侠惊恐不安。

“夫人，我们是不是有什么做得不周到？”朱提问。

“不。我很喜欢你们。我给教授许多学生的品行打过分，这是教授分派给我的任务，他要从中筛选出自己的传人。你们俩是得分最高的。我从看到你们的第一眼就喜欢你们，这也是缘分。但在这个世界上，我最喜欢的人是你们的先生。我之所以留到今天，是因为先生的事业还没有完成。现在，你们已能独当一面，我就可以告辞了。”丹岚夫人宁静地说。

“夫人，您不能走！不能走！”屈侠和朱提一齐预感到要发生的事，一人拉住丹岚夫人的一只胳膊。他们想，师母一定是在巨大的苦难中精神崩溃了。

夫人轻轻地但是极有力地推开他俩，说：“屈侠，你来探探我的内关穴。”

屈侠遵嘱扣住夫人的纤纤素手。他以为会触到悲痛欲绝、痴迷错乱的情感波，没想到是一下又一下极规律、极呆板的振动。又是一个他从未遇到的病例。

“您是……”他充满迷惘地说。他已经知道了那个答案，只是无法相信。

“是的。我是个机器人。教授将他的全部心血献给了事业，爱情背叛了他。极度绝望中，教授制造了我。因为每天看到的都是残缺的人体痛苦的面容，教授采用人类最优秀的黄金分割数据，浇铸了我美丽绝伦的躯体。教授只给我安了一套程序，就是探察世界上美好忠诚的心灵。现代人在勤奋进取方面，得分都很高，但在忘我与献身上，往往是不及格的。无私地为人类而奉献的精神，作为一种美德，已经像黄土一样流失。教授终于找到了你们，是他的福气。”

“夫人，您和我们在一起吧！您是永远年轻的！”屈侠和朱提异口同声。

“我是很想这样的。教授生前也是这样同我说的。但机器人也是人，机器人也有心。我的主部件在教授逝去的那一瞬间已经轰毁，巨大的悲痛烧灼了我的电路。现在是备用系统在进行最后的工作。永别了，我的孩子们！你们不要总觉得我年轻，我的年纪其实同你们的祖母差不多大。记住，把我和你们的教授葬在一起。”美丽的夫人说完，走到教授的遗体旁，静静地合上了她灿若星辰的眸子。

一切都和那个喝苔藓汤的夜晚一样，只是没有了教授，没有了夫人。

火把熊熊地燃烧着，那是夫人取自雷电的天火。

朱提对屈侠说："请把你的红色相思子戒指褪下来。"

八

屈侠和朱提精心制作了两枚真正的红宝石相思子戒指，同教授赠予他们的那只一模一样。

他们把戒指端端正正地戴在教授和丹岚夫人的无名指上。

预约死亡

淡蓝色卡片。病危通知单。

夫接过它，眼睛忽而大忽而小地凝视着。因为夫的面色偏黄，在蓝光的辉映下，显出绿来。

姓名　毕淑敏　年龄　七十　性别　女

籍贯　山东

诊断　肝癌晚期

……

夫翻来覆去地检视着，好像在欣赏深秋原野上最后一朵矢车菊。

“开什么玩笑。”他说。

我说：“不是玩笑。是真的。”

他说：“什么是真的？七十岁吧？肝癌吧？为什么要选择七十？这

是你的吉祥数吧？还有肝癌。就是一定要得癌症，就得别的癌好了，不要选肝癌。我第一次听到这种病，是在毛主席的好干部焦裕禄身上。是它把焦裕禄的藤椅扶手抵出了一个洞。”

我说：“七十是上了诗歌的。杜甫语录。而且我以为七十是一个界限。七十以前算短寿，七十以后就死而无憾了。至于肝癌，鉴于你这样不愿意听，我可以改为胰腺癌。”

夫说：“你饶了我，最主要的是饶了你自己好不好？为什么非要选择这些绝顶可怕的罪名折磨自己？”

我说：“这不是罪名，是病。况且，都一样。”

他说：“什么都一样？病是不一样的。感冒只会使我们趴在床上，可癌症会使我们死亡。”

我说：“你不错。你在给一名优秀的内科医生当了近二十年的丈夫之后，已经相当内行。有人是久病成医，你是久爱成医。”

他说：“我们不说这个话题好不好？我知道你最近在临终关怀医院采访，今天就弄了这个劳什子来吓我。我们离死还远着呢，我们还年轻。”

我拿起小镜子，照照他又照照我。屋里有许多镜子，可惜都像木板一样镶在固定的地方。我们每天走到那个角落打量自己，光线总是从特定的角度照着我们。在朦胧的旮旯里，我们总以为韶华依旧。

现在小镜子近在咫尺地逼视着你，你看得清岁月之网的每一个绳扣。

夫说：“镜子老了。”

我从书包里往外掏磁带。精致的小盒子像一块块果酱夹心饼干，从我的指间柔滑地脱落。

夫从录音磁带的夹层里拈出一张张内容揭示。这是我在偷录的间隙匆匆写就的，潦草不堪。

八十六岁的痴呆病人叱骂医务人员。

五男二女要求拔下其母的氧气吸管。

英国临终关怀医学专家詹姆斯博士参观医院时的讲话。

……

我把一盒磁带卡进音响，揿下按键。

极为急促的呼吸声，夹杂着怪异的喘息。

“知道这是什么声音吧？”我问。

“听说有一种×××级的录音带，录的是人们造爱时的音响。可惜咱无缘见识到。这就是吗？”夫说。

“不要想入非非。这是一位垂危病人最后的呼吸。你或我或者其他的任何人，都有可能发出这样的声音。只是那时自己不一定听得清。人生应该完整，我怕你听不到，才特地录来这最后的华彩。好好听听吧。人和人何其相像，生的时候都是一样的血污，死的时候都是一样的抽噎。明晰地知道这个全过程，该是文明人类的需要。”

夫说：“你赶快把它关了，我拒绝知道。”

我指点说：“这是最后的叹息，其后就是永恒的沉寂。”

高保真的音响并没有听从我的预告，在那个老人艰难地吁出悠悠长气之后，是一声尖锐的汽车喇叭。临终关怀医院设在马路边。

“这里还有癌症病人痛苦的呻吟。”我说，换了一盘磁带。

“我不听。不听不听！”他斩钉截铁地说，甚至还用双手捂住耳朵。这个动作使他显得很幼稚。死亡使我们所有的人幼稚。

“你不要以为人们知道得越多越好。好奇心是有限的。我知道，你是想写一篇有关临终关怀的文章，可是我要告诉你，没有人想看这样的文章，人们拒绝谈论死亡。”他索性走过去，锁住声音。

我知道他说的是事实，我们这个民族不喜欢议论普通人的死亡。我们崇尚的是壮烈的死、惨烈的死、贞节的死、苦难的死，我们蔑视平平常常的死。一位伟人说，人固有一死，或重于泰山，或轻如鸿毛。我们就不由自主地以为世上只有这两种死法。其实大多数人死得像一块鹅卵石，说不上太重，但也不至于飘起来。

你可以拒绝一切，但不可以拒绝死亡。拒绝可以把世俗的一切圈在外面，好像一座荒凉的古堡。但死亡会大踏步地越过藩篱，镇定地挡住你的去路。

我决定探索普通人之死，看不看由你。

益寿司吉。

临终关怀医院的门楣上漆着这四个字，大而红，像四只巨蟹。我是第一次看到这几个字组合在一起，竟念成益寿吉司，觉得甚好。

这是执掌常人生死的一座殿堂。对，还是司局级的。

口字形的院子，镶玻璃的回廊。几十间病房，奶白色的雾气萦绕其上。一片静谧的院落里，晾着许多带蓝色条纹的衣裤，有尖细的冰锥悬在衣物的最低点。

我当过许多年的医生，我知道这个行当里的许多秘密。我决定不暴露我的医生经历，让医院的医生护士在完全不戒备的情形下自由发言，以便更客观、更冷静地描述我见到的一切。

院长是一位中年妇人，身材姣好，但是头发散乱。这使我对她的第一印象颇好。好的女医生多半不修边幅。假如她长得一般也就罢了，要是她天生丽质还不知珍爱自己，你就可以放心大胆地依赖她的医术了。

“就这么说吗？”她看完我的介绍信，问。

“随便说。”我在衣兜里按下录音机，“要不我问您什么，您就答什么也行。您是怎么想起来办这家临终关怀医院的？”

“那时候我还是个医学生。我常常听到老医生对病人的家属说，回去吧。什么好吃就弄点什么吃。病人家属就乖乖地把病人推走了。我说，为什么不把他们留下来试一试呢？老医生说，医生医生，是只医得了生而管不了死的。他们已经没有医治的价值了。做什么都要有价值，识别出什么病人有价值，什么病人没有价值，是医生经验的象征。年轻人，你慢慢摸索。我说，那他们怎么办？那些已经没有医疗价值可是还活着的人？老医生说，那不是我们的事。那是人类的一个死角。后来我的经验渐渐地丰富了，我非常希望自己把他们忘掉，医生的基本功训练之一，就是让自己的心灵逐渐粗糙。可是随着我见过的死亡越多，越发现死亡是那样的不平等。我私下里做过一个调查，你知道人一般是死在哪里？”

“不知道。医院里吧？”我没多大把握地说。

“大多数人都会这样说。可是严酷的数字说明，只有三分之一的人是死在医院洁白的病床上，他们大部分是年轻人或者高干。一直到死，都有人服侍他们。普通的老人就没有这番待遇了。三分之一死在急救车里，家里的人发现他们不行了，赶快往医院运，铁皮的救护车就成了他们最后的归宿。还有三分之一的老人死在家里。可以说，假如你是一个平民，你多半是在没有医疗保护的情景下寂寞地死去。生命是一个完整的过程，作为中国人，我们画得不圆。”院长忧郁地注视着我，那目光分明是为我将来的死亡之地惋惜。

“所以您就创办了这所医院？”我避开她悲天悯人的视线。

“是的。很难。租房子，添设备，招人手……”

“这里一共有过多少人？”我问。

“你是说工作人员吗？”

“不是。我是说，这里一共住过多少病人？”

“几百人。”她说，“我们建院的时间还不长，今年会达到一千人。”

“所有的病人都……死了吗？”我说。

“是的。绝大多数病人都去了。我们医院的平均住院时间是13.7天。您知道这是一个什么概念吗？”

“知道。就是说，您这里的病人，基本上在不到两周的时间内，就全部死亡。”我说。

“您理解得很正确。他们全都去了。”院长看着苍凉的天空。今天天气不好，有极细小的雪花趴在她的发丝上。

“我们到病房看看吧。”她说。我跟在她的身后，向低矮的平房走去。在临推开病房门的一刹那，她停顿了一下，回头望了望我。我脸上的神色很泰然。多年行医的磨炼，我不怕死人、不怕鲜血、不怕粪便、不怕丑陋。

但我还是不由自主地深吸了一口气，好像人们要潜进深水时那样。

毕竟我知道，门里的那个世界和我们大不一样。

阴阳界。

生命像一只旧钩子，悬挂着我们的躯体。从我们降生的瞬间，钩子就在时间的峭壁上承受重量。你的钩子结实不结实？不知道。随着我们身心的渐渐膨胀，那个钩子像受了热的塑料渐渐伸长。当然，一般说来它的质量还是不错的，不会戛然断裂。但它的韧度被岁月磨损，当灰尘的重量越积越多的时候，终有一天，那钩子像水龙头口一粒将滴未滴的水珠，缩出颈子般的窄处。

钩子就要断裂了。

房间里摆着两张床，通常医院的模样。床上是空的。我想，院长不可能随时随地掌握病床的周转，她误把我领进了一间空屋。

就在我礼貌地准备退出的时候，才发现那床上其实是有人的。

我在心理上，已经预备了他们的瘦，但现实仍然令我震骇。

他们比骷髅还干瘪。骷髅是洗练而洁白的，棱角分明。他们连这种力度也没有，完全是枯萎的雪片。床单细碎的折纹，就是他们躯体的轮廓了。枕头上是一只空罐头盒，青灰色地塌陷着。有一些不很显著的洞穴点缀其上，我在其中两颗平行的洞里，看到绝望而平和的星光。

“您叫什么名字？”我问。

没有人回答。

“多大岁数了？”

“得的是什么病啊？”

“现在感觉怎么样？”

我锲而不舍地询问，一律没有回答。屋子里很暖和，强悍的气流冲击着暖气管的内壁，啪啪作响。

“他们不会回答你的。世界在他们心中已经不存在了。他们只是在等待，等待上路。到远方去。”院长说。

也许是看我太急于和这些人交谈，在另一间病房里，院长代我发问。

“你们觉得好吗？”

“我八十四了。七十三，八十四，阎王不叫自己去。”一位老太太瘪着嘴说，“大夫常来。护士也常来。那些闺女叫我老祖。不用叫老祖，叫老太就行。都好，可就是不去。不去就拖累人。早去了就好。”她看着院长，一副充满表现欲的样子。

我看了一眼她床头的诊断牌——老年性痴呆。

“这几句话并不痴呆啊？很逻辑，很完整。”我轻声对院长说。

“老人们也很要强。他们也像小孩似的，要在生人面前表现表现。刚才这几句话，把她一天的精气神都耗竭了，咱们走后，她得昏睡一整天。她还记得我是院长，一个劲儿地说医生护士的好话。挺可爱的。”

“您是说，她在痴呆之中，还记得讨好别人？”我说。

“是啊。这很正常。她一生都是一个小人物，她知道小人物该怎么过活。别的都忘了，这个不会忘。她到最后一口气都记着自己见什么人得说什么话。”院长说。

我们一间间屋子走过去，濒死的人是那么地相似。极其瘦弱，极其淡漠。在这个过程中，你觉得自己快速衰老。

回到办公室，院长说：“你不是问我有没有活着出去的人吗？我想起来了，有一个……”

那是一个初春的下午，乍暖还寒最难将息的时候。一个瘦瘦的男子走进来。他华贵的变色镜由于屋内昏暗的光线而逐渐变得清澈透明，更显出脸色的苍白。

他张了张嘴，没有出声，像一个剜去了肉的河蚌，干燥地敞着唇。

院长回答说：“没有。还没有。”

他每天都在这个时候走进来，问同样的话。院长都有同样的答案使他转身出去。相似的过程使院长先不好意思，抢先说了。

“可是，到底还要多长时间？”小伙子问。好像空气中有一条鞭子抽了他的脸，脸稀薄地红了。

“不知道，你明白这不是天气预报。就是天气预报也常常搞错，在预报晴天的时候下雨。”院长鸟瞰着这个已不算年轻的年轻人。成天接触的都是垂垂老矣之人，院长觉得自己足有几百岁了。她比所有的人都要老，比那些将要死去的人老，比他们的子女更要老上几辈。

“但是你们应该知道，没有人比你们更有经验了。”年轻人固执地说。他平日没说过这么多的话。院长知道这种人一旦开始说了，就会问个水落石出。

“是的。我们是比一般的医院有些经验，但它毕竟不是定律。生孩子是有规律的，比如月份减三加七。但死没有。你母亲的各项生命指标都正常。就是说，她虽然是辆旧马车了，可还在缓缓地运行。等着吧。有些时候我们所做的唯一事情，就是等待。”院长很体谅面前的年轻人。当家属把他们的亲人送到临终关怀医院来以后，院长就觉得同他们有了一种亲属关系。

“等到什么时候？”小伙子急切地问。

“等到她精神突然好起来。眼睛会像涂了油似的发亮，说话充满感情。假如你的母亲是个文化人，还会有诗意。她会突然说她想吃某种东西，嗅觉特别的好，会听见很遥远的声音……到这种时候，就快了。依我们无数次的经验，从那时起，大约还有一天时间。”院长谆谆告诫。

“那就是……”小伙子思索。

“是的。那就是回光返照。”“可是，我刚看了。她昏昏沉沉的，好像完全失去了知觉。我叫她、摇她，她什么表情也没有，只把睫毛闪了一下。”小伙子失望地说。

“那是她在同你打招呼。别埋怨她，她只有这么多的劲，全使出来，只能动一动睫毛。你记住我的话，将来你老的时候，就知道这是什么滋味了。提眼皮的那块肌肉，距大脑最近又最轻巧。它是人类随意活动最后的屏障。”院长解释。

“院长。不要同我说我老了以后的事情，我不愿意听这个。我会老，我们每个人都会老。在老还没有到来之前，让我们抓紧时机干点事。既然我们都会摊上那个结局，没有必要说来说去。我们的道德总是太注意结局而忽视过程。我还没有向您介绍过我自己……”年轻人激动起来。

“我认识你，你不是二十一床的儿子吗？”院长道。

“我是博士。在英语里博士和医生是一个词，可我不是医生是博士，是我的母亲把我培养成了博士。我马上要到德国去学习，这也是我母亲清醒时非常引为自豪的一件事。这是我的护照、签证，喏，还有一个星期以后飞往法兰克福的机票……”小伙子把一大堆东西铺在桌面上，棕色护照像一大块巧克力饼，斜插其中。

院长不由自主地向后躲闪了半步。东西太杂乱，要是碰掉了一星半点，说不清。

院长办公室的桌子很破旧，侧面都喷着税务局的字样。税务局如今都是鸟枪换炮的机构，淘汰下的桌椅就以很便宜的价钱卖给了临终关怀医院。一张三条腿的桌子只要了十元钱，哪里找！

当时，院长买下桌子以后，悠闲地在古老的桥墩底下和菜农讨价还价。在买了一把新鲜的小白菜之后，她走上桥头。

“大妈！封阳台不？贴壁纸不？打家具不？”

桥畔的小工麇集过来，手里扬着光洁的木板。

“不打家具。光修。还油。干不？”院长说。

这是个苦活儿。看这半老太太的模样，家里一定不宽裕，手头不会太大方。

小工们想着，渐渐散去。只剩下一个小木匠，刚刚进城，没人雇他就得干掏饭钱。他说：“我油。我也能修。”

小木匠油得桌面浓淡不匀，像村姑搽的胭脂。在一块浓郁的褐黄处，躺着即将成为法兰克福人的小伙子的钥匙链，上面只有一把钥匙了。

“快收起来。我相信你的飞机票是真的。别丢了。”院长说。

“可是因为我的母亲，我迟迟不能动身。从秋天到冬天，我一次次推迟了行期。再推下去，法兰克福就要取消我的资格。”小伙子忧愁地说。

院长频频地点着头。这并不说明她赞成你，只是证明她很注意地听。

“你们能否帮助我？”小伙子恳切地说。

“我们当然很愿意帮助你。关于你母亲的后事……你还有别的兄弟姐妹吗？”

“没有。我是独子，父亲很早就去世了。”

“那么，单位也行。”

“没有单位。我母亲是家庭妇女。”

“我说的是你的单位。”

“我的单位？因为出国的事，我已经同我的单位闹翻了。我是不打算回来了。”

“那么就朋友吧。虽说这种事不太好办，但我们一定大力协助你。你请你要好的朋友来一下，同我们取得联系。这样你就可以放心地飞走了。你母亲的后事，我们和你的朋友一起操办。我们会尽心尽力地去做。你要是不放心，我们可以把整个过程拍成录像，给你捎去。一定像你在场一样肃穆隆重。”院长设身处地地说。

即将成为法兰克福人的小伙子依旧眉头紧锁：“我相信你们，但这件事不能这样办。我是独子，母亲含辛茹苦将我拉扯大，假如我不能亲自给她老人家送终，我的心灵将背负着沉重的十字架，悔恨无穷。这一辈子，无论我拿了哪一国的绿卡，成了哪一国的华裔，我的灵魂都会不安。骨子里我永远是一个中国人，有一套中国的神经系统。我辛劳一生的母亲应该有一个善终，她只能在我的怀里死去。其他的任何一种死法我都不能接受。”

见多识广的院长糊涂了：“可是那该怎么办呢？你是知道的，我们这里不做安乐死的。”

曾经有一家子女把八十多岁患皮肤癌的老父亲送到医院后，对院长说：“人就交给你们了。爱怎么办就怎么办吧。”医护人员顾不得说别的，先把人搀到床上去。一走动，癌被触醒了，鲜血顺着老人的裤腿灌满了两只鞋。他的肢体像蜂窝一般烂着，腐败的气息把他周围几十平方米的地域熏得像停尸房。

“大夫，让他早点去了得了。他也省得受罪了。为他好，也为了大伙儿好。大热的天，您看苍蝇可劲地往这院里飞，红头绿头的直打架。跟您商量商量，让他安乐了得了。”儿子边给院长递冰激凌边说。

院长说：“你们的意思我可以理解。我的这所医院是唯一不以延长病人生命为宗旨的医疗机构。但是我没法满足你们的要求，因为中国没有这方面的法律。假如实行了安乐死，我们说不清。”

一个外国同行的故事让院长痛心疾首。

一个美丽的女人患了不治之症。治疗只是延长她受苦的时间，治疗本身更加重了她的痛苦。

“我实在是受不了。医生。从我患病以来，我求过您许多次，但这是我最后一次求您了。我不能让我的所有感官，都成为储藏痛苦的容器。我不愿意生命的存在，只是为了证明医学的威力。我的生命对我已毫无意义，它只是病的跑马场。我的意志已经走到尽头。我除了消耗别人的精力与财富以外，唯一的用处就是感受痛苦。经过郑重的考虑，我恳求你帮助我，结束生命。”

那位医生冷静地说：“女士，您刚才谈论的问题，应该去问您的丈夫。作为您的保健医生，我只能告诉您，您对病的了解和预后判断，都是正确的。”

“我们已经商量过了。现在我需要的是您的帮助。”病人瘦骨嶙峋的手指抠住医生，传达出毅力。

“我已经尽了我的能力帮助您。”

“那是以前。我说的是现在。请您帮助我结束自己的生命。您知道，我是一个多么胆小的人哪！”

“您是说，要我帮助你杀死自己？”

“我不需要您亲手来做这件事。这也许会在我死后给您带来麻烦。我只请求您告诉我应当怎样做。它最好简单实用，像电子计算器的按键一样。只消轻轻一按，一切就结束了。您知道，我是一个懦弱的女人。

虽然决心已下，但我怕自己在最后的关头会手忙脚乱。我的意志不会动摇，但我的手指可能会发抖。所以，那装置力求百发百中。还有最后一条……”

女病人突然显出羞怯，说：“假如您觉得我的要求太过分了，可以拒绝。就这我已感激不尽。那就是您帮我选择的死亡方式最好不要使我很丑陋。”

“女士，您让我想一想。这个问题很突然……我钦佩您的勇气和智慧。它其实是对生命的一种尊重。但这一切，需要手续。”

“我现在很清醒，这完全是我的自由选择。但是您说得很对，我和我的丈夫将写出书面文件。在最后的时刻，我指的是那个时候……”女病人望着远方，好像那里翱翔着一只鹰。

医生微颔首，表示他明白。

“我的丈夫会在场的。我们笃爱一生，他不会在我最需要他的时候走开的。谢谢您了，医生！我们会衷心表达这种情感，无论在道义还是物质上。这是您为我做的最后也是最好的治疗。”

“我不是为了钱才决定帮助你的，女士。我敬佩的是你的勇气。”

医生做了一个精巧的装置，类似儿童玩的弹弓。它有一个小小的机关，只要轻轻一揪，就会有一支锋利而强劲的针头射进皮肤。它携带剧毒药液，可在几秒内置人于死地。

女士和她的丈夫选定了一个吉日。那是一个明媚的春天的傍晚，空气中浮动着毛茸茸撩拨人打喷嚏的花粉气息。暴晒过一天的大地蒸腾着湿润的气息，白桦林显出幽蓝的色泽。

医生和丈夫随着女人走。他们不知道她要到什么地方去。无论她到什么地方，他们都只能跟随。

“就这里吧。”女人如释重负地说。她的肌体已十分虚弱，还要留有足够的力气操纵小弹弓。

真是一个美丽的地方。倾斜的阳光像金色的绶带披在林间的木椅上，白桦树干像刚出海的刀鱼，闪着银白粼光。嫩叶像羽毛似的摇曳着，仿佛要脱离柔韧的树枝飞升。

医生突然想丢掉他的小弹弓。“让我们再试一试好吗？一切都重新开始。”他满怀希望地说。

女人轻快地微笑了。她说：“当第一次把这里当作最后的安息地时，我也动摇了。决心像方糖似的融化。但是，夜间频频发作的剧痛提醒了我。我的生命已经不属于我，只服从病魔。不要再无望地延宕下去，趁一切还来得及。我现在还有力气为自己画一个圆圆的句号，挣一个体面的死。我按照自己的意志完成了一生，我是胜利者。好了，开始吧，我挚爱的人们。”

她吻了她的丈夫，吻了她的医生。

她对丈夫说：“原来我是想让你坐在我的身边，陪我走到尽头。可是现在我改变主意了。让我一个人独自面对这一切。你们俩往东方去吧，那个角落里生长着美丽的孔雀杉。你们可以静静地欣赏它绿云一般的枝叶。五分钟以后，你们就可以回来了。是吧？医生？您说过这么长时间足够了。”

她天真地望着医生。

“是的。足够了。”医生干巴巴地说。

“再见了！不，我应该说，永别了！”女人优雅地挥了挥手。

两个男人像伐去树冠的木桩，动也不动。

“哦，请你们走吧。我已经感觉到冷了。再待下去，我会感冒的。”女人说。“是的。她会感冒的，感冒还会转成肺炎。她的体质很不好，这是一定的。所以要快，我们走吧。”医生拉起痴迷状态的男子，男子梦魇似的跟着他向东方走去。

才走了几步，医生又回过头来。

“还要打搅您一下，非常对不起。我有点儿不放心，关于那个弹弓。假如您操作得不完美，对您还是对我，都是一种尴尬。请原谅，您当着我的面再演习一遍。”

女士顺从地拿出小弹弓。它像一只温驯的小宠物，蜷在女人的手心。医生换掉注满毒剂的针头，放上一支空针，然后说：“请试试。”

女士伸出自己骨瘦如柴的左前臂，那里布满药物注射的针孔，疤痕累累像一段蛇蜕。只有肘窝正中还有铜钱大的一块皮肤，保持着少妇应有的光泽。

那里有一根救命的血管。医院的护士们都有意识地为病人保留一截光滑的静脉，好像母亲为穷孩子藏起最后一块钱币，留着山穷水尽时用。

女人把针头对准这块未遭过荼毒的皮肉，果决地按下开关。针头在刚离开弹弓架的时候，笔直向上。女人吓得闭了一下眼睛。但她马上就睁开了，很不好意思。就是射中了眼睛也没有什么了不起，剩下一只眼睛足够干这件事的。针头在盘旋了一个美丽的弧形之后潇洒下滑，像流星撕破夜空，稳稳地戳中女人的胳膊。

“不很痛？对吗？我在我自己身上也试过的。感觉很好，是吗？”医生很耐心地问。

“是的。很好。只有一点儿轻微的疼，好像被牛虻叮了一下。”女士说。她有些焦急，从树叶间隙，看到太阳迅速下滑，接近地平线的一端已经模糊。

“我不得不请你们走了。很抱歉。”她说。

“祝晚安。”这是她的丈夫说的唯一的话。

两个男人踏着厚厚的腐叶向东方走去。影子像黑色的路标引着他们。

他们没有回头。不知是怕自己失了勇气还是怕那女人失了勇气。

“等一等！”突然传来女人尖锐的叫喊。接着是踢踢踏踏的跑步声。

“你不要跑。我们就到你那里去。让我们回家！”她的丈夫热泪盈眶。

医生也被感动了。他发誓，永远也不给病人帮这样的忙了。

他们和女人面对面地站着。女人的脸由于奔跑，现出娇艳的绯红。

她剧烈地喘息，许久才平静下来。面对医生，她说：“我再问您一遍，您一定要如实地回答我。”

“我一定如实地回答您，以上帝的名义。”医生说。

“我要问的是……过一会儿，我……会不会很可怕？特别是我的脸……”女士目光炯炯地盯着医生。

“不会。什么都不会改变。一切都和现在一样，特别是您的脸，气色很好，一切都将保持住。那将是一种凝固。”医生冷静地说。

“那太好了！快！请你们快走！我感觉到我脸上的血正在往脖子里回流，红色就快保持不住了。我需要这份健康的颜色。”她说着用双手托住自己的下巴，以为能够阻止血液的倾泻。

男人们义无反顾地走了。他们看到了孔雀杉，绿色的羽翼遮没了半个天空。

“时间到了。”医生说。

“再等一会儿吧。万一……我不能忍受。”丈夫说。

“你应该相信我。相信科学。”医生率先踏响了去冬留下的黄叶。

女士很优雅地侧卧在林间的木椅上，脸上留存着永远不去的绯红。……

“您的例子不是很好吗？”皮肤癌患者的儿子把冰激凌倒了一下手，由于院长迟迟不接，黏稠的奶液流淌下来。

“是的。对病人和对家属都不是一件坏事，可是医生负不了这个责任。不要说在我们这个死亡教育很不发达的国家，没有立法，谁也不敢实施。就是我刚才说的那位外国医生，后来也被州法院传讯。最后以谋杀罪和制造杀人武器罪被逮捕。所以，关于安乐死的问题，我们无法讨论。”院长说。

“我们可以到公证处去。说明一切都是我们的选择，同医院无关。怎么样？这样还不可以吗？你们还要怎么样呢？你们要我们熬到什么时候才算完呢？”皮肤癌患者的儿子焦躁起来。

“我很同情你。可是我不能。医院不能这么做。”院长舔舔干燥的嘴唇。她每天要同病人的家属说无数的话。在最后的日子里，家属同医生说的话，远比同他们垂危的亲人多得多。

日言百句，其气自伤。院长回到家里，很少说话。就像厨师在自己家里，只吃最简单的饭菜。

“你们做医生的，把人治活没什么本事，把人治死还不容易？找点抑制呼吸抑制心跳的药泡在滴瓶里，不就什么事都了结了吗？”皮肤癌患者的儿子很内行地说。

这种内行激怒了院长，或者说是潜伏在这种内行后面的冷酷。安乐死未尝不可，但它由这样一位打扮过于精细挥着淋漓冰激凌的年轻人，如此轻描淡写地说出来，她为那奄奄一息的老人叹息。

她的病人都已经失去了对这个世界的发言权。她要为他们说句公道话。

“既然你知道得这么清楚，又不用负法律责任，你把你老父亲拉回家去就是了，所有的操作你都可以在家里完成，又何必送到我们这里来！”院长没好气地说。

冰激凌化了。

“您这是什么话？我哪能那么残忍？那我的后半辈子还有好日子过吗？我父亲死在家里，还是叫我一手给安乐的？！虽说久病床前无孝子，我想让他早点去了，可我自己不能干这事。我的手上不能沾着我父亲的血。既然你们医院这么不肯帮忙，咱们就熬着吧。快有出头的日子了。”衣冠楚楚的年轻人甩了甩手上的奶油，叹了一口气。

院长也叹了一口气。不能说皮肤癌患者的儿子讲得毫无道理，但有道理的事，不一定现在就能做。亲属不敢做，医院也不敢做。安乐死需要群体意识，当群体还没有用法律的形式把规则固定下来，做了就是犯规。

我们的民族忌讳死亡。华夏大地虽不出产鸵鸟，但我们秉承了这种动物的精神。帝王将相们寻找长生不死之药，以为可以逃脱自然的法则。小小百姓有许多言语禁忌，他们天真地认为不谈死亡，死亡就会扭过脸，给我们一个光滑的后背，人们把无数天然的动植物和矿物混合在一起，用神秘的火加以熔炼。人们以为无法忍受的高温会把天地间的精华焊接在一块，吞到肚里，就可与日月同辉（且不说日月也有崩溃的一天）。我们崇尚“福寿禄”三星，以为这是人生成就的最高境界。革命了，人们不再谈“禄”。“禄”现在叫勤务员或公务员，你不能在门上贴个倒“禄”字，以求在新的一年里加官晋爵，不断进步。至于“福”，最是众说纷纭的词，有一千个人，就有一千条对“福”的注解。说不清的事，就不要去说它了。唯有这个“寿”字简单明了，国际通用的度量衡标准。只要活得久远，那便是福祉，是一个人德行的明证。像一匹没有缩过水的白布，一眼就看出长短。

我们曾炼出那么多有用无用的仙丹，我们正繁衍着世界上最庞大的人群。可是我们还没有学会正视死亡。我们的老人像外国女人似的不谈年龄，好像阎王爷是多情的骑士，而且弱智，极好糊弄。

在这种夹缝中诞生的中国临终关怀医院，像老式挂钟的吊摆，忽而倾向濒危的去者，忽而倾向疲惫的生人。多一番摇摆的艰难。

那个小伙子用手绢揩着手上的冰激凌失望地走了，这个即将成为法兰克福人的小伙子又来了。

院长迷惘地看着他。他已明确得知医院不做安乐死的决定。

“院长，您不必紧张。我今天是特意来向您致谢的。在我母亲最后的日子里，你们给了她温馨。她虽然不会说话了，但我看得出她挺满意。我是她一手抚养大的，我读得懂她每一个眼神。”小伙子实心实意地说。

“不。哪里。这是我们应该做的。”院长按照惯例谦虚着，心想，他的真实意图是什么？院长习惯于开门见山，世上没有比死亡更硬碰硬的事。

“现在，我要把我妈妈接走。”

“为什么？”院长很惊异，“她会死的。把她从病床上挪下来，再搬到救护车上，抬来抬去，于病人极不相宜，她会……”院长突然噤了声。

即将成为法兰克福人的小伙子镇静地看着她。

院长明白了。儿子需要母亲的那个结局。而且要快，越快越好。距那架巨型飞机起飞的时间，对于火化一具尸体，操办一场像模像样的丧礼来说，并不宽裕。

大家相对无言。

“小伙子，我还要提醒你。当然老人家可能会在这场搬迁中停止呼吸，这是最理想不过的结局了。可是万一呢？万一你母亲挺过了这场折腾，回到家里还是咽不完这口气，你马上又要出国，谁来照料她最后的时光？死亡就像一片摇摇欲坠的树叶，也许下一阵风就会飘落，也许会悬挂到第二年的春天。人死是一难，活着不容易，死也不容易。请三思而后行。”院长苦口婆心。

“谢谢您。您为我想得可真周到。是啊，要真那样，就好了。可您说得也对，要不利索，变成您后来讲的那样，就更难办了。我不能把我妈接回家，那算怎么回事？家里摆个死人，老婆孩子还不吓晕？实话跟您说吧，我给我妈另联系了一家医院，民办的……”

“小伙子，把你妈接走，是你的自由。接家去，我没话可说。有的老人就爱死在家里，这也是中国人的习俗。但要是接到别的医院去，不是我当院长的老王卖瓜，要说临终服务，我们这里是周到的。民办医院收费高，治疗也不尽如人意，特别是条件比较差。你再全面考虑下。”医院床位很紧，等着住院的打破头，院长是设身处地为他想。

即将成为法兰克福人的小伙子垂下头来。他在想什么？

院长说：“你还有什么特殊的难处，尽管说。只要力所能及，我们将全力以赴。”她此刻已不单考虑一个老人的去留，而是怎样把医院办得更好。

“主要是他们所能提供的服务你们没有。”小伙子为难地说。

假如他说出别的理由出院，院长什么话也不会说。住院有些像银行，进出自便。但这句话刺激了院长的职业自尊。

“没有什么服务项目是民办医院能做而我们不能做的。”院长很矜持地说。

“真的。有。”小伙子不很情愿但是很肯定地说。

“没有。他们能做到的，我们都可以做到。你详细说说。”院长有几分冒火，她觉着这不是事实。

没有回答。小伙子沉默。听得见远处病房轻声的呜咽，又一位老人去了。

“说啊！”院长不耐烦了。

“我不说。”小伙子终于开口，“我不想说。”

院长火了：“你刚才还说感谢我们，这么一件小事都藏着掖着！就是看在我们为你妈端屎端尿的分儿上，你也该说！”

“你是不是想你妈反正也这样了，再说什么也没大的意义了？别这么想。是人都得死，你给我们提了好的建议，以后的老人们就会舒适些。就请看在将要死去的人面子上，你告诉我实话。”院长热忱地恳求。

“我不想说。”小伙子阴沉着脸。

“你这个人太不像话啦！我要偷你吗？我要抢你吗？为病人服务的事，又不是专利，有什么不可说？行了，你走吧，快到你的法兰克福或是外国的其他什么地方去吧。你人还没走，就变得这么不通情达理。我不稀罕你说了。你前脚把病人转走，我后脚就能打听出他们使的什么办法。”院长气愤地说。

事情往往一发火就有了转机。

“院长，我之所以不说的原因不是对您，是对我自己。”小伙子艰难地说。

“说吧。”

“那家医院已同意将我母亲安置在一间没有暖气的房间里，拔掉在这里维持了几个月的鼻饲管。而且停用一切维持药物，氧气也掐断……这样，据他们估计，我母亲在一两天内就可以……走了。”即将成为法兰克福人的小伙子不看院长，对着墙壁说。

他的话说得很理智，漠然中渗出残酷。但他越往后说，语调越被一种潜在的哭泣所分割：“这样，我就可以在母亲身边尽完最后的孝道，无怨无悔地踏上奔赴异国的道路。我将把母亲滚烫的骨灰带在身边，无论我走到什么地方，母亲都永远同我在一起。她会保佑我，关照我，我一生永不孤单。从此，我的灵魂同母亲的灵魂在一起，永不分离。”

院长瞠目结舌。她觉得自己也算个高级知识分子了，真不明白这个儿子！要说他不孝吧，他服侍老母到今天，此刻眼里还闪着莹莹泪光。要说他孝，竟打算把自己的亲生母亲活活冻死！饿死！

院长背对着这个即将成为法兰克福人的小伙子，从抽屉里拿出一瓶药，说：“我本是从来不帮病人做这种事的。拿去，这虽是普通的镇静药，给你的妈妈服上几粒，她也能毫无痛苦地永远睡去。比你那办法要人道得多。”

小伙子惊恐地叫起来：“不！不！我不要！我怎能亲手给我的妈妈吃这种东西？！那样，我的心灵将一辈子不得安宁。我的妈妈会在一个特定的时间死去，而那个时间正是由于我给她吃了某种东西，这个结论会使我痛苦万分。我的灵魂将终生在有愧于母亲的阴影里徘徊。我不能做这件事！”

老人走了。临上救护车的时候，她的精神出奇的好。是真好，不是回光返照。她已经能喃喃地说话了：“我……上一个更好的医院去……比这儿还好……这儿就挺好……”她甚至轻微地动了一下手臂，算是跟大伙儿告别。看得出，她以前是一位体面而有威严的老太太。

医护人员像摘渔网似的从她身上取下各种导管。揪下氧气的时候，她的呼吸顿时窘促。她长期生活在氧气的保护下，其实同正常人已不在一个地球。那是几亿年以前的地球，树木葱茏恐龙出没，氧气比现代要多得多。她知道这是转院的需要，就坚强地隐忍着。几乎没有一个病人能从这所医院里活着出去，她是多么地幸福啊。

“我好了……会来看你们……”这是即将成为法兰克福人的小伙子的母亲说的最后一句话。

整个告别过程，院长没有出面。她抱着双臂从窗户看着这一切。她觉得自己没出息，当了这么多年的白衣天使，还那么容易动感情。她在想，小伙子不怕他妈妈的死，那么，他绝不是装出来的恐惧，究竟是怕什么呢？

他怕的是天命。

生死由命，富贵在天。他哪怕在外国得了诺贝尔奖，他也畏天命。

在中国人的骨髓里，觉得人是不能操纵自己的生命的。冥冥中有一只手，那是天的意志。天要你活，你不得不活。天要你死，你非死不可。儿子可以把母亲往死路上推，但他不敢清晰明确地对那个时刻负起责任。他不怕母亲，他怕的是天。代天行道，天就会怨你僭越了职权，惩罚于你。

既要达到自己的目的，又要顺乎天意。难哪！不孝的儿女们！

我与院长交谈着，进来一位穿淡紫色工作服的女孩。我知道这是护工的装束。护工就是护理员，临终关怀医院里最脏最累的活儿由她们承担。

女孩向院长请示工作。我目不转睛地盯着女孩，直到她离开。

“她叫小白。我知道你为什么看她。”院长和我已经熟悉，半开玩笑。

“她工作服的颜色很奇怪，像紫罗兰的叶子。”我说。

“我们的护工都是年轻的女孩。你觉不觉得穿这种颜色的衣服显得更美丽？我希望院子里多一些生气。当然，这种布也比较便宜。”院长笑了笑说，“但引起你注目的不单是衣服，是小白的漂亮。”

我说：“在这种悲痛的地方看到如此美丽的女孩，真让人不好意思，好像对不住垂危的人。”

院长说：“这是您从年轻的活人的角度看问题。其实，老人们看到美好的事物，精神会凛然一振。他们不嫉妒。”

我隔着窗户追踪小白的身影。她的肌肤像鲜嫩的白菜心，泛出莹莹水光。绝无化妆，但无可挑剔的眉宇漆黑如墨，轮廓极为柔和的嘴唇艳红如丹。

我说：“我也不算孤陋寡闻的人，但像这么美丽的女孩从来没见过。”

院长说：“她是我从保姆市场上挑来的。当时一口乡下话，现在下了班穿上时装，所有的人都看她。”

“我想她刚从乡下来的时候，可能安心在您这儿。现在依她的相貌气质，随便可以在某个五星级的饭店里谋到饭碗。您靠什么留住她？”

院长说：“她真有你说的那么漂亮？也许我们天天看，惯了。”

我说：“真的。我是一个对女人的长相很挑剔的女人。女人骗男人容易，骗女人难。”

院长说：“其实小白最出色的不是漂亮，是善良。善良是女人最好的化妆品，它使女孩子的脸蒙上一层圣洁之光，看上去就格外动人。例如菩萨，例如佛。菩萨真是天下最俊俏的女子吗？肯定不是。但您觉得是。”

我说：“能够告诉我，您一个月给小白们发多少饷钱？”

院长说：“您最好不要问我这件事。您一问我就心酸。不过您既然问了，我就告诉您，因为给临时工的工钱也不是我定的，是公家。每月二百元。”

我说：“我想同她谈谈。”

“可以。今天她是主班，非常忙。下次她上副班的时候，您来。”

我和小白站在院子里谈话。所有的房间都被病人挤得满满的，冬天是收获死亡的季节。只有院长的房间有空，但我想避开院长。

“你长得真漂亮。”我说。我本不准备这样开头，实有恭维之嫌。话脱口而出，你站在小白面前没法儿不说这话。犹如你在焦渴当中看到清泉，没法儿不说真凉快啊！早晚都得说，完全下意识。

她微微笑笑，说：“也许是周围太凄凉了，陪衬的。”

院长说，她读了很多文学书，还学着外语。

“你以后会长久地在这儿干吗？你知道你自己的价值吗？”我迫不及待地问。

“小白！小白！你在哪儿哪？快去看看你当班的那个六床吧！”远处淡紫色的影子喊。

我拉了小白聊天，她护理的病人就出现了真空。听人一叫，像林业工人听到火警，顾不得同我打招呼，撒腿就跑。

我紧追其后，心想可以现场观察。

露天冰冷的空气麻痹了嗅觉。尾随小白进了病房，直奔六床。鲜红的“6”字床号下，一位须发洁白的老人正在安详地吃香蕉，全无呼唤的危急。

“嘿！真是虚惊……”我刚说到这儿，看见老翁不高兴地把手里的香蕉一甩，巴掌印到了墙上。

一个黄而粘的毛茸茸的屎手印，新鲜地扣在壁纸上，呼呼地冒着热气。

他欣赏着，又按了一下，呵呵笑。

浓烈的屎气像原子弹爆炸的烟雾，呛人肺腑。眼睛习惯了室内的昏暗，我看清香蕉是糯软的粪便。

顿时，胃里倒海翻江，辣而苦的灼热直逼咽喉。我连连干呕，发出乌鸦一般的怪声。

透过眼里的酸泪，我还瞄着小白。她的嗅觉好像完全失灵，温柔的白脸无一丝变色，细细的柳眉徐缓地舒展着，轻声说："你啊你。我就这么一会儿不在，怎么就……"说着用纸去揩老翁的黄手。

气味越发浓郁。

无论我多么钦佩姑娘的美德，生理反射还是继续，再过一秒，胃液就会汹涌而出。我像一个逃兵，扭头就跑，把病房的木门摔得震天作响。

我在阳光下尽情地呕吐。每一根睫毛都挂满泪水，看天空有几十轮太阳。

当小白重又袅袅婷婷地站在我面前，我仍抚着胸口，无法安定。那恶臭无比的粪便，那狼吞虎咽香蕉的场面……

我又想呕。

小白不停地同我说话，以求转移我的注意力："都这样。我刚来的时候，几天没有吃下一粒粮食。我真恨我的鼻子。从小我妈就说我的鼻子灵，干这活儿鼻子灵就受大罪了。现在好了，我的鼻子已经失灵了。我是院长招来的，后来院长太忙，就说小白以后这招工的事就分给你了。你现身说法，就这活儿，就这钱，谁爱来就来。来了先试工三天，愿意干就留下，不愿意干就走，给工钱。以前院长挑来的人，净不干的，有的连工钱都不要，就跑了。轮到我挑，基本上都干下来了。你觉得好点了吗？要不咱们到上风头站站？"

我出了洋相，还要人家劳动者照顾，真惭愧。我忙说："好了。你是怎么挑人的？”

“院长挑人是看人能不能干。看到身子膀大、手脚粗糙的就要。我是先挑长相，长得美的就要。”小白柔柔地说。

天！就这人所不齿的活儿，还要挑美女来干，要不是自己面前这个娇美的女郎樱唇亲自吐出，我是决然不信的。

她看出了我的疑惑，说：“我说的美，并不是平常讲的漂亮。美就是面善。面善的女人，天长日久地就美了，漂亮的女人并不一定美。一个姑娘要是经常和善地笑着对人，不是那种妖冶地笑，她的嘴巴就会往上翘，眉梢就会摇起来。面善是有一个尺寸的，眉太高了就不对了，那是疯。太低了也不对，她当着人的时候笑，背后就哭丧脸，不是真心的欢喜。反正我也说不太清，看得多了，自然就分得出来了。院长挑能干能吃苦的，其实能干和能吃苦是可以变的。再说这里的活儿，真比拔麦子脱土坯，也不是太累。但一定得心善，要不是做不长这活儿的。”

我对这乡村女子刮目相看。“面善是天生的吗？”我问。

“是天生的，练不来的。善就是善，不善就是不善。我到保姆市场招工，什么话也不说，只静静地寻面善的女孩。”

我说：“你给我演演你是怎么招工的好吗？”

小白为难：“怎么演呢？那词都是到时现想的。一碰到实在的人，我就会说了。像现在这样干说，真不知说什么。”

我说：“这么着吧。假装这院子就是劳务市场，我就是想找工作的。你来问我。”

小白重又打量了我一眼，说：“俺不会雇你的。不同你搭话。”

我很沮丧地说：“是不是因我不面善？”

她说：“面还行。只是捂得太白。”

我说：“你也很白。再说，在屋里捂得时间长了，都变白。”

她说：“白和白是不一样的，天生的白可以要，捂白的就不行。您想，农村一个小妮，不下地，不晒太阳，是不是很娇？哪里还有耐心侍候人？”

我说：“你的眼睛还挺毒。好了，面试的关就算我通过了，你再往下说什么？”

小白说：“再往下我就问，有服侍病人的活儿，你愿意干吗？我们是公家的。”

我想着，这一句话没啥大稀奇，就瞪着眼等她的下文。她说：“该你了。你得反过来问我了。”

问什么？我略一想，说：“一个月给多少钱呢？”

小白扑哧笑了，说：“你不像。面善的女子不这样说。”

我说：“保姆市场上的女孩不就是为了挣钱才跑出来的吗？哪里能不问钱呢？”

小白说：“我们出来是为了挣钱。可在家里是那样想的，一进了城，眼就花了。钱倒是次要些的，先要找个稳妥地方安顿下。所以我们先要问：那地方在哪儿？

“我就说：‘不远。’

“‘管住吗？’她们会问。

“‘管。’我说。

“她们的心就安些了，再问：‘都干什么活儿？’

“我就说：‘服侍病人。’她们会说：‘俺们不会呢。’现今城里的人求职的时候，兴把自己吹得天花乱坠，说自己这行那行。乡下人不，还遵循丑话说在前头的古例。我就说：‘这不难。家里有老人吧？就照那样服侍就中。最难的事就是接屎接尿。不过下了班能洗澡。’

“一般说，她们这会儿得停半晌，考虑屎尿的事。过一会儿她们会问：‘你是干这活儿的吗？’

“我说：‘是啊。’她们说：‘这就中了。你能干我也能干。’待到把这些都说妥了，她们才会小心翼翼地问：‘每月多少钱哪？’

“我就实话实说。然后说：‘先试试。要觉得不好，随时都可以走。工钱干一天有一天的。要是我们觉着你不称职，你也只好走。’

“她们就说：‘那是。你是东家。’

“就这样。”

小白说完了，又静静地看着我，像一朵迎风摇曳的紫云英。

“工钱你觉着少不少？”我悄悄关了衣兜里的录音机，不愿她的私房话留下痕迹。

“少。”她说。

“那你为什么不到别处去？”

“我知道，在城里，一个漂亮的女孩能得到的机会，比在乡下多得多。可我喜欢这儿，喜欢这些快死的人。您是刚来，只看到他们的傻和脏。其实他们没有一丝害人之心，像婴孩似的。你对他好，他就对你好，非常纯净。跟他们相处，充满静谧与安宁。古话说，人之将死，其言也善。这里是人世间最善良的角落。我向快死的人发出真心的微笑，他们会记得我。小时候，我奶奶可疼我了。有一天我上学去了，奶奶得了暴病。放学的时候，我在路上玩了一小会儿，踢一块彩色的石子。那块石子掉到山沟里，我去找它。奶奶临死的时候，还一个劲儿地叫着我的名字。她得的是绞肠痧，非常难挨的病。她一直叫着我的名字，说太阳晒到那根秫秸的时候，我的孙女就下学了。我到家的时候，太阳刚刚移过那根秫秸，可我的奶奶再也看不见我了。我尽心尽力地服侍每一个快死的人。不管他听得见听不见，我都大声对他说，我叫小白。我想，他们都是马上就要见到我奶奶的人了，一定会告诉我奶奶，说你那个孙女小白，是个好心眼的姑娘。说真的，我不是可怜这些快死的人，是敬畏他们。他们就要到另一个地方去了，我奶奶就住在那里……”

清澈的泪水在她脸上滚动，像一件美妙的瓷器又镀上一层闪亮的釉彩。因为痛苦，她的嘴唇显出蓬勃的绯色，眼睛像深夜的孤灯闪闪发亮。

在北京冬日晴朗的天空下，欣赏这样一张晶莹的脸庞哭泣，真是一种享受。

“经你的手，有多少老人……去了？”我问。在这所院子里，广泛地使用“去了”这个隐语。它像神秘的幕布，将现实与未知断绝。

“听他们吐出最后一口气，少说，有一百个了。”小白说，神情苍老。

“怕吗？”

“不怕。”

“刚开始总有些怕的吧？后来就不怕了，是不是？”我重又打开录音机，遗憾刚才没录上。

“不。我从见第一个死人就不害怕。我没觉得死与不死有什么大变化。还是那个人，不过是从我这儿到我奶奶那儿去了。”她的语调苍凉。

“你碰到闹鬼吗？这院落这么大，下雨的时候，刮风的时候，半夜的时候，黎明前最黑暗的时候……可曾有过异样？”我忍不住问。这两年神秘文化盛行，这是最有传奇色彩的地方。百十平方米的面积，积聚着成百上千的鬼魂。随着时间的推移，势必更加拥挤。

“没有。”她很肯定地说，“哎，你等等！”她叫起来，“容我好好想一想。有一次。那是一年中秋节，没有月亮，冷雨潇潇。前一天，刚死了五个人。我们这里虽说常死人。但一天死这么多人也少见。夜里，我一个人值班，呆呆地坐着。心想这是一个团圆的日子，那五个人却等不得了，急急地走了。正想到这里，院子里坏了很长时间的路灯，突然亮了，整个院落如同白昼。在太明亮的地方，你会看到许多影子像蚊虫似的飘动。我还是呆呆地坐着，值班的齐大夫睡眼惺忪地走出来。齐大夫医术高，人又好，病人都喜欢他。齐大夫说，小白你还挺能干的，这灯坏了好长时间，老说修老没修，今天晚上又是风又是雨的，你一个女孩家倒把它修好了。我说，不是我修好的，您看我坐在这儿，鞋还是干的。齐大夫说，这灯泡也太亮了，看不出是多少瓦的。他默不作声地看了一会儿。他一定也看到了那些影子，可他什么也没说。我们就静静地看着院子，没有丝毫的恐惧，好像在看皮影戏。

“是他们来了。齐大夫说。

“我说，是。

“都来了。还真一个都不少。齐大夫说。

“我说，都那么大岁数的人，聚一次也不容易。

“他们在跳舞。齐大夫说。

“我说，以后人再多了，这个院子怕搁不下了。

“魂灵不占地方。齐大夫说。

“你害怕吗？他又说。

“我说，不害怕。

“他说，你这个娃娃胆还挺大。

“我说，我从前也不认识他们。从老家大老远地跑到京城来服侍他们，这是缘分。在最后的日子里，我待在他们身边的时间，比他们的儿女多多了。我从没做过对不起他们的事，心里没鬼。鬼也是讲理的。您看，它们要来，怕吓了我，还先把灯给弄亮了。

“大概到天快亮的时候，灯又突然熄了。我一点儿都不觉得这有什么奇怪的，这是它们最后离开的地方。人都要到他去过的地方走一走，好像有什么东西丢在那里了，要捡回来。你要不问，我倒忘了。”

远处有人喊：“小白，四床又打了屎酱啦。”

“就来。”她要走。

“再问最后一个问题，你对以后有什么打算？”

她边跑边说：“以后我想当医生。不但服侍他们，还给他们治病。这样他们就会对我奶奶说，你那个小白孙女越发出息了。只是不知道当得上当不上，这里面有个户口问题。”

真希望哪个有权有势又善良又英俊的北京小伙，娶了小白姑娘。他不但得了美貌贤淑的妻子，人间也多了位悬壶济世的良医。

改天，我见到了齐大夫。我不知男人的面善该如何鉴定，齐大夫是那种很开朗的脸形。

我已发现，临终关怀医院里的工作人员长得都很耐看。不知是院长挑的时候就根据了某种面相原理，还是这种慈善事业干久了，人就自然显出佛相。

我把这感觉同齐大夫说了。他说：“你要是想听真话，就把你兜里那台小机器关了。”

我服从了，说：“你怎么知道的？”

他说：“因为你不记笔记。”

我掏出纸笔说："现在只好手工操作。听说你很爱你的工作？"

他说："谁给我造谣的？我根本就不爱我现在的工作！我是医学院的高才生，在这里工作没有丝毫的成就感！你所有的病人都死了，死了！他们进来的时候，就没有打算活着出去。你千方百计延续他的生命，他自己不想活，家属还嫌你啰唆。临终关怀医院是正经医生的地狱。这是那些婆婆妈妈的慈善家施舍爱心的地方，它和真正的医学风马牛不相及。我正在托人，走后门，必要时送礼，争取早一天离开。"

我一时窘住，搭讪着说："听说你对病人挺好，大家都喜欢你。"

他冷笑道："他们为什么不喜欢我？我一天笑眯眯的，他们有什么要求我都设法满足。这不是医生该干的活儿，是高级男佣。这些人根本没有必要救治，作为社会上的人，他们已毫无价值。比如那个一个大字不识的痴呆老太，只因'大跃进'时拐着小脚当了几年工人，就吃了几十年的公费医疗。累计药费十万元以上。这种人留有何用？她对人类最后的贡献就是早早死去！人的再一个用处就是对家庭的贡献。这些人，风烛残年，徒然消费，传统的孝道压得子女抬不起头来。非得把孩子们肥的拖瘦，瘦的拖干，一户户家徒四壁弹尽粮绝，卖了冰箱卖彩电，家家负债才算孝顺吗？该死的就让他死好了。旧的不去，新的不来。为什么人们歌颂大自然的秋天却不歌颂死亡？秋天就是集体死亡！死有什么？从这个星球诞生到今天，已经死过无数的人。在我们每一个活着的人背后，都站着四十个死人。生命是一条无尽的链条，在太阳下闪烁的那一截就是生，隐没在无边的黑暗中的就是死。它是一个环，没有截然的区别。不必看得那么重，一个微不足道的小人物的生死，对世界没有任何影响。中国现在的死亡者，基本上都诞生于本世纪[①]的初叶，他们缺乏科学死亡的教养。假如我到了老年，一定立下遗嘱，安乐死。绝不拖累他人。死也要有胆略。"

他突然停顿。

这是医生办公室，成堆的病历摊在他面前，铝质病历夹的反光使他

① 指20世纪。——编者注

的脸熠熠生辉。

“也许，我不该对你说这些。毕竟他们很可怜。”他很疲倦地说。

我说：“你是死亡学说里的阳刚论者。”

我们正交谈着，有人通知，英国的临终关怀医学专家詹姆斯博士到院参观，请齐大夫陪同。

我说：“我可以听听吗？”

齐大夫说：“你英语听力如何？”

我说：“凑合。”

他说：“听不懂的地方，我会给你翻译的。”

我们迎出去。

詹姆斯博士留着一把茂密的大胡子，像土匪出没的密林。这使他的面部表情很不清晰。你无法猜测他奶酪一般柔滑的前额里，想的是什么。

“每逢有外国人参观，我都很气馁，很自卑。我们太穷，太简陋了。”齐大夫仿佛无意地挡住一幅晾晒的床单。床单上有一片污黄。

英国人穿着极为考究的暗色条纹西服，用极为蹩脚的中文说了句“你们好”之后，默默地随同我们参观病房。质量很好的牛皮鞋，将古老而龟裂的青砖地踏出咯吱声。

他轻声嘟囔了句：“hsplce care。”

齐大夫刚要译，我会意地点点头。

hspice care——一个古老的词语，发源于中世纪的欧洲。用今天的话来说，是招待所之意。那时候，许多苦行跋涉的香客，在到达哥特建筑教堂的巨大尖顶之下，早已贫病交加。唯有虔诚疲惫的心还在微弱地跳动。神父和修女就在教堂边搭一间小房，收留他们。无偿地为他们治病，提供饮食服务。一些香客歇息后，又继续他们漫长的朝圣路了。一些就在这个宗教的慈善机构里安详地死去。

hspice care经过许多年的演变，无数志愿服务者用自己温暖的双手，抚慰了濒死的苦难的人们，成为可怜的人生旅途最后一处燃有篝火的驿站。

一九六七年，英国的桑德斯女士在伦敦建立了世界上第一座现代化的临终关怀机构——圣克里斯多弗临终关怀医院。

临终关怀事业在全世界如火如荼地蔓延。

作为中国最权威的辞书——《辞海》，至今没有收录“临终关怀”这一词条。[①]人们只知道临终是一个极端痛苦孤独的时刻，和关怀搭配在一起，不知是什么意思。

我们推开一间病房，熏人的香气扑面而来，呛得英国人打了一个喷嚏。太突如其来，绅士来不及掏出手绢，于是我们看到白种人粉红色洁净的上颌。

“喏！带香味的烟雾会刺激病人的呼吸道。在我们的国家里，驱除病房内的异味，应该用鲜花。”詹姆斯博士说。

我们未置可否。鲜花，当然好。可是我们买不起。子女们会用买鲜花的钱去买鲜王浆。

齐大夫说：“东方的逝者喜欢这种神秘的味道，给人一种成仙的感觉。临终关怀医院里一切以病人的要求为第一，所以我们熏香。”

詹姆斯博士半信半疑。

病房里有一张床。只有一张床的房间叫“高间”——高级房间之意。同高干病房不同，只要多出钱就可以住。

但是病人没有躺在病床上，而是仰躺在沙发上痛苦地呻吟。他的双腿缠满绷带，疼痛把他的脸撕得很恐怖。

“他得的是什么病？”詹姆斯博士问。

“双下肢动脉闭锁合并感染。”齐大夫答。

我知道，这是一种极为痛苦的病症，甚过癌症。

“为什么不用镇痛剂？”博士不解地问。

“用了。”随行的护士说。

“可是病人还在痛。”博士恼火地说。

“镇痛剂每四小时应用一次。上次的药效已经消失，下次的时间还

① 新版《辞海》已收。——编者注

未到。”护士耐心解释，心想堂堂医学博士，怎么连常识都不懂。

“他多大年纪了？”博士问。

“八十九岁了。”旁边一位家属说。

老人知道是在说他，突然用尖锐的声音惊叫起来：“我为什么还不死啊？为什么！老天！求求他们，让我死了吧！人要走，怎么这么难！孝顺的孩子们，帮我一把，让我死了吧！都怪我的秋衣不结实！你们要是给我买件结实的秋衣，我的苦也就熬到头了……”涕泪纵横。

齐大夫顾不得翻译，问家属：“怎么回事？”

家属说：“老爷子痛得受不了，好多回想寻死，我们时刻看着，不敢让他够上一点儿带尖带钩的东西。刚才他疼得实在受不住，趁我上厕所的时间，从沙发上爬起来要上吊。他早就不能平躺着了，躺下就得疼晕过去。他哪有绳啊，就把秋衣脱下来绾了个扣，搭在晾衣服的铁丝上了。要不怎么说老爷子遭罪呢，每天痛出一身一身的汗，那秋衣早泡糟了。挂不住他，摔在地上了……”

齐大夫不情愿地把话翻译给詹姆斯博士听，补充说：“幸好没有其他伤。”

“可是病人很恐惧，你们看不出来吗？”詹姆斯博士愤怒了，“临终的人并不是恐惧死亡，他们只是恐惧疼痛！死亡不可避免，疼痛却是完全可以避免的。你们为什么不长程足量地使用镇痛剂，保证他们毫无痛苦地走向永恒？在我们的国度里，病人一旦被确认患了不可逆转的疾病并伴有锥心刺骨的疼痛时，临终关怀医院将无限量地使用麻醉性镇痛剂。怕他成瘾吗？他已经八十九岁了，绝不会活着走出这间病室。你们为什么不让他舒适？要是在我们的国家里，他每天会得到三百片以上的盐酸吗啡，他会觉不出任何疼痛。我们还有更先进的止痛膏药，敷在患处，保证七十二小时不痛。我的国家，是剧痛者的天堂！”他咻咻地吐着气。

齐大夫对我说：“他有什么权力对我们指手画脚？”说完又长叹一口气。

“可是我又想起毛主席的一段语录，一个外国人，毫无利己的动机……”

我说："你快跟他交流。人家正看着你。"

"我们的麻醉性镇痛剂使用非常严格。例如吗啡，要经过几级机构批准。每一片都要登记在案。"齐大夫郑重解释说。

"我可以知道一下贵国麻醉镇痛剂的产量吗？"博士的蓝眼珠很专注。

"当然可以。"齐大夫报出了一个数字。

"准确吗？"博士充满疑惑。

"非常可靠。这是我们国家统计局公布的数字。"齐大夫很有把握地说。

"假如您的数字准确无误，那我要说，以一个十一亿庞大人口的国家，只使用这样微不足道的镇痛剂，贵国的绝大多数晚期癌症病人，都是活活痛死的！"博士极为愤慨。

我们都愣住了。我们这个民族善于忍受疼痛，我们以坚忍不拔著称于世。我们的每一位久病的英雄都说，把好药留给别人吧，我还能忍。我们的医生习惯了对病人说，到实在不行了，再用镇痛药。刚有一点儿小痛就用，大痛时怎么办？

我们在思索。

蓝眼珠不依不饶："每当我看到第三世界国家将大量的海洛因焚毁的时候，都万分遗憾。那是一笔多么宝贵的财富啊！上帝给了人感觉痛苦的神经，上帝又给了人克制疼痛的法宝。你们辜负了上帝的公平。"

齐大夫清了清嗓子，说："詹姆斯博士，我很喜欢这种思维的碰撞。但是您知道吗，在中国的历史上，曾经有一场悲壮而屈辱的鸦片战争。那场血火之战的挑起者就是大不列颠及北爱尔兰联合王国，缘于他们向我们输入鸦片。我们是鸦片战争的战败国。对此我们刻骨不忘。"

詹姆斯博士的眼睛蒙上了云翳。他费力地回忆着，说："很抱歉……"

他毕竟是一个有良知的英国绅士。

他接着说："抱歉的是，我并不知道历史上曾经有过这样一场战争。我是医生，除了医学之外，其他一律不感兴趣。我只同您讨论医学。我不明白眼前这位老人发黑溃烂的双腿同一百多年前的那场战争有什么关联。你们以为不给这位痛不欲生的老人吃镇痛剂，那场战争的结局就会改写了吗？我的中国同行，你们是不是把简单的医疗问题想得太复杂、太久远了？而对这个企图以纺织品自杀的老人，太少人道的关注？！”

我们张口结舌。无论我们多么地具有爱国主义情操，都无法同这个英国佬理论。他只懂医学。

我们又走进一间病房。这是一位老妪，用乒乓球一般瓷白的眼珠瞟着房顶。一个穿紫衣的护工正给她喂食。一种混有黄色颗粒的乳汁从她鼻孔的管里推进，少部分自嘴角外溢。尖锐的喉结滚动着，耙子似的把液体驱赶入胃。

“这是什么液体？”

“菠萝奶。”护工小白用英语回答博士。她无法确切称呼这种流质，就把菠萝和牛奶两个单词叠加。

詹姆斯博士听懂了，说：“这是一种残忍。”

一瓶纯白的液体悬挂在半空，好像猪板油。它们凝重地滴进老太婆骨瘦如柴的臂膀。

“这是在输油。”齐大大简短地说。那是蛋白乳，给不能进食的病人提供高热量。

詹姆斯博士说：“这是一种残忍。”

齐大夫忍不住说：“您可以说得明确一点吗？谁对谁残忍？”

詹姆斯博士说：“我说得难道还不明确吗？是中国的临终关怀人员对临终的病人残忍。”

“能说得再详细一点儿吗？”齐大夫咄咄逼人地问。

“中国人太看重生命的数量，而忽视生命的质量。在生命的末期，长度已毫无意义，关键是生存的品位。对于已经无法经口进食的人，你们把导管从她的鼻腔捅进去，强行把复杂的营养成分灌入毫无生气的胃，让她的消化道不得安宁。这难道不是残忍吗？还有你们叫作油的这种黏稠物，进入血管给她疲惫的心脏加重负担。她的肌体是一个衰弱的脚夫。你们却强加她更多的货物，难道不是残忍吗？我研究过你们的禅学，一个老人，不吃任何动物蛋白，拒绝人际交流，在深山老林里面对着一块石壁，直至像音乐中的渐弱符号，融化在大自然中，成为你们理想中的最高境界。这种活着同死了一样的生存状态，不可思议。生命在于动作，没有了动作，犹如剥了皮的青蛙，连标本都不如。当死亡一定要降临的时候，就像一个婴儿的诞生，我们要做的是让它到来得更为舒适和顺利。”

我想到了一个词——“方沟”。东西方文化的沟。真是一条深邃的大峡谷，我们可以相互听到歌声，但想走到一起，多么艰难！

齐大夫用比英国人更为地道的姿势抱着双肩说：“我从理论上同意您的观点，詹姆斯博士。但是中国人民的伟大领袖毛主席说过这样一句话，对具体情况要做具体分析……”

正说着，小白捧进来一个多层奶油蛋糕。图案繁复，床上架屋，堂皇得像古罗马的竞技场。

“奶奶，您要的蛋糕来了。先拿来给您瞧瞧，让您高兴高兴。等一会儿，您的儿子、女儿、媳妇、女婿、孙子、孙女、外孙子、外孙女来了，我们就把蜡烛点着，说什么您也吃上一块寿糕。今儿是您的寿辰，有一点没能叫您满意，就是我在店里买生日蜡烛，人家说，老人家那么高寿，得插多少支蜡烛？寿糕还不成了马蜂窝？我说，那不成，说什么我们也得插上，奶奶就等着这一天哪！后来他们给想了个办法，您多大岁数，就插了两个蜡做的数字。待会儿，数字蜡点起红红的火苗，多好看哪！”女孩子兴致勃勃地讲着，完全不顾及半昏迷的老太是否听得见。就像喋喋不休的母亲，相信她的婴儿一定记住了她的话。

老妇真的抖开眼皮，用明亮得骇人的眸子，盯住了蛋糕上的红色阿拉伯数字。

“78”，像灯塔似的戳在奶油之中，柔软的烛芯像男孩调皮的鬈发，耷拉在一旁，引诱你点燃。

老人自豪地看了所有人一眼，嘴唇动了动。她什么声音都没有发出，好像不屑于为不认识的人浪费精力。不过我们都听到了她的话：

“终于活到七十八岁啦！”

詹姆斯博士翻着硬而卷曲的睫毛说：“这位老妇人要求你们把她的生命一定保存到七十八岁诞辰这一天？”

齐大夫说：“是的。”

詹姆斯博士说：“请原谅我刚才的唐突。”

齐大夫说：“我们之间的共同之处大于我们的不同之处。”

詹姆斯博士说：“是的。在临终关怀医院里，病人是最靠近上帝的人。我们要像服从上帝一样，服从他们。”

我们又走进一间病房。仰卧病人是位秃头老汉，在呜呜地哭。音色凄厉，像有人往生了锈的管道里吹气。

“爷爷，别哭了。那东西是不能要了，对您的病不好。”小白也跟过来，和颜悦色地劝。

“他为什么这么悲痛？”詹姆斯博士问。

我也是第一次看人哭得这样伤心。许多文学作品里都形容老人的眼泪如何混浊，其实不然。他的泪珠非常晶莹，每一颗都有纽扣大。

齐大夫走过去，像哄小孩似的扳过他的头：“老爷子，又为那事哭，是不是？”

老翁在泪眼凄迷中看到齐大夫，抖着皱纹笑了：“你来了就好了。他们都不听我的，就你心好。”说着用手指挖耳朵眼儿里灌进的泪水，眼巴巴地等着。

小白气得一甩手，说：“齐大夫，你就会收买人心。”

我和詹姆斯博士面面相觑，不知是怎么回事。齐大夫也不解释，从白大褂儿兜里掏出一包“红塔山”，摸出火柴，扑地点着，将米黄色的过滤烟嘴优雅地衔在嘴里，徐徐吸着。待朱红色的焰火像仪表似的渐渐发亮，迅即拔下，一边吐着雪青的烟圈，一边把烟嘴栽到老翁干裂的唇里。

老人像狮子打起欢快的呼噜，大口喷烟。将原来灰暗的脸，罩成了紫色。

我看了眼他的诊断报告：肺癌。

詹姆斯博士赞许地连说OK。

扑扑！病人把烟段像瓜子皮似的弹出，艰难地说：“这烟……不对味……骗人……”

小白心疼地捡起烟把儿，说：“齐大夫能骗你吗？这根烟值好几毛钱呢。怎么说丢就丢了？”

病人梗着脖子说：“我抽了七十年的烟，我能冤枉人吗？我没说齐大夫他骗我，我是说烟贩子骗了齐大夫。齐大夫比孩子们好，他们不让我吸烟。我说，你们有后悔的时候。到那时，想我了，甭点香，就在我的骨灰盒上烧根烟就行。不过得好烟，冒牌货不行。”

齐大夫脸色很难看。

詹姆斯博士上前一步，从裤袋里掏出一个硬如盔甲的烟盒按了某处机关，啪地蹿出一根。他用长满黄毛的手指拈起烟，打着金乌龟模样的打火机。并不见火苗跳起，烟就熏着了。他轻轻嘘了一口，递给病人。

肺癌患者紧紧地抿着口，像个死蚌。

“给——你——”詹姆斯博士用怪调的中文满脸热情地说着，蓝眼珠里跳荡着仁爱的光辉，“这是正宗的英格兰产品，绝无假冒。”他又用英语说，急切地要齐大夫翻译给病人。

肺癌患者把嘴张开了，但不是接烟，说：“我不要沾过你嘴巴的烟。我要是让你传染上了艾滋病，怎么办？我听人说了，亲嘴可以传染。”

我觉得齐大夫完全可以把这些话隐瞒下来，随便用其他理由拒绝博士的好意。但是，齐大夫原汤原食地将话译了过去，不怀好意地瞧着大洋彼岸的绅士。

我们都很紧张。

詹姆斯博士悲悯地看着病人，停了一会儿才说：“不要以为西方的每一个人都是艾滋病患者。我可以很负责地说，我不是。”说罢，他把烟盒留在床头柜上，对小白说，“小姐，请您再给他点上一支烟。谢谢。”

他小心地没有触到烟盒内壁。

小白憋红了脸。齐大夫接过来说：“中国的女士一般不会吸烟。我来吧。”

老爷子香喷喷地吸着烟，冲着外国人，连连竖大拇哥："好烟！好烟！"

詹姆斯博士观察起墙上的一幅字画。小白又到别处忙了。

"齐大夫，你还是挺适合搞临终关怀的。刀子嘴，豆腐心。"我说。

"不。"他高大的身躯佝偻了，"我给病人买的'红塔山'的确是冒牌货。正规店里的太贵了。病人们都管我要烟，我又不能收他们的钱。卖烟的小贩说，这烟是专卖给送礼的人的。我的烟不是给当官的人抽的，是给临去了的人，我不该骗他们。西方的临终关怀人员的确值得学习。"

我说："我们毕竟刚刚开始。"

詹姆斯博士说："我仔细研究了这张图表，发现其中有一个规律……"

我们定睛看去，那是一幅草书，铁画银钩"老吾老以及人之老"。

"什么规律？"我们异口同声。

"这个符咒连续出现了三次。"博士毛茸茸的大手指点着。

真够难为这位洋博士的。一片天女散花的狂草之间，他居然认出了三个相似又绝不雷同的"老"字。

齐大夫看了看我，说："解释是作家的专利。"

我说："还是你说吧。他们既然把它贴在这里，自然有寓意。"

齐大夫清清喉咙，说："这第一个老字，是一个动词。意思是照顾服侍老人。第二个老字是代词，指的是自家的双亲。这第三个老字是名词，包括普天下所有的老人，具有一种抽象的意味。"

詹姆斯博士凝神听着。

齐大夫接着说："这句话串起来的意思就是，你要像服侍自己的双亲那样服侍整个人类的老人。"

詹姆斯博士喟叹道："神秘而博爱的东方哲学！"

我们为詹姆斯博士送行。

"我没有想到在红色中国，看到你这样年轻而认真的同行。"看得出，詹姆斯博士挺欣赏齐大夫，但他的夸奖仍极有节制。

“我这一次到你们的国家来，请我看了豪华的宾馆，现代化的流水线，吃了皇帝吃过的饭，游览了美丽的古迹。一切都在萌芽，你们几乎什么都有了。建设中的中国现在只缺一样东西了。”詹姆斯博士很真挚地说。

“什么东西？”我们又一次异口同声。

“就缺临终关怀事业了。这是文明世界的象征。”他说。

我觉得这真是干什么吆喝什么，但还是为他真诚的敬业精神所感动。

詹姆斯博士继续说：“你们的临终关怀医院太简陋了，像贫民窟。我们的医院像花园，高大的病房，先进的设备，甚至还有一所幼儿园建在里面。让孩子们的欢笑去冲淡死亡的叹息。我们还有无数的志愿者。大学教授、学生、白领职员、家庭妇女……当然最多的是大学生，组成关怀者大军，完全无偿地为垂危的病人服务，闪烁基督的精神。很可惜，你们要走到这一天，还很漫长……”

无论詹姆斯博士怀着怎样的善意，齐大夫还是毫不留情地打断了他的话：“我们现在就有不要任何报酬的志愿者。”

同样固执的英国博士说：“可是我没有看到。”

“那是你在中国待的时间还短。假如你有兴趣，请周末下午来。你会看到我们的志愿者。”齐大夫毫不退让地坚持。

一位志愿者站在我面前。我是那么不情愿用志愿者这个词来称呼她。她很年轻，眉宇间很忧郁，时刻提醒你她不是一个完全的志愿者，而是被某种目的驱使到这里来的。

这一次站在院子里，是为了更方便地谈论死亡。病房里住满了垂危的人，尽管有的昏睡，有的痴呆，我还是不愿在距离他们很近的地方谈不可避免的归宿。尽管他们可能完全听不见。

因为冷，女孩瘦削的双颊现出艳丽的玫瑰色，使她比我初见时可爱了许多。冷和热都会使年轻人脸色红润。但热会使额头也红起来，人显得毛躁。唯有冰冷中的红润，像果子一样生动。

“你为什么到这里来呢？”我问。不是专业记者，很不会采访，只拣最好奇的问。

“因为……大家都来，我就来。”她说。声音很小，迫使你离她更近些，看到她的额头明净得像刚洗过的玻璃杯。

“如果大家都不来，你来吗？”我问。这是一个穿着随大溜的小姑娘，今冬最流行的黑色羊毛健美裤，套上洋红色的小靴子，该是很有生气的打扮，但仍然觉出她的沉闷。

“我不来。”她干脆地说。

还好。有说真话的勇气。

“那么为什么来呢？”

“因为总说要做好事，一般的好事早都让人做完了。我说的不是数量，是种类。学院要挖掘新的好事品种。一位同学的表姐在这儿当护士。她说，大学生闲着没事，到医院来陪着要死的老头老太太说会儿话吧。就这样。”

“同学们都有些什么说法？”

“说什么的都有。先说，给不给钱哪？外国干这事可得给大价钱。立刻有人反驳，你才土了呢，外国干这活儿一分钱不要。其实他俩说得都对都不对。如果要钱，真是不少要。如果不要，就一分也不要。”

“你们呢？”我明知故问。

“我们当然是不要的。一星期来一次。”

“大家愿意来吗？”

“怎么说呢？又害怕又好奇。真的，我长这么大还没见过死人。我特怕见死的东西，所以我喜欢小动物，可是我从来不养。觉得养不好，它们就死了。心里的难过，远远大于它们活着的时候带给我的欢乐。我问过我妈，说以前的人有的连蚂蚁都没踩死过，我眼睛不好，根本看不清地上有没有蚂蚁，不知踩死多少小生灵了，真糟。我妈说，傻孩子，一条性命，哪随随便便就没了？只要不是成心用鞋底蹍，蚂蚁不会死。我试了一回，穿着旅游鞋走过去，回头趴地上一看，蚂蚁安然无恙。我的心不坏，可是我不愿来。不是因为别的，我太容易忧伤了，胆子还特小。”

“不来不行吗？不是说自愿吗？”我问。

“不行。现在说是自愿的事，有几个是真自愿的？学校后来把它规定为品行项目，打分记档案。说这是爱心服务，必须来。刚开始，我的确是被迫的，但现在，我是心甘情愿地来了。”

我不知假如詹姆斯博士在场，会是一副什么样的表情。我说：“详细讲讲好吗？”

“第一次走进这个院落，死气沉沉。同学的表姐说，同学们愿意进屋同老人聊天最好，要不帮着打扫卫生也行。她知道我们害怕。

“几个胆大的同学随便找了个门，一推就进去了。我很想等他们出来告诉我究竟是怎么一回事，再决定进不进。可他们好像进了旋涡，再不露头。我傻傻地站在院子当间，后来发现只剩下我一个人还站在那儿。同学的表姐走过来说，你要不帮助擦玻璃吧。

“我端了一盆热水立在一扇窗户外头。那一年的冬天比今年冷，玻璃上结了厚厚的冰花，是从里面结的，外面蒙着黄沙。我用手把抹布拧干，同学的表姐会关心人，水是热的。我团着手巾在玻璃上一下下地抹，一溜溜同抹布等宽的洁净玻璃面就露出来了。现在只剩下里面的冰花了。我是第一次这么仔细地观察冰花，像一棵棵圣诞树，笔直地立在透明的大厦里。因为毛巾稀薄的热气，它们极轻微地融化了，精致的树叶好像淋了雨，晶莹的雾气缠绕其上，轮廓柔软得模糊了。现在，这间病房玻璃朝外的一面，已经像刚洗过的葡萄，带着隐隐的水珠，漂亮清洁。明亮但并不温暖的阳光照在上面，泛出带虹彩的光。

“其实没什么用。光擦一面的玻璃等于没擦。我不敢去擦里面，不知这间门窗紧闭的小屋里躺着怎样可怕的怪物。没办法消磨剩下的时间，我就用手指揉搓那块最下面的玻璃。玻璃这东西挺奇怪的，你用布用报纸用汽油用酒精，都没有用手指头擦得干净，好像手跟玻璃相克。

“我下意识地用手心画着圈，玻璃闪出钢蓝色的光。突然，手掌对侧的白羽毛神奇地变薄了，露出一个淡褐色的洞，好像一块蛋形的巧克力敷在玻璃的那一面。由于我的体温，一小块冰凌变成蒸汽飞走了。我不由得凑过去，想看看这间我擦净了外面玻璃的房子，是番什么景象。

“我换了一只手。原先那只手掌已变得同冰块一般冷。新的手心热力很冲，油亮黑暗的斑块迅速扩大，已经够我把两只眼睛镶在上面了。

“我半蹲着，因为那块玻璃很矮。我屏住气，把鼻子压扁在冷冷的玻璃板上……”

“您猜我看到了什么？”她忧郁的眼神垂落在地，好像怕吓了我，提示我有个准备。

她不知我当过医生，而且已在病区盘桓多日。

“雪白的被单，瘦如骷髅的老人，树根一样的皱纹，氧气瓶……”我直截了当地说。

“你说得对。”她轻声说，知道没有什么能出乎我的意料。

“我是看到了那些，但不在那一刻。那一刻，我看到的是无边无际的黑暗。黑暗中，有萤火虫在飞，不多，仅两只，但飞得很快。在黑暗四周，有一圈白茫茫的藤条，编织着细密而古怪的花纹……”

“这是什么？”轮到我吃惊了。能让一个有着二十多年医龄的主治医师吃惊的事，实在是不多。

“那是一双患白内障的老爷爷的眼睛。他正从我的手心融出的那两个小洞向外张望。”女孩依旧垂着眼帘说。

“讲下去。”我极力使自己音色平和。

“后来我就进去了。我看到了您刚才说的那一切。我对老爷爷说，我是来为您服务的。

“他躺在床上，仍然保持着窥探外界的姿势，只是脖子软弱地拐在肩膀上。他是晚期胃癌，消瘦得难以想象。脸色像一个角落里的脏塑料袋，眼睛大得令人恐怖。也许是刚才的运动费尽了气力，他拼命喘息。

“看得出他非常寂寞。我想，他该对我的到来表现出高兴。可是，没有。他面无表情地对着我，淡漠得像一张旧床单。

“我是个生性腼腆的女孩，对那些热烈追求我的男孩都不知说什么好，面对这样一个年纪足可做我太爷的沉默老者，真不知该怎样。

“我呆呆地看着他，他也呆呆地看着我，就像我们最初隔着窗户那样。

“就在这时，护工小白送饭来了。我说，你到别处忙吧，我来喂饭。

“小白说，杜爷爷的饭可不好喂了。要实在不吃，别勉强。

“我说，你放心。我把鸡汤面放在嘴边吹，不凉不烫地送到杜爷爷面前。他的嘴像被透明胶纸粘住了，严丝合缝。

“您得吃饭啊。我后悔揽了劝人吃饭的活儿，我不会劝人。

“他终于开了口，不是吃饭，是说话。药都没有用，饭就更没有用了。我不要吃饭。他很清醒，癌症病人至死都很清醒，没人能说服他们。

“您总得吃一点儿。我又说了一句。我不会说别的话，就擎着勺愣愣地站着。勺里的面凉了，我就把它磕在另一个碗里，重搲一勺热乎的汤，像举蜡烛一样端着。我想，古代的举案齐眉，大概就是如此。

“杜爷爷打起精神，挣扎着说，你这不是成心气我吗？

“我的眼泪一下子迸出来。我跟你无亲无故，这么服侍你，你还不知好歹！

“我倔强地一直举着，直到鸡油凝出黄圈。

“杜爷爷叹了一口气说，我吃，孩子，但有一个条件。

“我心里很反感。吃不吃饭是你自己的事，还跟我讲什么条件。可一想到回去还得汇报今天的战果，只好顺着他。就问，什么条件？

“这回他回答得挺利索：唱一首歌吧。

“我为难地说，我不会唱。

“他毫不通融，死心塌地地说，那我就不吃饭！

“我在心里嘲笑他。你见过这么不讲理的老头吗？我只是一个志愿服务人员，几小时以后就走了。你吃不吃饭关我什么事？是你肚子饿还是我肚子饿？这么大年纪了，还要人来哄你。我愤愤地说，不吃就算了，我去喂别人。

“他仿佛很怕我走，忙说，你唱一句就行。唱一句我就吃一口。

“真没见过这样的交易。做事总要有始有终。我说，好吧。我唱。只是我从来没有当着人唱过歌，可能不准。

“他像孩子一样兴奋，望着我说，唱吧唱吧。

“唱什么呢？轮到开口，更犯难。唱个《团结就是力量》吧。有劲，听着振奋。我说。

“不听。他说，平日里小白常唱这个。他说。我这才知道，以吃饭要挟唱歌，是他的惯用伎俩。

“我忍着气说，那就给您唱个《潇洒走一回》。

“他木讷地问，到哪儿去走一回？

“我这才记起他住院已经很久，对现时风靡的歌曲十分陌生。我说，您看，您让我唱，我要唱的您又不听。您自己说一个歌吧。别太难，我不会。

“他慎重地开始想，惨白的脸上突然现出黄色。真的，不是红色。由于极度衰竭，他的血很稀很淡，就像绍兴黄酒的色泽。

“他终于想好了，说，就唱一首情歌吧。

“我手里的汤泼了。一个垂垂老矣的病叟，八十多岁的年纪，居然要听什么情歌！该不是他的神经有什么毛病吧？看他目光炯炯的样子，我想起了无所不在的弗洛伊德。这老头在寻找宣泄，是性变态。

“我一字一句地说，我，不会，什么，情歌！

“他仍满怀期望地说，就是‘在那遥远的地方’。

“不会！我说。

“他说，那就‘一条大河’也行。

“我说，也不会。他好像觉察到了什么，试探地说，都会的呀。你要记不清词了，我给你提醒。

“你说我一个二十岁的大学生用他八十岁的老头提醒吗？我还是硬邦邦地一口拒绝。他改变战术，说，你就唱一个‘嘿啦啦啦，天空出彩霞’也成。你是不是怕我说了不算话啊，我先吃，我这就吃给你看啊……说着，抖抖索索接过勺，填进嘴里，用长了黑苔的舌头搅拌面条。

“我突然一分钟也不愿在屋里待了。我有那么多的功课要做，要看许许多多的书，要和男朋友约会，要去参加舞会和买新衣服……为什么要为一个素昧平生的人耗费金子一样的年华？我已经来过了，这就是说，我已经问心无愧。我可以走了。我说，歌我不会唱，饭您自己看着办好了。再见。

“他怔怔地看着我，面条像有生命的虫子，从他的嘴里退出来。

“屋里很静，天已渐黑。我若赶快走，其后的事就都不会发生。小白托着干净的衣物走进来，说，正好要给病人换衣服，你帮帮忙。我那边好乱。她走时顺手把灯开了。

“两端发黑的日光灯管发出毒蛇样的嘶叫声。

“我对虚弱地倚在枕头上的老爷爷说，请您移动一下，我来换床单。

“他很吃力地用肘架着半拉身子，挪到一旁。我刚把单子铺平，他就迫不及待把自己摔了回来，仰着喘气。

“我看到在他后背底下，很大一块床单裹了起来，像邮寄了一万里的信封。

“让别人看到，肯定是我工作不力的明证。我说，请您再挪开一次，我把单子抻抻平。这样多难看。

“他短促地喘着气说，又折腾什么。

“我说，这是为你好。

“他说，不知道为谁好啊。

“我说，您这个爷爷怎么这么说话？难道是为我好？我又不躺在这床上！那么深的褶子压你身下，你会硌得慌！

“他祈求地说，我觉不出硌。真的，孩子，除了心口，我再也觉不出别的了。让我安生会儿，行不？

“我不由分说地将他搬到一旁。他不很配合，就像小孩不肯离开玩具柜台那样。但见我使了强力，也没有很大的反抗。你可以感觉到他的骨头僵硬地倔强着。幸好，他比我想象的轻多了，几乎是稻草人。操作时，我听到他的体内像半瓶子啤酒似的，发出冒着气泡的咣当声。为了表示我的不满，我顺便揉了他一下。

“好了。你看，现在多平整！看着也舒服。我抹着头上的汗水说。

“他阴沉着一声不吭，甚至尽力欠着半个身子，拒绝沾我铺平了的那边床单。不知是怕揉皱了，又要麻烦我一番，还是无声的抗议。

“现在让我们来换衣服。我不理他，自顾自说。我发现他没有任何力量，我完全可以左右他。不知您注意到没有？在临终关怀医院里，人们对病人什么事都是说‘我们’，从不用单数‘我’。比如说让我们来翻个身，听起来好像志愿人员要和病人一起翻身似的。临终的人都失去自我照料的能力，哪怕一个极简单的动作，都要协力完成。

“我不换。老爷爷很衰弱但很清晰地说。

“真是个难题。不行。我也很果断地说。小白把衣服交给了我，他不换，不是我的失职吗？

“他冷漠地盯着我说，我不要你换。他用仅有的气力强调了那个‘你’字，意思再分明没有了。他不是不换，只是不要我来帮助他完成这件事。

“我并不是一个很爱帮助人的人。例如在学校里，有人拒绝了我的帮助，我会乐呵呵地跑开，然后永世不理他。你已经表明了你的善意，在道义上你已经圆满。他不需要你的帮助，就咎由自取了。但在这里，一切颠倒了。他分明是需要帮助的，没人帮助，他连个饭勺都拿不起，可他却倨傲地拒绝了你！你的自尊被强烈灼伤。

“为什么不要我帮助你！我质问他。特别突出‘我’字。

“因为……因为……他迟疑着。

“我气势汹汹，追究到底。

“因为你是个女孩。他终于说出。

“我没想到竟是这个原因，心里有些感动。但情势不容我听从他，我问，那么你打算让谁帮你换衣服？

“小白。他很快说。

“那小白就不是一个女孩子吗？我不平，觉得受了歧视。

“我让一个女孩看见也就罢了，没法子的事啊！可我不愿让你们都看见！他突然低沉地吼叫起来。

“想不到他衰弱不堪的胸膛里，还有这么强烈的性别自尊。我好声劝慰，我们都学过人体生理，您不必不好意思。我和小白是一样的。她现在正忙着呢。

“最后一个理由打动了他。他无可奈何地说，小白是太忙了，让她歇歇吧。

“帮他换衣服，应该说我是很负责的。换内裤的时候，我用被子盖住他的下身。一是维护他那可怜的自尊心，二是怕他受凉。换上衣的时候，我简直就用被子搭了一个小帐篷，钻到里面忙活。

“絮套里的气味很不好闻，有死泥塘的腐败气息。我憋着气，眼泪都流出来了。在医院蓝线条图案的衬衣里，还有一件贴身T恤。凑着被头筛进的恍惚光线，我看见老爷爷胸前有一张猴脸，就是京剧孙悟空的彩色脸谱。大概是这猴王刚从蟠桃园吃饱了出来，龇牙咧嘴煞是开心。由于久未换洗，T恤的颜色已像厕所小便池上方的墙壁，污秽不堪。孙悟空脸蛋上的鲜红已染得像酱油膏。

“您老抬抬胳膊，我给您把这件T恤换下来。我和颜悦色地说。

“不换。他斩钉截铁地回答。

“为什么？轮到我吃惊。

“什么都不为。不换。他毫无商榷之意。

“老年人真喜怒无常。从T恤的污浊判断，纵使小白，上回也没说服他脱下这件宝贝。我敏锐地想到这可能是一件信物，一定有个故事，也许和他的情人有关。只是这种T恤是这两年才兴起来的，带有一种漫画式的夸张，令人忍俊不禁。想必他的情人是位幽默的老媪。可是她为什么不来看他？可怜他孤苦伶仃的样子，身边是一个亲人也没有。又一想，要是我能说服他换下来洗一洗再穿上，不是比小白还能干了吗？

“我说，洗净了，我再给您穿上。

“他恼怒了，我不换！我说过了我不换，我就是不换！你这个姑娘怎么这么讨厌！你是来帮助我还是来成心气我？你从一进门就吊着个脸子，吆喝我干这干那，烦死我啦！你根本就不是为了我，你是为了你自己！

“我此时还伏在他的被子里，预备给他更衣。他的声音透过我头顶厚厚的棉絮滤过来，如喑哑的鼓鸣。我呼地一下撩开被子，全然忘记他还赤裸着双臂。扇起的冷风把他枯萎的白发吹得奓起，更显出面目的嶙峋。

“我大吼一声，没见过你这样的病人！要不是记着临来时同学的表姐的嘱咐，无论如何都不能同病人吵架，我非跟他没完。

“他恨恨地看着我。大概是怕冷，自己艰难地穿上衬衣，遮住了那个嬉皮笑脸的肮脏猴王。

“当小白进来的时候，一切看起来还算正常。

“小白说，杜爷爷，今天来的志愿人员是大学生，比别人来得更细心更有经验吧？

“老人极含糊地呜了一声，看起来很沮丧。

“别难过他们走。爷爷，他们下星期还会来的。小白甜甜地说着，抱走了蓝条纹的衣物。

“我感到精神和体力都很疲惫。我不是一个爱交际的女孩。和这样一个喜怒无常的老叟打交道，恨不能马上逃走。

“你把面条给我端过来。他毫无感情地说。

“冷了。我说。毕竟他是要死的人了，我不能不理他。

“拿来。他命令式地说。

“我端了过去。面条已凝固。

“他用勺抠了一块，按进嘴里。嚼呀嚼，好像那是泡泡糖，然后极为痛苦地咽下去。我听见扑通一声响，好像把石头丢下了深潭。

“他看着我，把勺子很响亮地撂下。

“我控制着内心的嫌恶，尽量柔情说，老爷爷，我走了，下周六我再来看您。祝您晚安。

“他蜡像般卧着，无声无息。

“我小心翼翼地往外走。当我就要撩起厚重的棉门帘时，听到我的背后发出声音：你到这里来，应该给人带来快乐。像你这种哭丧着脸的女孩，我再也不想见到你啦！

“大而洪亮。简直可以称为咆哮。你绝不相信它出自一个病人。

“我急速跑出去，任泪水横流。这是一个老怪物、老疯子。他一定得了人世间最严重的神经痴呆，脑软化！他活着给世界带来丑恶，赶快死了吧！

“我用一个文明女孩所有想得出来的恶毒语言咒骂他，直到下个星期六。

“又到了志愿者服务的日子。集合的时候，我对班长说，对不起，今天我不能去了。

“他说，怎么了？上回医院还表扬你能干呢。

“我说，感冒了。老人本来就体质弱，传给他们就糟了。

“他说，不会吧？这么快？中午我还看你和男朋友打网球。别是借机去看电影。

“我说，感冒就是突然感到被冒犯。今天下午我将一直在图书馆带病坚持学习。你可明察暗访。

“我没有去，整个下午心神不定。每间房屋里都有志愿者，只有那里寂寞。不知他如愿以偿还是感觉凄凉。想必该是前者，是他说的不愿见我。想到这里，我抱着一本最难读的书啃下去。

“又一个周六来临。这一次我编不出新理由，再者我想看看那个倔老头究竟怎样。假如他要拒绝我，就请当众说好了。省得明明是他的责任，却要我东躲西藏地背黑锅。

“我走进临终关怀医院，碰见小白。她说，你来了，太好了。上个星期六，杜爷爷一直在等你。

“是吗？就是那个倔老头吗？我心中突然很温暖。我不该和他怄气，他毕竟是病人。我三脚两步地往那间小屋跑。我看见窗上的冰花像帷幔一般厚。这次我一定要里外都擦，让老人家躺在床上就可以看到外面的天。

“小白一把拉住我说，别去了。那间房子已经空了。

“我说，那他呢？我不知他的名字。

“小白说，他去了。就是昨天，星期五。他很想等到星期六，可惜没有等到。世界上的有些事，不是你想怎么着就能怎么着的。

“我说，这不可能。

“真的，我不相信这死讯。一个可以发那么大脾气的人，怎么能说死就死了呢？

“小白说，我小时候，也不相信人会死。但杜爷爷确实是去了。他只有一个女儿在美国，临死也没能赶回来。他一直都很清醒。最后他已经不再等他的女儿，只是等你。

“我说，这怎么会？等我？我知道有些人在临死前会等人，甚至死不瞑目。但他不会等我。我同他只见过一面，而且还不欢而散。

“是等你。小白很肯定地说。他说他对不起你，想当面向你道个歉。小白突然想起，说他还有件东西本想亲手交给你，后来托给了我。你等着，我给你去拿。

“我站在朔风呼啸的院落里，望着冰花烂漫的窗户。昨天，昨天我在做什么？上天为什么不给我一点儿启示呢？

“小白回来了。一层层打开布包。于是，我在北中国湛蓝的天宇下，看到了一件雪白的T恤衫。前胸是一个嬉笑着的美猴王脸谱，双眼喷射晶光，嘴唇像刚被桃汁浸染过，鲜红欲滴。

“上面有一张字条。

孩子：

你是我这一生认识的最后一个人了。原谅我那天对你的暴躁。看得出你是个天性忧郁的女孩，因为我以前就是这种性格的人。这不好。得了癌症以后，我决心做一个快活的人。我想了许多办法。比如唱歌。但最有效的是穿这件孙悟空的背心。我一看见这个滑稽的猴脸，就忍不住微笑起来。我要到遥远的地方去了。在我走之前，送给你一个猴脸。当你忧伤的时候，看看它，你会情不自禁地微笑。

一位爱发脾气的爷爷

“字迹非常潦草，每一横每一竖都是分几次写完的。

“北风里，我满脸都是泪水。但我真的望着那件鲜艳的脸谱T恤，微笑了。

“小白说，爷爷死的时候很痛苦。他是胃的幽门部癌，肠道完全梗阻，就像人的下水道不通，全积在胃里。每进一滴水，都像毒药。

“我知道爷爷最后的那勺饭，就是他对我最大的抚慰了。

“以前，我真的不会唱歌。现在，为了到这里来，我学会了许多歌。人们在许多地方寻找快乐。很多人终其一生也没能找到。爷爷教给了我快乐，死亡教给了我快乐。您说，我现在是不是已经不是很忧郁了？”

女志愿者望着我。

我说：“祝你永远快乐地为老人们唱歌。”

由于我在医院里频繁出没，有的病人家属已同我熟识。

“是你老爹还是老妈在这里关怀着？看来你是个孝子。来探视总看见你。”他们说。

走进院长办公室，齐大夫恰巧也在。我说：“我对这次采访很满意。还有最后一个要求，希望你们千万不要拒绝。”

他们真诚地说：“尽管说。”

我说：“就是介绍一个病人住院。时间不会长，所有费用一律照付，不必优惠。”

他们说：“没问题。跟您关系密切吗？”脸上露出关切之色。

我说：“很密切。”

他们说：“男的女的？”

我说：“女的。”

他们看了看墙上的病区床位一览表说：“正好有一张女空床。让病人赶快来吧，我们的床位很紧张。”

我急急点头说：“今天就来。”

他们说：“要不要我们派车去接？我们有这个服务项目，上门拉病人。收费很少，只要一点儿油钱。”

我说："谢谢，那倒不必了。"

齐大夫说："您说待不了几天，想必已是最后时候。不知病人得的什么病？现在在医院还是在家？"

我说："那个病人就是我。我想在你们的病房住上几天。我想体验一下死亡，请你们一切都按正规程序来办。"

院长和齐大夫把鼻孔张得好大。要不是多日来相互了解，我想他们会建议我去安定医院。

院长说："好吧。我就第一次收一个注定出院的病人。不过，一旦来了重病人，你必须立即腾床。"

我连连点头。

齐大夫说："没想到作家也挺敬业。死亡其实没有你想象的那样玄。中国有句成语叫垂死挣扎，好像死前痛苦万分。根据最新研究，肌体在死亡之前已经做好了一系列的准备工作。神志模糊，感觉迟钝，阈值提高到极限。你不能用正常人的感受看待死亡。"

院长说："我同意齐大夫的观点。有一则医学报道说，病人躺在手术床上，局部麻醉。突然病人叹息了一声，我要死了。随后，他的呼吸心跳完全停止。这是货真价实的死亡，正在流血的伤口，变得干干净净。因为心脏罢工，再也不会有血流出来。开始抢救。十五分钟以后，病人才重新恢复心跳呼吸。你知道此人是怎么形容死亡的吗？"

我说："这个人说得可能不大真切。他毕竟又活过来了，是个赝品。"

齐大夫说："您这话说得不对。假如不是全力救治，他就再不会转回来。呼吸心跳停止的感受，就是死亡。"

我说："那好，我们来听听他品尝死亡的感觉。"

院长说："他说死亡是轻飘飘暖洋洋的羽毛一般。那个瞬间是飞翔的感觉，一切痛苦都不复存在了，极为舒服。"

我骇然。比听到死亡是最惨烈的酷刑还要骇然。

"死亡可能真是一件很美妙的事情。起码，它不像我们想象的那样可怖。"齐大夫说。

他看出了我的保留，就说："例如你去了一个地方，觉着不好，不适应，是不是你就回来了？"

我说："是啊。"

他说："这就对了。你见过一个从死亡国度回来的人吗？"

我顿悟，说："没见过。他们都不愿回来。"

院长说："我们这个国家缺乏死亡教育。死亡凄迷可怖。揭掉死的面纱。既然我们或迟或早都要到那里去旅游，我希望能给将去的人一张导游图。"

齐大夫说："您要住的那间病房今天恰有一人要死亡。估计发生在凌晨四时左右。那是阴气最盛的时辰。那里有四张床，死亡发生时又要有一系列的操作。不知是否打扰您的睡眠？"

我说："我很高兴睡在那里。"心里想，不会打扰我的睡眠，因为我根本就不会睡着。

院长说："那就这样定了吧。二十一床，你现在已经是我们的病人了。我给你下的第一道医嘱，就是口服安眠药。"

病房约有二十平方米，两排四床。自十八床起，我的二十一床把门。

知道内情的护士小姐莞尔一笑："害怕请打铃。"

我说："我的神经像缆车索道一样坚固。"

她走了。另三张床上都是老太太，犹如三段槁木。我犯了一个极大的错误，是没有问清谁将在凌晨四时走完最后的路。有心叫护士小姐，又怕她以为我胆小。

自己看吧。我自认为还是可以看出谁将去了。

已经入夜。我借着回廊里的微弱灯光，先上溯到二十床。我立即断定不是她。她的嘴唇微启着，朱红的舌尖从缺齿的间隙凸鼓在嘴外，像颗半腐烂的樱桃。血脉很有规则地在舌苔下浮动；不像一时半会儿即将远行。

我走近靠窗户的十九床。她神色灰败，脖颈像一只古老的乐器，排满筋络。我在她的床头站立了五分钟，她像沉睡千年的木乃伊，丝毫不知有人。我想，去的就是她了。忽然听到扑啦啦的响声，那老妇人折叠成五层的眼皮睁开了。

在这样近的距离同垂垂老媪对视，好像在观看史前遗迹。

“新来的？”她问。底气居然很冲。

“是。”我慌乱应道。好像在超级市场被抓了赃的偷儿。人家活得这样旺，你却在揣测死。

“癌症？”她问。

我说：“是。”

“他们会常让你搬家。”她说。

我说：“为什么？”

她说：“因为有人要去。你住的屋里有人要去了，他们怕吓着你，就让你搬家。我已经搬了四回家，后来我不搬了。你是新二十一床，老二十一床昨天去了，我就没搬。我说，我不怕去，我怕搬。不论你搬到哪个房间，都有人去。这就是去的地方，天天都有人去。二十床是植物人，十八床就要去了……”

她毫无先兆地停止说话，撇我一人在昏暗中。

问题已经解决。

十八床像一根轻飘飘的白发，在床上无声地扑动着。她已完全昏迷，瞳孔散得很大，像黑蚀吞没了眼珠。她的呼吸极快，我试着用她的频率喘了一会儿气，立即感到窒息。

我走回二十一床。这是我的宿营地。

雪白的床单，有几片洗涤不去的污渍，绷得很紧。整个床面显出鼓面似的平坦。枕套也可疑地膨隆着，好像一张纸虚蒙在碟子上。

我小心翼翼地上了床，穿着信笺条纹的蓝衣服，钻进了洁净的被褥。我辗转一下，使自己躺得更舒服。猛然感到滑进了一个“槽”。在平铺的白褥单之下，有一个人形的凹陷。它把我楔在里头，严丝合缝。我的头骨同时落入枕头上的卵圆形窠臼。它像包裹精密仪器的泡沫板，将我的包括两个耳轮在内的头颅妥善地固定在枕中。

一位又一位僵卧不动的去者，在床上塑出了他们最后的杰作，后来者只是“卡”入而已。

我竭力想躺开那个像人仰卧在海滩上遗留的印痕。但是，我不能。无论滚到何方，都逃脱不掉。只有服服帖帖地埋在这个坑里，才有天造地设的和谐。

于是我不再挣扎。习惯了，还挺舒服。我抚摸着我的被子。它在无数去者的肌体上覆盖过，此刻又送我以温暖。我无法逃避枕头的气味，它把无数逝者的信息，强行输入我的大脑。枕头里的每一粒荞麦皮都浸透了故事。

我看到天花板上有一块舌形的干涸水泥斑。我想，在某位知识女性的眼里它一定像一幅地图，在家庭妇女的眼里一定是断了尾巴的壁虎。

距我头很近的地方有一个幽蓝的凸点。我伸出食指抚摸了一下，它的颜色不掉。我立即感到以它为轴心，大约有一平方寸的墙壁格外润滑。噢，我明白了。所有曾经躺在这张床上濒死的老人，都曾老眼昏花地注视过这个斑点，都曾用颤巍巍的手抚摸过它。

一个充满玄机的斑点。谁能破译它的密码？

我极力体会死亡之前的感觉，眼前却是一片迷惘。

夜渐渐地深了，走廊里的灯也大都熄掉。房屋淹没在死亡前的黑暗中。院长给的安眠药居然毫无效力，我的头脑清醒得如冰冻果汁。空气里充满莫名的音响。植物人瘦小的躯体里潜伏着巨型发动机，每一声呼吸都如雷贯耳。十八床的喘息越来越快，几乎成为连续的抽噎。犹如极快的迪斯科鼓点，使你的咽喉也不由自主地共振，窘急壅塞胸膛。最可怕的是十九床，她在咽了没说完的话之后就渺无声息，万籁寂静似羽化成仙。没有声音比喧嚣不已更为可怕。

我翻转躁动，感觉凌晨四时永不会到来。

“你没睡着？”突然的问话如树精再现，我惊出一身冷汗，完全不辨声音出自何方。

“我是说你。二十一床。这里只有咱们两人会说话。”十九床的老女人安详地说。经过长时间的养精蓄锐，她口齿清晰，简直像播音员。

“是。”我说。

“把你的手伸到床右边的褥垫底下。”她不容置疑地指示我。

我照办。

“摸到了吗？”她说。

“摸到了。”我说。一个小药包在我的手里簌簌作响。

“在嘴里攒点唾沫，攒一大口。咽下去。”她继续在冥冥之中指挥着我，声音有着不可抗拒的威严。

“这是什么？”我问。我已摸出纸包里硬硬滑滑的轮廓。

“药。安眠药。”她说。

“噢。我已经吃了，可还是睡不着。”我说。

“那还是吃得少！再把这两片吃下去，一定有用。”她很有经验地说。

的确是两片安眠药，同院长给我的一模一样。“这是谁的？”我问。

“二十一床的。就是刚刚去了的那个二十一床的。这是她最后的药。她对我说，这点药我怕是用不着了，我就要上路了。扔了挺可惜，还给医生他们也不要了。这儿的床位很紧，马上就会有新的人来。刚来的人都睡不好觉，我掖褥底下，你就让他们吃吧。没想到，真派上了用场。吃了吗？”

我说：“我吃。”

她又说：“别害怕。没什么。我见过几回了，真的没什么。”口气就像我小时候，先打了预防针的女孩对后面的女孩说。

我说：“我不怕。谢谢您和以前的二十一床。”

她嘎嘎笑着，说：“谢我的我就收下了，谢二十一床的，等你到了那边跟她当面说吧。”

她又突然隐去了。这一回，有结结实实的药在我手中。

一个陌生的死女人留下的药。我却感到和她那么亲近。我把药抹进嘴里，缓缓地咽了。

我想到了一个词："遗药"。

生和死的界限在我的头脑里渐渐模糊起来。她像哈雷彗星的轨道，巨大的椭圆。

从死者那里继承的药片有着特殊的魔力。一觉醒来，我对面的十八床，已经无声无息地消失了。床上的被子见棱见角，瑞雪一般祥和冲淡。

护士笑盈盈地看着我，说："您居然睡得这样熟。我们处理十八床的后事，您一点儿都不知道。"

我悔得捶胸顿足。

植物人的二十床依旧是极宁静地吐着舌头。

我不敢靠近十九床，怕她看见我绝非病入膏肓之徒。我盘腿坐在被垛旁，好像真正沉疴不起的病妇。

"你是装的。"十九床胸有成竹地说，"装什么不行，来装死呢？你睡着了的时候，我一听你的喘气声就知道了。真正要去了的人，喘气是三长两短。"

她埋藏在被子的沟壑中，我不知她的表情。

在这样一位充满了死亡睿智的祖宗面前，你什么话都说不出来了。

但我还是要说："我不是为了好奇。因为人们都害怕这件事，我想事先尝一尝，告诉大家。"

十九床说："你想得倒好！尝得到吗？尝不到的。死亡是一个红果子，要好多年才会熟。每个人都有一个，你急什么？抢着摘下来，是青的。青果子和红果子能是一个味吗？"

我哑口无言。

她忽然细细地笑了，说："你知道我现在想的是什么？"

这正是我极想知道的。这些天里，我总想问问垂危的人们，可是我不忍心。我怕太悲怆。现在有人主动坦露，自然求之不得。

她说："我在想，下一辈子我变个什么好呢？过几天我就会被抬去烧灰，在晴朗的日子，如果有风，我会被刮得很远。我可不愿意在天上飘得太久，我打算很快就落到地上来。最多也就明年这个时候吧，我就变回来了。我已经想好了我要变的东西，如果不随我的心，我就想想办法扛过去。比如赶上要我变成一棵树，我就不吸水，早点枯死。有些树无缘无故地枯死，就是这个故事，它们不乐意做树。要是让我变成一个碗，我就跳到地上打碎，锔也锔不起来。你碰到过碗自己打碎的事吧？”

我已经习惯了她惊世骇俗的语言，连说是。

“这样，我就能变成我想变的那个玩意儿了。”她满意地结束了自己的话。

面对老妇人运筹帷幄的缜密思维，我叹服之余，小心地问：“那您究竟想早日变成什么呢？”

“眼睛。一个胖小子的眼睛，要睫毛长长的那种。”老婆婆斩钉截铁地说，“实在变不成一双，变一只也成。”她下了很大的宽容心，“那一只就让给别人变吧。”

我探身，注视到她瘪如空巢的眼窝，才知道她是一位盲人。

我想，未来一定有个男孩的眼睛像鹰隼般的锐亮。

“你呢？你下辈子打算变个啥？”她像老树精似的问我。

“我……”我张口结舌，发现自己关于死亡的所有知识都浅尝辄止。我们以为运行到死，生命就完结。其实真正将死的人，忙碌地考虑着后面的事情。

是的。我们会化烟。烟会在天上飞。它终究会落地。构成我们生命最基本的小粒子，携带着我们的信息，在宇宙中穿行。那是一副打乱了的牌，只有极少数的时候，才会再化为人形。我们会变成自然中的任何一种物质，显形或隐形地俯视着世界，在无垠中沿着永恒的轨道盘旋。

珍惜这明亮的机会，直到最后一分钟。

“慢慢想……你还有好多年的时间哩……不急，不急……”婆婆又突然住了口。她安详地睁着无珠的眼眶，不再与我说话。

坐在临终关怀医院的病床上，我呼吸着新鲜的阳光，由衷地微笑起来。

是的。我们还有许多年呢！

阳光打在粉墙上，照亮一幅潇洒的草书。

“幼吾幼以及人之幼。”

按照齐大夫的解释，这句话该是：像爱我们自己的孩子那样爱全人类的孩子。

临终关怀医院里的所有字画，都是院长的老父亲执笔。听说他是一位很有名的书画家，给大宾馆作画，一幅都得成千上万元。可他女儿是一分钱也不给他的。

生生不已

\
\
\

厄运就蕴藏在那块鸽血红的酱豆腐里。

在那块酱豆腐之前，乔先竹一直以为，女儿姜小甜是个能吃能睡的好孩子。

悲哀是从中午十二点十五分降临的。乔先竹清晰地记得那个时刻，好像那是原子弹爆发的时间。

十二点钟下班，一点钟上班，中午只有一小时的午休时间。工人是没有资格睡午觉的，那是有身份的人的事。乔先竹要骑车赶回家给上学的女儿做饭。

说是做饭，其实剔了路上的时间，所余的工夫就很有限了。手笨的女人做不出来，只够把早上的剩饭热热给孩子吃。不过，乔先竹手巧。

十二点整的时候，工厂的大铁门像个忧郁的老人，难得地咧开嘴一笑。女工们倚着铁栅栏冲了出来，好像越狱一般。从现在开始，每一分钟都是自己的。

当男工们将最后一颗米粒滑过粗硕的喉结，准备打牌时，乔先竹正骑车到了一家小杂货店的门前。

她该一股脑儿骑过去，那样一切都不会发生。可是她今天骑得格外地快，比平日到家的时间要早，就有足够的闲情逸致打量周围的景色。

正是春天，小镇像一头肮脏而又生意盎然的毛驴，到处都飘浮着令人想打喷嚏的气味。

千不该万不该，乔先竹不该瞄了一眼杂货店门前的小黑板。

小黑板实际上是扯下来的一块多边形三合板，又抹了层墨汁。上面歪歪斜斜地写着：新到臭豆腐、酱豆腐。结尾是三个炸弹似的大惊叹号。

粉笔字的色彩很鲜艳，石灰颗粒毛茸茸地粘在粗糙的木纹上。

乔先竹下了车，没上锁就进了小店。她的车很破烂，而且她马上就会出来。

小店里很黑，刚进来的人看不清，早潜进的人则洞若观火。“买什么呀？”有人问，声音暗哑得如同被人踩裂了的老竹子。卖货的本是一个爽脆的小姑娘。

一位老女人的轮廓从酱油瓶子的背景上凸了出来，是邻居司徒大妈。乔先竹不想碰上她，老太太的车轱辘话，会耽误了孩子的饭。

“给小甜买块酱豆腐，就疙瘩汤吃。”乔先竹说着，把破书包里的饭盒掏了出来。饭盒盖剐着了书包带上缠着的旧玻璃丝，翘起了一个角，一股白气像狐仙似的冒了出来，灼痛了她的手。

厂子里中午管蒸饭。工人们就蒸一大盒子，留着晚上回家再吃，给自家省点薪火。

乔先竹故意不看司徒大妈。一交换眼神，老太太的话就更没边没沿了。敢情她退休了，巴不得有人跟她聊天。乔先竹得让孩子一回到家就能看到一大锅香喷喷的疙瘩汤。

她对给司徒大妈包完了碱面的售货员说：“我先看看颜色红不红，不新鲜我可不要。”

“新鲜！像鸽子血那么红！姑娘，给我们拣两块卧在下头的。”司徒大妈一点儿都不计较乔先竹的怠慢，像吩咐自家闺女一般，指挥售货员。

小姑娘想不买账，又一想好歹也算个主顾，就先不忙着招呼刚进来的那位上了年纪的男人，把酱豆腐坛子揭了盖。

一股好闻的酱菜味涌进鼻子。乔先竹吹了吹手指，饭盒盖烫着了她。事情到了这会儿，不管酱豆腐是不是鸽血红，她都得买了。

“先买一块吧。现吃现买好。”乔先竹说，然后盘算着怎么用手托着饭盒盖骑车回家。

“多来点儿汤。”司徒大妈很权威地指示着。

“哟！就一块酱豆腐还想多要汤！都这么着，我这酱菜坛子还不得成了上甘岭。您就将就点儿吧。”小姑娘麻利地把一块酱豆腐夹到了乔先竹的饭盒盖上。

“那就再来两块吧。”乔先竹说。一是她看着酱豆腐不黑不燥，二是她不愿司徒大妈为了自己受这番抢白。

“别呀！吃多少买多少，要不，皱了。”司徒大妈设身处地地说。

“我家小甜可能吃了。要是敞开来吃，一顿能吃两块酱豆腐。”

“哟！那还不得变成鼹蝠了。”司徒大妈吃惊得义齿差点儿没掉下来。

“老鼠吃多了盐，才变鼹蝠呢。”乔先竹不高兴了。

“嘿！我也是老糊涂了。可小甜一个女孩家，怎么就能吃那么咸的东西呢？不咳嗽哟？不上火哟？”司徒大妈把昏花的老眼睁得很大。她越老越爱表现出惊奇。

“可她一顿还喝一大锅疙瘩汤呢。”乔先竹一面为小甜辩解着，一面也觉得这确实是个怪事。

“喝多少？一大锅？你们家的那口双耳大铁锅？”司徒大妈在街道管点儿事，家家根底她像克格勃一样清楚。

“是啊。我们家就那么一口锅。”乔先竹不知为什么，心里有些发慌。

“你中午就那么屁大点儿的时间，哪做得出恁大一锅汤！”司徒大妈见多识广，有点儿不相信。

“两大暖瓶开水都是早上现烧的，到了晌午没有一百度也有九十度。下锅就开。舀一勺子猪油香香嘴，择两把菜叶子丢下水。这边就紧着攥一双筷子搅疙瘩，稀稠也顾不得调了，拨拉进锅就是了。八九岁的孩子不知道个好赖，啥也不挑。小甜刚到家我就得走，等晚上我回家来，锅像被小巴儿狗舔了一样净……”

时间已经不够耽误的了，可乔先竹还想说点儿什么。

“这么吃，小甜可得胖。”司徒大妈很严肃地说。

“不胖啊，还一个劲儿地掉秤呢！”

“多给吃点儿好的。正是长个儿的时候，光给喝疙瘩汤可怎么行呢？吃肉！吃鱼！吃……”司徒大妈瘪瘪嘴。

“小甜不吃。只是喝汤喝水……”

“那还不得水肿？”

“倒还不错，都尿出去了。上课的时候，老是举手说上厕所。说撒尿老师就不让去了，你课间休息的时间干什么去了？就得说是拉屎。她还为此得了一个外号叫屎包子。前几天领着她上公园，公共汽车上就说要上厕所，她爸爸说这得忍着。马上就到了，就到了。小甜刚开始还听话，后来小脸憋得通红，绞着腿说，我就要尿裤子了。没法子，只有马上下车，后来重新上车，另买一回票。尿完了，就又要喝。见了卖茶水的就走不动步了，就是那种一毛钱一杯的摊儿。她说渴，我给她一块钱，说喝完了，再买根冰棍吃。她又蹦又跳地走了。一会儿回来了。我说冰棍这么快就吃完了，留神拉肚子。她说根本就没买冰棍，全喝水了。我就去找卖水的老头，说你们可不能欺负小孩。那老头正往杯子里续水，说不定是谁欺负谁呢！从来就没有看见过这么能喝的孩子，把我这一溜儿杯子里的凉白开都喝完了，我没有找你们多要钱，就不错了……”

那个后来的男人在暗影里走动起来。

“哎！我说你们到底还要几块酱豆腐啊？”小姑娘叫起来。她怕那个男顾客走了。

“还要……”

没等乔先竹说完，那个苍老的男人打断了她的话：“你说的可都是真的？”他目光如炬地问。

乔先竹吓了一跳，她一直背对着门，不知道这个人是什么时间进来的。

“实话。肯定是实话！他们两口子那可是老实人！”司徒大妈忙不迭地为乔先竹一家做证。

“这种情况有多长时间了？”男人问。

“哪种情况？”乔先竹莫名其妙。在弥漫着酱气的紫色的暗淡中，那男人的牙齿白得像一道闪电。

“就是你的女儿，好像是叫小天……”

“不是小天，是小甜。”乔先竹不能容忍别人把女儿的名字念错。

“这并不重要，就算是叫小甜吧。”男人不耐烦地挥挥手。

“这有什么呢？小孩子正长个儿，能吃能喝，将来保准是个傻大个儿。女孩子太高了也不好，不易找对象。男孩总得比女孩高吧？”乔先竹不喜欢这个严峻的男人，可她非得跟他说这些话。她觉得有一种危险正从那个男人花白的头发上飞翔过来。

“我问你的是时间。”那个男人严厉地重复。

“好像有两个月的工夫了吧？不对，有小半年了吧？”乔先竹求援似的看了看司徒大妈，明知老太太什么都不明白。

她突然生起自己的气来了。他是什么人？凭什么拦住自己，在这里没完没了地盘问人？疙瘩汤快做不成了！为什么要跟他啰唆！乔先竹转身要走。

“我是医生。你的孩子得了病。很重。你可以到这儿来找我。”苍老的男人告诉乔先竹一家医院的地址，这在附近要算条件最好的了。

“尽快带她来。我姓袁。”男人说。

那块鸽血红的酱豆腐砸在地上。

“他瞎说！没事找事！吃饱了撑的！”老姜说。

乔先竹是在家属区以外的路上拦住丈夫的。小甜已经回家了，饿得不行，妈妈就让她先吃了。乔先竹隐忍了一个下午，迫不及待地把一切告诉老姜。不能在家里说，小甜什么都懂了。

“谁？”乔先竹一时没回过味来。

“就是那个姓袁的大夫。我最看不惯那些穿白大褂的，恨不得把所有的人都打成病号，这样就显出他们的能耐来了。他说你有病，你就真的开始喘了？没那个！甭信邪！”老姜刚下班，汗里都是机油味儿，肚子饿得像一个空牛皮纸口袋，吃不上饭，先被塞进一个坏消息，他本能地把它吐了出来。

乔先竹安心了，开始恨那个搅得她一下午都不得安宁的袁老头。

夫妻俩高高兴兴地携手回家。

这是工厂的宿舍区。解放以前是旧厂房，屋顶是斜坡的“人”字形。现如今住了人，怕一家一户的太宽敞了，就在“人”字的正中打了一堵墙，成了“个”字，能填进加倍的人。

姜家就住在最深处的半个“个”字里。

两人突然停了步，就像被人用铜锤贯了顶。

在幽深的“个”字前头，有一个公用的水龙头。一个孩子正仰头含着水管吞咽。口角溢出的水灌满了耳朵眼儿，又无声无息地涌进脖领子，小褂子的前后襟都洇透了。

“为啥喝生水！”老姜大喝一声。

那像青葱一样细溜溜的孩子吓得一闭嘴，水流溅得满脸开花，几缕软稀的额发像京戏青衣的头饰，苦难地贴在眼角。

“我渴。”女孩说。她就是小甜。

“我给你凉得有开水呀。”乔先竹心疼地说。

“喝了。不够。”

“那咱家也有水管子，干吗非跑这么远，来喝这一口凉水呢！”乔先竹把孩子揽在怀里。

“我喝得多，给家里省点儿水费。”小甜伸出猫似的舌头，把嘴边汗毛上的水珠舔进了嗓子眼儿。

老姜阴沉地看着她们，什么都没有说。

“妈妈，我饿！”小甜说。

“为什么不给她做饭？”老姜恶狠狠地看着吃得精光的双耳铁锅，咆哮道。

“妈做了，是我吃完了，把锅又刷净了。”小甜忙着为妈妈澄清。

乔先竹知道袁大夫说的是真的了。

老姜走过去，粗暴地扯过女儿，一寸寸地在她的身上摁，好像女孩是一个瘪了的乒乓球。

“疼吗？疼吗？”他不停地问。

“不疼。”小甜说。她已经感觉到脑仁里像有一团蚯蚓似的难受，可是她不说。爸爸妈妈这会儿的脸色都不好，别给他们添乱了。

“都不疼，你没完没了地吃呀喝呀的，成心给老子添堵啊？”没想到爸爸更恼怒了。

也许她应该告诉他们自己好累好累，那样爸爸就不会这样生气了。小甜想。

“以后不许你再说渴再说饿！听见了没有？”

“听见了！”小甜转身就跑。

“干什么去？”老姜越发怒火冲天。

“上便所去。尿。”小甜急得直跺脚。

老姜死死地拽住女孩，颤颤抖抖地说：“好孩子，你告诉爸爸妈妈，说你没病，说你没病啊！”

他拼命地摇着女孩，好像她是一瓶混合不匀的饮料。

“我没病啊！”小甜非常肯定地说。

乔先竹掰开丈夫的手，说：“甭管出了什么事，先让孩子撒尿去吧。”

夫妻两个面面相觑。他们注视着女儿，觉得那是一个陌生人。一种奇怪的病嵌入了他们的孩子，从此他们要和一个不认识的东西相处了。

乔先竹机械地端起盆。

“干什么？”

“做饭。”

“也不看看都什么时候了，还做饭！”男人吼道。

“什么时候也得做饭哪！就是咱们俩不吃，孩子也还要吃。”乔先竹木木地说。

“不吃！不吃！还没有查出是什么病，这会儿把好东西吃进去，补不了身子，光补了病。饿着她！”老姜说。

“你那叫个什么理？兴许这个病不要紧呢？别没什么病，人先给饿死了。”乔先竹强打起精神。她本想从丈夫那里得到点儿力量，没想到男人比她先没了主张。

“吃点儿什么？”老姜突然觉得肚子极其饿，想大吃一顿山珍海味。有钱人为什么啥事都不怕呢？就是因为他们总是吃得好。勇气是蕴藏在食物里面的。

“吃疙瘩汤吧。孩子没吃够。”

乔先竹舀了面接水，毫无知觉地抖着面盆。要不买酱豆腐就好了……要不碰见那个姓袁的大夫就好了……这个孩子究竟是得了什么病呢……

她端着一盆糨糊，在想。

CT，人们都会念叨这个词。没有人知道它的全称，知道它的确切含义。人们只知道它是一项很昂贵很严重的检查。病情需要做CT，大家就知道这是病得不轻了。假如做了CT还查不出是个什么病，那这病就更凶险了。

乔先竹记得袁大夫，可她专门不去找袁大夫。她想找一个别的大夫，好证明她的孩子没有病。

可袁大夫还是看到了他们。

医院有高贵的花岗岩台阶，好像通往天堂的道路。袁大夫从医院的大门走出来，看到从台阶走过的人们都在绕一个弧形，中央仿佛是一座蛇岛。

一个男人和一个女人面对面地坐在冰冷的石级上，手拉手，在忧郁的上午乘凉。袁大夫认出了那个买酱豆腐的女人。

“孩子呢？”他温和地问。

“上学去了。她的头疼得很厉害，我们说不要去了，她还是要去。她说她没有病，就是缺觉。我们来给她拿检查报告。”乔先竹说。她的眼泪像快要熄灭了的蜡烛一样淌下来，黏结在脸上。

老姜把单子交给袁大夫。

“你们怎么坐在这儿呢？又凉又挡道。”袁大夫想把他们搬到一边，可两个人像麻袋一样死沉。

“我们拿了报告单，就一边走一边看。走到这里，正好看完，我们就一屁股坐在这儿了，再也走不动了。医生，你既然没见到人就知道我家小甜有病，你一定能治得了她的病，你救救她，救救她吧！”乔先竹揪着袁大夫的衣服，不知内情的人，还以为这女人要和医生打架。

袁大夫仔细地看了一眼报告单。第一个感觉是运筹帷幄的欣喜。果然不出他最初的判断，这女孩患有极险恶的脑肿瘤。

一位老人领着一个男孩小心地从他们身边走过，好像小船绕过江心的黑色礁石。乔先竹突然歇斯底里地狂叫起来：“我恨你们！你们的孩子为什么一个个都好好的，我的孩子为什么要得这样的病？为什么！这不公平啊！老天！”

“起来！起来！”袁大夫厉声呵斥他们，“你们不能总在这里傻坐着！你们怎么说还是大人，记住还有孩子呢！病在她身上，她才是最苦的啊！”

两个人乖乖地像木乃伊似的站起来，脸上仿佛大梦初醒的样子。

是啊，还有孩子。

“我们该怎么办呢？袁大夫？”

“把孩子送到医院来。陪着她。然后看看我们的运气吧。”

袁大夫走了，白大褂儿下摆像纸鹤似的飞舞着。

妈妈没有腿，只有半截身子像被掰断了的萝卜，齐刷刷地浮在半空……妈妈还是有腿的，把自己的脑袋拼命往后仰，妈妈就像蒲公英似的飘起来，她的头就消失了，下半截身子像树桩一样立在地上……

这一切当然令人恐怖，但是也挺好玩的。这是哪个小朋友都没有见过的景象！等我病好了，一定好好地给大家说说这件怪事。就怕他们不相信……

小姑娘静静地躺在惨白的床上。因为脑瘤的压迫，她的眼珠开始像夕阳似的下沉。世界便像鸡蛋被切成了两半。只要她的头痛不发作，景象就非常奇异。

乔先竹和丈夫胆战心惊地陪伴着女儿。他们已经从最初的震惊中凝固下来。悲痛沉淀在他们的骨髓中，不知道还有多少酷烈的苦难在等待着他们。

“爸爸妈妈，我就要死了。”小甜很清晰地说。她的声音依然纤细，好像金刚石刀锋在玻璃上画出笔直的纹路。

“小孩子，别瞎说！什么生呀死的！你知道什么？不过是有点儿小灾小病，用不了几天就会好的！”老姜狠狠地说。他要是不这么凶狠，就抑制不住嗓音的颤抖。他刚开始不敢对女儿发脾气，他想孩子以后万一有个三长两短，他得后悔一辈子。

“你要是真心疼孩子，就骗她吧。糊糊涂涂地死，比明明白白地死，胆子要大点儿。没准儿这病还能医好呢。”乔先竹说。

“这病是治不好的。一点儿希望都没有。不要有幻想，幻想只会使最后时刻真的到来时，你们更加痛苦。”袁大夫谆谆告诫他们。

“照你说的，我们就剩下等死一条路了？那还要你们干什么？要医院干什么？”乔先竹血红着眼，瞪着袁大夫。

袁大夫悲悯地看着他们。无论病人和他们的家属怎样恶语相向，他都不会计较。医学其实是一门十分苍白的学问，它绝不像人们想象的那样强健有力。世上有许多病，医学可以非常精确地描绘它们，犹如毫发毕现的肖像，但是医生们望洋兴叹、束手无策，这些病就叫作不治之症。

“我们给孩子输血！输脑浆！输骨髓！为了孩子，我什么都愿意掏出来。就从我身上抽！”老姜露出两只暴起青筋的胳膊。

袁大夫轻轻地把他挡了回去：“这又不是二十四孝，可以割股疗亲。人肉有什么？和猪肉的营养成分是一样的，还没有猪肉好吃。我们会尽力而为的。延长生命，减轻痛苦。”

乔先竹恨这个冷若冰霜的老大夫，可是又不敢得罪他。毕竟他是这所医院的外科权威。

“那我们走！转院！上北京！把房子卖了也要给孩子治病！”老姜没有妻子那份心机，暴躁地跳起来。

“我不许你们走！”袁大夫冷峻地说，“孩子脑子里的那个瘤子，只有薄薄的一层膜，像凉粉一样软。任何一点儿颠簸，都会把里面裹着的东西洒出来，事情就变得不可收拾了！脑袋是什么？脑瓜脑瓜，脑袋就是一个瓜！这个瓜能装多少东西是有数的。瘤子就是一个烂菜花。它有根，会不断地长大。脑瓜里就那么一大点儿地方，瘤子一大，别的器官就被压成了一摞纸片。等到瘤子长到了和脑子一般大……不和你们说了，说了你们也听不懂。总之，你们如果一定要走，孩子就会立刻死在你们的怀里。”

袁大夫毫无抑扬顿挫地说完这一席话，匆匆走了。他有许多病人要看。有的医生是凭态度殷勤出名，袁大夫只凭医术。

走出很远，袁大夫又回来嘱咐道：“这孩子快抽风了。”

啊！！！

乔先竹和老姜浑身痉挛起来。还有多少罪在等待着这个孩子啊！

袁大夫深入浅出地向他们介绍了将要发生的癫痫大发作。深入浅出真是一件极残忍的事情。他把一个深奥的你不理解的可怕现实，描绘得那么简单明了。像一碗邪恶的清水，把你所有的希望都溶解掉了。

老姜和乔先竹真想把医生掐死。实际上，他们却围着医生忙不迭地问：“有什么办法吗？”

“赶快叫护士用镇静剂。把她的手脚按住，以防骨折。为了保险起见，把她的手脚捆在病床上最好。”

袁大夫说得非常平静，好像在传授一道美味佳肴的烹制方法。老姜双手扶着袁大夫，像滔天洪水中抱住了一棵老树。他做出垂危病人的家属在这种情形下能挤出的最好的笑容，说：“我们信得过您，把孩子的脑子就托付给您了。您把它给打开，把那个瘤子割出去。哪怕孩子就此傻了、瘫了，我们也一辈子念您的好。”

袁大夫不屑地摆头：“你以为你孩子的脑瓜真是一口箱子，想打开就打开想关上就关上吗？脑子里的每一块都是非常重要的。除非是哑区……”

“哑区不就成哑巴了吗？”老姜积极地插嘴。其实他是不该打岔的，但他想显出对大夫的讲解都心领神会，希望执掌孩子命运的医生能对自己说得再详细一点儿。

没想到袁大夫火了：“谁说哑区不好？要是瘤子长在哑区，切掉就是了，危险要小得多！为什么叫它哑区，就是有它没它一个样。你家孩子的瘤子长得不是地方。如果把瘤子切除，就像从湿地里把一个萝卜拔出来，要拖出一大坨泥。那都是人的生命中枢。肿瘤被切除了，人的生命在那一瞬也就停止了。”

迄今为止，袁大夫说的都是丧气话，但这并不妨碍他千方百计地寻找救治孩子的方法。他从不在病人那里停留太长的时间，但对一切都了如指掌。对于病的惨状，他比任何一个深受其苦的病人都更清楚。有出息的医生不是唉声叹气地在病人面前表示廉价的同情，而是苦苦探索，拿出拯救生命于水火的方子来。

小姑娘的头一天天地肿胀，渐渐像个榨菜似的见棱见角。夫妇俩日夜守候着女儿，像守候着一枚鱼雷，不知医生预言的可怕的抽搐何时到来。

袁大夫走进病房，手里拿着一瓶蓝墨水样的液体。

姜小甜睡着了。她的黑发遮住了头颅狰狞的凹凸，脸庞艰难地保持着娟秀。

“请你们到外面来一下。”袁大夫说。

“有什么您就在这里说吧。”两个人都不愿意离开孩子一步。最后相聚的时间像破盆里的水，越漏越少。“她睡了。”

“这是一种毒药，很毒的一种药。我不敢说它有多大的把握，但是如果我们不试一试的话，我们就一点儿希望都没有了。”

“能有多毒呢？”夫妻俩问。

“我已经在自己身上试了一下。血管非常痛。我想，敌人的辣椒水加老虎凳，大概和这差不多。”

“那受了这罪之后，她能好吗？”两人异口同声。

“好不了。只是暂缓死亡。”袁大夫永远不给人以不着边际的希望。

“让我们想想！让我们想想……”两个人抱着头，好像他们顷刻间也得了脑瘤。

“你们好好想想吧。”他胳膊打过药的部位像烧红的铅丝在那里拧。他当然很想试一试这种新药的威力，积累经验。医生的技术是在无数尸骨与血泊中堆积起来的。但他不能欺骗。给人以渺茫的希望，是最大的欺骗。

一家一户的痛苦并不影响世界的幸福。夏天不可遏制地到来，合欢花像粉红色的粉扑，拂弄着寂寞苍凉的病房窗台。

女孩的头成了多边形，早已愈合的骨缝像龟裂的土地，在菲薄的皮肤下绷开黑洞，一个内在的妖魔向四面八方膨胀。眼睛被扯进头发，眼珠像壁灯似的迸出。嘴角搭上了耳轮，鼻孔一个朝天，一个朝地……那个美丽乖顺的小女孩已不复存在，代替她的是一个被病魔统治的怪物。

抽搐终于开始了。发作的时候很突然，好像女孩接受了一道从天而降的旨令，毫无先兆地骤然痉挛。软绵绵的女孩皱缩得像极坚硬的擀面棍，每一块筋肉都像铁一样放光。小小的身体像一张射雕的弯弓，反弹在惨白如雪的病床上。无数汗水从这怪诞的人体虹桥上，滴滴答答地溅落，犹如春暖花开时积雪的屋檐。

看着自己的亲生骨血受此蹂躏，老姜猛烈地往墙上撞自己的头，整个楼层被他撼动，暖气管子发出强烈的共振。他完全不觉得疼，或者说身上的疼转移了心上的疼，倒略略舒适些。

看着丈夫青一块紫一块的脸，乔先竹反倒冷静了。谁是一家之主？平和的日子里，男人们发号施令。当厄运像洪水般袭来的时候，女人们就挺身而出了。笨重的东西都被淹没了，只有那些平日里轻飘飘的物体，顽强地在浑水之上浮动。

护士们开始紧张地救治。

“我要去找他！”

“找谁？”乔先竹抱着丈夫。

“找那个像巫师神汉一样的大夫。他什么都知道，病要变成什么样，他心里早就明镜似的。可他就是不给治呀！是他把我们孩子拖成这样的啊！我要找他去！跟他算账！和他拼命！孩子不活了，我也不活了，他也甭想活！”

乔先竹抱着丈夫，声嘶力竭地对护士喊：“你们给他也打一支镇静药吧！让他也睡过去吧！求求你们了！”

孩子睡了，丈夫也睡了。刚才狂躁一团的病房，现在宁馨静谧。

要是永远这样沉寂，多么好啊！乔先竹真想此刻火山爆发，他们一家人就永生永世不会分离了。

丈夫已经垮了。乔先竹觉得平日倚在背后的那棵大树，被雷劈得四分五裂。她真想昏过去啊！在小说里、电影里，女人是那么容易昏过去。身子一软、眼一闭，就可以缩成一团倒在地上。等她醒来，事情多半就会好起来。

她真想无知无觉地躺在地上。就在这医院冰冷而又带着消毒水气味的水泥地上，永不醒来。她再也不用在孩子面前强装笑脸，再也不用提心吊胆地等着一天比一天可怕的报告单了………

她喃喃地说：“孩子，你去了，妈也跟你一起去。在那个新的地方，妈还给你做妈，你还给妈做孩子。妈还天天给你做疙瘩汤喝，多放香油……”

她的思绪像锈链子，缓慢迟钝地向前扭动着。可是她清醒地知道，自己没有一丝昏过去的迹象。她的眼珠干涩如沙，嘴里也没有一星水汽。

她没有昏过去的权利。

厂里的许多人来看孩子。

“下班后有事吗？”

“没有。”

“那咱们到医院去吧。”

“好好的到医院去干什么？”

“去看老姜师傅的闺女呀。”

“还真得去看看。听说是快死了。要是去晚了，就是想看也看不到了。”

“真可惜，我以前没看过那孩子。”

“听说脑袋肿得像脸盆，手脚都绑着……”

“赶紧去！干吗还等着下班？上班去，领导还敢不批？”

人们蜂拥着去看那濒死的孩子。看完之后，心里生出自豪感、幸福感和优越感。一无所有的人知道自己拥有健康，就是极大的富裕。为人父母的回到家里，骤雨似的亲吻自家的孩子。

司徒大妈不敢去看。她把义齿咬得嵌进了牙帮骨，才到了病房。

“司徒奶奶，您来了。这些天来了好多人，来看我。可是，您老也不来。我都想您了。”

司徒大妈做好了最充分的思想准备，床上就是躺着一个鬼，老太太也不害怕。可老人家还是毛骨悚然了。她听到一个面目丑恶的小人儿，发出那么动听的声音。

姜小甜的脑袋变成了一个不规则的多边多角体，司徒大妈老眼昏花看不太清就是了。

那简直就不能算是一个人。什么都变了，只有嗓音依旧。

“奶奶忙。从今以后，奶奶常来看你。”老人泪水涟涟。

“那我要是在病房活到一百岁，奶奶就得来几万次了。”

“来！奶奶来！几万次也来！”

“奶奶，我是逗您呢。您也不想想到那会儿，您多大岁数了！主要是我活不了多久了。”小姑娘的眼珠已经像踩进泥里的杏核，很难错动。

“小小的孩儿，怎么能说这话！”

“奶奶，我要是不在了，我爸我妈老了，谁来服侍他们啊？我以前喝了我妈那么多的疙瘩汤，我总想等我妈老了，我也给她做疙瘩汤喝，可惜我做不成了……”

“做得成！做好了，别忘了给你司徒奶奶一碗。”老人赶紧颠儿颠儿地走了，她再也受不了了。

小甜躺在床上，你分不清她什么时间睡着什么时间醒着。疾病使人极大地聪明起来。她的脑瘤一定使某些神经绷断了，断头又搭上了线。就像烧断了的灯丝又对接上，那光亮分外刺眼。

乔先竹的心被一只铁爪攥出血来，心里叫着：瘤子瘤子，你快长到这孩子脑子里管说话的地方去吧！让她傻了吧！

死亡是一位透明的老师。活得好好的人是看不到它的。只有那些衰竭到极度的人才被它收作学生。它诲人不倦地教导学生，濒死的人往往说出智慧无比的话。

“我死了以后，不要烧我，也不要埋我。烧我的时候头发会着火，太疼了！埋在土里那么黑，那么憋。蚯蚓会爬过我的脸，雨水会灌满我的耳朵……”小甜眼睛里的世界已经像砸碎的万花筒，是一堆彩色的碎片。这在好人想来自然是非常可怕，其实它是逐渐形成的，姜小甜习惯了，忘了完整的世界是什么样子的了。

“那你说，我们可该把你怎么办呢？”母亲钻进了孩子的圈套。现在不是讨论死不死的问题，而是在研究死后的处置方案了。

“我也不知道。我以前也没碰见过这种事，别的小朋友也没有说过。我累了，我要睡觉。我以后要穿一双红皮鞋，要草莓那种颜色……”女孩子立刻睡着了，你说昏过去了也行。

老姜已经是个废人。他不吃也不喝，只是愣愣地盯着女儿，好像要在黑眼珠上雕刻出孩子的影像。他觉得这个脑袋畸大、四肢枯干的小人儿，哪里还是他的孩子！一个魔鬼在暗中偷天换日，就像跳大头娃娃舞，这是一个假面具。

他要砸了那个可怕的怪脸，把他可爱的孩子从后面抠出来。

女人强迫自己吃饭，使劲吃。一家人总要有人主事。她吃的时候完全不知道饥饱，就迅速地肥胖，显出灰白的囊肿。

日子像蜕下的蛇皮，一动不动地挂在墙上。

那个时刻渐渐逼近。

袁大夫无动于衷，所有的同情心、怜悯心在做实习医生的时候就已用完，最初病人死亡时，他痛哭流涕。一次次的死亡把他的泪腺灼干了，只剩下坚如磐石的责任感。他承认，自己的恻隐之心绝不如那个抹着眼泪的司徒大妈，可是他会为拯救生命奋斗到最后一息。眼泪不是药。

袁大夫注视着一道道病魔运行的轨迹，想尽所有的办法。他嘲笑自己是明知不可为而为之的愚人。

人们都在盼望出现奇迹。但奇迹之所以被称为奇迹，就是因为在一般情况下绝不会发生。那个烂菜花蓬蓬勃勃地发育着，把小姑娘全身营养血脉的精华都攫取过来，肥沃地滋润自身，快要成熟了。

癫痫发作得越来越频繁，女孩小小的身体成了病魔信马由餐的草场，抽搐的时候，像一只从高空坠下的猫。

“袁大夫，求求你。”乔先竹说。

“求我是没有用的。所有这些不是早就跟你们说过了吗？”袁大夫不耐烦。

“这回是求您把我的头割下来，给我的孩子缝上。”乔先竹很平静地说。

“那是不可能的。”在袁大夫多年的医学生涯里，还没有人提出过这种古怪请求。

乔先竹使劲揪住袁大夫，她的指甲长时间没剪，把袁大夫的白大褂儿袖子割开了。

“医学做不到那一步。即使做到了，那个人是你呢？还是你的孩子？人之所以存在，之所以你就是你，而不是其他的什么人，就因为头颅是不一样的。将来有一天，即使医学发展到了那一天，也不会做这种事的。”袁大夫想把袖子抽出来。

“你休想走！”

“你要怎么样？你！”袁大夫难得地吃惊了。

“既然你治不活她，就把她治死吧！大夫，这是我最后一次求你了。她这么活着太受罪了。我看着她受罪又代替不了她，又不能不看，要不你就把我的眼睛治瞎了吧。医生，你给她吃点儿药，你让她平平安安地走了吧。可是你别告诉我！你就骗我一回吧！你让我在她前头死了吧！”

袁大夫推开披头散发的女人，对护士说：“给她用强力的镇静剂。”

乔先竹醒后，精神平稳多了。

“我们不能老这么垂头丧气的。我们得笑。”她说。

丈夫首先响应号召，他想把嘴角咧上去。可是长时间的愁苦皱纹，像锚链把筋肉固定在悲惨的模具里。他就用手指把嘴角像被子似的推向上方，成就了一个很完美很标准的笑容。

女孩用她的半个眼球注视着这一幕，说：“我也要笑吗？”

“要笑。”妈妈说。

女孩吃力地笑起来，那是一个极恐惧的表情。又一次抽搐降临了。

现在每天都得给孩子输镇静药，她只做一件事，就是昏睡。在如此安逸的条件下，肿瘤发育得更加圆满。孩子的头皮绷紧得如同笛膜，血管像琴弦一样跳动，养料源源不断地供应着那个赘物的消耗。

由于家长的强烈恳求，那种像墨水一样蓝的药物被滴进孩子的身体。袁大夫想对他们说，事到如今，除了徒增痛苦，没什么用了。可他终于什么都没有说。如果不用这味药，他们会后悔一辈子的。现在已经不是考虑病人的问题，而是要为活人着想了。

奇怪，那小女孩似乎并不觉得痛。

乔先竹呆呆地看着那蓝色的液体。这是一个有着皎洁月光的晚上，只有小小的床头灯亮着。

孩子的命就存在于这靛草一样蓝的药水当中吗？

突然，女孩醒来。

有什么东西能对抗那么强大的镇静剂呢？

“妈妈，我想喝水。”

“别给她喝。她这个病就是从喝水上得的，越喝越重。”爸爸说。

“不喝就会好吗？”女人说。

“喝吧。”爸爸就给女儿喂水。

她一口气灌了那么多水。好像脚下有个漏斗，把水又渗回到地里了。

“好舒服呀！”女孩说，“你们为什么老不让我喝水呢？要是让我喝水，我早就好了。”

“从现在开始，你爱喝多少水就喝多少水。”女人说。

“那我就变成一个水鬼了。”女孩微笑着说。

“别神呀鬼呀的。渴了就喝，不渴就不喝。”

“其实我早就知道了，你们不给我水喝，就是想让我早死。我死了，你们就高兴了。”女孩安安静静地说。

“孩子，谁教你说的这个话？”这是女人自从孩子病了以后，听到的最恐怖的话。

“我自己想出来的。”女孩很骄傲地说，“你们以前就说过，想要一个男孩。有我在，就没法生一个小弟弟。所以，我根本就没有病，好好地上着学，是你们非把我送到医院里来。送来以后，你们又不给我治。这么好看的药。”小姑娘的手绑着，怕的是她突然抽风时掉到地上骨折。她无法动手，只能用半个眼珠瞟瞟湛蓝的输液瓶。

“不是啊！孩子！大夫说这个药特别疼，怕你受不了啊！”乔先竹像母狼似的号叫着。

“你们骗人。它一点儿都不疼。”小女孩坚决否认。她极度衰竭，连剧痛都感觉不到了。

“你们说什么我都不会相信了。你们总是骗我。你们连水都舍不得给我喝……现在我就要死了，这会儿你们满意了吧？我知道你们会偷偷地笑……你们可以去生小弟弟了……可是我都不在了，他又是谁的小弟弟呢……”

男人和女人死死地对视着。这肯定不是他们的孩子，而是一个恶毒的妖怪。不知道在哪个漆黑的夜里，它把他们美丽聪明的女儿换走了。

“孩子，这是谁教你说的胡话啊？爸爸妈妈是多么地爱你啊！假如这罪过能够换到我们身上，哪怕就是增加一千倍，爸爸妈妈也愿意替你受啊……”乔先竹凄厉地叫着。

“我再也不信你们了……别忘了我的红皮鞋……要草莓色的……”姜小甜说。她仿佛看见了那双鞋，脸上出现了一个莫名其妙的笑容，缓缓地从嘴角升到了眉梢，像烛焰熄灭前的最后一跳，空空洞洞地停在变了形的鼻尖上面，之后就永远地栖息在那里。

夫妇俩拼命地按铃。护士像潜伏的士兵冲了进来，开始抢救。

“结局就是这样了。我早已同你们说过。抢救过来之后，无非是让她多受几小时或一天半天的苦，最后还是……”袁大夫说。

“不！不！我要抢救！我要你把她救过来，我还有话要对她说啊，她不能就这样走啊，我得给孩子说清楚啊，她太委屈了啊，我的孩子！”即使在这种时候，女人依然十分清楚，丝毫没有晕过去的迹象。

袁大夫第一次违背自己的判断，指挥抢救。

女人目光炯炯地看着。

袁大夫错了。女孩永远地笑下去了。

女人突然扑上去，狠命地捶打女孩的头：“她活着的时候我不敢碰你，现在她死了，可你还活着！我要把你剜出来，剁个稀巴烂！是你害死了我女儿，你赔我女儿！”她猛烈敲击女孩的后脑，不知为什么，她认定那该死的瘤子长在脑壳靠近枕头的地方。

女人的精神在这一瞬完全崩溃，她把死人摔得嘭嘭作响。

轮到男人顶天立地了。他对医生说：“孩子是不行了。救大人吧。”

老姜操持着去给孩子买最后的衣服。司徒大妈不让他买红皮鞋，说是这样小小年纪就夭折了的女孩，是不能穿红的。要不，对活着的人不吉利。他拿不准这件事怎么办。虽说回了家，女人还是疯疯癫癫，一天嚷着：“我不想要什么小弟弟，我就想要你，我的女儿啊……”

可是不问女人，这事就定不下来。他终于对女人说了。

乔先竹坐在明晃晃的阳光下，凝然不动的眼睛仿佛透明。

“对活着的人不吉利？活着的人和她有关的还有谁？不就是咱们俩吗？”女人这一刻明白如水，“最大的不吉利不就是个死吗？她都死了，我活着还有什么意思？真有不吉利，那就是女儿要送我的东西，我都收着、搂着、抱着……她就要一双红皮鞋，你还不给她买！你还要来问我！难怪她恨我们。女儿，你恨得有理，你该恨……我们就是太可恨……”

草莓红的皮鞋给女儿穿上了。

烧骨灰的时候，推尸的老头盯着红皮鞋看。

老姜说：“你没见过这么穿的是不是？我们不怕不吉利。”

老头默默地点了点头。他是想，这双鞋给他的外孙女穿挺合适。

乔先竹没去火葬场。老姜怕她一定要去，正不知如何劝才好，乔先竹却先说了：“我不去。那不是烧我的孩子，那是烧那个瘤子。”

女儿被捅进焚尸炉。老姜就跑到院子里看烟囱里冒的烟。他想，这是这孩子在世界上最后的模样了。砌成四方形的烟道冒了一缕极轻袅的白烟，之后就是浓黑的乌龙。

“孩子，爸爸知道只有刚开始那一小截是你，后来就都是那个瘤子了。你到天上去了，你顺着风回家看看你妈吧，她想你啊！”

女人不吃饭，瘦得像两张纸贴在一起。在亮光里，从她的后背，能看到前面的肋骨。

吃饭的时候，她就说：“去叫小甜。”

小甜自然是不会来的，她就说：“你先吃，我等她。”

闻到饭的气味，老姜觉得饿极了。从那遥远的疙瘩汤以来，他好像从未吃过饭。他把饭碗上的瓷都咬下来了。

男人在事情没有发生以前非常惊慌，把力量积攒起来。结局一旦出现，就冷静了。女人们在每一步中都有板有眼，她们把血洒在途中，最后就全线崩溃。

夜里，乔先竹把丈夫摇醒：“起来！起来！我们的女儿活了！”

老姜看到女人的眼睛绿莹莹的，好像表盘上的荧光。

“活了？怎么会？我亲眼看见她烧成了灰！你醒醒！”

男人去摸女人，好像摸到一丛荆棘，到处扎手。

“你快去开门！她就穿着红皮鞋，在我们门前走呀走……”女人挣扎着要起来。

“我去！”男人开了门。门外是一地清辉。

“都怪你开门晚了。女儿又生我们的气了。她走了……走了……”

女人凄凉的号声，在“个”字工棚区每一家的窗玻璃上，画出尖锐的痕迹。

“这女人干脆死了吧！”睡梦中的人们诅咒。天亮以后，人们略微慈善了一点儿。“想个办法救救你老婆吧，要不就难说了。”大家劝老姜。

男人对女人完全无能为力。能说的话都说过了。他原本就不是一个能说的人，死亡和焦虑更剪去了他的半截舌头。

女人真的活不了多长时间了。

老姜没办法，又去找袁大夫。他不想见医生，可是除了医生谁还能救女人的命？找别的医生？袁大夫是最好的了。而且他什么都不用说，袁大夫都明白。

“医生，到我家去一趟吧。救救我女人。”

“我不去。”袁大夫刚做完一台大手术，正在洗手。洗完后，他并不像常人那样把手在毛巾上擦干，而是甩着两手，等着风把它们吹干。

“要不我把她送到您这里来。”老姜哀求着说。

“那也不必。看不看都一样。”

“医生，您不能见死不救。”

“我只说不去见她，并没有说不去救她。她的病，不用看我就知道是怎么回事。现在只有一个办法可以试一试。”

“医生您快说。我拼了自己的性命也要救她。她们都死了，我活着还有什么意思？就是要我的心煎了给她吃，我都掏出来。”

“别说得那么鲜血淋漓。那都是神话故事里的事，根本没用。医生有的时候很无能，比如对付你女儿的病。有的时候也很有招数，比如你老婆的病。你的女儿我没能留得住她，但你的老婆我可以治。”袁大夫的手被风吹干了，插进雪白的白大褂儿兜里。

“快说啊！大夫！”老姜恨不得把办法从医生的喉结下抠出来。

“这个办法主要就看你的了。”

“我？我没事。是她不行了。”

“妻病夫治，也是一条原则。”大夫平静地交代。

“我能行吗？我……会什么呢？”老姜忐忑不安。他来求大夫，没想到医生又把这颗苦果子还给了他。

“你行。这事除了你，还没有人能办得成。”

“这是个什么妙法呢？”

“让她怀孕。”

“再生一个孩子？”老姜的眼睛瞪得像两盏汽车大灯。

“是的。唯有这个方法才能挽救她的精神和生命。”袁大夫极肯定地说。

“可是您现在没看见过她。她瘦成了一把筋，摔一个跟头，能在地上打出火星儿来！她哪还能生孩子？孩子会把她的肚皮硌漏的！您快点儿给她开些人参吧。山参红参太子参西洋参都行。你那个主意会要了她的命！”男人又开始恨大夫，觉得他像个兽医。

“世人只知道用人参。其实人参杀人无数，是个罪大恶极的凶手。我出的主意，你可以不用。只是她现在的情形万万不可用人参，你一定要记住。”袁大夫结束了他的谈话，就像合上了一本厚厚的字典，把所有的解释都藏在了里面，不再打开。

男人回到家。乔先竹说：“我知道你到哪里去了。你去找医生了。”

女人的身躯已经像一块洗过无数次的布，又软又薄，轻轻一吹，就会破一个大洞。

“医生说什么来着？”

“医生说让你好好吃饭。人死了不能复活，活着的人还得活下去。只要人活着，什么都好说。”男人从来没把话说得这么流畅。

女人听了说：“这不是那个医生的话。那个医生从来就不会说这么好听的话，这是你说的话，也够难为你的了。”

老姜觉得女人变得像那时的女儿，一身的妖气。

女人的世界已缩成一个冰冷的古井筒，里面只住着她的女儿。她不明白男人为什么撒谎：“医生还说什么了？快告诉我。”

“医生就再也没说什么。”老姜喃喃地回答。他不会编谎，只有缄口不言。编不圆的谎就像破竹篮，鸡蛋都漏下去了。

“那就是说，我快要死了。”女人幽然地吐了一口气，“那个医生要是不说话，事情就没救了。”

“不！不！他可没说你快死了。他也没不说话。他说，你只要按他的法子办，什么事都会好的。”老姜忙不迭地辩解。

“你又在骗人。你是骗不了人的，干吗做这吃力不讨好的事呢？也许骗骗别人还行，你哪能骗过我呢？”女人宽容地说。

“这回可是真的！医生真说事情好办。”男人想，彼此之间骗得太久，都不知道什么是真的了。

“袁大夫又说什么了？”乔先竹难得有兴趣。

“这个……还真不好说……是……”男人结巴得厉害。

“这有什么不好说的？咱们不是两口子吗？”

“对对！就是两口子的事！”男人如获至宝。他真没法说那个主意。

“你说呀。”

男人发起火来：“别提他！他的主意混账极了！是把人往死路上整！”

“我不怕死，快把他的主意讲给我听听。”男人的火气触发了女人的心气，穷追不舍地问。

“他说……让你再生一个孩子……”老姜等着女人撕肝裂肺地惊叫。

“他真这么说了？”女人没叫，但满脸惊愕。

“真的！这可不是我的意思。是那该死的袁大夫的原话。”

“他怎么跟我想的那么一样！我早就琢磨过了，就是这么一回事。我们俩就像两棵树。我们结了一个果子，它被风打掉了。我们再哭，它也不会回到树上去了。可是我们还能结好多好多的果子啊！我早就想和你说了，可我怕你笑话我。都这样了，还想这事。我不是个下贱的女人，可我想要个孩子。我是个女人，我不能没有孩子。你要可怜我，你就按医生的话救我。有了孩子就有了我……”女人一下子说了这么多话，要是平日，早就上气不接下气了，今天却神采奕奕。

“不！我不能干那事。你就是真的信他那个邪招儿，也得养好了再说。你现在这样，孩子会要了你的命！”男人坚辞不干。除了心疼女人，他对自己毫无信心。自打女儿生病，住进了病房，他就知道自己不行了。

女人不再说话。她没有力气说话了。她无声无息地贴在床上，像一枚叶脉分明的书签。

在以后的日子里，他们都不提那个话题。他们像两只破烂的小船，谨慎地避开犬牙交错的礁岩。

那礁岩是有生命的。它在黑暗与沉默中越来越大，横亘在他们之间。

女人执拗地什么话也不说，安静地等待死亡。

男人凄惨地说：“你这不是害我吗？孩子刚走，你又要走。留我一个人干什么？谁走在前面谁享福，有人照顾有人捧骨灰盒。你比我能干，你服侍了我一辈子，这会儿就再让我一回吧。让我先走一步，让我死在你前头。虽说我比你大几岁，权当你是我姐姐，我到阴曹地府里也谢你。”

女人说：“我不是你姐姐，我是你老婆。”

半夜里，女人突然起身，说：“做锅疙瘩汤。”

“没菜了。”他们什么也不操持，家里像是被日本鬼子“三光”过。

做疙瘩汤需要根块状的菜肴做辅料，比如土豆倭瓜西葫芦，要禁得住熬煮，做得软硬和面疙瘩差不多。假如放了菠菜，就烂成水草了。假如煮的是扁豆，硬得像地雷，硌得牙疼。

“不用那么讲究。就吃甜疙瘩汤。”女人说着爬起来，手脚麻利地生火做饭，全然不见了病恹恹的模样。

男人在医院里见得多了，他恐怖地想到回光返照。

他要抢女人手里的面盆，女人的手像铁钳似的抓住盆。他只得由她。

火光映着女人的脸，像刷了一层金漆。女人就显得神圣。

两个人把疙瘩汤喝得呼噜呼噜山响。喝的时候，他们都想起女儿，可是他们都不说了。喝着喝着，他们突然不喝了，觉得疙瘩汤里有一股血腥气。

喝完了，出了一身透汗。女人说："这件事，你听我的。"

男人说："什么事？"

女人把男人拉到身边："睡觉。"

炉子上坐着水，火光从炉底泻出来，与高窗洒下的月光辉映一处，金银镶嵌。

男人拼命摇头，好像他刚从水里钻出来："你说什么？"

"睡觉。"女人坚定不移地重复。

对于那件事，她不会用更文雅的话来说。她只会这一种说法。虽然粗鄙，但她的神情极严肃。

"不不！我不行……是我不能……"男人连连退缩，直到凸起的腰肢抵到絮着蛛网的墙角。

"你能！你怎么不能！你是个男人，你就应该能！你想想我们的孩子，你就应该能！"女人斩钉截铁地说。

不提女儿还好，说了，男人更瘫软不堪。

男人说："改日行吗？我明天就去买猪腰子。"

女人的牙齿闪闪发亮。人哪儿都能瘦，就是牙不会瘦。"不行！就今天！我等不到明天了。明天我就会死了！"

女人被一种奇异的火焰烧灼着，光着身子在屋里追逐着男人。男人哀求她说："我答应睡觉，我答应睡觉还不成吗？只是你的肚子里还有一个环。就是我咬着牙行了那种事，你也是坐不了胎的。"

女人安静下来，说："我倒忘了那个铁圈。我们先把地耙平了，再撒种。"

第二天，他们去了医院妇产科。主意虽说是袁大夫出的，可医院也是铁路警察各管一段。在医院住过那么长时间，知道了医院内部的分工也是很细的，就像各种颜料绝不混淆。要是愣掺和在一块儿，就是黑的了。

“你才多大岁数啊？还没绝经呢，你摘的什么环？这可不是儿戏，摘了立马就能怀上。这样的事我们见得多了，昨天我才给一个已经当了奶奶的人做了流产。你有五十了吗？我劝你别着急。再坚持两年，等身上彻底干净了，再摘不急。”妇产科医生很健忘，她刚在病历本上写下乔先竹的年龄，还不到四十岁。

“我就是想怀个孩子。”女人说。

“你？”胖胖的女医生像根膨化雪糕，吃惊地张着肥而圆的嘴，“你这么瘦，估计已经没有受孕的可能。我们刚才说的只是万一。在德国集中营的女犯人，就是因为瘦，全怀不上孩子。说了这么多，我还忘了问你，你的孩子呢？”也许见多识广，谈到这么敏感的话题，女医生依旧春风满面。

“她死了。”要是以往，乔先竹立刻痛哭流涕，今天她却很宁静，“这是她的死亡证明书。”她掏出叠得齐齐整整的一张纸。他们从未打开过它。

“我们还需要再核实一下。”女医生谨慎地说。

正巧袁大夫走进来。妇产科和外科在广义上属于一家。

“她的情况我知道。你就给她操作吧。”袁大夫说。他没有丝毫惊奇的神色，一切都在意料之中。

乔先竹向袁大夫羞涩地笑笑。这一笑表示什么意思呢？她也说不清楚。希望在远处鬼火似的跳跃着。

女人躺上手术台。女医生把闪闪发光的钳子楔进她的身体。仿佛一堆钢镚撞击的声音在她的洞穴里作响……一旁有个银亮的不锈钢器械桶，正好反射出医生们的动作。当然很不精确，好像被水洇过的画。由于圆弧凸起，又像哈哈镜似的变形。医生的脸像一粒长长的豆荚，戴着乳胶手套的双手格外宽阔，好像白色的章鱼。

这本是一个小手术。医生们把那个像戒指般的细钢丝环从女人体内掏出，犹如在茶杯里舀一粒黄豆。雪糕样的女医生已经用钢钳触到了它，敲响了它坚硬的表面。剩下的工作就是把它拽出来。萝卜缨已经揪住，拔出它还是问题吗？

没想到女医生遇到了顽强的抵抗。那个铁环长出了无数根须，植入它栖居的子宫。

女医生试着加力。她把撬钉子的力量输入悬空操作的手臂。但那个铁环纹丝不动，好像已经在女人体内停留了一百年。

胖医生的白帽子被汗水粘在头上，勇气像雪糕一样融化了。她没有遇到过这种情况。这个女人以前绝不是这么瘦，她迅速萎缩的结果是把这个钢铁指环嵌进了血肉。

“去叫袁大夫。”女医生小声吩咐护士。

老姜等在外面，焦虑不安。女人进去好长时间了，毫无音信。他从护士急匆匆的脚步声里觉出异样。他忍着没问，问了人家也不会告诉他。

他看到袁大夫走过来。他希望袁大夫能给他一个微笑，他就会安心好多。但是袁大夫看也不看他就走过去了，好像他是一只痰盂。

女医生刚想交代病情，袁大夫说：“我明白。”

女人被悲哀蒸发了。残存的躯体坚硬如铁，包裹着避孕环，如同一只保险箱。

乔先竹从不锈钢筒的反光中，约略知道出了点儿麻烦。这意外到底是什么她不清楚。女医生的摆弄还没有给她造成太大的痛苦，只是觉得内里坠胀。

看到袁大夫，乔先竹不好意思。虽说打过许多次交道了，但她此刻姿势不雅。只是男医生的态度非常严谨，容不得你有丝毫忸怩。

袁大夫轻柔地操作了一下，说：“是我劝你要个孩子的。现在我要劝你不要孩子了。”

“为什么？”女人觉得自己的脊髓被抽走了。插进她身体的形形色色的器械，随之剧烈抖动。

“因为那个环卡在里面了，很不好取。”袁大夫简略地说。他不屑给病人做更多的解释。病人知道得太多，只会给医生添乱。

“要是一直取不出来，它不会随着我的血流到骨头里吧？”女人有些惊慌。她不怕死，但是她讨厌这种死法。

“假如一直取不出来，它就会老老实实地待在里面，同你相安无事，你什么感觉都不会有。比如有人打仗时子弹留在皮肉里，以后就变成了一个钢铁馅儿的饺子，同人和平共处。烧骨灰的时候取出来就行了。这个环比子弹要温和得多，你尽可以放心。别动它是最好的方法。”袁大夫破例说得比较详细。

“可是孩子呢？孩子能和这个环一块儿长大吗？”女人问。她身上的铁器一阵乱晃。

“没有孩子。孩子和这个铁环是誓不两立的，所以它叫避孕环。”袁大夫觉得这个女人真是愚不可教。

“那我要孩子，不要环。”女人把自己的姿势调整得更舒适一些，“你要是不给我取出这个环，我就不起来。”

“就是说，你坚决要取掉这个环了？”女医生兴奋起来。这是一个练手的好机会。但是要分清责任，类似文责自负。

女人很清晰地说：“医生，您甭害怕。这事是我自己要求的，同别人没有关系。虽说主意最初是大夫出的，可我听了，就是我的主张了。现在大夫改变主意了，我可没变主意。你们想法儿把那个环给我取出来就是了。当医生的既然有办法把它送进去，就能拿出来。受疼流血我都不怕，实在不行了还可以开刀，我一定要再生一个孩子。这是我自己的事，你们别跟我男人商量。生孩子是两个人的事，这环可在我身上，不在他身上，跟他没关系。我现在也没打麻药，脑子清清楚楚，我说的话我负责。剩下的事，你们就看着办吧。”女人说完，合上眼睛，好像再也不打算起来。

女医生用目光问袁大夫。袁大夫说：“既然这样，你就干吧。”

女医生说：“你别走。”

袁大夫说：“好。我看着。”

女医生把锐利的剪子探进去，找到那个环。那个环埋在肉里，只有一小段露在外面，就像缝在一床厚棉被里的线头，一不留神就缩跑了。

一切都在人体内的黑暗当中进行。精妙的感觉通过长长的金属手柄和乳胶手套的隔膜传达到手术者的神经。女医生吃力地辨析着微茫的差异，确认锋利的剪刀刃口下是一根钢丝，而不是一条血管或一束筋肉，她就当的一声搿合了剪子。

接着她又细心地把铁环破成许多截，就像不嫌麻烦的家庭妇女在拆一条旧裤子。然后她用长长的镊子把铁蜈蚣一样的钢丝残片，一段段夹出。

每一段环都血肉模糊。护士把它们放在水池里洗干净，贴在洁净的白纱布上。

钢弦的每一丝抽动，都给女人以狞厉的痛感。她觉得医生不是把钢丝取出来，而是把它们在她的肚子里烧红了。随着钳子的翻动，她感到自己的子宫变成了破烂的蜂巢。

护士终于在白纱布上写完了那个鲜血淋漓的“0”。

袁大夫用钳子拨拉着钢丝，说：“唔。很完整。”

成功了。

女人的头发像黑色剪纸贴在脸上。

男人迎着女人：“出了什么事？把我吓坏了。”

“什么事都没有。”女人笑了，真切、快活。她脸上的肌肉由于不习惯这种分布，突突地跳起来。

老姜相信女人一切顺利。那笑容绝对是装不出来的。

“谢谢您。”夫妇俩对飘然而去的袁大夫说。

“一个月以后。”袁大夫说。

走廊上的其他人都听不懂这句话。

女人安安静静地养了一个月。她已经能做一点儿轻微的工作了。男人给自己买猪腰子吃。那些叫作什么“鞭”的补品，太贵了，吃不起。老姜觉得自己不至于那么无能，主要是精神上的事。妻子活过来了，他也就恢复正常了。

那一天终于到了。

“行吗？”先是男人问女人。

“行。”女人很肯定地回答。

“行吗？”这一回是女人问男人。

“行。”男人很肯定地回答。

他们于是洗澡，把半个“个”字的小屋收拾得干干净净，好像有一位贵客就要到来，然后耐心地等待晚上。其实白天也是完全可以的，但他们总觉得那不地道。

晚饭他们吃的是疙瘩汤。为什么要吃疙瘩汤呢？不知道。女人把水管拧得小小的，水珠滴下来，就像是千年的钟乳石眼泪。她把疙瘩摇得匀细无比，好像一盆珍珠。

夜深了。他们一直等到周围所有的人家都睡着了。为什么一定要这么晚呢？不知道。也许是他们有些害羞。

清冷的月光从高高的小窗流淌进来，晒在赤裸的两人身上。女人已经丰腴了一些，骨头与骨头相撞的时候，不会把男人硌痛了。

“睡觉。”女人说。她的脸上闪着新鲜带鱼的银色光泽。

她不会说做爱或造爱那种很美妙的话。可是她庄严而神圣。

男人勇敢地动作起来。就在他的工具像一条被激怒的蛇，由柔软变为昂然挺立的时候，他突然在月亮的角落，看到了女儿最后的笑脸。

他像被抽了大筋，啪地耷拉下来。“你看那月亮！”他说。

“看什么月亮！我要你看我！”女人热烈地说着，哗地把窗帘拉上。月亮就无助地被关在外面，只能把窗帘的中央照得雪亮。

“睡觉！”女人命令着。

男人振作起精神，竭力想表现得出色。可这是不由人的事，他无可遏制地疲软下来。

女人索性坐起身，像稻草秸扎的假人，只有上半截，下身隐没在黑暗中。

“你又想女儿了，是不是？”她说。

男人不说话。

“她是什么？她就是咱俩做出来的。现在她成了废品，我们重造一个就是了。她说我们想要一个男孩，其实我想要个和她一模一样的女孩。小甜在天上转了一圈，就要回到我们身边来了。”女人说着，用手去帮助男人。

这是一场完全没有情欲的结合。他们贴得那么紧，像是生了锈的钥匙和锁，干燥得没有一点儿汁液。

从此这成了他们的功课。每逢女人做疙瘩汤的晚上，她就追着男人说：“睡觉！”

老姜的功能渐渐苏醒。有规律的疯狂是一种运动，强身健体，活血化瘀。男人从悲痛的路灯下走远了，忧伤的阴影淡了。

脱离了轨道的生活，艰难地回归着。

突然，饭桌上消失了疙瘩汤。

初始，男人没理会。吃别的也很好嘛！

晚上，当老姜英姿勃发的时候，女人冷淡地拒绝了他。“从今以后，咱们互不侵犯。”女人说。

“你哪儿不舒坦了？”老姜恨自己该早些想到，女人是禁不起连连折腾的。

“没不舒服。我哪儿都舒服，好久没这么舒服了。”女人背对着他。

老姜又问：“那是生我气了？”

“别瞎猜。是我有了。你的事就算做完了。以后的活儿就是我的了。”女人说。

“真的？你没搞错？”男人欣喜万分。

“那还会有错？又不是第一胎，我有数的。”女人胸有成竹。

她很累。事情才刚刚开始，她就累了。可是她不会把这话告诉丈夫。

“那我们，我们该干点儿什么呢？”男人摩拳擦掌。

“等着呗。世上什么事都有速成的，唯有这件事不成。你也帮不了我的忙，让我安安静静自己待着比什么都好。”

男人摸着女人锅底一样凹陷的肚子说：“不知道她现在有多大了？”

“蚕豆大。”女人说。

此后女人格外娇气，格外珍惜自己。她怀第一胎的时候可不是这样。那时她年轻，根本不觉得自己身上有什么特殊变化，该上班、该骑车、该爬高上梯，一如既往。这回她灵敏得像支试电笔，每天都侦察出新感觉。有一天，她想吃香椿鱼。

香椿鱼就是香椿、鸡蛋做的疙瘩汤。别的都好说，可是寒冬腊月的，到哪里去找鲜香椿呢？

男人平日对女人是百依百顺，这回说："难。天寒地冻的。"

女人说："嗯！又不是我想吃。"

男人说："谁？"

女人说："孩子。你可以亏待我，你不该亏待了孩子。要说吃，我是什么都不想吃，是那个孩子在我肚里叫，她要吃香椿鱼。"

男人再不说什么，满世界地去找。鲜香椿上市的日子每年只有几天，而且这简直就是一味野菜。男人实在找不到，就去酱菜园买了腌香椿，回来用水拔了好几天，给女人做了一碗黑黢黢的香椿鱼。

他紧张地等着女人的反应，女人越来越挑剔了。不过，这一回她已经不想吃香椿鱼了。

女人每天的主要功课就是感受自己。她以前从不知道这是多么美妙的一件事啊！

受孕的那一刻，她看到卵子在自己的体内四处飘荡。它像一朵透明的葵花或者干脆就是凶猛的海蜇。男人的蜂群像千军万马杀将过来。圆圆的卵子像海洋里的救生圈，在汹涌波涛间起伏。唯有一只蜜蜂钻了进去，它用泥巴封了洞口，和那个眼睛似的卵子做成一个蛹，在里面慢慢地孵啊孵。一直要等十个月……

女人的感受掺杂了微薄的科学知识。当她像床单子一样铺在男人的身下时，她感到了一种创造。

女儿的脸会突然在最意想不到的地方出现。比如刷碗后碗底剩下的那一小洼水里，比如打碎了的暖壶内胆上……她就对她说："你别急，我就要把你造出来了。我们就会有一个和你一模一样的孩子了。你就是我生的，造你的那套模具还在，现在把我的血肉填进去，就像把面按进月饼模子。等上十个月……啊……现在用不了十个月，你就可以重新回来了……"

一个有经验的老农看到庄稼被冰雹砸了，会痛哭流涕。可是他一会儿就不哭了。他会看看节气，麦子不成了种玉米，玉米来不及了种小豆……总之，他不能让那块地闲置，否则他还算是什么老农！

女人有时候也会非常忧郁，她想，这不是让小甜说中了吗？可是她马上又反驳自己：我不想要一个男孩，我想要一个女孩。而且这个女孩不是别人，就是小甜自己呀！

她就心安理得了。

女人马上就到四十岁了，四十岁的女人是不宜再生育的。危险像一只猫，在她的头顶上潜伏着。可女人不害怕。她说："四十八还结个瓜呢，谁说我不能生？我摘了环，刚两个月就有了，就是刚结了婚的小媳妇也没有这么快啊！"

老姜把所有的活儿都包揽了，把好东西都省给媳妇吃。

女人像发面一样一天天膨胀起来。女人不对人说，其实这一次和上一次大不一样。上一回，她迷迷糊糊就当上了妈妈，这一回，要艰难得多。

大病初愈，或者说根本就没有愈，马上就进入制造生命的过程。她像一棵枝丫虬蚋的老树，还要挣扎着结果，就需竭尽全力。

孩子长脑子了。她知道。因为她觉得自己的脑袋变成了一个空椰子壳，浆水都流到孩子那边去了。

孩子开始长记性了。因为她的心什么都记不住，好像一块写满了字的青石板，连个简单的直道儿都画不进去了。

她的牙像被陈醋腌过。上下牙对撞的时候，就像两块酥皮饼磕碰，有渣子落下来。女人非常高兴，虽然从此她只能吃极软的东西。她的孩子开始长牙了。她知道，牙并不是生了以后才长出来的，而是妈妈送给孩子的礼物。

女人觉得自己像一座老房子。骨头松了，头发一缕缕脱落，背也驼了，眼睛也花了，指甲凹陷得像汤匙，手脚一阵阵地抽筋……她就非常高兴——这是一个多么健壮的孩子啊！她觉得自己的身体也很懂事，知道把最好的养料毫不迟疑地供应给孩子。要是她感觉不到自身的虚弱，她就伤心了。那说明，她的余力还没有贡献出来。

她的身体彻底背叛了她，她的血管和胃都只为那个发育中的孩子服务。她快活地想：这个孩子才这么小，就这么有本事，将来一定能做大事。

在有月亮的夜里，男人会打熬不住。女人坚决不许男人上身，像狮子一样凶猛地吼道：“不行！不行！”

“就这一次。你的身子还不算很重，我一定特别小心。”老姜和颜悦色地说，“要不姿势随你选。”

“半次也不行！那些玩意儿淋到孩子头上，会得痴头疮的！”

“你瞎说！咱们以前不是也有过吗？女儿不是好好的吗！怀胎十个月，难道男人要当八个月的和尚？”老姜急了。

“我要出个优质产品。什么都别说了，你就丢掉幻想吧。那事是一点儿指望都没有的。”

“那我怎么办哪？”老姜百般无奈。

“怎么办都成，就是别惹我。”女人懒懒地说。

“那我就去找别的女人了！”老姜赌气地说。

“行啊！随你的便。只是不要给钱。咱们家拉了不少账，孩子生下后，开销就更大了。”女人心平气和地盘算着。

“不给钱，天下哪有那样的好事呢？什么都在涨，这事也不知是个什么价了。”男人长叹了一口气。

“不是说有不图钱、友谊第一的吗？你就不能找个心灵美的？还不得传染病。”女人打趣。

“嘿！越说越没谱了。谁会看得上咱们穷工人。我不动你就是了。憋急了，我有法。”男人说着起了身。

“你干什么去？”女人问。

“用凉水冲冲。去去火。”

人们的眼光由怜悯渐渐变得平淡了。天地间有许多大事，谁还老注意一家小人物的琐事。偶尔议论，有人说：上回死的是个闺女，这会儿八成是个小子，因祸得福。也有人说，那么大的岁数了，谁知能生个什么？

不管人们怎么说，乔先竹的肚子像发面似的鼓起来。她的气色比先前好多了，显出蚕要吐丝时的亮光，好像有绸子在她的皮肤下抖动。

女人慵懒地躺着，不仅是因为娇气，还从骨髓里散发着疲惫。这种疲惫使她有一种神圣感。唯有殚精竭虑、鞠躬尽瘁为某事耗过心血的人，才敢有这份神圣。

能尽的力量她都尽完了，剩下的就是听天由命。

事一到了听天由命的份儿上，反倒简单。

应该到医院去做检查了。女人不去。她说："医生有什么用呢？真有病他治不好。况且这不是病。"

老姜说："上回取环还不多亏了医生。"

女人说："那环原本就是他们放进去的，他们不取找谁！再说那也不叫病。"

男人还是不放心。他想说什么，又怕女人不爱听，就闭上嘴。

乔先竹把男人的手放在自己肚子上，说："你摸她的头。"于是男人摸到一个水中泡着的篮球。女人的肚皮薄，是属于薄皮大馅儿的那种。男人甚至摸到了一些凸起，他想那就是孩子的鼻子和嘴巴。他得意地告诉了女人，女人拍着他的脊梁说："你错了，那是屁股。屁股在上。"

"那么头呢？"男人吃了一惊。在这个家庭里，最怕头出什么事。

"头在下。"女人指点着叫他再摸。他摸到一个西瓜似的球体。他捅了它一下，它踊跃地跳起来响应，弹性十足。

"头总在下面，晕不晕？"男人设身处地地着急。

"等她长大了，你问问她。"女人难得地开玩笑。

"多躺着。无论头朝上还是头朝下，她都没事。"男人体贴地说。

"只要胎位正，没事。"女人胸有成竹。

女人像一块就要成熟的麦地，一天天由青转黄，沉甸甸地低着头。

生的征兆袭来得极为突然。

那一天正在下雨。雨大得像有一万个女人同时死了丈夫，放声痛哭。女人临睡下的时候，男人摸着孩子的头说：“你觉着怎么样了？”

“没动静。还没到时间。”女人很有经验地说。

世上没有两颗相同的黄豆。每一个孩子都是不一样的。可惜，女人自以为比妇产科大夫还有经验。

半夜，女人觉着下身很湿，好像雨水已经从街上漫上了床。她忙亮了灯，看看身下，已是一片血泊。

她推一推丈夫。老姜像猫忽地蹿起，“是不是生了？”他问。

“这会儿有那么一点儿意思了。”女人平静地说。

“啊！这么多的血！”男人大惊失色。上一胎是早早送进医院里生的，送去的时候干干净净，回来的时候也干干净净。医院把男人女人间这么重要的一件事给隔离起来了。

“这有什么呢？女人生孩子，原本就要流好多的血。你真是少见多怪。是女人为了供孩子，身上的血多得不得了，要借这个时候放出去，不然要憋得难受。”女人微笑着解释。

看着女人宁静的脸庞，男人安心了。一个流了这么多血的人，还能快活地说话，可见这血和平日的血是不一样的。

女人的宫缩发动起来了，频率密如防止野狗钻进的栅栏。女人不能微笑了，疼痛不给她喘息的机会。但她的精神很好，就是在痛苦中也是生气勃勃的。疼痛像海浪有规律地涌动，每一次退却都蕴藏着更凶猛的反扑。

“到医院去吧。”男人问。

“可是……我们怎么……走……呢……”疼痛像一个个删节号，穿插在女人简短的话中。

城市的夜幕被雨枪射出无数的窟窿，“个”字工棚区水深没膝，女人是断然不能走的了。到厂里去叫车，是唯一的法子。只是女人这里又离不开。

“你先把司徒大妈叫来吧。”女人沉着地指挥，“不行我就在自家生。”她做好了最后的打算。

男人冲出去。

“拿好伞。你可别冻着。”女人再三叮咛。

伞根本就张不开，男人顶了块塑料布，淹没在黑幕中。

女人突然觉出孤独。其实男人待在身边也没什么用，生孩子是女人的专利。但一个毫无用处的人待在身边也比没人强。

她觉得孩子从她的身体里奋力往外爬。她像一层薄脆的鸡蛋壳，绷住了那颗跃跃欲出的头颅。她真想帮她一把，就拼命往下鼓气。

那颗圆滚滚的头颅得了助力，像鲤鱼似的猛一跃，女人听到了响亮的撕裂声。

乔先竹挺奇怪：是什么东西扯开了？这么不结实？她吃力地撑起身子，看到铺的褥子红光灼灼，布毛由于黏稠血浆的滋润，一撮撮耸立着，好像那是一块质量很好的红毡。

血的汹涌澎湃多于她的想象。但是她丝毫没有虚弱的感觉。她想，这没什么可怕的，上回因为一直躺着，才没看到这么多的血。

在腿间血泊中，她看到一缕黑如柏油的物件。在这个像笔锋一样柔软的东西两侧，有火红的溪流无声地推着波浪。在这两条红蚯蚓之下，是像蒜瓣一样翻卷的筋肉。

这是怎么回事？

女人偏着头想了想。她突然觉得自己的脑袋很沉，需要架在肩膀上才能想明白。啊！她一阵狂喜，迫不及待的孩子用头颅把生命之门撞碎了，她急着要来看看这个世界。

孩子！你好有劲啊！你要再加把油，冲出来就能见到天日了。

孩子仿佛听到了她的呼唤，拼命往前拱。

女人非常抱歉自己的皮肉太坚韧，给孩子冲决罗网造成了极大的困难。她把双腿张得如同巨大剪刀，好给孩子前进的路减少阻碍。血就奔涌得更畅通无阻。孩子的胎发像煎炸过火的糕团，变成焦灼的褐红色。

男人从雨里潜回来：“邻居去叫了，医生就来。来了就好了，你别怕。”

“已经看到头发了。”女人自豪地宣布。

“别说话。你好好躺着，千万别说话。”司徒大妈颤巍巍地说。她分明看到女人说的每一个字，都像按动开关，血一股股地溅落。

那缕胎发像火焰，渐渐增大。女人顾不上说话了，像电扇呼呼地吐着气。

孩子的娩出并不是像蛇似的一寸寸往外爬，而是蜷着身子，像被架在巨大的弹弓上。女人一憋气，就像拉动钢弦，孩子箭一般地弹射而出，前进一大段。

现在孩子最宽的两耳卡在产门的峡谷，犹如鸡蛋要通过蛇颈。这是生产中最险恶的关口。

女人突然觉得舒适。宫缩骤然停歇，好像风暴退去的海滩，平静得纤尘不染。宫缩是一种强制给你的——迫害你的力量，它把你身体里的一部分调动起来，凶狠地同你的整体对抗。子宫在这种非常时刻，是君临一切的威王。它不听命于任何人，只服从那个黑暗中的孩子。子宫是女人全身的叛徒，它独来独往，天马行空。

现在，不知是什么原因，宫缩停了。

女人立即合上眼，很安详的样子。在剧烈的重体力劳动之后，她累了，恬然入睡。

“哎呀！你不能睡！你可不能睡啊！孩子卡在那里，上不去下不来的，鼻子都压扁了！再夹下去，你这十个月的苦就白受了！你就是咬碎了牙，也要再使把劲！听我的话，使劲！”见多识广的司徒大妈也慌了，拼命做出憋气拉屎的样子，在她遥远的记忆里，孩子就是这样生出来的。

“我累了……”女人梦呓般地说，“让我睡一会儿……等我一觉醒来，就有劲了……”她的声音轻得像优质羽绒，脸因为失血，苍白如乳胶。

女人无可遏制地睡去。

“这可怎么办？怎么办呢？”男人六神无主。他的孩子——不知是男孩还是女孩，头皮已变成青紫，眼睛紧紧地闭着，使人怀疑里面是否包裹着眼珠。

门开了。袁大夫走进来。

“医生！我的老婆！我的孩子！”老姜搂着大夫。大夫浑身湿透。“个”字工棚道路太狭窄，车进不来。别说是救人，就是救火，也毫无办法。

袁大夫只看了一眼，就知道事情远比他预计的要严重得多。

所有的血液都不凝固，像桃花一样鲜艳。

男人和司徒大妈当然没发现危险，他们大叫着：“孩子快憋死了！”

大夫把男人拖到炉子边，这是小屋里距床最远的地方。

男人预感到了什么。他说：“您甭问我是想要大人还是想要孩子，我都要！都要！”

他的眼睛像两块红煤，好像这一切都是医生造成的。

袁大夫平缓地说：“不是。我不是要同你说这句话。我要告诉你的是：孩子不用保，也会在的。最多不过是得场感冒，这屋子太凉了。大人却是想保也保不住了。你心里要有个数。”

说完，他留下男人在屋角发呆，走到床边。

他开始帮助女人。“使劲！”他先给女人打针，然后开始帮助女人。

“你别烦我好不好？我没劲。”女人说。她对医生又敬佩又厌恶。凡有他出现的地方，准没好事。真想一辈子不见他，可他们总要去求他。

“你不是一直都想要一个孩子吗？现在他来了。”医生温和地说。

“我知道他来了。”女人轻轻地笑了起来，“他早就来了，他逃不走的，这我比你有数。”

“但是如果你再不用劲，你就可能看不到他。”袁大夫严肃极了。

“医生！您别骗我，也别吓我。我知道我能看到自己的孩子。他多有劲！我怎么会看不到他？医生，虽说您挺高明，可这回您说得不对。”女人虚弱但是很顽强地说。

医生真是无计可施了。这个病人很清醒，清醒的病人最可恶。你难以欺骗他们，而欺骗是医生的常规武器之一。他把老姜叫到一旁，让他预备车把女人送到医院去。三轮车或手推车都行，送到大路上，再上汽车。越快越好。医生离了医院，就是虎落平阳。虽说病势已万难挽回，但医生并不死心。医生是一个充满幻想的职业，一面惨淡经营，一面浮想联翩。悲观丧气和异想天开总是纠缠在一起。

男人走了，女人竟没有发现。她现在除了感受自己，什么都不知道了。

“我已经看到你孩子的脸了。他同你死去的孩子是一模一样的。”百般无奈之中，医生冷峻地宣布。

女人怪叫一声，像闪电劈开咽喉。她暴凸双眼，颈子膨隆像插满了红蓝铅笔的笔筒，双手反撑着床板，胸部拱桥般耸起，好像她想用手臂代替脚掌，倒扣在地上走路。“哈——哈——”她像一个日本武士似的有节奏地吐着气，声音类似凶猛的咒语。

司徒大妈看着孩子显露出来的半张脸，暗自嘀咕：“我看着可不像。”

血雨腥风。灿烂的红色液体像出炉的铁水，红而烫地倾泻。红毡已经饱和，低洼处聚起血的湖泊，随着女人的用力，某处稍一倾斜，血就冒着泡，变形虫似的伸出触须，蜿蜒而下，用闷而黏的声音敲击着老姜家粗糙的砖地。

那个婴孩终于诞生了。他驾着血的波涛，乘一叶红色小舟，翩翩莅临这个潮湿冰冷的世界。他的最后一跃，是被滚滚热浪射出生命之门的，犹如洪水暴发时的泥沙俱下。

婴儿亢奋的哭声，像一只只玻璃杯对撞击碎彼此。

女人拼尽全力喊：“快抱来我看！快抱来！”

袁大夫看了婴儿一分钟。他用干布把孩子紧紧裹起来，像擎着一支火炬，在女人面前晃呀晃，仿佛女人是一个原始山洞。

袁大夫判断得不错。女人的瞳孔已开始散大，像个模模糊糊的水桶。她用尽残存之力，把仅余的血脉逼到两目之间，就像把牙膏皮里最后的膏脂涂抹到牙刷上，非但不见少，反倒绰绰有余。

女人的双眼显出灼灼光辉。

“你骗我。他不像我那个孩子。他像另一个人。”女人苦笑了一下，笑容像死水潭里的波纹，荡漾得很慢，久久地悬挂在僵硬的嘴边。

“像！谁说不像！和你原来的孩子一模一样！”医生大声地强辩。他知道女人快死了，分娩时孩子的羊水进了母亲的血液，血液就永不凝固。女人的血像沙漏，就要渗光了。他不想再给女人增加丝毫痛苦。

“你知道他像谁吗？”女人神秘地问。

“像谁呢？”医生没多大把握地说。他想把话题引开，但濒死的女人固执坚定，根本不服从调遣。

“像你的丈夫吧？”医生说。他仔细查看过婴儿，却没记住长相。一般凡人认为最重要的问题，医生们认为最不重要。

“告诉你，他像的那个人就是我。我不希望他像我，我这一辈子太苦了。”女人声若游丝，但很清晰。

“我好痛……痛……”女人突然把手指尖剁进褥子，血花迸散。医生急忙用听诊器去听，他听到擂鼓一样震耳的轰鸣。刹那间，行医多年的他以为是惊雷响了。片刻后，永久的沉寂才使他醒悟到：刚才的巨响，是那可怜女人心脏的最后一跳。

“好痛……”是好痛苦还是好痛快？没有人知道。女人的目光定定地凝结在双耳铁锅上，好像在问：我什么时候再用它做疙瘩汤？

别以为生命的衰竭拖着长长的尾音，袅袅不绝。它时常戛然而止。斩钉截铁。在惨痛的最后断裂之前，生命会负隅顽抗，破釜沉舟。

一切都无以挽救。

男人和一伙儿帮忙的人拥进来。“快去医院啊！”他疯狂地号叫。

“不必了。”医生摆摆手，“这是一种很少见的病，一旦发生，现代医学是没有办法的。医院是治活人的地方，不会收她了。”

“她最后说了什么？她留了什么话给我？你们说！你们告诉我！”男人一会儿蹿到司徒大妈面前，一会儿又虎视眈眈地瞄着袁大夫。

“她没说什么……”司徒大妈不知该怎样回答这个红了眼的汉子。

“她去世的时候我在她近前。就我一个人。”袁大夫先解脱了司徒大妈，他知道在以后漫长的岁月里，老姜会一次次逼问不止。还老人一个安宁吧。

“她最后一句话是什么？”老姜困兽样狰狞。

袁大夫静如止水地说：“乔先竹的最后一句话是要你带好孩子，保重身体，好好过日子……”

老姜悲号起来：“我的妻啊……”

袁大夫忙把他们的孩子递过去。这个极小的婴孩用好奇的明亮的眼睛，严肃地注视着人们，仿佛在深思熟虑。所有在场的人都打了一个寒战：那目光太熟悉了！这就是血铺上的那个女人刚刚合上的眼睛里的光辉。

袁大夫不由得赞叹那个女人弥留时的聪慧。

在呼啸的风雨中，在辉煌的血光中，那个小小的婴儿——一个强健完美的男孩，肆无忌惮地哭叫着，呼唤着一个新的黎明。

女工

\
\
\

自习课上，高海群对同桌说：“浦小提，你家距猪食堂五十米。”

浦小提正在造句，低着头说：“不对。”前些年“大跃进”，浦小提的爸在大院猪圈门口，用红油漆写下了“猪食堂”。

高海群不服：“从猪圈门到你家门，我一共走了一百步，一步是0.5米，你算算，是不是这个数？”有理有据，声儿就壮起来。班长宁夕蓝扭回头看他们，示意轻声，眼光从长长的睫毛丛里滤出来，像夏天的阳光透过树叶。

浦小提写完句号，又端详了一番，就像妈妈钉完纽扣咬断线头，抬起头说：“是五十三米。我用尺量过。”

宁夕蓝觉得自己的扁桃腺一下肿起来了。宁夕蓝的扁桃腺经常肿，伴随着恶心。久而久之，宁夕蓝就分不清恶心和真正的扁桃腺肿有什么分别了。浦小提简直相当于睡在猪身边，居然还量过，再也不向浦小提借尺子用了。

中队长浦小提丝毫也没有察觉到班长的心思，专心做作业。班上考试的优胜者，总是她俩包揽，闹得大家打听考试成绩的时候常常说，就甭问第一第二是谁了，从第三名说起吧。宁夕蓝的爷爷是教授，每天都对宁夕蓝有所指点。浦小提的爷爷是杀猪的，爸爸是养猪的，浦小提一回到家，就从学生变童工了，帮着爸爸到处收泔水。

宁夕蓝和浦小提一道加入少先队，事先登记谁买什么样的红领巾，按价钱收费。宁夕蓝问爷爷。爷爷说，绫罗绸缎，按这个顺序选。没有红绫，宁夕蓝只得选了红绸。绸领巾打出的结细致紧密，仿佛樱桃。垂下的两个角柔软轻盈，像一双飘飘欲飞的红翅，把宁夕蓝苍白的小脸衬托出喜气。浦小提根本就没登记，一入队就像个饱经沧桑的老队员。领巾是超龄退队的姐姐浦大会传下来的，角都洗破了，披头散发地耷拉着，好像被鞭子暴抽过。

放学了，高海群说："宁夕蓝的红领巾那才是烈士的鲜血染成的，烈士肯定刚牺牲，血那叫红。小提，你的红领巾是烈士刷牙时滋出的血染的，白里带红。"

浦小提正在收拾书包，她说："高海群，我告诉你，你不能叫我小提，除了我们家的人。"

高海群说："名字起了就是让人叫的。你就可以叫我海群。"

浦小提说："想得美！谁叫你海群，还叫你海带呢！还拍几瓣蒜凉拌呢！"

高海群抓抓圆圆的脑壳说："那我叫你什么呢？"

浦小提说："叫我全名啊。就像钟老师上课提问那样——浦小提，这个问题你回答。"

高海群一激灵，说："别提钟老师好不好？她刚给我判了一个五十九分，你说我冤不冤哪？她就不能多给我半分吗？来个四舍五入，我不就及格了？她怎么这么狠呢？跟周扒皮似的！"高海群愤愤然。

浦小提说："高海群，你别以为自己姓高，就假装高玉宝。自己不好好学，赖谁呀？我不跟你瞎扯了，得帮我爸收泔水去。告诉你，血染不了布，只能放了盐，结成血豆腐。"说完，一溜烟跑了。姐姐留下的旧书包，带子长，拍在屁股上噗噗响。

这一年夏天来得格外早，苍蝇满世界飞。学校号召人手拍打苍蝇，每天各班统计打死苍蝇的数字，下午在红领巾广播里向全校公布战绩。钟怡琴看着大家报上来的数字，心生疑惑。她原是大学助教，反“右”时说话太冲，虽没被正式划成“右”派，但学校也不敢用她了，她被下放到小学任教。她双肘支在讲台上，褐色的长衣袖松松垮垮地褪下来，露出瘦骨嶙峋的胳膊，好像一挺旧机关枪的两条腿。她说：“打苍蝇的积极性高，这很好。可是不能浮夸，不能以为反正我报上一个数字，你也没法查，没边没沿瞎报。少先队员要老老实实地做人，要对得起自己胸前的红领巾……”

老师一说，孩子们就人人自危起来，纷纷缩减了自己的数字。下课后，劳动委员白二宝找到浦小提，说：“钟老师让我重新核一下数，全班就数你和高海群的死苍蝇多。”

白二宝是附近菜农的孩子，学习虽不好，但会来事。浦小提看看自己名下有二百三十只苍蝇，很肯定地说：“就这么多。”

白二宝对高海群毫不掩饰他的不信任：“你真打死了二百九十只？吹牛吧？”

一旁的宁夕蓝，不等白二宝履行职责，忙说：“我打了一百只……”

白二宝说：“数目不是太大，可你家干净得苍蝇能滑一大马趴，能攒出一百只来等着让你打吗？”

宁夕蓝低下头，说：“我只打了几只……”

白二宝如获至宝道：“没想到你才是吹牛大王。”他已经开始变声，嗓门沙哑而粗粝，加之特别用力，全班同学都听到了。宁夕蓝尴尬万分，揉搓着红领巾的角说：“我没有打死那么多苍蝇，可的确有那么多苍蝇死了。”

白二宝讥笑道：“苍蝇分分秒秒都会死，一百只少了，应该写一亿只啊！”

宁夕蓝平日成绩太好，各户家长都以宁夕蓝做模具比量自家的孩子。宁夕蓝这一说无形中犯了众怒，大家这会儿得了机会，就起哄道："也不能把老死病死摔死碰死的苍蝇都算成你的功劳啊！"

宁夕蓝窘得几乎哭了，说："我也没算别人的，只算了我爷爷和我奶奶的苍蝇。为了让我够数，给咱班争光，我奶奶天不亮就到菜市场打苍蝇去了。人家都笑话她，说苍蝇还没起床呢！"

大家不知如何应对，还是白二宝脑筋转得快，说："宁夕蓝，你也不用这么委屈，你爷爷奶奶也不戴红领巾！"

放学了，高海群紧跟在浦小提后面。浦小提说："老跟着我干什么？"

高海群说："我没跟着你。我跟着苍蝇呢！"

这倒是不假。大团的苍蝇向猪食堂方向飞去，猪就要开饭了。

一摊猪屎铺在地上，聚满了苍蝇，像一盘边缘绛紫中心褐绿的小菜。高海群急忙拉住浦小提，如果他再不伸手的话，浦小提就掀起自家的门帘了。高海群问："浦小提，你说这摊上有没有一百只苍蝇？"浦小提猛地一下被拽住，本来就不结实的白衬衣袖子差点儿裂开。她不耐烦地说："有一千只咧！"

高海群倒是很客观，说："一千只是没有的，一百只多不少。浦小提，你先不要走，给我做个证人。"浦小提不知道要证什么，就停下脚步，一边心疼地检查着自己的袖口是不是被高海群扯出了窟窿，一边等着做证。高海群拿出早已准备好的一块石头，狠狠地向地上的猪屎砸下去。石头挟着初夏的燥风，冒着烟地扑向蝇阵。

盛宴中的苍蝇在享乐中并不曾放松警惕，早在高海群的胳膊开始挥动的时候，它们就识破了阴谋。石头旋转着飞来之时，会餐暂告一段落的苍蝇们轻捷地缩起了爪子，腾空而起，像被击碎的乌云一样迅速地四下飘去。石头在千疮百孔的猪屎上砸出一个不规则的坑。

高海群傲然地对浦小提说："看到了吗？"

浦小提大惑不解，说："看到什么了呀？用石块砸猪屎，我三岁就会干了。"高海群说："你刚才都承认了，说这里有一百只苍蝇，现在，我已经把它们全部消灭了。明天谁再怀疑我的数字，你要勇敢地站出来。”

高海群说得非常认真，很有气派地挥挥手，神态就像一名将军。浦小提本来是想大肆嘲笑高海群一番的，但对方这个动作让她感觉到了一种威慑力。高海群的爸爸是个军人，一定经常在家里这样挥手。浦小提就缓和下来说：“苍蝇是砸不死的，只要你的眼睛一转，苍蝇就猜透了你的心思，半只翅膀就竖起来了。”

高海群不服气地说：“苍蝇比钟老师还厉害，我还没动，它们就知道了？我才不信。”

浦小提说：“你不信？蹲下来仔细看一看，地上可有一只死苍蝇？”

高海群捂着鼻子说：“地上都是猪屎，臭死了，我才不蹲！”

浦小提说：“有那么臭吗？我怎么闻不见？”

高海群说：“你家离猪食堂太近，鼻子早就聋了。”

若是别人说这个话，浦小提就生气了，但高海群说，浦小提就原谅他了。浦小提耐心地教导高海群：“我传你一个不臭的法子。”

高海群很高兴，说：“快快告诉我。以后上街进公厕，就不会熏得眼泪直流了。”

浦小提说：“以后管不管用我不知道，反正这会儿能立马见效，让你闻不到猪屎臭。跟着我做啊，先大吸一口气，就像你饿得不得了，闻到妈妈正在蒸窝头，猛地一揭锅盖，肚子里那么一吸……”

高海群虽然没有这番经历，但听话地猛耸鼻子，登时就让猪屎味呛得猛咳嗽。他刚想反驳，浦小提根本就不理他的痛苦反应，随即下了第二道指令：“再吸……”高海群不由自主地继续服从。两口浊气涌入，高海群只觉得喉咙成了粪坑。

浦小提说：“你试试看，是不是一点儿都不臭了？”

高海群揉揉鼻子，嘿，天高云淡，一点儿异味都没有。“神了！”他高兴地跳起来，“浦小提，你住在猪食堂附近，是不是经常用这个法子？”

浦小提说：“我什么法子都不用。现在你也闻不到臭味了，蹲下来，数数苍蝇吧。”

高海群顺从地趴在地上四处寻找，如同珠宝商寻找散落的钻石。他半天站起身，沮丧地说："真的一只也没有。"浦小提看他难过，就说："你以后别报就是了。以前的，我替你补回来。"

高海群说："你？你的数能让大家信了就不错，还替我补？"

浦小提生气了，看看时间已晚，再也不理高海群，撒腿跑回家。高海群狠狠抽了抽鼻子，真奇怪，他又能闻到呛死人的臭味了。

第二天白二宝统计苍蝇，浦小提报上来的数是一百五十只，宁夕蓝是七只，高海群是十四只。按说，浦小提的数目已经比前一天减少了八十只，可因为别人压缩得更甚，反倒更显得她鹤立鸡群。白二宝说："今天好多同学都实在了，虽说中队整个儿的数没有以前多了，可这是真实的成绩。"他说这些话的时候，特意看看浦小提。同学们也都看看浦小提。浦小提就不声不响地打开自己的书包，拿出一个黑色的瓶子。大伙儿不知道这是什么秘密武器，就围拢过来。高海群的爸爸是侦察英雄，好眼力遗传给了他，他第一个眯缝着眼惊叫起来："都是死苍蝇！"

墨绿色的广口瓶子，周围丝丝缕缕，以前没准儿装过糨糊吧？瓶口被一块破布盖着，破布又被猴皮筋勒得铁紧，好像古时封酒的坛子。瓶子里黑压压、密密麻麻地全是蝇尸，推到瓶颈，看上一眼，浑身的汗毛就竖起来。浦小提赶紧把瓶子藏起来，说："我不是非要恶心你们，是怕大家不相信，每打死一只苍蝇，我就把它捡到瓶子里，做个证明。验完了，我这就把它们埋了。"

宁夕蓝战战兢兢地问："你……你是用什么……把它们装进瓶里的？"她一边躲闪，一边好奇这个技术性的问题是怎样解决的。

"用筷子呗！"高海群抢先答道，这是他能想到的最便捷的工具了。

"呸！我们家一人一双筷子，根本就没有富余的，用了筷子，我用啥吃饭？我用树枝削了两根小棍儿，用完就扔了。"浦小提急急分辩。

"意思差不多。"高海群捍卫自己的思路。

白二宝歪着脑袋说："浦小提，你是把苍蝇都拿来了，可它们是你说的那个数吗？我怎么觉得好像不对啊？"

大家就傻了眼。一百三十只死苍蝇到底有多大体积，一般人还真没概念。最重要的是浦小提蓦地红了脸，支支吾吾地说：“反正是够了。不信你们可以数啊。”话虽这样说，手却把广口瓶子捂得紧紧，一点儿都没有让人验明正身的意思。钟老师正好走进来，她有洁癖，平日在自己房间看到苍蝇，都是用蝇拍轻轻地把苍蝇赶到窗户跟前，打开纱窗，放走了事。不是她慈悲心肠，放生灵一条生路，而是受不了那份腌臜。这当然有以邻为壑的意思，也只能如此。当然她也不能公开反对打苍蝇，苍蝇毕竟是四害之一嘛，就一直隐忍着。此刻看到整瓶的死蝇，她就怒火中烧了。依她多年当教师的经验，一眼就看出浦小提神色慌张，断定其中有诈，便很严厉地问：“苍蝇到底是多少只？”

浦小提咬紧牙关说：“一百五十只。”

白二宝平日看不顺眼浦小提，觉得她和自己一样是苦孩子，可她总是清清爽爽，不似劳动人民的风格，见老师查问浦小提，他马上伸手说：“给我。”

浦小提说：“我没拿你东西啊。”

白二宝说：“瓶子。”

浦小提很执拗，说：“就不给。我的东西，凭什么给你！”

白二宝说：“你报的数不准，我要重新数数。”

同学们立即大哗，钦佩白二宝的勇气，想想看，一百五十只苍蝇一只一只重新数过，这是多么吓人的事！宁夕蓝咬着嘴唇连连退后，决定从明天开始，不，从今天开始，宁可被大家说成是清高和骄傲，也不和白二宝和浦小提拉手了。一个把苍蝇夹进瓶子，一个再把它们一只只夹出来，天下还有比这更讨厌的事情吗？！

浦小提双手罩在糨糊瓶子上，好像那是她家祖传的宝物，涨红了脸说：“爱信不信，随便你报吧，我就是不让你数这里头有多少只苍蝇！”

不知这场苍蝇大战如何收场，大伙儿饶有兴趣地等着看好戏。钟怡琴不干了，不耐烦地说：“可真有你们的，居然一只只地数苍蝇，也不怕得霍痢拉！告诉你们，谁也不许学他们的样，谁也不许用手碰苍蝇……”

她的心堵得慌，没想到这么小的孩子也被浮夸和大话腌透了，转而可怜起自己。当初从大学被贬到小学，还自我安慰，说整天面对祖国的花朵，少有虚伪和阴险，心情也会轻松和快活起来，没想到从大学到小学，是乌鸦落在猪背上。花朵们人小鬼大，无师自通地学会了吹牛和炫耀，伤感之外又加怨怒。这一切钟怡琴当然不会对孩子们讲，只是十分烦躁。浦小提看钟老师不再追究，心略略放下。唯有白二宝愤愤不平，觉得自己不怕苦不怕脏，本想出头露脸，不想碰了一鼻子灰。他恨浦小提，对钟老师也是强烈不满。

钟老师一时无法舒散自己的坏心情，只有靠训斥学生才能让自己渐渐恢复平静：“我从大学到小学来，就像林则徐从京城到了新疆，我想把自己的学识贡献出来，让你们成为有知识、有教养的人，没想到你们对苍蝇的兴趣更胜过对——”

话说到这里，校工老姚走了进来。满脸的络腮胡子和一套说灰不蓝的旧衣服，让人猜不透他是四十岁还是五十岁了。老姚没敲门，罗圈腿三拐两拐就到了讲台边。钟怡琴不高兴了，她有等级观念，校工就是校工，怎能直闯课堂？她还没来得及阻止，老姚就把一句用大葱拌过的话吹到了她薄如白纸的耳朵边。

同学们听不到老姚的话，却能听到钟老师不耐烦地回答：“没看到我正上课吗！”

老姚又说了一句什么，大家还是听不见，但看到钟老师很快把手中的粉笔投到粉笔盒中，跟着老姚走了。同学们愣愣地坐着，感到有什么事就要发生了，很是高兴。老师上着课，突然一走了之的事，还真是第一次遇到。小孩子总是对新发生的事充满期待。

等了好一阵，钟老师还没回来。白二宝说：“也许是钟老师的家里人死了，来了电报。”白二宝想事比较狠，大家不愿同意他的猜测，可也想不出其他原因。钟老师终于回来了，顺手从粉笔盒里拣出半截粉笔。她上课的习惯，不管用得上用不上，从站上讲台的第一分钟起，就把粉笔捏在手里。这一次，她旋即又把粉笔摔入了盒里。钟怡琴不看她的学生，而是仰着脸，冲着教室里的日光灯说：“从今天以后，不用上课了。‘文化大革命’开始了。”

大家这个高兴啊！不用做作业了，不用回答问题了，不用考试了，不用扫地擦桌子了……见了老师，先是不用问老师好和敬少先队队礼了，紧接着就可以骂老师了。高海群最高兴的是不用打苍蝇了，自从他知道砖头砸不死苍蝇这一真理之后，他真不知道自己还能打死几只苍蝇。打苍蝇靠的是耐心，他缺乏的就是耐心。如果他富于耐心，劳动委员就是他而不是白二宝了。

钟怡琴以她的经历，敏锐地感觉到这次“革命”非同小可。她还怀抱着一丝幻想，周围都是小孩子，翻不起什么大浪。很快，她就知道自己错了。白二宝是最先造反的革命小将。很长时间内，小学生们都无法摆脱对老师的敬畏，批判就处在温暾水状态。造反司令部发出了“中学生返回小学闹革命”的号令，几个早年从小学毕业的孩子杀了回来，白二宝就和他们拉上了关系。白二宝兴奋极了，原来根本就不用努力学习、做作业、打扫校园什么的，自己出身城市贫民，一好顶千好，骨髓都是红的。自己是最红的红小兵，就要有相应的表现。拿谁开刀呢？他找老姚商量，老姚现在是学校里唯一的劳动人民代表。

老姚说：“这还用找？钟怡琴是上等货色。”

白二宝愣了，一时想不起钟怡琴是谁。老姚说：“就是你们的钟老师。”

白二宝明白了，一个重大的变化已经发生，钟老师变成了钟怡琴。就像哥哥活着的时候，白二宝是老二。哥哥得了阑尾炎，治晚了，病死了。有一天，娘突然管他叫“老大”，他知道，这表示自己从此代替了哥哥的位置。

白二宝想起钟老师打击自己的往事，就说：“姚叔叔，我听您的。”

老姚说：“不能叫叔叔，叫司令。也不能说您，资产阶级才那么叫。”

白二宝就说：“好，姚司令。从哪儿斗起呢？”

姚司令说："就从她包庇资产阶级的孝子贤孙开始。"

白二宝说："孝子贤孙是谁啊？"

姚司令说："就是你们班的宁夕蓝。她爷爷是反动学术权威，她爸爸留学苏联的时候就成了苏修特务，她每天香气扑鼻地到学校，一心想上大学，把'臭老九'的第三棒传下去……"

白二宝茅塞顿开道："宁夕蓝和我们不是一条心。"

"文化大革命"的风暴一起，宁夕蓝的爷爷和奶奶就被赶回了乡下，父母也住了牛棚，音信皆无，生死未卜。只剩下宁夕蓝和保姆守着风雨飘摇的家，她改口管保姆叫姥姥。造反派让姥姥反戈一击，姥姥就是装聋作哑。逼急了，姥姥就说："我家三代雇农，比贫农还穷一等呢，你们谁有我出身好？我就愿意留在这反动窝子里，和你们里应外合。"

姥姥肚子里自有一盘城池，造反派只得由她住在虎穴里红旗不倒。宁夕蓝虽有姥姥呵护，但以她敏感聪慧的心，早已明白自己再不是爷爷奶奶的掌上明珠，如果姥姥哪一天突然倒下，自己就无依无靠成了孤儿，一叶飘零。风暴使宁夕蓝在痛苦中成熟起来，她要为自己寻一块救命的垫子，一旦从天上掉下来，还有一个缓冲。掰着手指算算，所有的亲戚都成了"黑五类"，只有班上的同学可以依靠。高海群的爸爸成了支"左"的解放军，这自然是最保险的，可高海群有点儿没心没肺。其次就是浦小提和白二宝。浦小提是首选，她杀猪的爷爷和养猪的爸爸，如今都是工人阶级了。白二宝的爸爸是菜农，在成色上就略逊一筹。宁夕蓝看起来柔弱不堪，但爷爷多年指导加之她的灵慧，她已无师自通地确定了方向。

她把家中以前存下的进口饼干拿给浦小提吃。浦小提尝了后吐了口咖啡样的唾沫说："一点儿都不好吃，一股煳豆子的味道。"那可是最好的巧克力饼干啊。宁夕蓝又把一些书借给浦小提看，浦小提说："这还差不多。"但浦小提书看得很慢，还回来的书总是一股馊味。宁夕蓝只好叹口气，把浦小提看过的书专门放在通风的地方，等待时间让那些书重新芳香起来。

白二宝要比浦小提难对付得多了。她把饼干拿给白二宝吃，白二宝看都不看，说："你甭想用资产阶级的那一套腐蚀我。肯定是你们家吃不了剩下的，我不稀罕！"她把书借给白二宝，白二宝冷笑着说："我才不看呢！都是才子佳人的破故事，如今是劳动人民的天下了。"宁夕蓝黔驴技穷，家里再也没有什么好东西值得进贡给工农的后代了。姥姥看到宁夕蓝发愁，就说："你有什么想不开的事，说给姥姥听。"宁夕蓝就说："姥姥，你算不算是劳动人民呢？"姥姥说："我要是不算，就没人能算了。"宁夕蓝说："劳动人民最喜欢什么呀？"姥姥说："劳动人民最喜欢劳动了。"宁夕蓝说："还有呢？"姥姥说："劳动人民还喜欢看见不平的事就打架。革命就是和坏人打了一大架，现在不是又打起来了吗？"宁夕蓝说："除了打架，还喜欢什么呢？比如吃的穿的？"姥姥说："劳动人民喜欢喝酒吃肉，喜欢穿结实的衣服。"

一老一小就这样有一句没一句地聊着，等姥姥做饭去了，宁夕蓝就走到爷爷的橱柜旁边。橱柜上贴着封条，大概是造反派太匆忙和自以为神圣不可侵犯，那盖着红章的白纸粘得很潦草。宁夕蓝小心地把封条揭开一个角，从夹缝里抽出了一瓶外国红酒，再把封条复原。第二天，她把红酒呈送给白二宝。宁夕蓝很怕白二宝说她那是糖衣炮弹，但这一回白二宝什么都没说，飞快地把那瓶红酒当手榴弹一样地揣进了衣兜。红宝石一样的颜色诱惑了革命小将。

正当宁夕蓝凭着她从《水浒传》中得到的知识，以为酒能打动她的同学时，白二宝毫不留情地把宁夕蓝揪到台上当了钟怡琴的陪斗。宁夕蓝弯着腰大惑，心想，白二宝是不是在回家的路上把那瓶红酒打碎了，要不然为什么一点儿都不讲情面。

白二宝是那种吃了别人不手软的男孩，他在老姚的示意下，用皮带抽钟老师的时候，有一种回答考卷的快感。当然第一鞭子还是很不熟练的，原本想抽肩膀，不料一下子抽到了钟怡琴的脸上。钟怡琴注视着他，充满了惊讶。这是白二宝从来没有看到过的表情，手就不争气地哆嗦了一下，皮带拐了一个弯儿，暴起的血痕仿佛一个倒插笔的对号。当着姚司令的面，白二宝很不好意思，觉得自己干得不漂亮，便加倍弥补。万事开头难，打人一旦开了头，就像马拉松跑过了极限期，剩下的就是惯性和欢愉了。此后的皮带，白二宝有意识地左一下右一下，就像是一个个巨大的叉号。从前钟老师大笔一挥在白二宝卷子上打叉的时候，一定没想到风水轮流转，当学生的还有这么扬眉吐气的一天。钟怡琴当年用的是红墨水，如今白二宝复制时用的是老师的血。打人如抽烟一般容易上瘾，白二宝长臂挥舞，风声呼呼。钟怡琴只在最初看了一眼她过去的学生，就紧紧合上了眼皮。她怕的不是疼痛和自己的血，而是无法近距离地观看自己的学生因鞭笞老师而起的亢奋，那笑脸是如此的年轻而鲜艳。老姚看白二宝欲罢不能，像个行刑的特务，不得不出来阻止。他先示意宁夕蓝可以下台了，然后对白二宝说："停。"

白二宝擦擦汗说："我不累！"

老姚不客气了："那你也得给别的红小兵留着点儿啊。"

白二宝这才意识到，原来走资派也像窝头中的馒头，要和姐妹们分享，不能吃独食，只得恋恋不舍地罢了手。他对浦小提说："明天该你了。"

台下的浦小提战战兢兢地说："还是……你……"

白二宝说："这是对你的信任。"

浦小提连连摆手说："求求你，就别信任我了……"

白二宝很豪迈地说："你是不是害怕了？打人没什么了不起的，就像是掉了一颗牙。你以为会特别疼，其实只麻了一下就过去了。"白二宝好说歹说上纲上线，浦小提还是坚决不肯。老姚只得出马说："这是革命、不革命和反革命的分水岭。"浦小提只得咬着嘴唇，不再拒绝。

钟怡琴一瘸一拐地回到宿舍。她三十多岁了，还没成家，一是她曲高和寡，左挑右拣；二是别人听说她险些成了"右"派，也轻易不敢与她交往。她独住学校的一间平房，僻静得很。歇息了一阵儿，她洗去身上的血迹，看着一盆暗色而混浊的污水，想着明天还不知有怎样的恶斗，与其再受学生的侮辱，还不如一死了之。决心下了，她正思忖着如何死法，不料门开了，老姚走进来说："你辛苦了。"

钟怡琴一言不发，一个立志要死的人，说什么都是多余的。老姚说：“我是贫下中农出身。”

钟怡琴虽然遍体鳞伤，脑子却还不糊涂，她不知自己被凌辱和老姚的出身有什么关系，就漠然地看着老姚，心想，这是自己临死以前见到的最后一个人和最后一个问号了。老姚很快就揭开了谜底，说：“你可以做我的老婆，就再也不会挨打了。”

钟怡琴大吃一惊，她从来没有正眼看过老姚。老姚是学校的杂役，负责烧开水和摇静校铃，还有静校之后在校园走来走去，看看有无没关的窗户和滴水的龙头。老姚和她，就像活在不同海拔高度的树。同在一座山上，却是老死不相往来的。运动像一块巨大的橡皮，把界限轻而易举地涂抹干净了。钟怡琴瞪着血红的眼睛说：“你打了我，还想娶我。你不怕我杀了你？”

老姚说：“不怕。打你是为了让你知道，咱们俩是般配的。”老姚说完，就从容不迫地走到钟怡琴的床旁，一把撕开了钟怡琴的衣裳。钟怡琴没有丝毫的反抗，鞭笞夺去了她所有的气力。况且她知道，纵使把喉咙吼成一把破伞，也没人来帮助她。她仿佛行尸走肉，任由老姚撕扯。

被践踏的灵魂一旦麻木，肉体反倒极端地清醒。钟怡琴完全不知道她的身体里还潜伏着另外一个自己，当她执意要死之后，那个原始的女人就肆无忌惮地复活了。受凌辱的精神已经全面失守，再也没有可坚持的信念了。她曾寄予希望的花朵已变成了小蛇，世上还有什么神圣值得她献身？残存的本能告诉她，如果她想死，这是最后的机会了。如果她想活下去，这也是最后的机会了。

最惊喜的莫过于老姚了，本来他以为会遇到钟怡琴殊死的反抗，老姚是做好了充分准备的。谅她一个弱女子，又在一顿暴打之后，气力所剩无几，再说，静校之后，她叫天天不应，叫地地不灵，自己只要软硬兼施，不怕她不服服帖帖的。实际上，远没有那般复杂，钟怡琴就像腐朽的大清国面对八国联军的入侵，基本上没有丝毫反抗。刚开始的时候，她冷硬得像是一块棺材板。好在老姚很有耐心，又是揉又是搓，简直像是在对付一坨冻面。真是功夫不负有心人哪。在无数抚弄之下，这块面居然有了一丝丝柔软和热度。老姚吻遍了钟怡琴身上所有的伤痕，一边吻一边说：“你知道吗，毒蛇咬人一口，人会怎样？”

钟怡琴毫无反应。老姚自问自答：“那人当然是死了。要是人咬了毒蛇一口，你知道蛇会怎样？”

钟怡琴当然还是不吭声，但她的兴趣被吊起了一点点，她从来没想到人会咬蛇，除非那个人疯了。不过，现在的人都疯了，连孩子都疯了。

老姚依旧自问自答：“毒蛇就会死。人的毒比蛇的毒大多了。人的口水里有大毒啊。”老姚一边说着，一边用口水舔着钟怡琴身上的鞭痕。钟怡琴第一次回应了他的话：“你要毒死我。”

老姚说：“我是为了救你。这些鞭痕发了炎，你就没救了。你要是到了医院，人家一看就知道你是怎么伤的，不会给你好好治的。我这是土方，可灵了……小时候摔坏了哪儿，我妈都是这么给我治……”

老姚的舌尖带着黏稠的暖意，在钟怡琴的身上蜿蜒而过，所到之处，钟怡琴就像被熨斗熨过一样，渐渐暖和平整起来。

第二天，浦小提哆哆嗦嗦地来到学校，不知怎样才能完成革命任务。突然看到老姚从钟老师的宿舍走出来，她的第一个反应是钟老师死了。泪水立刻盈满了她的眼眶，噼里啪啦地落下来，好像不是水珠儿，是冰雹。紧接着，她就看到活着的钟老师出现了，头发梳得很整齐，在额头打了一个旋儿，为的是遮住一道鞭痕。衣服也很干净，全然不是昨日失魂落魄的模样，脸上甚至还有一点儿似笑非笑的表情。

浦小提傻傻地站在那里，比昨天看到钟老师挨打还觉得不可思议。倒是老姚还比较正常，拍了拍浦小提的肩膀说：“今天不斗了。你回家闹革命去吧！”

浦小提一阵松快，不管怎么说，今天是不用做革命小将了。但是，明天还要考验她吗？看着浦小提欲言又止的为难样，老姚笑起来说：“明天也没你什么事了。”

浦小提鼓起勇气说：“那后天呢？大大后天呢？”

老姚说：“大大后天的事，我也不知道。你就回家去吧！”

浦小提往家走的路上遇到了白二宝。白二宝说："浦小提，你怎么临阵脱逃？"

浦小提说："老姚说，今天不斗钟老师了。"

白二宝说："那不能够。昨天姚司令还说要连斗三天呢！一定要把钟怡琴斗老实了，让她干啥就干啥。"

浦小提说："你怎么不相信人？要不你自己问去！"

白二宝真就甩开两腿一阵风跑了，片刻工夫又一阵风地跑回来了。浦小提说："见到老姚了？"

白二宝垂头丧气地说："见到了。"

浦小提说："老姚是这么说的吧？"

白二宝说："老姚什么也没说。"

浦小提纳闷："老姚什么也没说，你怎么就明白了？"

白二宝说："我看到了。"

浦小提说："你看到什么了？"

白二宝招招手说："你过来，我告诉你。"

浦小提迟疑地把头凑了过去，但身子还向后扳着，她想不通有什么秘密需要这样鬼鬼祟祟地告知。不想，白二宝飞快地在浦小提腮帮子上亲了一口说："这下你知道了吧！"

浦小提大恼，使劲擦着自己的脸蛋说："你流氓！"

白二宝振振有词道："你不是问我看到什么了吗？我看到的就是这！姚司令和钟老师在亲嘴，你明白了吧？"说罢撩开长腿跑了，他刚才从钟怡琴的后窗户看到了这一幕，因为惦记着浦小提，才跑回来告诉她。按说下边还该有更好看的呢，可千万别错过了。

浦小提呆若木鸡地站在那里，只觉得自己的脑子变成一锅猪食，咕嘟咕嘟地冒着酸臭无比的泡儿。

到底发生了什么？本该上学的，现在却什么也学不到了。最初不上课的快活已经逝去，无所事事的烦恼像胖胖的蚕宝宝，噬咬着青春的桑叶。她害怕殴打老师，不是出自正义感和对老师的热爱，只是因为天性胆小。但她更害怕被说成不革命或反革命，当她下定决心要做一个革命派的时候，教导她的人居然又向老师要开了流氓。浦小提知道，这不是普通的流氓，估计他们是会结婚的，那就更加不可思议了。

浦小提茫然地看看周围的世界，她不知不觉地走回家了。大猪、小猪、公猪、母猪都在圈儿里撒欢，睁着大大的特有的双眼皮眼睛和浦小提对视，然后拱拱鼻子颇有深意地哼哼着。浦小提真想变成一头猪。只要不到过春节的时候，做一头猪还是很快活的。

“文革”继续，大量的初高中毕业生不能离校，小学生就不能升入中学。复课闹革命之后，浦小提他们这拨学生就在原来的小学进入了初中时代，被称为“戴帽”中学生。他们的文化还固守在小学生的水平，学的外语都是口号，比如“放下武器，缴枪不杀”“全世界人民团结起来”等。高海群学得很认真，每天一上街，眼珠子就四下里乱转，特别想碰上一个外国人，然后冲着他高喊一声“打倒帝国主义”，可惜的是街上除了铺天盖地的大字报，从未出现过一个外国鬼子满足他的愿望。浦小提在外语课上回答提问，声音都洪亮到如同在抗美援朝阵地上对着一大群联合国军喊话。高海群敬佩地问浦小提：“你这是怎么练出来的？”浦小提说：“我喂猪的时候，都对着它们说外语。不叫喽喽喽，改说够够够（go-go-go）了。”

宁夕蓝是彻底不行了，从小就跟着爷爷学外语的她，如今的发音比白二宝还差。她低眉顺眼，从来不笑，蹑手蹑脚地飘忽着，像一张阳光下的黑白底片。老姚和钟老师正式结婚了，结了婚的钟怡琴好像变了一个人，沉默寡言。她不再挨斗，恢复了一部分教学任务，对学生也不像以前那样苛刻了。日子就这样过着，直到有一天，学校宣布他们已经算中学毕业，要参加毕业分配了。

他们无可奈何地长大了，就要加入工作的大军。关于他们的分配方案，上面很有争论。一派意见是把他们分配到广阔农村接受贫下中农的再教育，让他们大有作为，同以往历届初高中毕业生一样。另一派意见：城里各个行业已多年没有补充新鲜血液了，人员老化，面临着断档的危险。眼下这批孩子，“文革”开始的时候都还是小学生，相对比较单纯，可补充到城市各个岗位，让工人阶级教育他们。据说有造反派头头的一对双胞胎恰在这拨孩子中间，反正争论的结果是第二派意见占了上风。于是，以老姚为首的领导小组开始决定革命小将的命运走向。

这唯一的留城机会，分配单位天壤之别。大学图书馆需要人，环卫局也要补充背着篓子的淘粪工。老姚从来没有这般踌躇满志，掌握着生杀予夺的权力。虽不敢说自己是上帝之手，但当上帝的指甲肯定绰绰有余。所有的学生见了老姚都毕恭毕敬，只有高海群除外。一是高海群学不会奴颜婢膝，二是他马上就要到父亲老战友的部队当兵，用不着拍这个家伙的马屁。宁夕蓝被老姚叫去单独谈了几次话，每一次谈话的时间都漫长到钟怡琴在全校扯着嗓子嘶叫寻找。但钟怡琴叫归叫，并不挨门挨户地搜索，老姚许久之后才会从某个犄角旮旯走出来。

“喊什么喊？我在这个学校里，难道还会丢了？”老姚非常不耐烦。

“你跟我的学生谈什么了？”钟怡琴红着眼睛，如同母狮。

“注意，他们不是你的学生，是革命的后代。”老姚严词纠正。

“知道他们是革命的后代就好。你可不要破坏了革命。”钟怡琴恨恨地提示。这不单是为了保护学生，也是为了保护自己的婚姻。

“你也配教育我？”老姚鄙夷地说，“没有我，你的骨头都长蛆了。”

话只要一说到这份儿上，钟怡琴就缄口不言了。为了保存自身，她都可以嫁了老姚，还有什么资格来教导别人呢！

老姚把去大学图书馆的名额分给宁夕蓝之后，又开始找浦小提。只是他一下子闹不清，这个脸蛋像红枣一样结实而鲜艳的女孩子到底想分到哪里去。

“你为什么叫浦小提？”老姚像一个真正的首长那样和蔼可亲地问。

浦小提有点儿忸怩地回答：“生我的时候，我爸正好提了一个小组长。我爸说是我给他带来了运气，所以就叫我小提了。”

老姚觉得这很好笑，就说：“你们家就你一个孩子吗？”

浦小提说：“还有一个姐姐，叫浦大会。生她的时候，正开大会呢。还有一个弟弟，叫浦远程。为什么叫这个名字，我就不知道了。”

老姚笑起来说：“这有什么不知道的。你和你姐姐，都是女娃，胡乱起个名字就是了。弟弟就不同了，是个男娃，所以你爸爸叫他远程，就是前程远大的意思吧。”

浦小提默不作声，她是个聪明孩子，不止一次猜测过弟弟名字的含义，只是不愿说破。如今被人说破了，只有默认。老姚说：“其实男娃女娃是一样的，女娃更惹人爱。要说前程，要看你分到一个什么单位，单位分好了，就像爬上了火车，你不想到那儿都不行，你一定会到的。我这里有一个分到茶叶店的工作名额，我看对你是非常适合的。茶叶店里冬不冷夏不热，不是人要享受，是茶叶娇气。到处是茉莉花的香味，小姑娘能在那儿干活儿，连骨头缝都是香的，在外国，就叫‘茶花女’。”

浦小提读过《茶花女》，知道不是这个意思，但她不会告诉老姚，只是不由自主地看了看自己的手，心想要真是分到了茶叶店工作，就不能老淘泔水了，那样会坏了买主的茶叶香。老姚看浦小提伸出自己的手看，就把浦小提的手薅了过来，说：“来，让我看看你的手。”说着，他就用多毛的手指蘸了口水开始抠浦小提的手心。这是他制伏女人的前奏，一个女人被抠了手心，不但不恼，还露出舒服享受的神气，勾搭她就有十分的把握了。当年对付钟怡琴，用不着这么复杂，如今他也是有身份的人了，得顾及点儿影响，循序渐进嘛！浦小提抽回了自己的手，说：“痒痒。”边说边狠狠地甩手，要用风把老姚的口水晾干。

老姚恼了。一个破毛孩子，给你脸还不要，看来猪倌的女儿就是没有教授的后代懂得风情，宁夕蓝就要乖顺得多。浦小提，老子还不宠你了！非让你乖乖地来找我！老姚正色道：“分茶叶店的名额只有一个，你要是真想去，三天以内来找我。不然，我就分你去淘粪！”

浦小提走到阳光下，眯缝着眼看了看太阳，太阳强到只能闭起眼睛。浦小提闭着眼睛，四处一片红彤彤。她想，淘粪就淘粪，平日就常拾掇猪粪，人屎和猪屎有什么大不同？不过更臭罢了。臭有什么了不起？反正她有对付臭味的好法子。

当她睁开眼睛的时候，看到高海群站在她面前说："浦小提，你到哪里去了，我到处找你。"

不知为什么，浦小提很想哭，但找不到哭的理由，她就抹抹眼皮说："你找我什么事？"

高海群说："向你告别。我要当兵去了。"

浦小提无限向往地说："当兵多好啊。军队里没有坏人。"

高海群说："军队里是没有坏人，但军队外面是有坏人的。除了打坏人，我不放心的就是你。"

浦小提笑起来说："高海群，你不要看不起人，我以前还辅导过你的算术呢。"

高海群说："那就欢迎你以后还辅导我。"

浦小提幽幽地说："那就辅导不了了。你是解放军，全国学人民解放军。"

高海群说："那你还是工人阶级呢。工人阶级是领导力量。对了，我到了部队就给你写信，我的信寄到哪里呢？"

浦小提本来想说，你寄到大院的猪食堂就成，但不知为什么，她突然不想让家中知道自己和高海群通信的事。她就说："你寄到环卫局淘粪队吧。"

高海群说："你肯定自己能分到那里吗？"

浦小提说："肯定。"

高海群说："好吧。你就等着我的信吧，小提。"

浦小提刚想对他说"别叫我小提"，但高海群估计到了她要说这句话，就提前跑了。浦小提只有怔怔地站着，看着高海群的背影，心想，这个影子如果穿上了军装，会变成一个绿影子吗？

学校分配的第一榜上，浦小提果真被分到了淘粪队。不料后来事情起了变化，淘粪队（当然人家的正式名称不是这样称呼的，是环卫×队）看了学生的有关简介，说，这个一米六的女生我们不要。空粪桶就有几十斤，满载时就靠百斤了，一个小姑娘还不得被压垮了？老姚说，这可是个好姑娘，吃苦耐劳，肯干，扎实，最适宜在你们这样的部门工作了。环卫队还是不干，老姚再出身贫下中农，在真正的工人阶级跟前也得让步三分，最后只好把浦小提换下来，另派他人。

这时分配已近尾声，零星单位已满额，调下来的浦小提被统分到一家重工业工厂。老姚无计可施，只好放她一马。

在工厂欢迎新工人的会上，浦小提看到了白二宝。白二宝很高兴，说："你不是分到环卫局了吗，怎么到了这里？"

浦小提说："我也不知道。我还想上环卫局呢！"

白二宝说："当老大哥多好！工人阶级有力量。"

浦小提默不作声，看着浓烟缭绕的厂区。工厂的代号叫作"C"，让人一听就生出保密和重要的感觉。新工人各发了一套工作服，还有劳保手套和帽子胶鞋什么的，每人捧着一大堆，如同打土豪分田地般兴奋。忙不迭地穿戴起来，姑娘小伙儿都焕然一新，像年画上的领导阶层那样光鲜。

白二宝穿着藏蓝色的工作服，走到浦小提面前说："我要的是最大号的衣服，你呢？"

浦小提说："我是小号的。"

白二宝说："以后有谁欺负你，就对我说。我保护你。"

浦小提说："这家厂子有几千人呢，谁知道你分到哪里。"

没想到浦小提和白二宝分到了同一个酸洗车间，车间里充满了硫酸的气味，呛得人涕泪滂沱。浦小提试行多年应对气味的法子全线失守，对付猪屎人粪行，对付强酸不灵。你越快速大量地吸入这种仿佛藏着辛辣毛刷味的气体，反应就越大，呛咳不止。只有减慢呼吸，让嗓子里分泌出多量的黏液，稀释了酸分子的浓度，喉咙才稍稍好过一些。

白二宝和浦小提同工种，要每隔一段时间把酸洗槽子里浸泡的金属板翻动一遍，使金属的含量更加纯粹。这其中当然还有很复杂的科学道理，但以白二宝和浦小提那样的文化水平，是没办法理解的，好在也不需要他们理解。工作在某种程度上像是农民除草，对金属板的清理搬运，来不得丝毫遗漏和马虎。没有法子偷懒，每一块金属板都是有生命的，如果你在规定的时间内没有彻底打理照料好，那么金属板上就会留下痕迹，而且是不可更改的疵点。你敬业不敬业、努力不努力，金属板就像是一棵老树的年轮，都记录在案。

给新工人指派了师傅。浦小提的师傅是女的，姓郝，三十多岁，头脸不是很胖，依稀保存着年轻时瓜子的形状，但肚腩已有中年妇女的饱满了。

“小提，你倒板子的时候，要这样操作，才能避免工伤。你看我，十几岁进厂，到现在只伤过一次小脚趾尖……”郝师傅边比画操作要领边说。

浦小提注意看着，低声道：“只有我们家的人才叫我小提……”

郝师傅大惊小怪：“我还不比你家里人和你亲啊？告诉你吧，从此咱们每天八小时在一块儿，你回家才能待多久啊？还净是闭着眼睡觉，上班多精神抖擞、神采奕奕啊，一朝是师徒，一辈子是父子。大眼瞪小眼的，好些人就这样瞪成了夫妻。后来就改成男的带男的、女的带女的了。”郝师傅说得动情，脸就从黑瓜子变成了红瓜子。浦小提只得接受师傅为亲人，给师傅起了个外号叫“好瓜子”。

白二宝的师傅是个沉默寡言的四十多岁汉子，脸色青黄，佝偻着腰，白二宝毫不犹豫地管他叫“老病”。厂区是个巨大的方框，车间在顶南端，厂门在北面，要走一段很长的路。下班时，因为跟谁都不熟，浦小提只有和白二宝一道走。白二宝张口闭口“老病”，浦小提说：“小声点儿，让人听到了，多不厚道。”

白二宝说：“咱是红卫兵小将，怕谁？”

两人到了厂门口，警卫走过来说：“打开包。”

两个人就把背着的草绿军挎包打开，警卫仔细翻看。白二宝说：“这是干什么？好像咱们是特务。”

警卫看看他们的新工装，也不恼，说：“这是纪律。厂子里的贵金属，严禁带出大门。”

浦小提对白二宝说：“我往东，你往西，明儿见。”

白二宝吃惊说：“你们家不是也在西面吗，怎么不是一条路？成心要甩掉我是不是？”

浦小提说：“我真的要到东面，有事。”

白二宝说：“你有事，我没事。我陪你到东面去。”

浦小提叫苦不迭，但一时也想不出什么合适的借口拒绝白二宝，只好别别扭扭地和白二宝一道往东走。一直走到了环卫局，浦小提说：“你在外面等一会儿，我进去打听个人。”

白二宝这次很听话，不吱声，等在外面。浦小提走进去，对传达室的老头甜甜地说：“大爷，跟您打听个事。”

看门老头闲极无聊，一看来个清俊的小姑娘，乐滋滋回话道：“想知道什么事，你尽管问。从大清国的辫子到今天晚上食堂的饭谱，没有我不知道的。说吧。”

浦小提悄声说：“大爷，您这里有一封给浦小提的信吗？”

老头的长寿眉飘了起来，说：“谁？啥小提？浦？这是谁？我们这儿从来就没有这么一号人。姑娘，你一定是走错门喽。”

浦小提松了一口气说：“是没有这么个人。可要是来了一封写着这人名字的信，您可千万千万替我收着。”

老人家立刻警觉起来：“你是谁？”在他漫长的门卫生涯中，还没遇到这等稀奇事呢。浦小提说：“我就是浦小提啊。”

老头大不解：“闹了半天，就是你本人啊。你这个小姑娘，看着挺灵秀的，怎么没事找事呢！你是这单位的吗？不是。可你干吗非让人把信给寄到这里呢……”

白二宝在外面等得不耐烦，大声问道：“浦小提，你完事了吗？”

浦小提赶紧走出来。两人一道又复向西。

从此，浦小提和白二宝开始成为工人阶级的一员。车间气势宏伟，如同一眼望不到边的稻田。稻田里的水就是有着强烈腐蚀性的电解液，稻田里的庄稼就是一块块贵金属板。工人们就好比插秧的农夫，要一趟趟地在田间忙碌，不断调整金属板的位置，让置换反应完成得更彻底。金属板重达几十公斤，还有呛人的挥发气体和极富腐蚀性的电解液。几天下来，新工人引以为豪的新工作服就面目全非，千疮百孔，无数洞穴潜藏在衣服的褶缝里。要是有喷溅起的电解液恰好从破损的窟窿里迸进去，皮肤就会被烧成垩白色。

浦小提欲哭无泪，深感真不如到环卫局扛粪桶。粪桶虽然臭，总还不伤人，在这里长干下去，电解液扑到脸上，就会变成麻子。好在她仔细观察“好瓜子”的脸庞，虽不甚光滑，却也并不见明显的坑洼，可见成麻子的概率也不是太高。金属板的分量也着实让人吃不消。浦小提觉得每一块都比自己的身体还重，简直就是重如泰山了。在浦小提有限的知识范畴内，泰山就是重量的极致了。

每当她抬起一块金属板，连尾巴骨都在使劲，从周围不断传出的放屁声就知道大家都不轻松。“好瓜子”袖手旁观，说：“徒弟，我知道你难，可我不能帮你。你也别恨我，我也是这么过来的。只有你练出了这股劲，才能在这儿干下去。谁让你是工人呢！”

浦小提于是知道了，工人不仅仅是光荣，更是受累流汗的苦活儿。她咬着牙，埋头苦干，常常是连续搬动几十块金属板连头都不抬。胳膊红肿得发烫，好像两节烧着好煤的烟囱，连脚后跟都疼。浦小提恨自己太不争气，明明是手在做功，怎么小腿都抽筋。问过“好瓜子”，她才知道，这是车间里的强酸在作怪。

隐忍着坚持着，浦小提渐渐攒出了一身蛮劲，瘦骨嶙峋的一个小姑娘，伸出胳膊，一疙瘩一块的腱子肉，能把菲薄的皮肤顶透。十根手指，好似练过邪门武功，往金属板上一抓，如同老虎钳子钳住，绝不脱手。

“今后你嫁了哪个男人，他要是欺负你，你就朝他的下三路来这么一下子，保管他从此乖乖地再也不敢犯贱。”工间休息时，“好瓜子”做了一个双龙抢珠的姿势，惹得大家哄堂大笑。浦小提本不明就里，从师傅们暧昧的笑容中恍惚明白了，不由自主地红了脸。她知道绝不能恼，工休的主要娱乐就是这种段子，你要和大家打成一片，就得适应这种气氛。

大家就向“好瓜子”起哄，说：“你是不是在家净来这套路数啊？”

“好瓜子”说：“哪能老来？自己的家伙什，糟坏了还是自家心疼。还得大鱼大肉地滋养着给他补。也就是吓唬一下，叫他知道厉害就是了。”大家就说，看不出“好瓜子”这么贤惠，懂得“围而不打”。

其实大家这一番话具有考察意味。新来的人都要过这一关，练出一身腱子肉容易，内心里还要和大家伙合群。要是摆出一副正人君子的面孔，坐怀不乱的假正经，大家就得讲话小心，凡事防着点儿。浦小提虽无大恼，但也未曾喜形于色，看在她是个姑娘的分儿上，基本过关。白二宝则不然，很快就成了胡说八道的老手。

"我给大家破个谜语。"

大家就说："小白子，别太雅，咬文嚼字的不成，咱工人大老粗，猜不出来。"

白二宝一脸坏笑说："猜得出。男男女女天天都要干的活儿，一猜就中。"

大家听得有趣，就说："快说，解解闷。"

白二宝清清嗓子说："我这个谜语是打一日常活动。听好了啊。一头毛毛，一头光光，戳进洞里，冒白汤汤……"

大家一听，就笑弯了腰，"好瓜子"说："白二宝，你还是个童男子吧，怎么这样浪！"

白二宝说："郝师傅，您说哪儿去了，我是童男子不假，可这事和童男子没关系。除了三岁小儿和八十岁的老头老太太，谁都得干的事。猜着了吧？"

"老病"说："好了，工间休息到此为止。谜底猜出来的就在心底搁着，回家给你老婆说去。猜不出来的就烂在肚里。"

大家就笑着散开，白二宝一脸无辜地说："师傅，您这么一说，好像我小白开了个荤笑话。其实，不过是刷牙。谁还不刷牙啊！"

大家一回味，还真是这么回事，哈哈大笑。白二宝成了活宝，不过，他跟谁都胡开玩笑，对浦小提却不敢。

"老病"不是普通人，是车间副主任。"老病"对白二宝很严格，白二宝表面上唯唯诺诺，肚子里可不服。

食堂开饭的时候，几千工人麇集一处，如同兵蚁大战，蔚为壮观。有的窗口专卖包子，有的窗口专卖米饭，各排一队，龙飞蛇舞。遇上好吃的不同样的吃食，队伍更是排出十丈远。白二宝不管站在哪儿，只要一见浦小提进了食堂，就张牙舞爪大喊大叫："我在这儿呢，我给你站队了。"工人们一阵哄笑。浦小提不理他，站到队尾。女伴们直往前头推她，说："别这么傻，先填饱肚子再说。"

白二宝下了班，气呼呼地对浦小提说："我给你加塞儿，你为什么不来？存心让我丢人啊？"

浦小提找借口："你排的是面条，我想吃包子。"

浦小提出了厂门往东，白二宝也不跟着了，独自向西。浦小提到了环卫局，看门人已经换成了一个中年妇女，还没等浦小提开口，就说："我不是告诉你多少遍了吗，没有一个叫浦小提的人，也没有给浦小提的信。"

浦小提彻底绝望了。高海群的父亲已经调走，家也搬了，没人知道他们的下落。浦小提突然很恨高海群，觉得自己太傻，把一句敷衍的话当了真。她再看一眼环卫局的大门。很长一段时间里，她对这门都有种异样的亲切感，从今天开始，她厌恶这个门了，决定以后再也不来了。

白二宝的工作区域和浦小提紧连，就像两个并肩劳作的农民。臂膀是他们的镰刀，金属板就是成熟的稻子。他们埋头倒动金属板，热汗肆无忌惮地挥洒。刚开工，白二宝和浦小提脚前脚后，相差不到一尺。干着干着，距离就拉开了。浦小提再熬炼吃苦，体力也赶不上牛高马大的白二宝。白二宝拎转金属板，好像抚平一张糖纸。浦小提看得发呆，从心底羡慕白二宝那一身腱子肉。没做出不登环卫局大门的决定之前，浦小提对白二宝的一切殷勤视而不见，现在再看白二宝，反感就减少了。白二宝也敏锐地感到了这种变化，干得更加起劲。中午吃饭的时候，割舍了自己酷爱的面条队，排了包子队，大呼小叫地招呼浦小提。浦小提还是默默地站到了队尾。

饭后上班，又是两人并肩倒动金属板。浦小提翻着翻着，突然发现自己这一行的板子被人提前翻过了。就像割稻子，人各一垄。割着割着，突然发现自己的田垄越来越窄，原来有好心人帮你提前把稻子放倒了。浦小提昂起酸楚的肩颈，看到白二宝正在前头为自己翻板。须臾间又感动又觉得没有面子。她擦擦汗说："白二宝，你狗咬耗子。谁求你来了？你赶紧回你的工作面去！”

白二宝说：“不识好人心，我是心疼你！”

浦小提说：“谁要你心疼！管好你自己。”说话的口气不由自主地像上学时的中队长。

浦小提不用这种口气说话还好，此话一出，白二宝立刻抖擞精神。面前的这个小女工，毕竟不是当年颐指气使的好学生了，看着旁人离得还远，白二宝说：“小提，你是我的阶级姐妹，我不心疼你，谁心疼你！”

浦小提说：“不许你叫我小提。只有我们家的人才能叫我小提。”

白二宝不屈不挠地说：“我就不能成为你们家的人了吗？我偏要叫你小提——小提——小提……”

白二宝故意把声音放得很大，引来了当班工人的关注，眼光向这厢扫来。浦小提又急又气，忙放下自己手中的金属板，摘下手套想去堵白二宝的嘴。工作面的通道本来就窄，白二宝一手抓着金属板，又要躲开浦小提的抓挠，一个趔趄，手中一滑，湿漉漉的金属板就直直地滑脱下来，正正地砸在了脚面上。嘶啦一响，工作靴腐蚀出一个大洞，金属板的犄角猛扎进去，白二宝哎哟一声，跌趴下去。若不是浦小提鼎力相助，白二宝半个身子就栽进了电解池，会被蚀成一副骨架。

车间里一时鸦雀无声。这是最怕发生的事故，人一旦沾上了电解液，不死也得脱层皮。所以，平日里千叮咛万嘱托，就怕出事，还真真就出了事。

“好瓜子”这会儿变成“黑瓜子”了，跑过来说：“还愣着干什么？赶快叫救护车，快送医院！”

“老病”是当班的负责人，看了看现场，沉稳地说：“白二宝，你就是伤了自个儿，也该在你的工作面上，你怎么跑到这边来了？”

大家一看，可不是吗？白二宝倒下的地方，正是浦小提的工作面。白二宝看着师傅，师傅也定定地看着他。白二宝痛得龇牙咧嘴，脑子却还不糊涂，知道这是师傅要救他，马上就坡下驴：“小提人小力弱，差点儿跌到电解池里，我来救她，没想到……”他不停地抽着冷气。

“好瓜子”说：“到底什么原因，回头再说吧。救人要紧。”

“老病”遇乱不惊：“我看顶多是骨折，性命无碍，不必慌张。原因搞清了，后面的事才好办。”

浦小提愣愣地看着，不知如何是好。没有人来问她事故到底是怎样发生的，毕竟人是倒在她的工作面上啊。但是，即使有人来问，她又说什么好呢？

救护车风驰电掣地开走了，一路拉着警笛。重工业厂子，天不怕地不怕，就怕救护车怪叫，意味着一起严重的工伤已经酿成。大家相互打听，越说越玄。到了晚上，流传的版本就成了电解车间的一个小女工差点儿掉到电解池子里，一名男工奋不顾身拼死相救。结果小女工全须全尾毫发未损，男工受了重伤。

浦小提沉默无言，现在说什么都晚了。赶到医院去看白二宝，医生说白二宝的右脚粉碎性骨折，术后暂不能探视。浦小提眼泪汪汪地说：“他的骨头还能长起来吗？”

医生说：“这很难说。”

浦小提说：“报上都登过了，连人的小手指头扔到垃圾堆里多少小时内捡回来，还能接上，他那么大的一只脚，怎么难说呢？”

医生说：“你是他什么人？”

浦小提说：“工友。”

医生说：“我还以为你是他妹妹呢，那我就不说了。既然是工友，你就该明白，骨头渣子都被强酸泡酥了，我们能有什么法子！”

浦小提失魂落魄地回了家，张口就问妈：“人骨头断了，吃什么最好呢？”

妈妈说：“吃新鲜的猪蹄子啊。和接骨草一起炖汤，脊梁骨断了都能接起来。”

浦小提找到父亲，说：“爸，你就杀一头猪吧。”

老父说：“我家小提什么时候变得这么馋了？又不逢年又不过节的，杀的哪门子猪啊？”

浦小提只得实话实说，说车间里有一个工友骨头断了，吃这猪蹄子大补。老父说："这猪又不是咱自家的，是公家的。哪能说杀就杀呢！"

浦小提耍开赖，说："不管不管我不管。我只要新鲜猪蹄子，您要是不杀猪，我就自己到圈里砍下一只猪脚。"

老父虽然知道女儿绝无持刀砍猪的能力，但此话一出，知道了小提的决心，也就不再说什么，磨刀去了。当浦小提拎着香气扑鼻的瓦罐子走进病房的时候，前来慰问白二宝的工人们一下子都闪开了。

医生的担忧成了现实。白二宝被强酸腐蚀的脚骨拒绝愈合，被酸剥蚀的皮肤也长久地保持溃烂状态。浦小提刚开始还想说这不是自己的错，但看着白二宝的烂脚掌，觉得什么话都抵不上人能举步如飞。"老病"在第一时间拿下的口供，对认定事实起了决定性的作用。一个工人受伤，若如实报上，就成了工作时间打闹玩耍。责任自负之外，从上到下都要受到严厉的批评。现在是助人为乐，见义勇为，白二宝被断为"工伤"，劳保福利一概享受，还不停地有人提着麦乳精、代乳粉之类的营养品来慰问。浦小提只要不当班，就到医院帮着白二宝洗脸洗衣。其实白二宝伤的是脚，虽说行动不便，但日常生活并无大碍，只是浦小提生性善良，不如此就觉得良心不安。她总想等白二宝的伤彻底好了，自己的过失也就算赎完了。桥归桥，路归路，咱就井水不犯河水了。

不想白二宝的脚伤好得极慢，时不时地还有恶化趋势。炎症变成了很少见的产气杆菌感染，整个腿肿得像老树桩，一按直冒泡。医生说万不得已的时候，就要截肢了，要白二宝家里人有个准备。白二宝的妈哭得鼻涕抹满了医院的半面墙。他爹说，保命要紧，该咋治就咋治。不过，人是让厂子给闹残的，厂里要一养到死。

好在最后用了一种进口药，白二宝才算保住了一条囫囵腿。右脚变成了一疙瘩肉球，走道再也使不上劲。出了院后，白二宝特别爱在人前夸张地显示自己的瘸和拐，一来二去的，全厂没有人不认识赫赫有名的瘸勇士。

白二宝终于可以重新上班了，只是干不得重活儿，在车间里当安全员。浦小提真比白二宝自己还要高兴，觉得自己的"有期徒刑"算是结束了。白二宝在厂子的主干道上拦住她说："咱俩啥时候办事？"

浦小提说："啥事？咱俩的事不是都完了吗？你也成了英雄，我也当了你的护理员。你的脚也好了。"

白二宝说："可我瘸了。我得娶你做媳妇。"

浦小提说："那我要是不乐意呢？"

白二宝说："那我就说，你在医院里伺候我的时候已经是我的人了。"

浦小提咬牙切齿地说："白二宝，你不要脸！你不能胡说！"

白二宝说："脸要不要的不打紧，媳妇是一定得要。浦小提，我特地挑在大马路上跟你说这个事，你看看周围人看咱的眼光，你就知道，我要真那么说了，你甭说跳黄河了，就是跳到电解池子里也洗不清了。"

浦小提朝四下里这么一望，才发觉大伙儿看他俩的目光，真是暧昧不清的。浦小提气得转身就跑，白二宝也不去追。一是他瘸拐着根本就追不上，二是在心中窃笑，浦小提，你跑不了。

"老病"已经当了车间主任，白二宝请"老病"当红娘。"老病"说："二宝，你要给我猪头，我才保这个大媒。"白二宝说："那还不容易吗？我老岳父是养猪的，我住院那会儿，小提天天送猪蹄子，差点儿把奶汁给催下来。"

"老病"自己不出马，找到"好瓜子"。"好瓜子"说："一个好姑娘，可惜了。"

"老病"说："白二宝是个害群之马，要是没有浦小提这样的好姑娘管着他点儿，备不住成了个祸害。再说啦，他是工伤，瘸着半截腿，以后找不着对象，还不得咱车间里帮着忙活？就朝这个方向努力吧。""好瓜子"找到徒弟说："小提，我跟你说个事，你可以同意，也可以反对。乐意了，我高兴。不乐意了，我也高兴。总之要你自己拿个主意，甭看我的面子。要是先乐意了，以后又不乐意，也别怪师傅我张了这个口。"

浦小提说："师傅，你不必说了。我不乐意。"

浦小提是个很有主见的女子，不管师傅们旁敲侧击说什么，就是不松口。白二宝看出大伙儿都乐意促成这件事，也就百折不挠。每天吃饭时分，饭堂就成了白二宝的舞台，大呼小叫地招呼浦小提，闹得半个食堂的人为之侧目。浦小提就不到食堂吃饭，每天从家里带个饭盒，中午在车间旁开水房的锅炉边热一热，凑合着吃点儿就是了。她家离厂里挺远的，路上要倒三回车，公交车挤得人仰马翻，饭盒无论怎样横拿竖握，到了厂里，也是汤水狼藉，汁液洒得到处都是，只好免了菜饭，天天带包子饺子之类有馅儿的面食。虽说少油缺肉素馅儿为主，白菜韭菜一统天下，但经浦小提的手做出来，就别有风味。吃饭的时候，常常有人问："哟，什么吃食啊，这么香！"浦小提马上从饭盒里夹出一个包子，说："自己做的，您要是不嫌，就尝尝。"受到邀请的人也不客气，张嘴就吃。家里不宽裕，包子是有限的，浦小提经常半饥半饱。

白二宝一看浦小提不到食堂吃饭了，也改变策略，带饭上班。他三口两口把自己的饭吃完，觍着脸走到浦小提面前，说："人家都说你做的包子好吃，给我也尝尝。"

浦小提赶忙在最后一个包子上咬了半口，说："可惜没了。"

白二宝嬉皮笑脸地指着浦小提放在饭盒里的大半个包子说："这还有嘛！"

浦小提说："对不住，我都咬过了。你要是真想吃，明天我多带一个包子给你吧。"她实在对付不了白二宝的死缠烂打，取个缓兵之计。

白二宝说："别拿明天哄我。我饿，现在就想吃。"

车间大部分人都去食堂了，显得有些冷清。浦小提说："我也不是你们家人，也不欠着你的，你饿不饿的，我管不着，反正包子是没了。"

白二宝说："我就吃这剩包子！"说完，不待浦小提反应，他一把抓起浦小提饭盒中的包子，在印着月牙印的包子褶上，狠狠地嘬了一口，把大半个包子以迅雷不及掩耳之势吸入肚中，连声说："好香！"浦小提嗔怪之余，也生出一丝好笑。这个男人像小猪一样憨，别人吃过的东西他非但不嫌，还当成了宝贝。看着他的瘸腿，生出了怜惜之心。

吃饭的人陆续回来了，白二宝也不再说什么，独自舔着嘴唇回味不止，舌头上生出满口津液，酣畅无比。

第二天浦小提果真多带了包子，馅儿里还掺了肉，把普通粉换成了富强粉，连包子的褶儿都多捏了几道，浦小提喜欢别人欣赏她的手艺。不想白二宝变得很拘谨，吃饭时根本就没到浦小提这厢来，远远地缩在犄角旮旯里胡乱垫了点儿什么，然后就不知去向了。浦小提看着饭盒里多出来的包子，恨恨地想，这个人真傻，看我以后还理你！浦小提看了不少文学书，知道“愤怒出诗人”这句话，此时的她觉得改成“愤怒出胖子”肯定更对。她一怒之下把包子都吃掉了，看着空空的饭盒，怅然若失。

过后几天都是这样，白二宝好像有很重的心事，避着浦小提。上小夜班，从下午两点到晚十点。腊月天，天黑得很早，下班的时候简直相当于半夜了。工人们裹着大衣推着自行车急匆匆出大门，警卫统着袖子，缩成一团站在门口，吐出一团团白气。

白二宝推着自行车，相跟在浦小提的后面，有一搭没一搭地说着闲话。浦小提说：“我多带了包子，你怎么不来吃啊？”

白二宝说：“吃，哪能不吃。我想吃一辈子呢。”

闲话中，浦小提走出了厂门。突然听到背后一声断喝：“你停一下！”

浦小提吓得一哆嗦，僵立在昏黄的路灯下，不知自己犯了哪条禁令。警卫说：“不是说你，是说他呢！”说着，用警棍示意已经走远的白二宝回来。

白二宝一瘸一拐慢慢走回来说：“怎么啦？天飘雪粒子了，我腿脚不便，还得赶紧回家呢！”说“腿脚不便”时声儿格外大。

警卫走到白二宝的自行车跟前，说：“打开。”

白二宝无辜地反问：“什么？”

警卫面无表情地说：“饭盒。”

白二宝嘿嘿一笑：“饭盒里挺脏的，本来就是剩饭，吃完了又犯懒没洗，别看了吧。”

警卫不为所动，一板一眼地说：“打开。要不然我给你打开，就不如你自己打开。”

白二宝急了，说：“别呀，哥们儿。您是不是想学雷锋，帮我刷刷饭盒啊？我谢谢您啦。就这么着吧，我走啦！”说着，一骗腿，想飞身上车。警卫森冷地说：“你小子别动！少给我来这一套！你跑得了和尚跑得了庙吗？我就不信，你明天不到厂里来了！要说别人我可能还认不全，要说白瘸子，谁不认识！”

警卫这一番话很有杀伤力，能在城里找一份工作是非常不容易的，哪能糊里糊涂丢了呢。白二宝只得乖乖地站住了。浦小提在一旁看得直犯迷糊，走到白二宝身旁说：“不就是要看看饭盒吗？没洗就没洗，也不是了不起的罪过。打开给人家看看就是了。”说着，浦小提伸手去拿饭盒。不想，看着不大的旧铝质饭盒，如同被焊在了车后架上，纹丝不动。浦小提心往下一沉。她身上平素是有两股劲的，一是普通小女子的劲道，和一般的姑娘家没有什么不同。还有一种，就是车间女工的狠劲。浦小提杏眼圆睁，把在车间巷道里翻动金属板的手劲使出来，哐啷一扳，饭盒应声打开。盒子满满当当，在暗淡的灯光下，反射出柔和的磷光，一眼望去，像是一盒洗净码齐的带鱼段。浦小提立刻认出来了，它们是金属，是车间里通过电解步骤之后完美纯粹的金属。

这种金属非常昂贵，在世界金属交易所，喊出的都是天价。满满盒子的纯块，在黑市上最少也要值几千块。警卫露出得意之色，他是有经验的老手，没有任何密报，只凭着自行车车胎被压下的幅度，就敏感地觉察到所载的并非空饭盒，贼就真让他逮住了。

“怎么回事？”警卫问。明知故问。

“我也不知道。我和她在一块儿吃的晚饭，后来就把空饭盒放在车后头了，再也没动过饭盒。也不知道是谁嫁祸于人，把偷来的金属放在我车后面了。真真气死人了！”白二宝振振有词。他们正点下班，因为路远，就压了下班工人的尾巴上，这会儿人都散尽了，几乎没有人看到这一幕。

浦小提默默地站着，一句话都说不出来。她根本就没有和白二宝在一起吃饭，也没有看到白二宝把饭盒夹在车后面，这一切都和她毫无关系。她本来是可以这样说的，但是好像有一块沾满了电解液的毛巾堵住了她的嘴巴，咽喉又呛又苦，腐蚀到心，却什么都说不出来。

警卫有些为难，即使他是一个很有经验的警卫，也有些不知所措。是的，这是一饭盒的赃物，但你不能肯定这个人就是小偷。虽然从直觉上，警卫有百分之百的把握认定就是他偷了金属，但没有抓住他的手，你就没法确定说是他。还有一个看起来这么本分的姑娘是他的证人，此事鲁莽不得。警卫换了一个口吻，说："饭盒你是不能拿走了。你写一个东西，押在这里。旁的等着明天再做处理吧。"警卫说完，很熟练地取来了纸和笔。

白二宝把刚才所说的写了下来，签了名，还按了一个手印。警卫示意浦小提也签名。浦小提愣了一下，她很想不签，看到白二宝可怜巴巴地望着她，不忍心拒绝。如果她说白二宝干的事和自己无干，依警卫虎视眈眈的眼光，白二宝今天晚上就得蜷在地上冻一宿，回不了家。浦小提没想更多，只觉得地上很冷。她上了八小时班，白二宝也上了八小时的班，多渴望一张床啊，哪怕是薄被硬枕头，也是天大的福气。如果蹲到天亮，多折磨人哪。浦小提提笔签了字。

第二天，"老病"找到浦小提，说："你能保定是有人给白二宝栽赃吗？"

浦小提说："我不能保。"

"老病"说："你既签了字，就是保了。现在，白二宝没什么事了，你也没什么事了。可我有事了。这个金属是谁偷的？厂子里很重视，要咱们查个水落石出。再大的家业，也禁不住这样倒腾啊。再说这金属军工上有用途，要是倒卖到台湾，麻烦可就大了！依我看，这也一定不是咱车间的人干的，许是外头的人干的。这两天，正有几个临时工在附近挖下水道，肯定是他们啦……"

"老病"这些话是凑在浦小提耳朵旁边说的，浦小提只觉得半边耳朵好像被山火燎了。几天后，他们已经倒成了早班，下午两点下班。浦小提特意等在后头，在厂门外避人处拉住白二宝，说："你给我说实话，饭盒里的金属块是不是你偷的？"

白二宝说："不是。"

浦小提冷冷道："你骗得了别人，还骗得了我？告诉你，人家把金属块拿去做了指纹分析，上面除了你的指纹，根本就没有别人动过的痕迹。你还有什么狡辩的？你是个贼！"

白二宝默不作声，半天，突然抽泣起来，属于男人的大颗眼泪像榛子一样结实。他说："浦小提，别人能说我是贼，你不能！金属块是我偷的，可我为什么要偷？为的是你！"

浦小提惊得紧紧闭着嘴，生怕一张嘴，心就跳出来。关于查出指纹的事，有个朋友在厂部，向她透露了详情。金属块真是送到专门机构检查了，当时没经验，多个警卫把饭盒拿起放下翻看过一番，指纹太杂乱，已没有侦破的价值了。挖下水道的临时工死不承认，已成了悬案。浦小提本想敲山震虎，吓唬吓唬白二宝，没承想他竟招了，居然还胡说八道，说作案动机和自己有关。浦小提大怒道："白二宝，你不能血口喷人！我什么时候让你偷东西来着？"

白二宝看看周围无人，苦着脸说："我不是想娶你吗？可我家那么穷，我知道你看不上我。我想让你过好日子，我要给你买新衣服，买好吃的东西，我要提着好多礼物去猪食堂看你爹娘……这些都需要钱，我就……真的，我太糊涂了，我以后再也不敢了……"

白二宝把自己的想法一股脑儿地说出来。它们是鱼儿，在他的脑海中扑腾了无数次。他曾设想过各种各样向浦小提求爱的方式，就是没想到，让贼的这张渔网捞起了这些小鱼。

浦小提全身又冷又硬，变成了金属。当初她默许了白二宝的假话，以为帮他逃过一劫，就没什么事了，不想却和这个甩不开的白二宝粘得更紧了。浦小提慌乱起来，稳稳神，岔开话题说："白二宝，你不能信口开河。这一次就算了，厂里没法认定是你，反正金属也没有丢，就不打算追下去了。你以后可千万不能再做了。"说完，浦小提转身就走，快快离开这让她担惊受怕的人。

白二宝死死拉住她说："浦小提，你救人救到底。你嫁给我，我就会变成世界上最好最好的男人。我再也不会动歪门邪道的心思，我知道自己不是世上最好的男人，配不上你。可我肯定是世上最爱你的男人。浦小提，你也是穷苦人家的孩子，咱们俩是般配的！”

浦小提轻轻地拨拉开白二宝的手。当手和手相碰的那一瞬，她第一次感到了震惊和亲近。是的，他们都是苦孩子，这句话在浦小提心底最薄弱的地方按下了一枚图钉，黑暗而疼痛。

“你让我自己走走。”浦小提说完，就头也不回地走了。白二宝没有拉她。

浦小提漫无目的地走着。突然看到了一个熟悉的院落，原来是环卫局。她一点儿也没打算到这里来，脚是顺风飘荡的竹筏子，自动地把她给驮来了。她认出了这个大门，眼泪模糊了双眼，再也不愿有一分钟的停留，很快地折身走了。

晚上，浦小提跟妈妈说话。妈妈拿着姐姐和弟弟的照片，在昏黄的灯光下落泪。浦大会到陕北插队，已经和当地的农民结了婚。浦远程当兵在西南挖山洞，很长时间没有来信了。浦小提说：“有一个男工追我。”

妈说：“你熬猪蹄子汤是给他喝的吧？”

浦小提说：“是。”

妈又说：“你包了花样的包子，带了一大饭盒，也是为了给他吃吧？”

浦小提百口莫辩，只得说：“是，可是……我……”

妈说：“别挑拣了，就是他吧。都是工人，好好过日子吧。”

浦小提和白二宝的婚礼办得很朴素。白二宝倒是很想大办的，整上十个碟子八个碗的，让大伙儿看看，自己虽说瘸了，娶的媳妇可是一等的。浦小提不让，说两家都不富裕，节俭着办事吧。浦大会的孩子天生弱智，回娘家给孩子治病，猪食堂那边的家就没个角落可以安下这对小夫妇的婚床。白二宝家是菜农，院落虽大，人口众多，也没有他们安身立命之地。白二宝就一瘸一拐地在厂长门口晃荡，看在他是工伤的分儿上，厂里给了一间十平方米的小房。

浦小提说：“写作文开门见山，咱们是开门见床。”

白二宝说："见床好啊。结婚不就是合理合法地上床吗？"

浦小提用花花绿绿的布头把自己的小家布置得很温暖。当然到了夏天，"温暖"就成了灾难，就要把花布头换成稀疏的白"豆包布"，才能稍稍显得凉快一点儿。婚后不久，浦小提就怀孕了。白家一直认为是浦小提把白二宝的腿脚整残废的，就不喜欢小提。加上重男轻女，婆婆放出话来，说要是孙子就帮着带，走到哪儿一掀屁股帘，露出雀儿，当奶奶的气派。要是小丫头片子，对不起，自己拾掇吧。还说要是男孩，就叫白金，要是女孩，爱叫什么就叫什么吧，不管了。浦小提还真有点儿紧张，不是想讨好公公婆婆，只是如要自己带孩子，实在是太艰难了。怕什么就来什么，第二年生下一个女儿，长得和白二宝一模一样。白二宝给女儿起名"白金"，说别看老爷子没什么文化，却晓得白金比黄金更上档次。白金的大名是"铂"，名贵着呢！白金的爷爷奶奶还不大高兴，说一个小姑娘家糟蹋了这个贵气的名字。

歇完产假，浦小提抱着孩子上班了。孩子往哺乳室里一搁，依旧去搬动金属板，每三小时有十五分钟的喂奶时间，急匆匆地赶到哺乳室，乳汁已经将厚厚的工装胸前打湿。白金饿得直哭，一旁看孩子的老女工只好一个劲儿地给孩子灌糖水，孩子哭累了睡着了，摇晃都不醒。浦小提一看喂奶时间就要过了，只好又是揉耳朵又是抠脚心，把白金折腾起来，赶紧喂奶。到了规定时间，把乳头从孩子嘴里薅出来，掉头跑回车间再投入工作。回到家还要给白二宝做饭洗衣，再也顾不上爱怜自己，面色憔悴，鬓发凌乱。白二宝在家横草不拿竖草不沾，谁说穷人无娇儿，白二宝就是个典型。白大宝早夭，白家双倍的爱全部砸到白二宝身上，把个穷小子当成了公子哥儿来养。

白二宝腿瘸，干不动重活儿，就从车间调到了工会，专管发电影票，组织个篮球赛诗歌联唱什么的。那时家里能有电视的人寥寥无几，看电影就成了工人们的主要娱乐活动，电影票虽小，也是权力，就有人围着白二宝转。白二宝把好票攥在手里，给亲的热的留着。发奖品的时候，明里暗里地克扣一点儿，藏起些脸盆茶杯什么的，送亲戚朋友。浦小提顾不上打扮自己，倒把个白二宝拾掇得齐整起来。只要白二宝不张口，冷眼看去，也有个小干部的模样了。

文凭热悄悄地兴起来了，说是几年之内坐办公室的都要知识化。白二宝眼看着自己在工会的安逸椅子不牢靠了，心中犯了嘀咕。

“你说，我要是被打回车间去，可怎么办？”白二宝不安。

浦小提披头散发地正忙活着，头也不抬地说：“那你就好好干活儿呗。你也不是什么金枝玉叶，你爷爷、你爸爸还不是土里刨食，轮到你就金贵了？再说，我还不是天天在车间干吗！你怎么就不成？”

白二宝说：“我在工会，好歹也算是个有头脸的人，不定哪天就转成了正式的国家干部，以后咱白金填出身的时候，就堂堂正正地写上‘革干’。要是我和你一样，一辈子闷在酸臭的车间里，哪有出头的日子啊！”

浦小提说：“别人看不起工人就罢了，咱可不能自己看不起自己。”

白二宝说：“好好，我不跟你争。你看得起工人，你就好好地当自己的工人。我看不起工人，我就想法不当工人。你不要拦着我。”

浦小提把洗完的衣服推到白二宝面前说：“我不拦着你。你先把这衣服晾出去。白金的衣服都攒在这儿了，要是干不了，孩子明天就光屁股了。”

白二宝斜着眼说：“你干吗不去晾？非等着我？”

浦小提说：“外头扯的铁丝那么高，我够不着。平常我都踩个小板凳，今天你不是在家吗，就不能伸把手？”

白二宝说：“我腿脚不方便，你也不是不知道。”

浦小提说：“你瘸着也比我个儿高，这个家也不是我一个人的。要我晾也行，那你吃饭就得晚点儿了。”

白二宝只得端着盛满衣服的盆子出了门。回到家来，想起自己很可能要被发配回车间重穿工装，不禁长吁短叹。浦小提边择韭菜边说：“你想当干部，就得上学。”

白二宝垂头丧气道：“上学是好事，可我考得上吗？”

浦小提说：“你可以学。”

白二宝说：“别讽刺人。我知道你自小学习好，可我不行。”

浦小提说："我帮你。"

白二宝眼睛一亮："反正咱俩只能出一个人才，要说从历史上看，你学出来的可能性大点儿。你甘愿牺牲来成全我，那咱们就一言为定。"

浦小提捏着韭菜，半天没说话。韭菜择得太苦了，辛辣的韭菜叶熏出了她的眼泪。她知道这句承诺像长城砖，把自己上学的道儿砌死了。

真是想什么有什么，白二宝的运气不错。广播电视大学招收自学生，跨进大门不用考试，只要在几年内把若干科目结完，就可毕业。白二宝报了名，花了两个月的工资，抱回来半人高的课本。从此家中一切杂活都和他永无干系，浦小提忙得昏天黑地，白二宝都视而不见。浦小提一个人拧不动大床单，叫他搭把手，白二宝说："你没看见我忙着学习呢！"浦小提抹抹头上的汗说："能不用你，我绝不用你，可拧床单这件事，一个人干不成啊。"白二宝不耐烦地说："滴答着水晾到院里吧。"

浦小提说："天阴着，不拧干了，会馊的。"

白二宝说："真要馊了，你就再洗一遍呗。娶个女人不就是洗衣做饭带孩子嘛！"

浦小提说："那我还挣钱呢，我有一线高温补贴，有夜班费，加上有害气体补助，比你挣得还多呢！"

白二宝说："浦小提，你什么时候变得这么俗了？我不跟你一般见识，如今我是有文化、有修养的人了。"说罢，再也不理浦小提。浦小提只有请邻居帮忙拧干单子。邻居问："当家的不在啊？"

浦小提不会说谎，只好回答："在……"

邻居说："那他不搭把手？"

浦小提说："他读书呢。我不想打扰他。"说着，脸上不由自主地露出了自豪神气。

白二宝对浦小提也不是一概不理不睬。每逢考试前后，他就格外哈着浦小提。为什么呢？自学生的学习，除了按时听广播，全靠自己暗中揣摩。没人面对面辅导，犹如盲人摸象。白二宝上学的时候，就不是什么好学生，有老师领着还丢三落四的，自学起来简直是两眼一抹黑。看白二宝魂不守舍，浦小提问清缘由，说："你说打算考多少分吧。"

白二宝说："谁还敢提多少分，就一门心思——及格。"

浦小提说："这又有何难呢！"

白二宝嗖地从床上溜到地上，说："浦小提，你一个戴帽初中毕业生，不要站着说话不腰疼。高级知识分子不是那么容易修成的，你怎能把我的考试说得这般轻巧？！"

浦小提争辩道："我不敢小看你的学问。只是你若考不及格，只怕还要落到戴帽生这档里。我有一个法子，虽不能保你九十分一百分，却能让你及格。"

白二宝把哈气吐过来说："好娘子，快快教我。"

浦小提展展酸痛无比的后腰说："课本拿来。"

浦小提的绝门功夫就是抓重点。小时候，她的复习时间被泔水桶挑走，只得放弃面面俱到，有的放矢地准备功课。久而久之，她就练出了用最少的时间取得最大成绩的本事。一百分无望，但及格绝无问题。如果时间有富余，她就精加工一遍，分数就会显著提高。这也是当年她和条件极好的宁夕蓝能有一拼的诀窍。现在，为了丈夫能出人头地，她恍然觉得自己如同佘太君，重新拿起书本披挂出征。孩子睡下，白二宝打起鼾声，浦小提就开始读书，把重点记在一张张裁好的小字条上，直到深夜。白二宝一起床，就会看到枕头边一沓雪花般的纸片，这是他今天必须记住的问题。白二宝将信将疑，反正没有其他好法子，只好姑妄听之，死马当活马医。

期末考试的成绩出来了，白二宝不但及格了，分数还相当不错。白二宝用最少的付出取得了最大的效益，得意非凡。浦小提非常高兴，对白二宝说："如果是我上学，就好了。"白二宝撇嘴道："没准儿是瞎猫碰上死耗子了。"

下一次考试来临，他们又唱起了双簧。这一次，浦小提更有经验了，给出的小条子更精练。公布分数的时候，白二宝的得分惊动了同学们。考试之前，同学们曾凑钱请了一位老师来辅导，听说此老师和出题的人认识，凡是经他辅导过的学生，及格率特别高。白二宝当然积极踊跃参加，不料上边举行文艺会演，请不下假来，只得忍痛放弃。闹得自学班里负责收费的年轻女生秦翡一脸的不乐意，说："白大哥，你不参加，能不能及格不说，单是少了你这一份钱，大伙儿还得替你背着。"

白二宝可不愿在漂亮女生跟前栽面子，说："这么着吧，课我是肯定听不成了，但这钱我可以交。谁让咱们是同学呢！"

秦翡笑了，说："还是工人阶级有气魄。"

临考试那天，别人都胸有成竹满脸放光，白二宝心中嘀咕，人家是洋枪洋炮，浦小提的字条是义和团的大刀片，能行吗？卷子发下来了，同学们忍不住挤眉弄眼地笑，钱真是不白花啊，辅导老师基本上把卷面上的大题一网打尽。谁知风云突变，监考老师突然掏出一个小纸卷，说是刚刚接到考试办通知，卷子上从多少题到多少题全部作废，改成如下的考题……说着就用粉笔在黑板上唰唰地写起来。具体原因谁也不知道，但这一改，却让接受辅导的同学山河失色。新题都在框架之外，老师不曾辅导过。按照原来的题目考，白二宝也得不了太高的分数，按照新改过的题目，他还是那个水平。水落船低，白二宝反倒凸显英雄本色。

不及格的秦翡跟在白二宝身后，拉他的袖子："白哥，你有什么诀窍？"

白二宝故作不屑地说："天资聪慧，爹妈给的。你有什么办法？想不及格都难。"

秦翡说："我看你临进考场的时候，还摸着小字条念念有词的。你那些字条，能不能让我瞻仰瞻仰？"

白二宝说："可以是可以，你拿什么谢我？"

秦翡长得小巧玲珑，在一家技校当校工，极想早日拿了大专文凭改当秘书，无奈基础差，谁要是能在学业上拉她一把，简直就是观世音。秦翡说："白哥，我请你喝酒！"

白二宝先是用浦小提的字条换来了若干次的推杯换盏，酒后的白二宝风流倜傥，把秦翡哄得心花怒放。两人同看一张条子，耳鬓厮磨的，渐渐生情。白二宝以复习功课需要补脑为名，工资不再交给浦小提家用，和秦翡下馆子喝小酒，后来干脆找机会到秦翡的宿舍偷情。浦小提蒙在鼓里。艰辛的劳作和长期缺乏睡眠，使她像一朵失水的花朵，没有盛开就走向了枯萎。白二宝终于毕业了，浦小提高兴得热泪盈眶。她对白金说："将来你上了学，要向爸爸学习。"

白二宝这几年读书，加之在两个女人之间周旋，精明了许多，淡然一笑说："我也算是功成名就了，下一步要给腿脚整容。"

浦小提大惊说："你瘸着腿的时候，我也没嫌弃过你。现在孩子都这么大了，这两年你读书花费大，咱家的日子挺苦的，整容是自费，那得要多少钱？"

白二宝说："你跟我上街去。"

浦小提说："上街干什么？要买什么柴米酱醋的，小铺里都有。"

白二宝说："我要找个能照出全身的镜子。"

家中地方太小，要照全景，就得爬到床上去，所以根本就没配备镜子。

商场楼梯拐弯迎面处，有一面大镜子。浦小提面色萎黄，眼角已罩上了细密的皱纹，甚至有了丝丝白发，在明亮的灯光下，不屈不挠地从黑发中龇出来，显示着自己的存在。一旁的白二宝，单看上半身，还是很英俊的。

白二宝说："看到了吗？"

浦小提说："看到了。我不怕。"

白二宝说："你不怕，我还怕呢。"

浦小提很感动地说："二宝，咱都不怕。人总是要老的，你没看白金一天天大起来了吗？"

白二宝说："你想什么呢？我说的是我的腿，如今，我马上就是家中祖祖辈辈第一个大学生了，也该买身西服、换双好皮鞋了。可骡马光有好掌子不顶事，先得有好蹄子。我打听了，医院能做这个手术……"

白二宝要看皮鞋，浦小提先回了家，从面口袋下面拿出白金的独生子女费，还有自己两次人工流产之后厂子补助的营养费——这是她存下的唯一私房钱。原本想的是白金大了，一把给了她，也算是父母的心意。白二宝要整容，家中再没其他储蓄，只有动用这钱。

白二宝找了最好的整形医院，手术做得很成功。白二宝回到小屋，反复走给浦小提看，问："看得出来吗？"

"看不出来了。"浦小提忙着家务说。

"你仔细看呢？"白二宝追问。

"细细看，还是能看出来。"浦小提疲惫地说。

"如果我身子朝这面侧一点儿呢？"

"那就看不出来了。"浦小提说。这其实是一句假话，但她真受不了这番折磨了。

第二天回到家里，浦小提很难过地对白二宝说："今天我远远地看着你，觉得你的手术失败了，不但没比先前好，反倒瘸得更厉害了。二宝，你别难过，我不在乎。"

白二宝笑笑，什么也不说。

过了些日子，厂子开始分房。用的是评分制，工龄一年是一分，有害气体、高温作业、危险工种各加一分。最关键的因素是人口，一人是五分。还有复转军人加分，做了绝育手术加分等。各类条条框框加起来，像一本小人书。白二宝在工会负责分房的具体事宜，比如造表发榜等。第一榜出来，白家榜上无名。浦小提半夜里对白二宝说："看来咱是没戏了。人家老职工沾了工龄的光，分比咱高。只有盼着厂子兴旺发达，以后再盖房子了。"

白二宝说："你忙什么呀，不是三榜才定案吗？"

浦小提没好气地说："十榜定案又有什么用！板上钉钉的事，你能改啊？"

白二宝说："一榜有不算有，住上了房子才算真有。我有一个办法。"

浦小提说："你有什么法子？"

白二宝说："你赶紧到医院去做绝育手术，这样咱们就能加分。"

浦小提说："白金这样小，要是真出个什么事，咱们就没办法补救了。"

白二宝说："你让我想法子，我想了，你又不听。你看着办吧。"说完，蒙头大睡，不理浦小提眼若铜铃地看着墙上雨水画的抽象图案。其实屋里一片漆黑，什么都看不到。但屋里每一寸面积都刻在心里，浦小提在黑夜中洞若观火。

第二天，她到医院要求做绝育手术。医生说："真怪啊，怎么最近这么多女同志要绝育，好像赶庙会似的。"

手术做完了，第二榜公布了，白家依然榜上无名，因为很多人都有了加分。当浦小提已经不抱任何希望的时候，第三榜公布了，白二宝的名字赫然在目。全厂一时大哗，连浦小提都不明白，这是哪块云彩下的雨。半夜里，小心翼翼地问白二宝，谁是他们家的恩人。白二宝说："告诉你吧，你可要记住了。这个恩人就是我。"

浦小提说："快说说，你用了什么法子。"

白二宝说："我提了意见，加大了双职工的分值。我说，多一口人就他妈等于老子五年的工龄，这公平吗？这个厂子不是靠那些户口本上有个姓名的闲人养起来的，是工人的血汗喂出来的！"

浦小提说："哎呀，二宝，你说得可真好！"

白二宝说："还有好的在后面呢！单是把双职工这一条争上来，还显不出咱家，双职工多了去了。我就瘸着腿在大家面前走了几个来回，说房是厂里出钱盖的，我是为厂里负的伤挂的彩，我是厂里的人，理应加分。加几分，凭良心吧。不给白二宝房子事小，若是因此伤了大伙儿的心，觉得给厂子卖命不值得，不是我吓唬人，那事就大了。"

浦小提听得手心直出冷汗："大家说啥？"

白二宝说："大家还能说啥？厂里工伤的人原本不多，我说得通情达理，就一致通过了工伤加三分。这一来，咱就入围了。三分，什么概念？等于阉了你六回。"

浦小提震惊之余生出钦佩。这些年，在自己忙着翻腾金属板和照顾白金的当儿，白二宝已变得颇通谋略。她说："二宝，你什么时候变得这么老练？"

白二宝说："这算什么？不过是演习。"

浦小提说："那你的真刀真枪是什么？"

白二宝说："别着急，快看到了。"

分给白家的新房子是一楼。浦小提说："一楼有点儿潮，要是能换到二楼就好了。"白二宝说："潮不潮的和你没大关系。你就不必过去了，咱这平房给你。"

浦小提听不懂，说："厂里不是规定了，分新的就要交旧的吗？"

白二宝说："是有这个规定不假，可那指的是一家人。要是两家人，就不在此列了。"

浦小提说："白二宝，你说话我怎么听不懂？"

白二宝说："浦小提，我以前觉得你挺聪明的，看来是三天不学习，赶不上我这个高级知识分子了。有句话，我一直不想跟你说，希望你自己能明白，现在你逼着我刺刀见红了。咱俩的差距越来越大，没法在一个屋檐底下过日子了。分了新房子，咱们的事也该做个了断……"

白二宝说这些话的时候，浦小提正在切菜。听完了白二宝的话，浦小提先把菜刀放下了。再切下去，她必是先切了自己的手，然后再拿菜刀砍了白二宝。但她不会用菜刀刃，只会用菜刀背儿。

浦小提用抹布仔细地擦了自己的手指，好像手指已经沾上了血。当她把手指擦得像葱白一样熨帖之后，说："白二宝，你是要和我离婚吗？"

白二宝说："聪明劲又回来了。"

浦小提一字一顿道："你是要把我们娘俩甩了，自己搬到新房子去，是吗？"

白二宝说："我倒是想把新房子分给你们娘俩，可那是厂子照顾我负了工伤，你好意思住吗？除了房子以外，这屋里的所有东西，我不拿一针一线。"

浦小提冷笑道："这屋里除了针线，还真没有值钱的玩意儿了。白二宝，我知道你的意思了，白金就要放学了，她还得按时吃饭，我得炒菜了。今儿晚上，你就别回家了。"

白二宝说："那哪成，我得回家。在这之前，你还是我的老婆，我得和你睡觉。”

浦小提抡起了刀，这一回，是刀刃朝前，咬牙切齿道：“白二宝，你听好了，如果你回来，留神我劈了你！”

白二宝看到浦小提胳膊上的血管绷得像蜿蜒的毒蛇，料想自己虽是男子，但这几年养尊处优，已不是终日劳作的浦小提的对手，知趣地躲了出去。

家中财产十分单纯，分割起来方便得很。当“好瓜子”和“老病”得知消息想来调解劝阻的时候，一切手续已完成。“好瓜子”说：“徒儿，这么大的事，你也不和师傅商量一下？”

浦小提说：“他去意已定，和谁商量也没有用。师傅，你不用可怜我。说真的，他这一走，我心里反倒踏实了许多。”

“好瓜子”搓着手说：“浦小提，你要是心里特难受，就哭一场吧。被一个瘸子甩了，谁也咽不下这口气。到底因为什么？”

浦小提说：“不知道。”

“好瓜子”说：“你也不问问他？死也要死个明白。”

浦小提说：“我不问。无非是那么几条，看上别人或被人讹上了。爱咋样咋样吧。”

“好瓜子”说：“有什么难处，你尽管说。说句话你别不爱听，今后你就是个寡妇了，找别人不方便，师傅我随叫随到。”

白金放学回来，问：“我爸上哪儿去了？”

浦小提说：“上前头那座新楼里住了。”

白金问：“那咱们咋不去？”

浦小提说：“你爸和我离婚了。今后，你可以到前楼去，我就不能去了。”

白金说：“你们离婚也不问问我。”

浦小提笑了说：“我们结婚也没问过你啊。”

白金想想说：“也是。那我也管不着了。我爸还会和别人结婚吗？”

浦小提说：“这我就说不准了，我也管不着了。”

小小的白金说：“我管得着。我去看看。”

浦小提只有发呆的份儿。这个女儿，实在是太像白二宝了。白金探回来说："我爸一看到我就说，赶紧走，有个阿姨要来了，别让她看到你。我看，他就要和这女的结婚了。"

浦小提忍不住问："后来呢？"

白金说："我就躲在一边等，真把那个女的给等着了。"

浦小提装作不感兴趣的样子问："那女的什么样？"

白金说："妈，你可别伤心，她比你年轻，比你好看。"

浦小提说："白金，我打算给你改改名字，叫浦金吧。"

白金说："我不改，我这个名字挺名贵的。"

浦小提想了想，说："好，不改就不改吧。"

浦小提终于没有看到白二宝的新娘。房子一分到手，白二宝就张罗着和秦翡结婚。秦翡佩服白二宝，庆幸自己的好眼力。那些小字条的命中率是多么高啊，这不都是才华耀眼的颗粒吗！白二宝本来长得就不算难看，如今腿瘸大幅度地减轻，穿上特制的加高皮鞋，几乎看不出来。一套两居室的房子更是大大的筹码，秦翡就应下了白二宝的求婚。问到白二宝前妻之事，白二宝不屑地说："一个工人妞，除了卖苦力和带孩子，百无一用。"

秦翡说："那她住在哪儿？"

白二宝说："也在厂区里。"

秦翡说："我可不愿和你的前妻、孩子抬头不见低头见的，也不希望你老看见她们。"

白二宝说："这却难了。除非我瞎了，对了，光我瞎了，也解决不了你的问题，还得你也瞎了。"

秦翡拧着他的胳膊说："你就没有别的法子？"

白二宝说："没有。"

秦翡说："我倒有一个法子，一是你也是个大专了，不能老窝在工厂里，调个单位重打鼓另开张。"

白二宝说："我何尝不这样想，只是这一走，房子就保不住了。"

秦翡说："这好办。我有个亲戚是你们厂上级单位的，我让他跟你们厂打个招呼，让厂里不收你的房，你再把房子调出去。”两个人商量妥当，开始办理，竟是十分地顺利。白二宝成功地调到了其他单位，名正言顺成了干部。房子也换出去了，虽说面积上吃点儿亏，但从此远离了浦小提和白金。

离了婚的浦小提把头发重新留了起来，用猴皮筋扎成一撮儿，甩在脑后。这个发式若在年轻姑娘头上，被称为“马尾”，在浦小提这里，就是鹌鹑尾了。浦小提惊讶地发现，自己的头发比当姑娘时少了很多，同样的猴皮筋，从前只能缠两道，现在却可以缠三四道了。

“老病”身体不好，调到劳保库管发口罩和手套，厂里提拔浦小提当了车间副主任。“好瓜子”说：“徒儿要领导师傅了。”浦小提说：“我都带三茬儿徒弟了，也熬成婆了。一日为师终身为父，这我忘不了。”“好瓜子”说：“为母。”

浦小提每天早早起床，把一天的饭菜都做好，然后叫醒白金，自己就去厂里上班。车间主任基本上是正常班，但浦小提总要早早到厂，可以见到上大夜班的工人，有什么事当下就能够了解，处理及时。下班以后，浦小提常常还要在车间里多待一会儿，等着和晚班工人一道聊聊天。一天下来，三班倒的工人，她就全看到了，对生产形势和工人家里的事都门儿清，车间连续被评为先进集体，浦小提深得爱戴。白金很小就自己照料自己，后来还学着给妈妈做饭了。离婚的时候，浦小提只要了白二宝每月二十块钱的抚养费。后来物价上涨，很多早先判了离婚的人，都到法院要求增加抚养费，浦小提却从不往这方面用脑子，过得很清苦。她觉得养得起孩子，不愿让白金觉得自己是个累赘。

等到白金上中学的时候，厂里的生产形势就一天不如一天了。先是供电紧张，时不时拉闸限电，炼了一半的金属冻在了炉子里，等电来了，重新熔化，耗费巨大不说，产品纯度得不到保障，废品率猛增。紧接着电价上涨，厂子首次出现了亏损。刚开始还说这是政策性的，让人觉得熬过了这一段，或许还有转机，不想真正的危机才刚刚露头。电解液是高毒物质，排放出去对水域毒性很大，只得压缩生产。这就出现了巨额亏损。危亡在即，总工程师提出了要用新的工艺，有关人员到国外考察，高价买回设备，全是电脑操作。工人们都要考核上岗，浦小提这一拨女工都快四十岁了，学新技术，大呼小叫，惊慌不安。浦小提心中坦然，兵来将挡，水来土屯。她什么都不说，每天和女儿挤在小桌前，把操作规程背得滚瓜烂熟，以车间第三名的成绩考核过关。

厂里大兴土木，改造厂房，向国际化靠拢。旧车间扒掉那一天，浦小提失魂落魄，好像闺中密友辞世。厂里贷款修建新的厂房，设备安装调试完成后，浦小提上岗。纸上得来终觉浅，一看到那些花花绿绿的按钮，浦小提就觉得胸口发堵，只有勤学苦练，终日念念有词，好像中了魔障。外方负责安装的工程师海斯，身高能有两米，每天像大象似的在车间跑前跑后，指导众位工友。

他站在浦小提身后观察她的操作，许久许久，伸出大拇指说："你——值——"

浦小提悄声问翻译说："他是什么意思？"

翻译小声说："海斯说，你的劳动和你的工资是匹配的。如果他看到谁不努力工作，就会说——不值。"

浦小提说："咱是老工人了，还用他来评判！我当然是值。"

中午，工人们端着饭盒蹲在地上吃饭。海斯走过来，眼珠瞪得溜圆，问翻译，他们吃的这种包着菜的圆形点心叫什么东西。大家就一个劲儿地笑，浦小提说："这是饺子。"海斯就要用他的西餐换这种点心吃，浦小提说："我剩下的这些都可以给你吃，但我不要你的西餐。"

翻译把这些话转给了海斯，海斯说："是一种委婉的拒绝吗？如果我吃了你的午餐，你却不接受我的午餐，交换就不能完成，吃下去肚子会痛。"

浦小提抿嘴一笑道："好吧，换。"海斯拿着饺子走了，浦小提把面包分给大家。

第二天中午，海斯又来了，提着一兜西餐，走到浦小提面前说："换。"这一回，他不用翻译跟着。

浦小提拍打着自己的饭盒说："不换。"

海斯不明白，急忙又把翻译招呼来。浦小提说："凭什么呀？吃一顿是个礼貌，总这么吃，就是要饭的了。”

翻译不敢照直译，就说：“这位女士的意思是她做得不够好，以后做得更好了，再请你吃。”

海斯当了真，急赤白脸地说：“现在就非常好了，不必更好了。我就喜欢这种包着馅儿的小面团。”他还是记不住饺子的名字。说完，为了表达自己的诚意，他干脆把西餐饭盒堆在浦小提的脚边，抓过饺子就吃起来。

浦小提觉得这像劫匪，没法子，只好从西餐袋里取了个面包充饥，剩下的带回了家。

白金晚上放学，看到了西餐包，手都没洗就吃起来。她一边吃一边说：“你接见我爸了？”

浦小提说：“他也没拖欠抚养费，我见他做什么？”

白金说：“那你怎么舍得钱买西餐啊。”

浦小提说：“这是拿咱家的饺子跟人换的。”

白金被一口火腿噎得直咳嗽，费力地说：“……你占大……便宜了……”

看着女儿吃得有声有色，浦小提特地用茴香馅儿精心包了饺子。第三天是冬瓜馅儿，第四天是茄子馅儿……

连着半个月，天天吃到正宗西餐，白金抹着嘴巴上的黄油说：“妈，你傍上了个会做西餐的厨子？”

白金渐渐长大，多年母女成姐妹，口无遮拦。

浦小提说：“你也忒小瞧你妈了，这是外国工程师给我的。”

白金大喜道：“妈，还真看不出你的魅力，连外国人都拜倒了。以后借他的关系，我也能出国留学了。”

浦小提呸了一声说：“我们是以物易物，跟原始人似的。”

白金叹了口气说：“不等值交换，那个洋鬼子亏了。”

浦小提到街上留神看了看西餐的价格，我的天，单单一个欧式面包的价钱，就抵得上一锅饺子了。第二天，她对换饺子的海斯说：“我不换了。”

海斯的汉语突飞猛进，已经可以进行简单的对话了。“为什么？”他虽已年纪不轻，但睫毛依旧很长，当他聚精会神看着你的时候，就像个少年。

“因为不值。”浦小提指指饺子，又指指海斯的西餐袋。海斯的饮食是厂里专门到饭店定做的，会有人准时送来。

“饺子很昂贵，是吗？”海斯的目光极为真诚。

“不……是面包……”浦小提直摆手，越急越说不清。最近一段时间，只要海斯一出现，工友们就避让了，让浦小提很不舒服。为了让海斯彻底明白，浦小提捂住了自己的饭盒，说：“不换了！这你总该懂了吧？”

“懂了，面包不值。”海斯可怜巴巴地看着自己的西餐袋子。

海斯留着一把大胡子。浦小提总在想，这么大把的胡子，要是喝棒子面粥还不抹得到处都是？好在以后除了生产线操作台，再不会打更多交道了。

浦小提无滋无味地吃完了自己的饺子。第二天，她上小夜班。翻译对她说，海斯先生需要和她谈谈。浦小提穿着工作服，和翻译一同走向海斯的宿舍。厂里厚待外国专家，特地把原来幼儿园的一座小楼改成了专家公寓，装修得十分考究。

浦小提局促地站在地中央，她不在意海斯，是这里的宽敞豪华晃花了她的眼。海斯说：“浦，我今天要说的话很重要，所以特地请翻译来。请坐。”

浦小提说：“工作服有油，别脏了您的沙发。”

海斯说：“工作的油是珍贵的。”

浦小提点点头坐下，有点儿紧张。她知道饺子的事让海斯伤心了，可是，有什么法子呢，她可不是爱占小便宜的人。看来，要安抚海斯几句，要不然这洋鬼子在咱的生产线上闹了情绪，厂里的损失就大了。浦小提对翻译说：“请你告诉海斯先生，如果他还想吃我的饺子，就不必用西餐换了，他只要给我一点儿钱就够了。”说到这里，浦小提换了一种腔调，算是对翻译说的体己话：“其实，我也不是那种小气的人，吃点儿饺子也没什么。我就是不想让别人说闲话，收个成本就是了。至于手工费，我就免了。”

翻译是个俊俏小伙儿，把话翻给了海斯。海斯对翻译说了一通很长的话。浦小提木木地看着他们，觉得自己像局外人，几乎想推门走了。

翻译小心翼翼地对浦小提说：“浦师傅，海斯先生说了很多，中心的意思就是他很爱吃你包的饺子，问你能不能永远地为他包饺子吃？”

浦小提一时不明白这话的意思，说：“海斯想雇个保姆做饭？如果领导同意，为了厂里的利益，没问题。”

翻译没有把话翻过去，就对浦小提说：“海斯先生不是这个意思，他的意思是向您求婚。他说他很喜欢东方女性的皮肤颜色，有一种象牙的光泽。他说他爱吃你做的饭，让他的胃无比的舒适。他还说你学习操作技术很努力，出乎他的意料。严谨的工作态度让他很佩服你。对不起，我把顺序说反了，他是先说工作学习，后说的象牙和胃。总之，他很郑重地向你求婚。如果你同意的话，他会办理一切相关的手续。”

浦小提蒙了，她不看海斯，对翻译说：“小伙子，你没听错吧？”

翻译委屈地说：“浦师傅，不信，你可以直接问海斯。”

海斯一直注视着他们，他的听力比他的表达能力要好，不等翻译向他示意，就对浦小提说：“真的，我爱你。这就是一切。你能答应我吗？”

浦小提被这猝不及防的打击整得头脑发晕，她对海斯说：“我有孩子。”

海斯说：“我也有孩子。这不是问题。”

浦小提说：“我结过婚。”说完之后，才想到完全是废话，不结婚哪来的孩子啊。但这话对海斯来说，倒不是一句废话，不结婚有孩子的女人多的是。海斯说：“我也结过。”

浦小提急了，她刚才那些话的真实目的是拒绝，海斯用一壶浑水把茶叶沏得变了质。浦小提不再绕弯子，单刀直入：“我不干！”

海斯更不明白了，真诚地问：“干是什么意思？干活儿吗？这不需要干活儿。你只要把饺子的工艺告诉我，我就可以操作了。如果你认为这很辛苦和不平等的话，我干。”

浦小提秀才遇见兵，有理讲不清了，只好大声宣布：“海斯，你听着，不值！”

可惜收不到手起刀落的效果，海斯会用这个词，说：“西餐和饺子不值，你和我，值！”

浦小提没咒念了，对翻译说：“你告诉他，要是没有工作上的事，我就走了。”

说完，不等翻译把话翻完，她就走出原来的幼儿园——现在的外国专家公寓。走着走着，浦小提就落下泪来。天边一弯细致的新月，好像一块遗落的金属屑，散发着孤单的眩光。泪水映射，月牙发出丝网状的光芒，温柔而奇异。浦小提在月光下打量着自己，赭色的工装在月光下几近黑色，身影窈窕，走路虎虎生风。她伸出自己的手，手指如同细密的金属棍，结实而灵巧。在叹息无妄之灾的同时，浦小提又有几分欣慰和骄傲。她，一个单薄枯燥的小寡妇，居然还被外国人看上了，说明她还存有几分姿色和魅力。要知道，海斯先生是许多小姑娘追求的偶像呢。海斯平日很严谨，不苟言笑，却在众多女人中看中了自己，这大大增强了浦小提的自信心和小小的虚荣感。

浦小提喜欢被人追求，可不一定要嫁给他。洋鬼子的工作和人品都不错，但浦小提不想到外国去，语言不通，只靠打手势过活，多寂寞啊。浦小提确信自己不会答应这门婚事，但还是忍不住要和“好瓜子”商量。这种商量与其说是讨教，不如说是忍不住的展示。

“好瓜子”实心实意地为她高兴和着急，说：“徒儿，别的事上师傅也给你拿不出主意，只是那洋人个子太大，身上的零件也都小不了，要是真成了，你这身子骨儿恐要受屈。”

浦小提忸怩起来，说：“师傅，您是越老越不正经。我不会答应的。”

“好瓜子”说：“你傻了。傍上洋人不容易，不是我吓唬你，过了这个村，肯定没有这个店了。你多大岁数了？过几年就要断经，就算把结扎了的管子接起来，再想生个小杂毛，也没那个本事了。”

浦小提真的生气了，说："师傅，我是绝不会嫁给外国人的。我不能老让别人来选我，就为这一条。"

话说到这份儿上，"好瓜子"想起了当年为白二宝保媒的事，心中歉然，就说："好徒儿，我知道你心里的苦。不嫁就不嫁吧，要不以后在国外受了委屈，就是想回娘家诉诉苦，也隔着十万八千里。"

这件事就这么不显山不露水地过去了。海斯再也不换饺子了，每次默默地独自吃西餐，工作倒是依然很负责。后来他得了胃病，外方换了新的工程师，海斯就回国了。浦小提以后包饺子的时候总是不由自主地多包一些，闹得第二顿第三顿还得吃饺子，直到白金抗议。逢到新鲜的茴香韭菜上市的时候，浦小提总会怔怔地站在小摊面前失一会儿神儿。

洋机器水土不服，产品报废甚多。工程师说是中方工人操作上不熟练，浦小提他们又被强化训练。这样反复磨合了半年多，生产线才渐渐稳定下来，电脑控制的产品质量过了关，成色非常诱人。正当厂里开了庆功会，浦小提们长出一口气的时候，突然遭到大打击。新生产线耗水惊人，上面指令限产。巨额贷款无力返还，光是利息就成了大包袱。工人们的奖金被取消了，过春节的时候，厂里第一次发不出一分钱的红包，给大伙儿每人一包压缩木耳，算是年货。

白金慢慢长大，用钱的地方越来越多。可能是觉得自己比别人少了爸爸，她反倒事事争强，手心朝天对浦小提说："妈，给钱。"

浦小提正为这个月的柴米油盐酱醋钱愁呢，不耐烦地说："学校的钱不是刚交过吗，怎么又要钱？这还叫学校吗，干脆改叫威虎山得了！"

白金说："我要钱买卫生巾。"

浦小提说："干吗非用卫生巾？多少年我就用普通的大便纸，血多的那两天再垫上点儿脱脂棉，金属板还不是照样拎起来就走？"

白金翻翻和白二宝一样的大眼珠说："就因为您用大便纸，所以您到现在还得拎金属板。"

浦小提说："我就不信，几块钱一包的卫生巾一兜，你就成了居里夫人！"

白金呜呜哭起来说："有本事你别把我生成个女的呀！有本事你别

离婚啊！你没钱也不能拿我当出气筒啊！”

女儿哭哭啼啼地埋怨，让浦小提醒过神儿来。是啊，工厂不景气，和孩子没关系。她把原准备买电风扇的钱抽出一张来，说：“那咱就把大的换成小的。”

白金说：“卫生巾都一般大。”

浦小提说：“我指电扇。”

她还存着一线希望，希望女儿听到这样的计划之后，倚在她身边说：“妈，我就用大便纸凑合了，您还是给咱家买个大电扇吧，这小屋夏天太热了。”

不料白金拿了钱，破涕为笑道：“这还差不多！省得上厕所时人家老笑我寒酸。你知道，学校厕所都没门。”

浦小提索性闭上眼睛，防着眼泪掉下来。这孩子学习上要有这般好胜就好了，可惜，只在草纸上争强。

厂里是越来越不景气了，刚开始是限产，后来干脆就是半停产了。水费电费轮番上调，还有排污污染费，开支水涨船高。乡镇小企业纷纷上马，成本要比大都市便宜很多，虽然质量差，但仍有人购进。浦小提们的手艺日渐精熟，生产线的加工能力也冲到了最高水平，却没有了用武之地。工人们上班签到之后，在光洁鲜亮的生产车间里，成了游手好闲之辈。

厂领导忧心如焚，军工产业的黄金时代已然成为过去，要向民用发展，可重工业产品又不是载着针头线脑的小船，说掉头就能掉得过去。眼看着没几年的工夫，一家红红火火的工厂就冷清下来。再后来，突然就传出厂子要改制，需要精减工人，快够上退休年龄的，可以到医院去搞证明，厂里也睁一只眼闭一只眼，给你办个因病提前退休。要是年龄差得远，就得选择“下岗”或“买断”工龄。

浦小提傻了。像“好瓜子”和“老病”，总算没白熬，闹个内部退休，欢欢喜喜地回家享福去了。但四十刚刚出头的浦小提们，何去何从？选择下岗，拿着有限的一点儿保障金，到再就业中心登记，然后等着安排工作。这个年纪的妇女，简直就成了废物的代名词。若是以前干的是轻工业或服务行业的技术工种，还能吃吃老本。像浦小提这类重工业工厂的工人，离了生产线就一事无成。哪里有要炼金属板的人啊？听说南方的小厂需要这类工人，厂里的人纷纷前去应聘。可能是人手太多，人家反倒挑剔起来，非要劳动模范。浦小提倒是劳动模范，可人家又说只要男的不要女的。

要是早先，浦小提会去理论，说女的怎么啦？你妈不是女的吗？女的什么都能干，不信咱们拎着金属板遛两圈。但这次，浦小提什么也没说就走出了招工的院子。浦小提看看自己的手，手还是那双手，可大家好像不需要它了。

再一条路就是“买断”。每一年工龄折合千把块钱，还有逢十逢五几道标准，略有不同，总核下来，浦小提可以拿到几万块钱。一个“断”字，真是冷到了骨头缝里。工龄买走了，从此你就和工厂一刀两断了。

浦小提不甘心买断，钱多钱少还在其次，她不能想象没有组织、没有单位的日子。从她戴上红领巾那时起，就在一个集体里，现在，突然说没了，就什么都没有了，怎么受得了！浦小提情愿选择到再就业中心等候，哪怕是再苦再脏再累的活儿，她也能干。

白金高考失利，分数刚刚够了大专的线。依浦小提的意思，大专就大专吧，以后的路还长着呢。一个女孩子，学历太高了，将来还不好嫁呢。不想白金班上有个同学亲戚在外地，说是只要交三万块钱，就可以上本科。白金死活要和同学相跟着，去外地读自费的本科。

这个钱到哪里去凑！白金说：“要是你实在无法，我就找我爸爸，听说他离职后开了饭庄，生意还不错。”

浦小提说：“不去。”

白金说：“他是我亲爹，有这个义务！”

浦小提说：“这么多年我都挺过来了，不求他。我有办法。孩子，你既然铁了心要读本科，妈就成全你。收拾东西吧，到了学校以后好好学，别辜负了妈。”

白金见浦小提一脸的悲壮，吓了一大跳，说：“妈，你不是去卖血吧？”

浦小提摸摸女儿的脸，脸是蛋清一般的光滑，说：“妈就是把全身的血都抽干了，也不够你一个学期的花销。妈才不那么傻呢！”

浦小提到了厂里的“买断办公室”，说：“谁管买断？我要买断。”

小翻译走过来，他已做了办公室的主任，对浦小提说：“浦师傅，你可要想清楚，一旦办了买断，出了这间屋子的门，您就再也没有固定的工资了，也没有劳保了，也没有公费医疗了，就成了社会上的闲散人员。到那时候，您想回来也回不来了。”

浦小提说：“谢谢你提醒我。我都想过了，会有法子的。我只想知道，买断之后，多长时间我能拿到钱呢？”

小翻译说：“浦师傅，若您急等着用钱，还是先想想别的法子，不到万不得已，别买断。”

浦小提说：“我明白你的好意。只是需要的钱不是一个小数字，工友们借不出。好了，就这样吧。我什么时候来拿钱？”

小翻译劝阻不住，就拿出相关的表格，让浦小提一一填写，说：“你到银行去开一个存折，写上您的名字，存上一块钱。再把存折拿到这里来，一旦手续完成了，我们就把钱打到您的折子上。从此，厂子和您就两清了。”

浦小提说：“谢谢厂里，想得这样周到。我本来还以为是自己拿个书包来装钱，心想回去的时候要是被人劫了就惨了。”

小翻译说：“厂里哪能那样对大家啊，多不安全。这是您一辈子的血汗啊。”

浦小提飞快折身走出了“买断办”。“一辈子”这个词像一把芥末抹进了口鼻。在这儿之前，她也说过这个词，可那大多是闹着玩的，这一次，她实实在在地知道，自己的一辈子结束在这里了。

浦小提以为自己会流泪，但是，没有。眼皮子出奇地干燥，好像沙漠中枯死的树桩。她慢慢地在厂区走过，用眼光抚摸着每一寸土地和上面生长的一草一木一砖一石。长久不开工，有些地段已经荒芜了。以前的车间所在地，简直是废墟了。她看到新建的车间，庞大的骨架好似搁浅的巨鲸，虽然气势还在，已没了生机。她又走过了幼儿园和食堂，还有劳保库、成品库，包括她很少去过的废品站……到处是寂寞和荒凉，一个厂子的破败也像一个大家族的衰落，兵败如山倒。

失败的士兵和战场告别。她开始走得很慢很慢，渐渐加快了脚步，最后简直飞奔起来。她不愿让泪水洒下，只有凭借运动让泪水变成汗水，蒸发在厂区静谧的空气中。

浦小提领回了存折，看着上面的三万零一元，总是不能相信。她到银行去查，是的，那笔钱就在她的账上，一分不少。她当然不怀疑厂里会蒙骗了她，只是无法相信这就是她和厂子的割袍断义。她把那笔钱取了出来，沉甸甸的票子压在手心，她才确切地感知到了分量——自己和厂子永无干系了。

女儿上学走了。浦小提转来转去，十平方米的小屋是如此阔大。晚上，她下意识地给闹钟上弦，习惯性地想，明天是早班是晚班还是大夜班……手指突然僵在半空，她再也不用给闹钟上弦，再也不用到厂里上班了。这本是她多少年梦寐以求的悠闲日子，现在却无比空虚。浦小提用半生工龄换来了孩子的学费和第一年的生活费，但以后呢？浦小提得养活自己和一个女大学生。

浦小提依然拧动闹钟，定到了早上六点。她要日出而作，日落而息，自己当自己的工长。浦小提睡得还不错，只是根本没等到闹钟响，就猛然惊醒了。一想到再也没有工作等着自己去干，她禁不住酸楚。必须立刻开始自谋生路。但是，干什么呢？她不知道。

浦小提打开报纸，这是她头一天特地买下的，细细看来，需要招聘人的单位倒是不少，但都要三十五岁以下的，她四十多岁了，这是一个可怕的年龄。没有一个机构需要这个年纪的女人。对学历的要求，天哪，不是大本就是研究生，有的干脆就点明了要博士，浦小提连自卑的力气都没有了。她甚至理解了女儿对于大本的执迷，是啊，没有学历简直就像没有腿，寸步难行。

浦小提不买报纸了，那是给火星人看的。她漫无目的地在街上走，看到很多小饭馆都贴着招聘女服务员的告示。一家小店，门脸上横七竖八贴着糙树皮，直往下掉锯末渣子。浦小提壮着胆推开了门，心想如此简陋的商家，比较容易录用吧。艳装小姐走过来："几位？"

浦小提说："一位。"马上觉出不妥，改口道，"我不是来吃饭的，是来应聘的。"常年在嘈杂的车间工作，她说话的声音很大。小姐嫌恶地退后。一个中年男子走过来，叼着很短的烟屁股说："谁来应聘？你？让你姑娘来吧。"

浦小提转身就走。她不死心，又进了一家饭店，这家比上一家的门面要大些，浦小提想，可能会正规一些吧。浦小提一口气表达了自己的求职意愿，补充道："我当过车间领导，还是劳模，我说这个不是摆什么资本，只说明我不怕吃苦。我能刷碗端盘子……"

这一家的经理倒还认真，说："我相信您能干得好。只是我们这里不缺人，您再到别地儿看看吧。"

浦小提疑惑道："窗玻璃上写着招聘服务员，怎么又说不要人了？不要我可以，做人要实在！"

浦小提的高声大嗓引起了食客的注意，经理赶紧把她拽到一旁说："这位大姐不要恼，小点儿声，别坏了我们的买卖。你说我们不实在，食客还以为偷工减料以次充好，这不是败坏我们名声吗！大姐，实话跟您说吧，这个店位置不好，生意不红火，窗玻璃上写的招聘广告，是做给别人看的，聚聚人气，算不得数的。"说着，他半推半送地把浦小提请出了店铺。

浦小提基本上死心了，知道自己胡乱冲撞，一点儿胜算都没有。有一位同是下岗女工的姐妹拉她干保险，说是干得好了，一天就能挣一辆桑塔纳。浦小提疑惑："这是干保险还是抢银行哪？"

小姐妹说："真的。现在正在招人，像你这样有工作经验又当过小头目的人，最受欢迎了。"

浦小提半信半疑，好在这是一家国营机构，一切都很正规。只是除了有限的底薪之外，全看你的业绩如何了。浦小提干了没几天，就发现自己不是干这工作的料儿。保险是个柔声细气能说会道的活儿，除了专业知识外，还要有厚着脸皮百折不挠的韧劲。浦小提喜欢快刀斩乱麻，喜欢干脆利落、明朗爽快。可保险就是个钝刀拉肉的磨蹭活儿，讲究的是苦口婆心，无微不至，这都不是浦小提的长项。在把自己的亲戚朋友都发展成客户之后，浦小提的业绩就再无起色。倒是那个以往在车间里三脚踹不出个屁来的小姐妹干得不错，一头扎下根来，浦小提只有退出。

听说有一家公司招人，年龄、文化一律好商量，唯有一条——务必是下岗女工。浦小提得知这一信息，感激得几乎落泪。到了招募地点，是座破败的小楼。浦小提再不敢以貌取人，也不敢挑剔人家的办公条件，只是眼巴巴地问："分给我什么工作？"

"工作嘛，很简单，就是打打电话，推销一种酒。"老板是个中年男子，嘴里倒是没有酒气，只有烟气。

"可是我不会喝酒啊。"浦小提为难。

"不是让你喝酒，你能让别人喝酒就是成功。"老板不急，笑眯眯地说。

"可我不会喝酒，也说不出这酒的好处，人家怎么能买呢？"浦小提还是不得要领。

老板把浦小提领到一部电话旁，丢过来一本厚厚的企业名录，说："这就是你的家伙。跟这上面的企业联络，让他们买咱的酒。"说着，递过来一瓶饰有美女图案的酒。

浦小提一摸粗糙的酒瓶子，差点儿把手指肚剐个口子，心想，酒鬼多男人，画个大美女干什么？问道："这酒好吗？"

老板说："好！好极了！壮阳补肾回春返老还童……怎么好你就怎么说嘛！"

浦小提点点头。刚买断那会儿，她性烈，夸大其词、胡说八道的话，她才不说呢，现在学精了。鹦鹉学舌，买不买是人家的事，她也管不着。

付酬的办法纯粹是提成。卖出一瓶酒，就能拿到相应的回扣，卖不出，连饭钱都得自己掏。浦小提按图索骥，辛辛苦苦打了三天电话，嘴角堆起的两粒白沫子都结成了痂，也没卖出一瓶酒。老板走过来，皱着眉听她打电话，待她声嘶力竭地放下话筒，老板指教道："说一千，道一万，有一句最要紧的话，你为什么不说？”

浦小提傻了眼，说：“我都说了呀！您快点儿告诉我，哪一句我没说？”

老板说：“就是因为这句话你没说，所以你一瓶酒也卖不出去。要是说了，只怕多少箱都扛走了。”

浦小提大惑不解：“这句话有这么大的法力啊？您怎么不早说？这句能值一百箱酒的话究竟是什么？”

老板板起脸说：“你可真够笨的。”

浦小提说：“这您可说对了，我这个人是笨，以前我不觉得自己笨，现在可知道笨死了。对了，关于我笨不笨的事，咱就先不讨论了。您还是先告诉我那句话吧。”

老板正色道：“不是我说，是你得说。知道穆桂英吗？”

浦小提说：“知道。”

“知道佘太君吗？”老板问。

“知道。她们是一家的。佘太君是穆桂英的太婆婆。”浦小提老老实实地回答，不知道卖酒和古代这一家子有什么关系。

老板意犹未尽，继续说：“知道十二寡妇出征吗？”

浦小提说：“知道。”

老板说：“知道就好。我看你穿得这样素淡，想必也是个寡妇了。”

浦小提自从离婚之后，还真没有一个外人直言不讳地称她是“寡妇”，愕然不快。冷眼扫去，老板泰然自若地挖着鼻孔，并不觉得这是冒犯。浦小提求知心切，压下不满，回答道：“是。”且听他如何分解。

“这不就得了！”老板高兴地一拍大腿，好像那里趴着一只大蚊子。似乎如果浦小提是个幸福的人，就是他的大不幸了。“你要把这些都说出来啊！”

浦小提愕然：“让我说什么？”

老板说：“说你是下岗女工！说你是寡妇，说你有瘫痪在床的老母，说你有品学兼优没钱上学的孩子！怎么苦你就怎么说！知道不？

一千遍一万遍地说，不厌其烦地说。这就是你们这些半老徐娘唯一的优势所在！酒楼当然是指望不上你们了，那是靓女美眉打天下的地盘。你们专给工厂打电话，他们也不配喝什么高档酒，和咱们的产品半斤对八两。恻隐之心，人皆有之，你把软心肠开发出来，票子就打着滚地找你来了。工厂的人一听说你是下岗女工，很容易兔死狐悲。你知道兵法上最厉害的是什么吗？”

浦小提目瞪口呆，回答：“不知道……”

“哀兵……懂吗？哀兵必胜！你是一个大大的女哀兵。要向孟姜女学习。孟小姐能哭倒长城八百里，你还哭不出一瓶酒？一定要在电话里带出性感的哭腔，要让嗓音有蛊惑人心的穿透力。当然了，这不是一天两天就可以练出来的，要有长期锻炼的思想准备。先教你一个速成的法子，平均每隔三句话，就要重复一句——我是下岗女工……我是下岗女工……我是……”老板说得兴起，在破旧的地板革上走来走去，差点儿没让卷起来的接缝绊个跟头。

浦小提总算彻头彻尾地明白了。如果说，她平日自嘲愚笨还带有开玩笑的意思，有一点儿苦中作乐的味道，那么此刻，她不折不扣地认定自己是个大笨蛋了。

她默默地开始收拾东西。其实她也没有什么东西，不过是一个破的蓝布包，那还是早年间纯棉布不值钱的年代，她自己用布头缝的。布包里装着她的饭盒还有瘪瘪的钱包，钱包里有车钱和买菜的一点儿小钱。还有一支圆珠笔，这笔几乎从来没有派上过用场，但浦小提出门的时候总会摸摸笔在不在，如果在，就算齐全了，如果不在，她会找到它。圆珠笔由于长期不用，笔油干涸了，写不出字来，浦小提就换上一支芯再出门。其实，对她一个买断了工龄的女人来说，那支笔有什么用呢？

浦小提把东西拾掇好，缓缓地站起身来，对吞云吐雾的老板说：“我是下岗女工，这不错。可下岗是不卖的，女工也是不卖的。”说完，她慢慢地走出了这座小楼，听到老板在后面气急败坏地喊：“你个臭娘儿们还挺狂的！三条腿的蛤蟆难找，两条腿的下岗女工多的是！”

浦小提本已走远，听到这句话，嗖地转身，腾腾折回来，盯着老板："你敢把你刚才说过的话再说一遍吗？"

老板没想到这个看似柔弱的女工落荒而走之后居然又杀将回来。按照市井战法，这种时候，她应该装作听不见逃之夭夭是为上策，不想她全不守规则。看她目光发狠，还是不要惹她为好。老板这样想着，叉着腰说："好话不说两遍，我已经说过了。你听到是你的福气，你没听到，还想再听，我还就不伺候你这一份。"说罢，一口烟朝天吐出，把天花板上的灰尘嘘得飘荡。

浦小提说："旧社会有个资本家，也说过类似的话，后来让工人把脑袋给揪下来了。"说着，浦小提做了一个利索的手势。

老板缄口不言。他不怕浦小提的嘴巴，怕的是浦小提的手。这是个干粗活儿的女人，手指伤痕累累，指甲毫无光泽，没有丝毫养尊处优的柔嫩和滋润。这女人没准儿练过九阴白骨爪，可不能跟她一般见识吃眼前亏。老板兀自抽烟，装聋作哑。

浦小提回家后，痛痛快快地大病了一场。浦小提从未这么严重地生过病，不发烧，却衰弱已极。头昏目眩，耳朵嗡嗡作响，浑身有骨节寸断之感。整整十天躺在床上。当浦小提"玉树临风"重新出现之后，邻居惊叹道："你吃了什么减肥药？这么见效？"浦小提怅然一笑，并不解释。

躺在床上，她思前想后，为自己的命运哀伤。眼泪把荞麦皮的枕头浸透了，她就把枕头翻一个个儿，畅畅快快地继续流泪，直到另一面枕头也湿透。她的自尊心在暗夜中被击得粉碎，黎明时分又被眼泪黏合起来。她对自己说，浦小提，怨天尤人没有用，你擅长的翻动金属板操纵生产线的本事，现在不需要了。剩下的本事就是洗衣做饭、收拾房子、买菜、打扫卫生。世上专做这些活儿的那个岗位，长期的叫作保姆，短期的叫作小时工。你只有这一条路了。靠双手吃饭，你不丢人。

想妥之后，浦小提穿上一套洁净的素布衣服，到保姆市场找活儿。也许是她气定神闲的态度，再不就是粗糙的双手让人信任，总之她立刻被几家主顾包围了。最后把她抢到手的是个二十多岁的小媳妇，活计是照顾病人。

"你到我们家当保姆，那可是福气。单独卧室，管吃管住，洗衣有洗衣机，做饭有煤气灶。干的活儿就是给老人翻翻身，揉揉背，洗洗澡，没事的时候上街买买菜，做做饭……”小媳妇语气轻松，好像她不是来请保姆，而是邀请浦小提去她家享福。突然想起来，她问道：“你会使洗衣机吧？”

浦小提点点头。以她家小屋逼仄的结构，无法安置一台洗衣机。浦小提对于机器有独到的热爱，愣是在屋子前面搭了一个小厦，接了上下水管，安顿下一台洗衣机。下雨的时候，她打着伞半个身子晾在小厦外头操纵着洗衣机。机器里的衣服是湿的，身上的衣服也是湿的。工友路过笑她：“浦师傅，干脆把脏衣服穿上站到雨地里浇吧。”浦小提并不恼，说：“我要是能把洗衣粉撒到云彩里，你这个主意还真不错。”

浦小提跟随小媳妇到了她家。一套老式的单元楼，说是三室一厅，厅小到连张饭桌都摆不下。三间房子倒是还算规整，两间紧闭着门，另一间塞满杂物，气味恶劣，拥挤不堪。

小媳妇先推开一间房门。一个枯瘦的老汉躺在床上，脑壳瘪得如同风干了的茄子，五官枯萎，眼皮菲薄，只剩下一对大眼珠子骨碌碌地转着。“他是我爸。你的主要工作就是伺候他。”小媳妇说着，掀开了老汉的被子。浦小提这才看到，老汉下体赤裸着，髋骨处生着粉色的褥疮。

当小媳妇做这个动作的时候，老汉脸上毫无表情，眼珠子还是骨碌碌地乱转。浦小提惊骇地说：“他什么都不知道了吗？”

小媳妇说：“植物人了。”

浦小提不放心地说：“我一个女人家给他按摩、换衣服，他也不会害臊？”

小媳妇一撇嘴说：“他巴不得呢！”说罢觉得不妥，补充道，“他反正人事不知，你就当他是段木头好了。”

看完了病人，小媳妇领着浦小提去见女主人。推开另一扇紧闭的门，浦小提吓了一跳。洁白清新，明亮芬芳，一水的白色家具，镂空的窗纱也是白色，轻拂桌面。女主人鬓发银白，拿着放大镜，正在伏案读书。小媳妇说：“妈，保姆我找来了。您看看。”

浦小提低眉顺眼地走到老太太跟前。倒不是下人的身份让她如此恭顺，而是老人如此高寿，还在孜孜不倦地读书使她敬佩。“我叫浦小提，以后请您多指教。”

老太太抬起眼帘，上上下下打量了一番，说：“你既然是浦小提，我这里就不能用你了。”

浦小提设想了一百种主人对待女佣的开场白，却想不到因了自己的名字就要砸了饭碗。她说：“我哪儿做得不是了？惹您生气了？”

老太太说：“浦小提，你还认得我吗？”说着，她把脸转了过来，看浦小提茫然的样子，索性站起了身。这个体位的变化是非常重要的，从那虽老迈却竭力挺直的身形，浦小提认出来了，她是钟老师。

“钟老师，您这些年还好吗？”浦小提扑过去握住了老师的手。一种干燥的冰冷传达过来。她不敢用力，怕捏痛了老师的手。

“好不好你都看到了。那边是老姚，我跟他从来就没有共同语言。但早些年，看在孩子的面子上，我一直忍着，心想一生也没有什么幸福可言，为了孩子再付出一次吧。后来孩子大了，我想可以离婚了，老姚坚决不干，就拖了下来。等我下了破釜沉舟的决心，不想他突然脑出血瘫在了床上。我跟他虽没有感情，但就是路上看到有个人神志不清，也得管不是？我开始尽心尽力服侍他，巴望着他早早康复，我就可以和他名正言顺地分手了。不料他一病不起，刚开始还能咿咿呀呀地蹦出点儿单个儿的词，挣扎着走几步，后来继发大面积的出血，意识几乎全部丧失了。从我断定他不能痊愈，再也不能成为一个正常人开始，我不再伺候他了。让孩子去雇人，我从此不理他了。我只能做到这些。我不离婚，是出于人道，可我再也不愿看到他。他那间屋子，我从不进去。我盼着他死，可我不会害他。我会找人照顾他，可这个人不该是你。浦小提，你离开学校这么多年了，没想到咱们师生这样相见，当年的小姑娘，如今都有白发了……”

钟老师平日很少说话，即使是对自己的女儿、媳妇，也不深聊内心。她总觉得小媳妇身上有太多老姚的影子，和自己不是一路人。当年的学生使那个清淡高傲的女教师有了片刻的复活。

浦小提实在没想到，那厢垂垂老矣、气息奄奄的老汉，居然是当年不可一世的老姚，心中百感交集。她定定神，说："钟老师，别难过了，让我来为您做这些事吧。"

钟老师说："小提，我知道你一定也不舒心，才出来找这类工作。我不能让你服侍老姚，他做过太多伤天害理的事。宁夕蓝从海外回来了，找过我，说是很想和当年的同学聚聚。我来召集大伙儿，也顺便看看能不能帮你。"

浦小提忙说："老同学好不容易聚一次，是高兴的日子，别因我的事坏了大家的兴致。"

钟老师说："同学的情谊是最深的。你不愿意，我就不说你的事。"

前些年，虽然大部分同学都在这座城市中，但各人都有自己的一摊事。女生忙着孩子和家务，男生忙着创立事业。未见分晓的情形下，彼此来往很少。如今，尘埃落定。事业有成的已经打开了局面，潦倒失意的也放弃了梦想。古人有衣锦还乡之说，没有故乡的今人，只有在幼年的朋友那里收获怀旧之感。落魄者也期望着能和老同学联络感情，看有无实惠的帮助。总之，伙伴们从不同的角度开始热衷于聚会了。

钟老师出面号召，大家从四面八方聚集而来。有几位发达了的同学表示愿意做东，但钟老师坚持要在自己家里。浦小提像小时候完成老师布置的作业一样，把房间收拾清爽，又预备了诸多家常食品。买了几块美丽的布，把不适宜见人的部分遮盖起来。约定的日子到了，浦小提一大早先把老姚的吃喝拉撒拾掇完，紧闭了那间房门，静候着同学们到来。

门铃响起来，浦小提三步并作两步跑去开门。一个盛装的女人亭亭玉立，鸽灰色的高腰毛裙，瓦灰色的高筒皮靴，斜披一件圣女果红的羊绒披肩，挽着的手袋和口唇的颜色，也都是纯正的圣女果红。全身上下的用色吝啬到了极点，只有灰红两种，却在单纯中显出逼人的艳丽，不经意中透出卓尔不群的矜贵。

她们几乎是同时叫出了对方的名字。"浦小提！""宁夕蓝！"

“你这些年是怎么过的？”彼此问话又是如出一辙。

“我……”两个人又是同时回答。钟老师看着这一幕，喉头发热。逝去的岁月如同干花，在甘露浇灌之下恢复了生机。钟怡琴突然察觉到了自己生命的意义。因为有了老姚，她几乎觉得自己的生命是毫无意义的了，但这两个已经不年轻的学生的高声惊叫，让她的青春蓦然苏醒。

钟老师向学生摆摆手，说：“先不忙讲，等一会儿大家都到齐了一块儿讲。”一言九鼎，虽然她已是步履蹒跚的老媪了。

门铃声不停地响起，同学们一一到来。浦小提像个真正的保姆一样扎着围裙招呼着大家，以至于有几个同学进门后，相互打着招呼，完全忽略了她。学生年代的浦小提是一颗耀眼的星，岁月洗去了光芒，只剩下杏核儿一样坚硬平凡的芯。当他们认出这个端茶倒水的女佣就是当年的中队长时，十分不好意思，倒是浦小提很坦然，说：“女大十八变，我已经几十变了，认不出来是正常的。”不停地招呼大家嗑瓜子喝可乐。

一位身材高大的海军军官走进来。大家惊呼：“高海群，你都当上将军了！”浦小提拎着水壶倚着门框，注视着这一幕。其实，自从知道同学们要聚会的那一天，她就在期待着这一刻。她知道钟老师联系上了高海群，但她没有多问一个字。不知道为什么，她要在钟老师面前装得毫不在意。有人认不出来她的时候，她也正中下怀。她就是要打扮成女仆的样子，她就是要让人认不出来。现在，高海群站在大家面前，宁夕蓝扑上去，和高海群一个亲热拥抱，然后噘起圣女果红的嘴唇说：“高海群，你把衣服脱下来。”

高海群微笑着注视大家，温和地说：“班长，天寒地冻的，你这个命令，让我执行起来有点儿困难啊。”

大家就跟着起哄，说：“是啊，脱到哪一层呢？不能让将军只穿衬衣吧？”

宁夕蓝说：“你们这是想到哪里去了？我只不过是想看看真正的将军服是什么样子，想摸摸上面的星星。你说，要不是咱们的同学当了将军，谁让你摸将军的衣服啊！”

大家就说："对对！还是班长想得周到。将军，请脱衣！"

高海群就端端正正地把帽子摆到了桌上，然后，开始脱下自己的将军服。就在他展开臂膀褪下袖子的时候，一侧脸，看到了倚着门框的浦小提。他就把衣袖重新套上，迅速把刚才解开的扣子重新系好，甚至把帽子重新戴上了。大家看着纳闷，好像将军刚刚得到了紧急的命令，要从同学聚会的场所撤走，奔赴战场。在大家的目光中，高海群走到了浦小提面前，说："浦小提，真没想到能见到你！我苦苦地寻找你，这次同学聚会，我都不敢问是不是能找到你，没想到真见到你了！小提，你为什么不给我回信？"

他的手握住浦小提的手，很大，很温暖，浦小提甚至可以感到一滴滴汗水从他的手心沁出，像胶水一样把两个人的手粘在一起。

同学们看着他们，不知说什么好。钟老师说："来，大家都坐下。先让他们叙叙家常。"于是宁夕蓝开始讲她留学的经历。

浦小提来到厨房，到处都是人，只有厨房是宁静的。煤气炉上烧着开水，咝咝啦啦地鸣叫着，好像不知疲倦的秋虫。高海群把将军服脱了，只穿一件羊毛保暖衬衣，这使得他的威严之感褪去不少，变得年轻而活泼了。

"你不可以叫我小提，要叫我浦小提。"浦小提不知说什么，突然就说了这句。

"好，我就叫你浦小提。浦小提，你为什么不给我写回信？你知道，那时候，我在大海深处的潜艇里，多么希望当我返航的时候能收到你的信！可是，从来没有！"高海群的激动迅速演变成了愤怒。将军的愤怒虽引而不发，但颇具力度。

"高海群，我告诉你，这个原因简单极了……"浦小提一边说话，一边习惯性地用手指点着高海群，一眼瞥到高海群脱下的将军服，手指像被滚油溅到了似的缩了回来。面前的高海群，可不是那个用砖头砸苍蝇的男孩了，他已是共和国的将军了。

浦小提收起自己的手指，低声说："高海群，这个原因简单极了，就是我从来没有接到过你写的信啊！你让我往哪里回信呢？你总不能让我在信封上写着：寄给大海浪花收吧。”

高海群惊骇道：“这不可能！你说你会分到环卫局，我就不停地往环卫局写信。你总可以到环卫局打听到的！”

浦小提立刻明白这之间有巨大的误会，约略猜到了事情的真相。本来想说，我是去过环卫局很多很多次的，但是，从来没有看到过你的信。将军领花上的星光刺痛了她的眼，她突然觉得历史的陈账还有必要翻动吗？为了让自己不再痛苦，也为了让自己曾经倾心挂念的男生不再痛心，她淡淡地说：“那是一句玩笑话。高海群，我分到了工厂，和环卫局没关系，我怎么会想到去找你的信呢！”

高海群低下了头，一如当年他明白了砖头是不能砸死苍蝇的。镇定和平静回到了将军的身上，他说：“浦小提，我听说你和白二宝结婚了。”

浦小提说：“是。”

高海群说：“我还听说，你和白二宝又离婚了。”

浦小提说：“你听说得还挺周全的。”

正说着，外面传来了白二宝的声音：“我说钟老师，你这个螺蛳壳里能做多大的道场？我请大家到五星级酒店去，一应的开销算在我的账上，也让我有一个还报师恩的机会。”大家纷纷说：“白二宝，看来你真是大发了，普度众生的架势。”

离婚之后，浦小提没见过白二宝几面，有事都是白金自己去张罗。在这种境况下遭遇白二宝，对浦小提是个折磨。浦小提早就料到了有这样一个回合，但她强迫自己迎接这个会面。病痛的日子，她大彻大悟。她丢掉了所有的幻想和虚荣，坦然地面对荣辱和起落。她向高海群笑了一下，这个笑是什么意思呢？她也说不清楚。相当于小时候，面对一场突然的考试，向同桌表示自己胸有成竹吧。

浦小提端着茶壶走过去，说：“白二宝，天这么冷，喝口热茶暖暖。”

这一刻房间里很安静。如果说，白二宝和浦小提的结合曾在同学中引起震动，他们的分手被认为是对白二宝的惩罚的话，那么，此刻见到光鲜帅气的白二宝和暗淡憔悴的浦小提相逢，就有颠倒错乱之感。

浦小提不卑不亢，很自然地擎起了水壶。白二宝心中立刻充盈了复杂的情绪。多年的商海历练，他打着哈哈说："中队长的茶，咱是一定要喝啊。"

大家纷纷落座。说是落座，实在是美言。每人找个能放下屁股的地方安顿自己就是了。钟怡琴已不像年轻时有洁癖，任大家坐下，即使是坐在她一尘不染的床上也在所不惜。加上细心的浦小提在房间的各处都不显山不露水地安放了凳子椅子，地上还摆了好些垫子，大家基本上都找到了自己的坐席。钟怡琴说："今天聚在一起，不容易啊。沧海桑田，我老了，你们长大了。今天早上，我还在想，见了面，能认出你们来吗？没想到，全都认出来了。哪怕你是留了洋，哪怕你是当了将军，可在我眼里，都还是当年的孩子，一举手一投足，都脱不了儿时的坯子。真是三岁看大，七岁看老啊。好了，我不多说了，把时间都留给你们。先把这些年自己的经历讲一讲吧。"

老师的话说完了，先从谁开始呢？宁夕蓝立刻恢复了当年班长的感觉，一指白二宝说："就从你开始吧，然后顺时针方向，一个个来。不过，咱们不谈'文革'。"

真奇怪啊，白二宝在别处已是颐指气使，一到了这昔日的同学之中，立刻落回原来的地位，听从安排。他开始介绍自己，工厂的经历一带而过，重点是以后的发家史，唾沫星子乱溅。宁夕蓝不客气地打断他说："好了，白二宝，你后来的日子，你的行头已经代你发言了。打住吧。下面是高海群。"

高海群就站起来，大家说："坐下吧。这里也不是司令部。"

高海群说："习惯了，坐下反倒说不出话来。"

高海群说了自己从海军潜艇的列兵当起，从班长到排长到连长到营长、团长……一步步地走过来，成为最年轻的师级干部，以后又上了高级指挥班，毕业出来，经过锻炼，升任了将军，现任舰队的副司令员，又来深造……大家听得咂舌，说："真是一步一个脚印，不对，是一步两个脚印地走过来。"

从高海群之后发言的人，就都不约而同地站了起来，好像是在回答老师的问题。命运丰富多彩，有上山下乡的，有支援边疆的，有在街道上一直砸洋铁壶的，当然也有读了硕士成了科研骨干的……最后轮到宁夕蓝。宁夕蓝说："我先在图书馆当管理员，和姥姥相依为命。后来姥姥去世了，可惜她没看到我上大学。家人从牛棚回来之后，我开始读研究生。毕业之后，在跨国公司工作了两年，就到美国读书去了。先是硕士，后是博士，然后又是博士后，反正，书是读到尽头了。拿到了绿卡，又结识了我现在的老公，他是美国人。我们注册了一家贸易公司，他在那边打理，我在这边开拓，难得见面，常常在天上擦肩而过……"

宁夕蓝讲得平淡简要，仍让人觉得啰唆，她用平淡表达了居高临下。大家心知肚明这份彰显，反倒觉得细节多余。优越，在见面的第一瞬间就已暴露无遗。

钟老师眯着眼睛细细地听着，表情没有变化。她不表扬也不批评，他们比她精彩多了，她无权评价他们。待宁夕蓝说完之后，她说："好，很好。不知你们是不是肚子饿了，反正我是饿了。"

大家就说饿了。钟老师对浦小提说："开饭吧。"

浦小提准备了上百个包子。她头一天亲手包好，用了满满一盆肉馅儿，剁了三棵大白菜。听得老师令下，她赶紧点火加热，不大工夫，热腾腾的包子和小米粥就端了上来。

大伙儿吃得满嘴流油，一个劲儿地说香。特别是宁夕蓝，也顾不上淑女的仪容了，碗里的还没吃完，筷子上就又扎了一个。白二宝倒还斯文，吃一口停一下。要说最有风度的是将军，只礼仪性地吃了一个。

大家都忘了浦小提还没自我介绍，无论顺时针还是逆时针，浦小提都在厨房里。吃饱喝足之后，有几个人假装不动声色地看表，但手腕子甩动的幅度很大。钟老师说："我知道你们工作都很忙，今天就到这里，我宣布下课了。下次何时上课，就由你们自己商量时间和地点。我若是身体好，一定会去参加。还有一件小事，就是浦小提现在下岗了，谁有能帮得上忙的工作，可以让她试试。同学一场，小提的为人，你们是知道的。"

浦小提系着围裙，正在收拾碗筷，钟老师的这番话给了她个冷不防。她有些不好意思，但老师既然说了，她也就不回避了，说："钟老师说得客气，其实别的工作，我也不一定能胜任。如果你们谁家里需要保姆、小时工什么的，就跟我说。我保证做得好，而且价钱公道。"

大家一时不知说什么好。浦小提的话是投进深潭的石子，连个涟漪都没有旋起就沉没了。钟老师有经验，课堂上有时提问虽然不难，但太出乎意料，通常的反应就是冷场。钟老师说："想想看，有什么主意，就直接打电话给我，我转告小提。"

半个月之后，钟老师打电话给浦小提，说有三位同学需要浦小提帮忙料理家务。他们是白二宝、宁夕蓝和高海群。浦小提满腹狐疑："是不是看着我可怜，成心要给我救援？"

钟老师说："这就是你多心了。人凭劳动挣钱，他们家里也真需要人帮助，两好合一好的事，何乐不为？"

浦小提反思道："还是老师了解我，别太自卑了。能给同学帮忙，该理直气壮。"

钟老师说："当年我就看你聪明，这么多年下来，我没走眼。你屈才了，阴差阳错的，怪不得你。只是这白二宝家，我看就算了吧。"

浦小提说："我本来也不想去，关系太难处了。刚才听您一说，我改主意了。既是堂堂正正地凭劳动挣钱，他是雇主，我好好干活儿就是了。我要是过不了这一关，倒真让他小瞧了我。"

钟老师不再说什么。浦小提接着说："老姚这边，我每天会抽空儿来照料他，您就放心好了。"

钟怡琴正色道："小提，不必，让他女儿照顾好了。"

浦小提看老师拒绝得很坚决，也就不坚持了。

浦小提把同学们的住址画了一张图，确定工作顺序是先到宁夕蓝家，再到白二宝家，最后是高海群家。以后隔三差五的，她还要到钟老师家看一看，帮帮小媳妇。钟老师恪守誓言，不动一根手指头地照料老姚。

浦小提在约定时间到了宁夕蓝的家。高尚住宅区的中式小院。院墙外，冬青英勇地绿着，花草修剪得很整齐，蓄势待发。浦小提储存好了笑容按了门铃，在以为看到宁夕蓝的时刻，看到了另一张陌生的中年妇女的脸。浦小提疑心找错了地方，对方打招呼道："您是太太的老同学吧？太太正在等您呢！"

浦小提跟着她往里走，洁净的石板甬道如同一匹洗旧了的蓝布，幽静地伸向花木扶疏的正房。浦小提悄然问："您是……"

"我是这家的仆人，叫哈妈。"女人拘谨地答道。

宅子的设计中学为体、西学为用，外壳古色古香，内里却是一水儿路易式样的家具。暖气很热，宁夕蓝穿着一套橘色羊绒便装，很惬意地倚靠在香槟色的沙发上，柔软地伸出手说："浦小提，看到你真高兴。"

浦小提可不想拉家常，她是来工作的，便单刀直入地说："夕蓝，今天我干些什么？"

宁夕蓝说："浦小提，你今天的工作，就是陪我聊天。家里的杂活儿，有哈妈照料已是足够。来，先看看我的房子。你熟悉熟悉情况。"

浦小提机械地跟在宁夕蓝后面，一一参观了富丽堂皇的客厅、卧室还有厨房，包括目前没有花朵开放的小花园。宁夕蓝把摆设的种种名贵之处一一报出，可惜浦小提基本上都没记住，只记住了客厅的壁炉里燃烧着真的火焰，不是那种用光和影子折射出的幻景，有带果木香气的微烟为证。她还记住了卧室的双人床出奇地大，好像两张乒乓球案子拼到一处。

一圈转下来，浦小提脚后跟发硬，地面全都是进口的地砖，光可鉴人。宁夕蓝对浦小提没有露出叹为观止的神气，略略有点儿意外。她说："你能想到我有这样的发展吗？"

浦小提真诚地说："除了没想到你嫁的是外国人，剩下的我都想到了。"

宁夕蓝说："我嫁的这个外国人，最喜爱中国文化了，他还会说简单的中文，我们交流起来没有丝毫问题。"

浦小提说："夕蓝，你还是吩咐我干什么活计吧。总这么说话，我觉得在剥削你。"

宁夕蓝说："在国外，大学教授和心理医生都是凭说话挣钱。"

浦小提苦笑道："我可不能跟他们比。再说，咱这也不是外国。"

宁夕蓝在地毯上转来转去，颀长的手指摩挲着，为难地说："小提，如果一定要干活儿，就请把那天在钟老师家做的包子再蒸一些。我先生快过来了，他可是个中国饮食的爱好者。"

浦小提爽快地说："这好办。"说着捋起袖子，到厨房忙了起来。包子蒸好了，宁夕蓝趁热一尝，比钟老师家的还要好吃，赞叹不已。浦小提面对表扬，说："这也不是我的功劳，你家原料好，面是雪花粉，肉是放养的山猪肉，菜也是用矿泉水种出来的，自然不一样了。"待宁夕蓝用餐巾擦净手指，浦小提避开哈妈，悄声对宁夕蓝说："能把今天的工资算给我吗？"

宁夕蓝不快道："这么立竿见影啊。我本来就要帮你，哪里会赖了你的工钱？"

浦小提说："我不是那个意思。我很穷，需要钱，可我不要施舍和怜悯。你家里已经有保姆了，用不着我。我今天上了班，所以会拿走今天的工钱。但我以后不会来了。如果你丈夫回国后想吃家常饭，我会再来。那是帮老同学的忙，免费，我不要工钱。"

宁夕蓝像被一枚长长的钉子钉在绵厚的地毯上了。直到这一刻，她才发现，在无款无形的素衣包裹中的浦小提一点儿都没有变，像她小时候面对名贵的巧克力饼干，很直率地说："不好吃，我不喜欢。"

"好吧，谢谢你。本来以为我帮你，不想却是你帮我。"

宁夕蓝伸出四根手指，拇指后退着，和浦小提碰碰手，算是告别。她表示了淡然还有清高。她自己知道，她只对平等的对手或盟友表示淡然和清高。如果她有足够的力量能够俯视，表现出的就是仁慈和温柔了。

浦小提来到白二宝家。

白二宝家面积不小，但比起宁夕蓝的花园别墅，还是略逊一筹。浦小提进了门来，目不斜视，有一种宠辱不惊的镇定。白二宝独自在家，穿着名牌西装，还特地打上了领带。他要浦小提看到最好状态的自己，俯首称臣。不想浦小提淡如秋水，既不吃惊，也不艳羡。白二宝烦的就是这种人穷志不短的刚强相，穷人就要有穷人的样子，懦弱，猥琐，懂得讨好巴结，这才是正理。他指着墙上的钟说："你来晚了。我老婆秦翡上班去了，留下我给你派活儿。"

浦小提回答："对不起。我给宁夕蓝家包包子，算是临时任务。你可以扣我的工钱。你说，今天干什么活儿？"

白二宝说："我不管什么夕蓝夕红的，以后你不能迟到。不然我们都很忙，不能老在家里等着你。把钥匙交给你，又不放心。"白二宝想刺伤浦小提。如今，你是一个下人了，我作为主顾，有权说一是一，说二是二。

浦小提说："您不放心我，合情合理。以后我一定按时到岗。"浦小提不由自主地用了一个工厂的词语——"到岗"。白二宝听后一颤，忆起从前光景，道："浦小提，你看到我今天这个样子，难道没有什么深刻的感想吗？"

浦小提捋捋头发说："有啊。"

白二宝觉得浦小提从来没有肯定过他，现在，在财富面前，在事实面前，这个女人终于要承认他的价值了。他满怀欣喜地等待着："讲讲看。"

浦小提说："白二宝，白金总要找你要教育费，我一直拦着她。现在，我觉得你应该为自己的孩子稍微做点儿贡献了。这么多年没见，我以为你已经长进了很多，没想到还是老样子。真奇怪，我当初怎么就没看出来呢？"浦小提说得很平静，包括结尾的问句，都是一种历尽沧桑之后的追思，而并不要求确切的答案。

白二宝怒火中烧。这个女人，从来就凌驾于他的精神之上，即使是到了这穷困潦倒的地步，依然不肯服帖。恼恨化为原始的冲动，他猛地扑过来，狞笑着说："浦小提，你都给人当老妈子了，嘴还这么硬！你觉得跟了我白二宝亏了是不是？可惜你没有收到那个未来的将军给你的信，可惜你只能给我白二宝的孩子当妈！怎么样，这么些年守寡的滋味不好受吧？我知道你熬不住了，才到我门上当下人，想的就是跟我再睡到一张床上。好，老子今天就成全成全你！”

白二宝说着，把黏糊糊的一张嘴凑了过来。浦小提千思万虑，也没想到白二宝这般下作。她竭力避闪着，一边厉声对白二宝说：“你放尊重些！白二宝，你要干什么？！”

白二宝厚颜无耻地说：“我要干什么，你还不知道啊？装什么蒜啊？你也不是大姑娘，本来就是我的人，现在咱们是复习功课……”说着，不顾一切地在浦小提身上摩挲起来，“零件还是原配的好，是不是？”

浦小提抬起手，狠狠地推了白二宝一把。她没用铁掌抽他，觉得那太像弱女子的撒手锏了，不到山穷水尽的地步，她还不屑动用。只一推，白二宝踉跄着倒退三步，墙上的穿衣镜被撞得粉碎。每一块镜子的碎片都像哈哈镜，无数千奇百怪的白二宝出现在镜子里。浦小提一眼瞟到，不禁哈哈大笑起来。

“臭娘儿们，你还有脸笑？你也不想想，身上的洞洞是谁搞大的？装什么贞节烈女啊？老子今天赏你是给你脸……”从刚才那一推的劲道里，白二宝知道自己在体力上占不了上风，但嘴上仍不示弱，竭尽无耻地侮辱浦小提。

浦小提拍拍手，把刚才因接触了白二宝而沾染的无形灰尘掸掉，说：“白二宝，你要是再胡说八道，我就打110。”

白二宝露出无赖嘴脸说：“你打110？我还打呢！说你私闯民宅！浦小提，滚回你的烂工棚！”

浦小提把手指捏得咯咯响，冷冷地说：“你说得不错，我是从工棚来的。你这么多年养尊处优，愿意和我比试一下手劲吗？”

白二宝抿着嘴，一言不发。浦小提等了一会儿，看白二宝没有应战的勇气，就把门重重地摔合，走了。破碎的镜片受了强烈的震动，哗啦啦地掉了下来。

浦小提在路上漫无目的地走着，觉得自己像一瓣在砧板上被拍散了的蒜瓣儿，所有的部件都在，只是没有了汁液和完整的筋骨。她以前不知行尸走肉这个词的确切意义，现在知道了。也许她真的不应该到白二宝家里去，她不应该好奇，她不应该相信白二宝还有最后的良知，即便是为了白金，也永远不可理会这个流氓。但是转念一想，她又开始钦佩自己，能从这样的困境中挣扎而出，她还有什么不可逾越的哀伤和困苦呢？

走着走着，浦小提突然想到自己今天还有最后一份工。她应该到高海群家履行职责。她很矛盾，非常想马上见到高海群，因为她刚才确认了那个谜底，原来是白二宝扣住了高海群的信，才酿成了她一生的悲剧。她又极其地不想去，现在来谈这些，还有什么实际的意义呢？犹豫不定中，她给高海群打了电话。高海群一听到她的声音，就着急地问：“你在哪里？我正在等你，怕你出了什么意外。不会是为了赶着来，让汽车碰伤了吧？”关切的话语通过电流夹着高海群的呼吸声传导过来，浦小提根本就没有力量拒绝。

她赶到高海群家，那是一座高层楼房。浦小提跨出电梯，手拿字条核对着门牌号码，找到了那间房，还没有敲门，门就自动开了。高海群身穿黑色便装，笔直地站在门内。浦小提说：“这么巧？”高海群说：“不是巧。这是我第一百次开门了。只要一听到点儿动静，我就打开门。连自己都很奇怪，要知道让一个老兵风声鹤唳的事可真是不多。”

高海群的家是一套旧式的两室一厅，家具极少，四壁雪白，别无长物。浦小提四处打量了一番，说：“卫生状况极好，我真看不出有什么值得收拾的地方。”

高海群示意她在简易的布沙发上坐下，说：“本来就没有什么可拾掇的。我刚刚把这房子租了下来，人家是打扫干净的。”

浦小提说：“你平日住在哪里？”

高海群说：“我在总部机关学习，那里配有专门的宿舍。”

浦小提说：“那是你的家属要来？”

高海群说：“她和孩子刚刚来探视过。工作很忙，她暂时不会来了。就是来，机关也有很好的接待房。”

浦小提说：“那你租了这房子干什么用呢？”

高海群认真地说：“浦小提，那天我听钟老师说，你愿意帮助大家打扫房子做工补贴家用，我就想我需要这样的房子。我还要在这里待很长时间，在这段日子里，就请你到我这里来打扫吧。”

浦小提哭笑不得，说：“那你也不能租一套房子来让我干活儿啊。”

高海群说：“如果我约你到饭店吃饭，到茶馆饮茶，到咖啡店喝咖啡，你去吗？”

浦小提很干脆地说：“不去。”

高海群说：“对呀，我知道你会这样回答，所以我只有租一套房子让你来干活儿了。”

两人说到这里，突然就久久地沉默了。这是一套临街的房子，当两个人都不说话的时候，可以听到急刹车时车轮碾地的摩擦音。

浦小提说：“你寄给我的那些信，都被白二宝贪污了。”

高海群说：“那时候我望眼欲穿啊。像眼前这种情形，咱俩面对面地站着，我在大海深处想象过无数回，没想到真盼到这么一天，等了几十年。”

浦小提说：“过去的事，就不要提了。你饿了吧，我去给你做饭。”说着站起身来。

高海群说：“我不能不提。我以为时间会让我忘了你，可那天在钟老师那里一见到你，我就知道，说什么时间可以淡忘一切，真是胡说八道。你就像核潜艇，无声无息地完整地潜伏在海底，随时可以浮出海面。”

浦小提说：“我还是给咱们做饭吧。就是你不饿，我也不是沉船，我饿了。”

高海群乖乖地闭了嘴，跟随浦小提到了厨房，站在她身后，看她做饭。厨房里用品一应俱全，但是没有围裙。浦小提就从书包里拿出一块镶有带子的白布，说：“我估计就会缺这少那的，预备着呢。”说着把白布围在腰上，让高海群帮她从背后把带子系上。

高海群用两根手指，像捏蝴蝶翅膀一样小心翼翼地在浦小提身后操作着，谨慎地不碰到浦小提的衣服。即便是这样，浦小提还是感到了巨大的撞击。这是一个自己喜爱的男人和自己如此近距离的接触，气息喷溅到自己的后背，引燃了空气。

浦小提压制着自己的激动，借着洗菜之机用冷水猛冲双手，终于把激情平抑下去。半小时之后，四菜一汤摆在了小小的餐桌上。

高海群始终一言不发地看着浦小提做饭，一种略带倦怠的松弛和安宁涌上心头。他突然深切地感到什么叫幸福：看着自己心爱的女人为自己做饭，这就是最大的幸福。

两个人默默地吃饭，一如生活了几十年的夫妻。浦小提觉得安全极了，好像这间进入了不到一小时的屋子，已是她今生今世的归宿。

吃完饭，浦小提忙着要去刷碗，高海群说："不忙，我有重要的事情要同你说。"

浦小提顺从地坐在了沙发上，他们之间隔着一个小小的茶几，茶几上有一只用炮弹壳子制作的花瓶，里面插着一枝假梅花。高海群说："卧室有一张大床。"

浦小提说："我看到了。"

高海群说："你累不累？我很想躺在床上休息一下。"

浦小提想到自己这一天的悲欢离合，心想岂止是累，简直是太累了。她无声地点点头，等待着高海群后面要说的话。她甚至连猜测的力气都没有了，像盲人似的跟随他往前走。

高海群平静地说："要是我们都累了，就躺到那张床上休息一会儿。"

浦小提略带琢磨，高海群的目光清澈而专注，很率真地回望着她。浦小提说："休息之后会怎么样？"

高海群微微一笑道："青梅竹马，孤男寡女，所有该发生的都有可能发生啊。"

浦小提大惊，惊的不是高海群说出的话，而是他这种开诚布公的方式。浦小提扑哧笑出声来，说："高海群，你是想图谋不轨吗？"

高海群说："这可不算阴谋。多少年来，我一直想和你在一起，这是我的美好梦想。我一生有很多梦想。"

浦小提说："那你为什么不动手呢？"她有一点儿挑逗，几乎可以说是挑衅，甚至有一点儿希望梦想成真。

高海群说：“关于我现在和你讨论的方式，也是我在很多年前就决定了的。我不会用强，这是我的教养和我的身份都不允许的。而且这是对你的不尊重，你是我心中最美好的女孩子。”

浦小提热泪盈眶。她已不年轻，更和“梦想”与“美好”这些优雅的词语无关。一个一无所长的下岗女工，却在一个如此优秀的男人眼里享有这份至高的荣誉，她从惊喜到哀伤。她定定地看着高海群的双眸，明澈镇定。他观察大海的时候，一定也是这样的眼神吧。浦小提相信，那些话一定像浪花，在他心中翻涌过无数个昼夜。

因为哀伤，浦小提就格外清醒。她倚着卧室的门框，要把一些关键的问题搞清楚，说：“你不怕我赖上你这个将军吗？”

高海群说：“这和将军无关，只和一个男人有关。”

浦小提说：“嘿！将军，你说了刚才的那些话，不对你的妻子感到内疚吗？”

高海群摇摇头说：“不。我在认识她之前很久很久，就认识你了。我不会内疚，一个人不会因为梦想而内疚。”

浦小提突然露出洁白的牙齿笑了一下。高海群不解是何意思，说：“你觉得我说的可笑吗？”

浦小提收敛起笑容说：“我觉得像咱们这样坐而论道的中年男女实在是太少了。”

高海群说：“一名军人，职业习惯就是把一切可能性都最大限度地考虑到计划之内。”

浦小提说：“要是我不愿意呢？你想过吗？”

高海群说：“想过。我想，你不会不愿意的。”

浦小提很喜欢这样的讨论，又安全又有趣。她从门框向卧室内望去，淡蓝色的床单，平整洁净。淡蓝色的枕头，松软柔和。在静谧的灯光下，它们发出海水一般波动的光泽，蒸腾着淡淡的诱惑。浦小提多么想放浪形骸地放松一下啊。但是，不能。当讨论刚刚开始的时候，当高海群说到梦想的时候，她就有了答案。是的，那是一个梦想，既然是梦想，就一定不能让它在现实中降落。浦小提看看天色已经晚了，她用一天的时间温习了自己的半生。现在，功课应该结束了。她主动握住了高海群的手，她感到将军的手在微微颤抖。

浦小提眉目柔和，素雅安详，悄声说："海群，我不会到那张床上去，我要走了，因为我也有一个梦想。我有一个小秘密要告诉你，知道你为什么总也打不到苍蝇吗？"

高将军悠长地吐出了一口气。他设想过无数的结局，可没想到当年的中队长会把谈话引到这个方向。他说："我不知道。"

浦小提凑到他的耳边，温暖的气息拂动了将军鬓角的发丝。浦小提说："我告诉你，因为苍蝇起飞时，是先向后飞一下，然后再向前。而我们以为它是一直向前的。"

忆起往事，高海群也活泼起来。往事像一道纱幔，横亘在他们面前，隔开了火热的激情。高海群说："我一直想问问你，当年，你的瓶子里到底有多少只苍蝇？"

浦小提说："苍蝇数不是一百五十只，要多好些呢。因为我要帮你把苍蝇数补回来。"

将军默默不语，童年的苍蝇都那么可爱。

浦小提说："你以后可以叫我小提了。"

浦小提走了。走在繁华的街道上，她回头望望那座高楼的十四层，凝视着那扇窗户。窗户黑着，但她断定，将军在高楼之上眺望着她渐行渐远。她要自己和他都保留一个永远的梦境。玲珑少年苦涩豆蔻，一个美丽清贫的女孩的身影，在一个她最尊崇的男人心中悄然而立。

浦小提炒了头两个主顾——宁夕蓝和白二宝的鱿鱼，也不再光顾将军精心筑起的小巢。她开始寻找新的工作。需要保姆的人很多，特别是城市籍的下岗女工，很受欢迎。比起不谙世事的乡下妹子，雇主更喜欢人到中年的女性，觉得她们受过失业的煎熬，更懂得珍惜来之不易的工作，对于家用电器，也精通和爱护些。

浦小提手脚麻利，做事井井有条且一丝不苟。她善用工具，街上最新出现的强化洗涤剂、玻璃清洁剂、油污净、地板精，都被她一网打尽。她会寻找出最物美价廉的牌子，推荐给主顾用。主顾一一采纳，她就去批发，小小的房间堆满了瓶瓶罐罐，如同仓库，从中也可小赚一笔。浦小提干活儿不惜力，特别是第一次，她会趴进床铺底下，扫出蒲公英一般的尘絮，她会搬开暖气罩子，找到装修工人遗留下的破袜子，在女主人的惊呼当中，把犄角旮旯收拾得干干净净。新官上任三把火，新的小时工上工，也要一个下马威。浦小提不偷懒不耍滑，口碑鹊起，不几天，找她干活儿的人就排得满满的。刚开始雇她打扫卫生，很快她的业务就扩展到买菜做饭。浦小提总是有言在先，她只在超市买净菜，这主要是为了雇主的健康，绿色无污染，再说她也没法到自由市场讨价还价。她私心里还有另一个原因，就是怕雇主怀疑她克扣菜金。小贩那里的菜没个谱儿，今天便宜了，明天就贵了，谁也说不准。超市的菜都是明码标价，浦小提会把所有菜价的标签都整整齐齐地贴在一张纸上，雇主对于这样的安排都很满意。浦小提很快就以精湛的家常厨艺赢得了更多的主户，后来，她索性不再接普通的小时工的活儿，专司做饭，收入成倍地增加。

白金离家读书，常常给母亲来电话，比过去懂事多了，只是时不时地还说一些浑话。听到妈妈给人家做饭挣的钱比较多，白金就说："给人看小孩子挣钱是不是更多呢？"浦小提说："你先把电话放下吧，我打给你。"

白金不解："干什么？"

浦小提说："傻孩子，这不是给你省点儿电话费吗！"

白金只好放下电话，等重新接通之后，白金说："你还没回答我的问题呢？"

浦小提说："什么问题？我还真忘了。"

白金说："就是看小孩的事。"

浦小提说："我没打听过。也许会更多吧，只是那活儿可不好干。"

白金说："正因为不好干，您才得提前积攒点儿经验呢！"

浦小提警惕起来说："提什么前？我为什么要积攒经验？孩子是活

物，如有个闪失，不比饭煳了、盘子摔了，人命关天哪。”

白金说：“所以您得先拿别人家的孩子练练手，以后才好给我看孩子啊！妈，我现在处了一个男孩，挺好的，我们会早早结婚，我们才不离婚呢！听说现在规定变了，双方都是独生子女，可以生两个孩子。成了家，我们会要两个孩子。别像我小时候，一个人孤孤单单的。”

浦小提说：“想得还挺远。好好学习吧。等你生孩子的时候，妈还不知在不在呢！”

浦小提放下了电话，有些伤感。她在电话里没敢告诉白金，姥爷被诊为疑似肝癌。老父也是高寿了，但癌症常常令他剧痛不已。浦小提加紧做工，想多攒一些钱，给老父准备止痛药。

唯一的安慰是高海群常常打电话来。比见到那个威武的将军，浦小提更愿意和他在电话里交谈。声音像钻石一样，能抵抗岁月的打磨。在电话里，他们谈得很快乐，好像要把几十年未及讲述的大事小事，都一一说完。

一天深夜，钟家的护理员突然打电话来，说钟老师不行了，请浦小提快去。浦小提三步并作两步，以为看到的是生离死别的场景，不想钟老师倚在床上，脸色像床单一般惨白，头发梳得根根不乱，精神还不错。

护理员在门边拉住她说：“这是回光返照，没多久了。她一直不让惊动别人，女儿到外地出差，正往回赶呢。她说，你是她的亲人。”

浦小提一阵鼻子发酸，赶快走到钟老师身边。垂垂老矣的妇人，已像一片半融的雪花，倏忽间就要消失。浦小提不想让老师伤感，做出笑脸道：“钟老师，我来看您了。”

钟怡琴已无力说更多的话，叹息着说：“有……一事……托付你。我不放心老姚……没有人会管他……在所有的人里，我思来想去，只有你了……我知道你恨他，我也恨他，可我还是把他托付给你了……如果他醒了，千万不要让他再站起来祸害别人，紧紧地按住他的腿……”

钟怡琴说完，等不及听到浦小提的回答，就闭上了眼睛。也许，作为一名深谙学生心理的老教师，她不用听就知道答案了。

不知道钟老师这次昏迷过去，还能不能再次醒来。作为学生，浦小提已交上了答好的卷子。

厂房被夷为平地，要在这里建起一片优美的经济适用房小区。职工宿舍在拆迁之列，浦小提会得到一笔补偿费，略加添补，就可以在原地买到一套一居室。父亲住院化疗，浦小提晚上服侍父亲，白天就到钟家照顾老姚。

老姚更傻了，眼珠旋转的速度也比以前慢了许多。当浦小提为他收拾粪便、按摩褥疮的时候，他会凝然不动地注视着浦小提，好像在思索什么。浦小提忙过之后，也会盯着老姚看两眼。她不由自主地抚摸自己的手，手指像箭镞般坚硬有力。如果老姚醒来，她能在第一时间按住他的膝盖骨，让他丝毫无法活动。浦小提有时会很奇怪地想到，这个老姚和以前那个老姚是一个人吗？墙上相框中有钟怡琴微笑的脸庞，好像在说，浦小提，站起来，这个问题你回答……

一厘米

陶影独自坐公共汽车时经常不买票。

为什么一定要买票呢？就是没有她，车也要一站站开，也不能因此没有司机和售票员，也不会少烧汽油。

当然她很有眼色，遇上认真负责的售票员，她早早就买票。只有对那些吊儿郎当的，她才小小地惩罚他们，也为自己节约一点儿钱。

陶影是一家工厂食堂的炊事员，在白案上，专做烤烙活儿，烘制螺旋形沾满芝麻酱的小火烧。

她领着儿子小也上汽车。先把儿子抱上去，自己断后。车门夹住了她背上的衣服，好像撑起一顶帐篷。她伶俐地扭摆了两下，才脱出身来。

“妈妈，买票。”小也说。小孩比大人更重视形式，不把车票拿到手，仿佛就不算坐车。

油漆龟裂的车门上，有一道白线，像一根苍白的手指，标定

1.10米。

小也挤过去。他的头发像干草一样蓬松，暗无光泽。陶影处处俭省，但对孩子的营养绝不吝惜。可惜养料走到头皮便不再前进，小也很聪明，头发却乱蓬蓬。

陶影把小也的头发往下捺，仿佛拨去浮土触到坚实的地表。她摸到儿子柔嫩的头皮像是塑料制成的，有轻微的弹性。那地方原有一处缝隙。听说人都是两半对起来的，对得不准，就成了豁豁嘴。就算对得准，要长到严丝合缝，也需要很多年。这是一道生命之门，它半开半合，外面的世界像水一样，从这里流进去。每当抚到这道若隐若现的门缝，陶影就感觉到巨大的责任。是她把这个秀气的小男孩带到这个世界上来的。她很普通，对谁都不重要，可有可无，唯独对这个男孩，她要成为完美而无可挑剔的母亲。

在小也的圆脑袋和买票的标准线之间，横着陶影纤长而美丽的手指。由于整天和油面打交道，指甲很有光泽，像贝壳一样闪亮。

“小也，你不够的，还差一厘米。”她温柔地说。她的出身并不高贵，也没读过许多书。她喜欢温文尔雅，竭力要给儿子留下这种印象，在这样做的过程中，她感觉自身高贵起来。

“妈妈！我够了，我够了！”小也高声叫，把脚下的踏板跺得像一面铁皮鼓，“你上次讲，我下次坐车就可以买票了，这次就是下次了，为什么不给我买票？你说话不算话！”他半仰着脸，愤怒地朝向他的妈妈。

陶影看着儿子。一张车票两毛钱。她很看重两毛钱的，它等于一根黄瓜两个西红柿，如果赶上处理，就是三捆小红萝卜或者干脆就是一堆够吃三天的菠菜。小也仰起脸，像一张半开的葵盘，准备承接来自太阳的允诺。

“往里走！别堵门口！这又不是火车。一站就从北京到保定府了，马上到站了……”售票员不耐烦地嚷着。

按照往日的逻辑，冲她这份态度，陶影就不买票。今天她说：“买两张票。”

面容凶恶的售票员眼睛很有准头："这小孩还差一厘米，不用买票。"

小也立刻矮了几厘米，而绝不是一厘米。买票与不买票强烈地关系着一个小小男子汉的尊严。

两毛钱就能买到尊严，只发生在人的童年。没有一个妈妈能够拒绝为孩子提供快乐。

"我买两张票。"她矜持地重复。

小也把他那张票粘在嘴唇上，噗噜噗噜吹着响，仿佛那是一架风车。

他们是从中门上的，前门下的。前门男售票员查票。陶影觉得他很没有眼力：哪个带孩子的妈妈会不买票？她就是再穷再苦，也得在自己的孩子面前昂起头。

她把票很潇洒地交给售票员，售票员问："报销不？"她说："不要了。"其实她应该把票根保存起来。这样以后哪次集体活动或开食品卫生会，她骑车去，回来后可以用这张票报销，夫妇都是蓝领工人，能省就省一点儿。可小也是个绝顶机灵的孩子，会追着妈妈问："咱们出来玩的票也能报销吗？"在孩子面前，她不愿撒谎。

这样挺累的，她按照各种父母必读上的标准，为自己再塑一个金身。你得时时注意检点，因为面对一个无所不在的观众，不过也充满了温馨与爱。比如吃西瓜，只要小也在，她一定时时提醒自己，不要把西瓜皮啃得太苦。其实在她看来，西瓜瓤与西瓜皮没什么大分别，一路吃下去，不过红色渐渐淡了，甜味渐渐稀了，解渴消暑是一样的。瓜皮败火，还是一味药呢。终于有一天，她发现儿子也像妈妈一样，把瓜皮啃出梳齿样的牙痕，印堂上沾了一粒白而软的嫩瓜子时，她勃然大怒了："谁让你把瓜皮啃得这样苦？要用瓜皮洗脸吗？"小也被妈妈吓坏了，拿着残月一般的瓜皮战战兢兢，但圆眼睛盛满不服。小孩子是天下最出色的以子之矛攻子之盾的行家。陶影从此明白了，以她现有的家境，要培育出具有大家风度的孩子，需要全力以赴的正面教育。这很难，就像用小米加步枪打败飞机大炮一样，但并不是做不到。在这个过程中，她觉得生活多了几分追求。

今天她领小也到一座巨大的寺院参观，小也长这么大，还没见过佛。陶影心里是不信佛的，她不会让小也磕头。这是迷信，她知道。

门票五块钱一张。如今庙也这样值钱了。票是红案上的老张给的，期限一个月，今天是最后一天。老张神通大，什么人都认识，有时拿出一本像撕掉皮的杂志说："见过吗？这叫大参考。"陶影觉得论个头儿，它比报纸样的《参考消息》要小得多，怎么能叫大参考呢？问老张，老张也说不清，只说别人都这么叫，许是把杂志拆开来一张张铺开，终归是要比那张小报大的。想想也很有理。仔细看那大字印的参考，上面还在议论海湾战争会不会打，其实大家都在谈伊拉克的战争赔款问题了，说他们除了伊拉克枣，不知道还有什么。不管怎么说，陶影还是佩服老张的。为了这锲而不舍的佩服，老张给了她这张票。"就一张啊？"感激之余，陶影还不满足。"爷儿们就算了，领孩子开开眼呗！不满一米一的孩子免票。实在不乐意去，到门口把票倒腾出去，够买俩西瓜的！"老张设身处地为她着想。

她特地倒休带小也来玩。

京城里难得有这一大片森然的绿地。未及靠近，便有湛凉的冷绿之气漫溢而来，仿佛正要面临一座山谷或一道飞瀑。小也从妈妈手里夺过门票，又含在嘴里，飞快地跑向金碧辉煌的寺门，仿佛一只渴极了要饮水的小动物。

陶影突然有些伤心。不就是一座庙吗？怎么连妈妈都不等了，旋即又释然，带儿子出来，不就是要让他快乐嘛！

庙门口的守卫是一个穿着红衣黑裤的青年。想象中，他应该穿黄色工作服，现在这一身打扮，令人想起餐厅和饭店。

小也很流畅地跑过去，好像那是流量很大的泻口，而他不过是一滴水珠。红衣青年很敏捷地摘下他口中的票，仿佛那是清明节前的一片茶叶。

陶影用目光包裹着儿子，随着小也的步伐，这目光像柔硬的蚕丝从茧中抽了出来。

“票。”红衣青年拦住她，语句简单得像吐出一枚枣核。

陶影充满感情地指了指小也。她想，所有的人都会喜欢她的儿子。

“我问的是你的票。”红衣青年僵硬地说。

“刚才那孩子不是已经给你了吗？”陶影安静地解释。这小伙子太年轻，还没来得及做爸爸。今天出来玩，陶影心情很好，她愿意有始有终。

“他是他的。你是你的。”红衣青年冷淡地说。

陶影费了一番思索，才明白红衣青年的意思：他们娘儿俩应该有两张票。

“小孩不是不要票吗？”陶影不解。

“妈妈，你快一点儿啊！”小也在远处喊。

“妈妈就来，就来。”陶影大声回答。附近有人围拢来，好像鱼群发现了灯光信号。

陶影急了，想赶快结束这件事，她的孩子在等她。

“谁说不要票？”红衣青年歪着头问，他挺喜欢人越聚越多。

“票上说的。”

“票上怎么说的？”红衣青年仿佛一个完全的外行。

“票上说，不足一米一的孩子免费参观，超过一米一的孩子照章购票。”陶影自信自己背得一点儿不错，但她还是伸手想从废票箱里掏出一张，照本宣读比背诵更接近真实。

“别动！别动！”红衣青年突然声色俱厉。陶影这才感到自己举动不当，像冬天触到暖气片似的缩回手。

“您很清楚吗？”红衣青年突然称她为“您”。陶影听出了敌意，还是点点头。

“可是您的孩子已经超过了一米一。”红衣青年很肯定地说。

“没有。他没有。”陶影面带微笑地说。

人们天生地倾向母亲。

“他从这里跑过去，我看得很清楚。”小伙子斩钉截铁。他顺手一指，墙上有条红线，像雨后偶尔爬上马路的蚯蚓。

“妈妈，你为什么还不进来？我还以为你丢了呢！”小也跑过来，很亲热地说，好像妈妈是他的一件玩具。

人们响起轻微的哄笑。这下好了，证据来了，对双方都好。

红衣青年略略有些紧张。当然他是秉公办事，当然他明明看清楚的。可这个逃票的女人不像别人那样心虚，也许，这才更可恶，他想。

陶影果然很镇定，甚至有点儿扬扬得意。儿子喜欢热闹，喜欢被人注意。这种有惊无险的遭遇，一定会令小也开心。

“你过来。”红衣青年简短地命令小也。

人们屏气静心等待。

小家伙看了看他的妈妈，妈妈向他鼓励地点点头。小也很大方，轻轻地咳嗽了一下，又揪了揪衣服，像百米赛跑冲刺似的撞开了众人的视线，雄赳赳气昂昂地走到了红蚯蚓旁。

于是——人们无可置疑地看到——红蚯蚓挂在小家伙的耳朵上。

这怎么可能？！

陶影一个箭步冲过去，啪地一下打在孩子的头颅上，声音清脆，仿佛踩破了一个乒乓球皮。

小也看着陶影，并没有哭。惊讶大于疼痛，他从未挨过妈妈如此凶猛的一掌。

“打哪儿也不能打头哇！”

“这当妈的！有钱就买张票，没钱就算了，也犯不着拿孩子撒气呀！”

“是亲妈吗？看模样倒还像……”

人们议论纷纷。

陶影真慌了。她并不是想打小也，只是想把他那鸡冠子一样高耸的头发抚平。她悲惨地发现，小也纵使此刻变成一个秃子，身高也绝对在这条红蚯蚓之上。

“小也，别踮脚！”陶影厉声说。

“没有，妈妈。我没有……”小也带出哭音。

是的，没有。红蚯蚓残忍地伏在比小也眉头稍高的地方。

红衣青年突然像早晨醒来时伸了一个懒腰，他的眼光很犀利，抓到过许多企图逃票的人。“买票去！买票去！”他骄横地说，所有的温文尔雅都被红蚯蚓吮去了。

“可是，他不够一米一。”陶影感到了自己的孤立无援，顽强地坚持。

“所有逃票的人都这么说。信你的还是信我的？这可是全世界统一的度量标准，国际米尺证存在法国巴黎，是纯铂制成的，你知道吗你？！”

陶影目瞪口呆。她只知道做一身连衣裙要用布料两米八，她不知道国际米尺保存在哪儿，只敬佩这座庙里的神佛，它使她的儿子在顷刻间长高了几厘米！

“可是，刚才在汽车里，他还没有这么高……”

“他刚生下来的时候更没有这么高！”红衣青年清脆地冷笑。

在人们的哄笑声中，陶影的脸像未印上颜色的票根一样白。

“妈妈，你怎么了？”小也逃开红蚯蚓，用温热的小手拉住妈妈冰冷的手。

“没什么，妈妈忘了给你买票。”陶影无力地说。

“忘了？说得好听！你怎么不把自己的孩子给忘了？”红衣青年还记着这女人刚才的镇静，不依不饶。

“你还要怎么样？”陶影尽量压抑怒火，在孩子面前，她要保持一个母亲最后的尊严。

“嘴还这么硬！不是我要怎么样，是你必须认错！不知从哪儿混了张专供外宾的赠票，本来就没花钱，还想再蒙一人进去，想得也太便宜了是不是？甭啰唆，趁早买票去！”红衣青年倚着墙壁，面对众人，像在宣读一本白皮书。

陶影的手抖得像在弹拨一张无形的古筝。怎么办？吵一架吗？她不怕吵架，可她不愿意孩子看见这一幕。为了小也，她忍。

“妈妈去买票。你在这里等我，千万别乱跑。”陶影竭力做出笑容。好不容易领孩子出来一天，她不能毁了情绪，要让天空重新灿烂。

“妈妈，你真的没买票？”小也仰着脸，充满惊讶与迷茫。这神情出现在一张纯正的儿童脸上，令人感到一丝恐惧。

陶影的手像折断的翅膀僵在半空。今天这张票，她是不能买！如果买了，她将永远说不清。

“我们走！”她猛地一拉小也。若不是男孩子骨缝结实，几乎脱臼。

他们到别的公园去玩。陶影要逗小也高兴，但小也总是闷闷的，仿佛一下子长大了许多。

走过一个冰棍摊儿，小也说：“妈妈给我钱。”

小也拿了钱，跑到冰棍摊儿背后：“老奶奶，量量我多高。”陶影这才看到，有位老太太守着一盘身高体重磅。

老太太瘪着嘴，颤巍巍扶起标尺，一寸寸拔起，又一寸寸往下按：“一米一。”她凑近了看。

陶影觉得见了鬼：莫非孩子像竹笋一样见风就长？

小也眼里生出一种冰晶一样的东西，不理陶影，一甩头，往前跑。突然，他摔了一跤。腾起在空中的一刹那，他像一只飞翔的鸟，然后，重重地摔在地上。陶影赶快跑过去扶，就在她走近的一刹那，小也忽地爬起来，兀自往前跑。陶影站住了。她想，如果自己追过去，小也会摔第二跤的。望着孩子渐渐远去的身影，她伤心地想：小也，你真的不回头看妈妈了？

小也跑到很远，终于还是停下来，回过头寻找妈妈。找到了，就又转过身跑……

陶影觉得事情不可思议。她问老奶奶：“大妈，您这磅……”

“我这磅准让您高兴！您不就巴着孩子长高点儿吗？别巴望着孩子长！孩子长大了，当妈的就老喽！”老奶奶把嘴咂得吧吧响。

“您这磅……”陶影又一次问。老人很和善，可她没把问题说清楚。

“我这磅大点儿。让您量着个头高点儿、分量轻点儿，时下不是都兴健美吗？我这是健美磅。”老人慈祥的脸上露出狡黠。

原来是这样！应该让小也听到这话！小也已经跑远，况且，他能否明白这其中的奥妙?

小也的目光总是怯怯的，好像妈妈是大灰狼变的。回到家，陶影拿出卷尺，要给小也重新量一下身高。

“我不量！人家都说我够高了，就你说我不够。你不愿意给我买票，别以为我不知道！只要你一量，我一定又不够了。我不相信你！不相信！”

陶影拽着那根淡黄色的塑料尺，仿佛拽着一条冰凉的蟒蛇。

“陶师傅，您烙的小火烧穿迷彩服了。”一位买饭的人对她说。

小火烧煳了，凹凸不平，像一只只斑驳的小乌龟。

真对不起。

陶影很内疚，她对工作还是很负责的，这两天常常走神儿。

一定要把事情挽回来！夜里，小也睡了，陶影把儿子的双腿捋直，孩子平展得如同缩过水的新布。陶影用卷尺从他的脚跟量到脑瓜顶，一米零九厘米。

她决定给红衣青年的领导写一封信。拿起笔来，她才知道这事多么艰难！看着她冥思苦想的样子，当钳工的丈夫说：“写了又能咋样？”

是啊，她也不知道能咋样，只是为了融化孩子眼中那些寒冰，她必须干点儿什么。

终于，她写好了。厂里有位号称“作家”的，听说在报屁股上发过豆腐块儿。陶影恭恭敬敬地找到他，递上自己的作品。

“这像个通讯报道，不生动，不感人。”作家用焦黄的指头戳着陶影给报社写的读者来信。

陶影不很清楚通讯报道到底是个啥样子，只知道此刻这样讲，肯定是不满意，看着焦黄指头上的茧子，她连连点头。

“你得这么写，开头先声夺人，其后耳目一新。得让编辑在一大堆稿件里一瞅见你这一篇，眼前呼地一亮，好像在土豆堆里突然见到一个苹果。最重要的是，要哀而动人。哀兵必胜，你懂不懂？”

陶影连连点头。

作家受了鼓励，侃得越发来劲：“比如这开头吧，就改成：佛法无边，五龄孩童未进寺门先长一寸；佛法有限，刚回到家就跟原先一样高了……当然后头这句对偶还不工稳，你再考虑一下……”

陶影拼命心记，还是没能记全作家的话。不过，她还是又修改了一遍，抄好挂号寄了出去。

作家吃饭时来买小火烧。“您稍等。”陶影的脸镶在收饭票的小窗口，像一张拘谨的照片。

作家想，可能是今天的小火烧又烤煳了，为了酬谢点拨之功，给几个煳得轻的。

“给您，这几个特地多放了糖和芝麻。”陶影怯怯地说。这是一个白案上的烤活儿女工所能表达的最大谢意了。

其后，是漫长的等待。陶影每天都极其认真地看报纸，连报纸中缝做录像机的广告都不放过。然后是听广播，她想，那些声音甜美庄重的播音员也许会在一个晴朗的早晨，一字不差地把自己写的那封信念出来。最后是到收发室去看信，她想，也许寺院管理部门会给她回一封道歉信……

她设想了一百种可能，但一种可能都没有发生。日子像雪白的面粉，毫无变化地流泻过去。小也外表已恢复正常，但陶影坚信，那一幕绝没有消失。

终于，等到了一句问话：“哪里是陶影同志的家？”

“我知道。我带你们去。”小也兴高采烈地领着两位穿干部服的老者走进家门，“妈妈，来客人啦！”

陶影正在洗衣服，泡沫一直漫到胳膊肘。

“我们是寺庙公园管理处的。报社把您的信转给我们了，我们来核实一下情况。”

陶影很紧张，很沮丧。主要是家中太乱了，还没来得及收拾。他们会觉得她是一个懒女人，也许不会相信她。

“小也，你到外面去玩好吗？”陶影设想中一定要让小也在，让他把事情搞清楚。真事到临头，她心中不安，想象不出会出现什么情景。

能有红衣青年那样的下属，领导估计也好不到哪儿去。

“我们已经找当事人调查过了，情况基本属实。不要让孩子走，我们要实地测量一下身高。”那位年纪较轻的说。

小也顺从地贴在墙壁上。雪白的墙壁衬着他，好像一幅画。他不由自主地贴得很紧，测量身高勾起了他稀薄的记忆，重又感到那一天的恐惧。

干部们很认真。他们先是毫不吝惜地在墙上画了一道杠，然后用钢卷尺量那道杠到地表的距离。钢卷尺像一条闪亮的小溪，跳动在他们身边。

镇静回到了陶影身上。

“多少？”她问。

“一米一，正好。”较年轻的干部说。

“不是正好。你们过了一个月零九天才来。一个月以前，他没有这样高。”陶影平静地反驳。

两位干部对视了一眼。这是一个无法辩驳的理由。

他们掏出了五元钱。钱是装在一个信封里的，他们早做了准备。他们量过墙上那条红蚯蚓，知道它缺斤少两。

“那天您终于没有参观，这是我们的一点儿赔偿。”年长的干部说，态度很慈祥，看来是位领导。

陶影没有接。那一天失去的快乐，是多少钱都买不回来的。

“如果您不要钱，这里有两张参观券。欢迎您和孩子到我们那儿去。”年轻些的干部更加彬彬有礼。

这不失为一个充满诱惑力的建议，但陶影还是毫不迟疑地摇了摇头。那个地方，对于她，对于小也，永远都不会激起快乐的回忆。

“你到底要哪样呢？”两位干部一齐问。

是的，陶影在这一瞬也在问自己。她是个生性平和的女人，别说是两位素不相识的老年人登门致歉，就是红衣青年本人来，她也不会刁难他的。

她究竟想要什么呢?

她把小也推到两位老人面前。

“叫爷爷。”她吩咐。

“爷爷。”小也叫得很甜。

“两位领导，钱请你们收起，票也收起。就是那天当班的查票员，也请不要难为他，他也是负责……”

两位干部一看陶影说得这样平静，反倒有些无措。

陶影把小也拉得离老人更近些：“只是请两位爷爷把那天的事情同孩子讲清楚，告诉他，妈妈没有错……”

白杨木鼻子

我是一位外科医生，做过的手术不计其数。单是给病人切除的胃，就是俗称为“心口”的那个东西，足够装满一马车。给我印象最深刻的病例，是一个女人。正确地讲，是那个女人的鼻子。

那时候我刚从医学院毕业，潇洒而热情。眼睛除了观察教授的操作，还关照漂亮的女护士。

“小伙子，我想从教你怎样戴工作帽开始，指导你成为一名出色的医生。”教授的目光像双筒显微镜，无遮拦地瞄准了我工作帽边探出的那绺黑发。

我的帽子略微有点儿歪斜，像一个快乐的水兵。教授残酷地剥夺了我的潇洒，从此不得不经典地把帽檐压得很低，以至于使人怀疑我还有没有眉毛。

一天深夜，我值班，楼道里突然响起急骤的跑步声。

医院里是不可以随便跑的，尤其是深夜。

只有一个例外，那就是有了极危重的病人。

急诊室里坐着一对男女。女人戴着大口罩，面目表情不清，端然坐着，双手顺在夹紧的两膝之间，脚尖恭顺地并在一处。那男人干瘪瘦削，眉头紧锁，嘴角翕动，两眼通红，像条被刮掉鳞的金鱼。

我的临床经验尚不十分丰富，一时竟分辨不出谁是病人。

“你……怎么了？”我朝他俩发问。

女人石像似的不动，男人小心翼翼地去解女人的口罩，动作极轻柔。

我终于发觉了一点儿怪异：那口罩样式古怪，过于平坦……不……不是口罩的问题，口罩很正常，而是……

口罩终于解下来了。于是我犯了一个医生的大忌，不由自主地惊叫了一声——

“啊！”

口罩下是一个巨大的黑洞，向外冒着腾腾的白气，深不可测。

我竭力镇静，才想起那被黑洞霸占了的地方，原来是长鼻子的部位。

没有鼻子的人面，是一种陌生的东西，平铺直叙到令人难以容忍。眼睛没有来由地同嘴靠得很近，两颊不可遏制地向黑洞滑去，只有失去血色的上唇，还像破败的灰墙聚集在黑洞的边缘。

它甚至不如骷髅好看。骷髅骨质洁白，简练和谐，眼眶、鼻准、口颊均为结构对称的洞穴，通畅练达，自成风格。

“这是用什么东西……搞的？”

我急切地想搞清凶器的性质。本想用“剜”或“削”那种字眼，怕太刺激病人和她的家属，才临时调换为词意模糊的“搞”（护士在一旁紧张地登记，我已知道女人叫小茶，男人是她的丈夫老姜）。

“用刨刀剃的，推木头的那种。”老姜用目光抚摸着创口，那里边缘清秀，想象得出凶器一定薄利如风。他回答得很清楚，用词也准确。

“是谁干的？”我怒火中烧，义愤填膺。这罪行太野蛮太凶残了。

不知何时，教授到了。他毫不客气地打断了我的问话：“要记住，我们是医生，不是法官。医生最重要的职责是挽救生命，修补人体。至于其他的事，自有其他人去管。”

是的。我首先应该处理病人，可我不知道该干什么。我是个优等学生，可没有任何一本教科书上写过：鼻子被刨刀剃掉的病人该如何处置。也许我应该去读法医系，现在只有机械地服从教授的安排。

常规冲洗消毒，就像处理一颗虫牙被拔掉后的窟窿。小茶的脸庞在冰冷的消毒液下凝然不动，波光粼粼、带有樟脑气味的液体，轻柔地在凝脂般细腻的皮肤上漫过，使这张一马平川的人面像收藏已久横遭破坏的蜡制品。

平心而论，只要躲开脸中部那个巨大的三角形洞穴，小茶的脸还是很美丽的。眼睛像黑杏仁一样，反射出无影灯众多的光斑，如没有月亮的晴朗的星空。嘴有一个极精美的轮廓，像一粒饱满的花生米。

我不禁升起好奇：原来属于这张美妙绝伦脸庞的鼻子，是什么样子的呢？

这种时候想这种问题，似乎有点儿不伦不类。病人家属在一旁长吁短叹，我动作幅度稍大，小茶尚未反应，老姜就吸开凉气了。

“痛吗？”我问小茶。对这个永远失去自己鼻子的年轻女人颇多恻隐，生恐自己弄痛了她。

“一点儿都不痛。那刨刀是新磨的，很利。嗖的一下，凉凉快快，像雨后的风。”

声音是从嘴和黑洞中一齐发出的，单调、刺耳、尖锐。没有鼻腔共鸣的声音，类似秋蝉或毒蛇的咝鸣。

我感到沁入心底的恐惧。不单因为这怪异的声音，更因为小茶脸上那似笑非笑的表情，她好像并不感到痛苦，甚或还有几分自豪。

伤口处理已毕。只要鼻腔切割根部不感染，生命便无妨。作为外科医生的职责，已告一段落。至于以后的事，那是整容医生的范畴。

看来，可以结束了。我用眼睛请示教授，发现他正在观察老姜的手。老姜的手虎口处生着厚厚的茧子，简直像那里多长了一块骨头。只有长年握持某种工具的匠人，才会这样积重难返。

“看来，咱们俩是同行喽。”教授对老姜说。老姜正充满怜爱地看着小茶，被这突然的问话吓了一跳，几乎是本能地点点头，又立即摇头。

“我哪能跟您比呢？您是修理人的，我是修理木头的。”

“你是个木匠。这么说，这件事就是你干的了？”教授压得很低的白帽子耸起一道粗重的棱。我知道，白布遮掩下的眉毛皱缩起来。

我想，教授一定是被这张没有鼻子的女人脸唬得思维混乱。老姜一定得捶胸顿足，因为不仅不可思议，而且近乎诬陷。退一万步讲，若真是他所为，也断乎不会承认。

不想，我错得一败涂地。老姜很痛快地回答：“是我。”

也许我的惊愕之色过于外露，老姜受了委屈，指着小茶：“你叫她说！是不是我？”

“是哩是哩。你别看他这个样子，真是个好木匠。刨刀磨得最快。冬天若吃涮锅子，让他给刨羊肉片，薄得能透过书上的字。”小茶的声音像急刹车时轮子与水泥路面的尖啸。

这一对男女！吃他们的涮羊肉，只怕自己的鼻子也会掉进火锅。

教授深长地叹了一口气：“你们之间发生过什么事，我没有兴趣。我只想问一下，用刨刀刨下的那个东西，还在吗？”他的眼内充满天真的渴望，像一个企盼压岁钱的孩子。

“在，在。”老姜忙不迭地回答，回头白了他年轻但已经不美丽的妻子一眼，“我说拿上，你说没用了。怎么样，还是我想得周到吧！”声音中流露出抑制不住的骄傲。

事情越发变得令人瞠目结舌。老姜掏出一个很干净的手绢包，窝在手心，一层层打开。于是，我看见一只鼻梁骨朝下的完整的人鼻子。

教授不动声色地翻看着，像在鉴别这条鼻子的真伪。我猜，他也感到好奇。没有谁从这个角度观察过人人都有的鼻子。司空见惯的东西，仅仅换一个方位，就变得令人惊诧不已。它玲珑剔透，曲线优美，就像一件小型乐器。

我们都围过来观看小茶的鼻子，包括她本人。

“我打算把它栽上去。”教授征询地望着我。

人有时候问询别人，并不是为了得到答案，只是要坚定信念。

这是一个玄妙而充满风险的主意。如果栽上去的鼻子感染，不但得像未成活的枯树一样拔出来，而且病人性命难保。

“没有鼻子，除了影响美观，妨碍并不太大。”我委婉地表示自己的意见。五官之中，除了耳郭，就数鼻子没用了。

“可人是一个整体，人应该是完美的……”教授注视着黑洞说。

“您老若是能给她把鼻子再接上去，我给您老打雕花的五斗柜……”老姜虔诚地央告，一眼瞥见我这个反对派，“给您也打一个……”

只有小茶没说话，仿佛这事与她毫无关系。

“准备器械。”教授简洁地对我下达命令，口气不容置疑。

我们通宵达旦地手术，细节我已记忆不清。我非常想看看那块使我们耗费了如此巨大精力的刨刀究竟是怎样狞厉而刻薄。一个愚蠢木匠的举手之劳，害得我们付出百倍千倍的时间与汗水。教授的技术精巧娴熟，我想任何一个伟大的雕塑家都要甘拜下风。他面对的材料是模糊的血肉，他把所有的血管神经都接洽得天衣无缝。老姜在电光石火般一瞬中的破坏，终于被教授（当然也包括我）惨淡经营地修补起来。现在，只剩下最后一道工序了——将薄薄的表皮缝合到脸模上。我们碰到了几乎不可逾越的障碍，没有合宜的缝合线。小茶的皮肤极细腻洁白，所有的丝线都嫌太黑太粗。

“就这样吧。鼻子能长上去就很不错了，没有人挑剔黑和白。”我的白色手术服下扭动着僵硬如铁的腰颈，长时间俯身操作，即使在无影灯下，我看所有的线条也都成为重影。助手如此，担任主刀的教授，其疲累可想而知。

“如果是这样，她的鼻翼周围会遗有一圈密集的雀斑……不！只差这最后一层，我要完美……尽量完美……”教授喃喃自语。

他摘下自己压得很低的白帽子，露出光洁如月的秃顶，四周还残存着几根银丝般的白发。教授叉开五指，梳理他的白发，平均每个指缝不到一根。他很心痛地迟疑了一下，然后猛地一用劲，把白发拔下来，泡进消毒液。

现在，教授的头颅是大一统了，光可鉴人，显露出巨大的前额和高耸的枕部。在这两块隆起的头骨之下，是人类智慧最密集的脑液。

泡在消毒液中的白发，蜿蜒伸展，像一条条闪光的小路。

小茶的鼻子被教授的白发固定在她自己的脸上了，浑然一体，宛若天成。

任何天然的东西，终免不了瑕疵。小茶的鼻端有一粒小痣，其状如一只小小的蚊虫。教授为她做了修正。小茶的鼻子，现在堪称人世间最杰出的鼻子了，造化之灵加鬼斧神工，精妙绝伦，无以复加。

我天天去看小茶的鼻子。它高贵优雅，像浮出海面的一段象牙，闪着晶莹的光润。经过它共鸣过的小茶的声音，柔美动听。

小茶自然很高兴，时常把手掌挡在面前，无端地微笑。只有我知道，她手心里有一片小小的镜子。有时，她也会把镜片胡乱扔到松软的床上，显出莫名的忧郁。

认识小茶的人，都说她比以前漂亮了。老姜的态度却令人莫名其妙起来。他非但不再提起雕花的五斗柜（当然我和教授都不会接受这种馈赠，但收不收同给不给是两个概念），而且双眼不时露出凶狠的敌意。对小茶倒是很好。因为鼻子做手术，嘴的活动大受影响，老姜就给小茶包极小的饺子，喂给她吃。饺子只有拇指盖大小，令人想到他做木匠的手艺也一定精良。

这真是一对古怪的男女，我开始打听他们的身世。如果教授知道，一定会斥责我。他是只认病不认人的。我还没有老练到他那种程度，对病和人同样感兴趣，更不用说拥有这样一只美丽鼻子的漂亮女人了。

事情简单到令人遗憾。好汉没好妻，赖汉娶仙女。不知是出于政治还是经济原因，年轻貌美的小茶嫁给了丑陋的老姜。姜木匠夜以继日地为人打家具，为小茶添置了许多衣物，小茶却不愿为老姜添一个孩子。终于有一天，当老姜手提斧锯外出而归的时候，看到一个高大俊俏的小伙子正在吻小茶鼻梁上的那颗痣，于是……

这故事远没有书本上、舞台上缠绵悱恻，但因为活生生地发生在眼前，我还是很关注它的结尾。

“为什么单要刨鼻子？在脸上划几刀不是也可以吗？”有人问木匠。

我觉得这问话很卑鄙。小茶那张美妙绝伦的脸庞，若是被乱刀划破，纵使教授再巧夺天工，恐怕也难以完璧归赵，这不是唯恐天下不乱嘛！

“没有鼻子的女人，比老母猪还要丑。别人不要，我不嫌。家中就太平了。”姜木匠很憨厚地答道。

教授对这一切都不知晓，每天只是很认真地观察鼻子，好像那是他植下的一株珍稀植物。鼻子很争气，长得结实挺拔，欣欣向荣。我想把小茶的病历整理成资料，投往医学杂志发表。这是外科史上一例罕见的鼻子再植成功病例。

教授摆摆手：“不忙。再看一段时间。医学追求完美，更追求长久，不是急功近利的事情。”

鼻子也像家用电器，有保修期吗？我悻悻然，又不得不服从。

小茶出院了，用极清亮极柔美的声音同我们说：“再见。”想起她入院时那毒蛇般的嘶鸣，你会觉得，鼻子对于音色比对于美观要重要百倍。

老姜什么也没有说，头也不回地走在前面，好像怕小茶找不到回家的路。

小茶没有再来，连例行的追踪复查也没有来。有人说，她的鼻子长得很好，同老姜也过得可以，只是还没有孩子。

我再次想把这病例报道出去，教授依旧不慌不忙：“要注意远期效果。我们一定要亲眼看一看病人的恢复情况，而不要匆忙下结论。”

随时留有充分的余地，也许就是成熟医生和实习医生最大的区别。

看来只有哪天到小茶家去一趟了。我一定要看看刨刀，用手指试一下它的锋利程度。

这件事一直拖延着，教授很忙。

一天深夜，我值班，楼道里突然响起急骤的跑步声。

医院里是不可以随便跑的，尤其是深夜。

只有一个例外，那就是有了极危重的病人。

急诊室里坐着一对男女。女人戴着大口罩，面目表情不清，端然坐着，双手顺在夹紧的两膝之间，脚尖恭顺地并在一处。那男人干瘪瘦削，眉头紧皱，嘴角翕动，两眼通红，像条被刮掉鳞的金鱼。

这是小茶和老姜。

老姜很熟练地解开口罩。

我已经是见过一些世面的医生了，终于没让什么声音从嘴里发出来。

口罩下又是一个巨大的黑洞!

一切的一切，都依旧依旧。只是黑洞四周有线团样的白丝，随着呼出的气流旗幡似的拂动。那是教授充作缝线的白发，依然晶莹雪亮，结实柔韧。

“还是用的那个东西吗？”我克制住心中的厌恶、恐惧和愤怒，不愿说出那凶器的名称，尽量平稳地问。

“是。还是上回用过的那种，我觉着挺好使。”老姜恭敬地回答我。他知道医生需要了解详情，便努力周全。

小茶什么也没说，像凝固的蜡像。

我点点头，不再询问别的。现在的首要问题是救治病人。

教授到了。我明显地看出他踉跄了一下，然后倚靠在一旁，看我清洗伤口。

小茶的脸庞在冰冷的消毒液下凝然不动，波光粼粼、带有樟脑气味的液体，轻柔地在凝脂般细腻的皮肤上漫过。老姜像自身受酷刑一般长吁短叹。每当我手势略重，他便不满地重重斜视我一眼。

伤口处理完毕，看来一切就这么结束了。教授突然按住我的手，犹豫不决地对老姜说：“那个……我说的是那个……还在吗？”

我从未见过学问精深、德高望重的教授这般畏葸不前。他面色苍白，目光焦灼，双手微微发抖，急不可待又惊惶不安。

“带着哩，带着哩。”老姜显出先见之明的得意之色，从一块油污的纸里摸出一团东西，伸到教授面前。

于是，我看见了小茶那只光洁如玉的鼻子——只是它现在类似一个柿饼。也许叫肉饼更恰如其分，血肉模糊、狼藉一片。两个鼻孔蛮不讲理地重叠在一起，像火车失事后的钢轨。唯有教授白发的残根，依旧闪亮如银。头发是最不容易被吸收的物质，人体可以腐烂，头发却依然长存。

“这是什么？”教授茫然地扫视四周，希冀什么人能给他一个回答。他真的不认识这团椭圆形污浊的物体。

“鼻子呀。小茶的鼻子。不信，您问小茶。”老姜耐心地解释，并找出证人。

“那是我的鼻子。”

声音从嘴和黑洞中一齐发出，单调、刺耳、尖锐，却没有悲伤。

“它怎么成了这个样子？这个样子！”教授咆哮起来，全然不顾医学专家温文尔雅的风度和对面墙上斗大的“静”字。

这问题原是不必回答也不能回答的。可惜老姜是很实诚的人，原原本本地答道：“是用脚踩的。我用脚后跟在地上蹍着踩了一圈。”

这方法的确很地道。它使鼻子的所有微细结构消失在肉酱之中，任何高超的技艺都将望洋兴叹。

“很好！好极了！”教授的白眉毛从帽子里探针般地刺了出来，根根倒立，“那你还把这东西拿来给我看什么？！你可以拿它去喂猪，当肥料，扔到垃圾堆里！可你偏要给我看！我不看！我不认识这东西……永远……不看……”教授的话，开始时气壮如牛，其后却迅速委顿下去，像行将熄灭的蜡烛，尾声竟带出了呜咽。

老姜愣了片刻，嘴角像被绳扯着，慢慢咧了开来，不知是哭还是笑。

在救治小茶的同时，我不得不同时对教授实施急救。他的心脏在顷刻间衰老，微弱得几乎听不见跳动。

“看来，你的鼻子只能这样了。”面对小茶脸上那个简洁的黑洞，我爱莫能助，用残存的恻隐之心说。

“这样也好。早这样，早好了。”小茶的声音高细，单调。

小茶第二次出院了，这一次没有说“再见”。她戴着上下都很平坦的大口罩，远看像是糊了一块白纸。

后来，听说她给姜木匠生了一个儿子。再后来，听说她依旧戴着口罩，口罩布很白，天天都换洗。口罩也不再那样扁平，而是丰满地膨隆起来，一如其下有个周正挺拔的端正鼻子。那是老姜给小茶做的，用最白最细的白杨木。春天叶子绿了的时候，走过小茶身边的人，会闻到白杨树的清香。

“可是那白杨木的鼻子，是怎样安到脸上去的呢？”有人问木匠。

“用胶，粘柜橱拉手的那种。”姜木匠并不保守，很和气地告诉别人。

于是我想到我们用过的缝合线，觉得不很聪明。教授绝口不提这件事了，好像它从未发生过。我却始终存有淡淡的遗憾。它是一次那样成功的手术，却永远无法报告了。

法人。

自然人的对称。

毕大夫把第一副乳胶手套脱下来。

毕大夫把第二副乳胶手套脱下来。

在第一副手套和第二副手套之间蕴含血迹，像胶水一般黏结着半透明的胶皮。

“毕大夫，电话。”手术室护士喊。

她依旧缓缓地脱她的手套，没有什么能让一个有经验的外科医生焦急。里面的那副手套不能用了，手术中破了，有鲜红的病人的血液渗进她的指甲缝。白求恩开刀的时候也遇到这种情形，中了毒，后来就牺牲了。她只得临时再套上一副，好像在裂开的饺子外面再糊上一层皮。

她懒懒地问：“是不是我们家？如果不是，就说我手术还没完，谁的电话也不接。”做完一场大手术，就像干了一天活儿的长工，筋骨欲散。

“不是你们家的电话。是个女的，她好像很知道您的工作习惯，劈头就说，我有要事找毕大夫，如果她不接这个电话，损失就太大了。我就问，什么事啊，能否交我们转告？她停了一下说，是关于发财的事。”

小护士说到这里，狡黠地笑了笑：“毕大夫，这年头，什么事都能打听，哪怕是找情妇情夫的事，唯有发财不可问。每一笔财富后面，都有一个故事。您说是不是啊？”

发财？

毕大夫讶然不已，嘴唇在口罩后面无声地张圆了，口罩上就出现了一个优美的凹陷。这个世界上，谁都可能发财。比如给她传电话的这个小姑娘，明天就可能挎上一位黑人酋长的儿子。毕大夫绝不惊奇。收破烂的也可在月饼盒子里捡着成沓的钞票，或者干脆就是金项链，毕大夫也不惊奇。唯有她自己——一个大学毕业有着主治医师头衔和精湛手艺的大夫，人们已不称她姓名，而是尊称为“毕刀”的这个人，要是发起财来，那就古怪了。

大夫发不了财，除非毕大夫刚才给病人开刀的那个胆囊里，储存的不是一把泥沙，而是若干克拉水钻。

大夫能略有进项的渠道，就是收取病人的红包。虽说上面三令五申，但几乎所有的大夫都靠它创收。从本意上说，“毕刀”是不愿意直接从病人家属手上拿钱的，那有一种乘人之危的血腥味道。再有，她从不在手术之前收礼，不是廉洁，而是害怕天上有一种叫作概率的东西。你就是再有把握的医生，也必须蛰伏在它的脚下。万一出了意外，“毕刀”心中有愧。不收钱就手术，好比不要定金，她手术执刀的时候就可以维持一种高雅的心态，感觉自己仍是长着翅膀的天使。至于术后，病人康复，愿意给些馈赠，不拘多少，“毕刀”收下心安理得。要是人家不送，毕大夫也不恼恨。像街头一个自得其乐的卖艺人，你给钱也罢，不给也罢，她总是要自己吹呜呜呜响的笛子。

毕大夫喜欢把人的皮肤切开时血流出来的油腻感觉，喜欢能把切开了的皮肤再缝得像荷包一样漂亮的羊肠线。

“毕刀”惊奇之后，决定立即接电话。她用酒精纱布揩干净指缝里的血痂。现在的伪劣产品太多了，比如这双手套。只有病人是真的。毕大夫用指纹里还嵌着血丝的手提起电话听筒。

“喂，哪位？”

“是‘篮子’吗？你好难找。干什么呢？”对方轻柔的女声绝没有因长时间的等候而焦躁。她一定有一个极舒适的打电话的环境。

从“篮子”这个只属于“毕刀”中学时代的外号里，她就知道是谁了。

“曹末生，你好。我还能有什么事？就是忙着给人开膛破肚呗。”

曹末生与她是中学同学，原来睡上下铺位。后来一个去了东北，一个奔了西南。地理前置词虽说不同，后缀的尾巴倒是一致，都是生产建设兵团。后来她们都成了工农兵学员，不过一个学了医，一个学的是中文，直到最后脚前脚后返城。毕兰成为市属一家医院的外科主刀，曹末生为京城某著名报刊的首席女记者。

当年她俩散布在天南海北时，经常写信。要是在该收到对方来信的日子里等不到鸿雁，她们会立刻补写一封，好像是给信件造一个孪生姐妹，以防失去联系。

等到她们同回了京城，彼此倒少了许多往来。经常几个月毫无声息，仿佛淹死在闹市的人海中了。有时会频繁地一天通几次电话，为了同去看一场电影，你等我、我等你的，再三约会时间，闹得双方的丈夫直嫉妒。

少年时的友谊，假若经历了困苦而未曾磨断，就像冰镇的香槟，无论什么时候再打开瓶塞，都会以极大的热情迸出泡沫。

“哦……没什么事……只是想找你……聊聊天。”本来很亲切的一句话，曹末生却说得迟疑。

“不必先来一段温柔的话联络感情。有话快说，我的双手还沾满了血迹。不要扭扭捏捏，是不是又要介绍你的狐朋狗友走后门住院？”外科医生只要说到自己的业务，嘴就像刀子一般锋利起来。

“真的没什么事。只是……想你。”那边的曹末生突然压低了声音，使这句话的末尾更有了黯然怀旧的味道。

“毕刀”对着肮脏的话筒微笑了：“哎，末生，不要来这一套。你越这样，我越确信你有事求我。当年我们住宿舍，你夜里不敢一个人上厕所，要我陪你的时候，用的就是这个腔调。你是故态复萌啊，我在感到亲切的同时，不得不提高革命警惕。你直奔主题好了，毕竟我们已经相识了三十年，从十三岁我们上初一那年算起。”

“篮子，你不做外科医生了吗？”曹末生依旧很柔弱的样子。

“没有啊。谁说的？我刚刚救了一个人的命，才下台。不是舞台，是手术台。”“毕刀”摸不着头脑。

“噢，我以为你改做心理医生了，把人剖析得这样入木三分。但是，篮子，你错了。我真是很想你。我真是想见你。今天下午五点，请你在4路公共汽车站等，我计算过了，这对咱们俩来说，路程都一样远近，符合公平的原理。放下我的电话，就给你的家里打个电话，说晚上回家可能晚。我不喜欢大家谈天的时候有人不停地看表。好了，就这样说定了。不见不散。”电话线那头的曹末生优雅地说完她的话，不由分说地挂断了。

“毕刀”愣愣地站在那里。从小就是这样，她看似很果断，但总是被柔弱的曹末生牵着走。

现在，不管她有什么事，都要在指定时间到汽车站。而且，在所有的谈话里，曹末生并没有一个字涉及发财——这个重要的问题。

下了班，毕大夫脱下白衣，换上会见宾客的衣服。她没有几件像样的服饰。在家的时候穿家常服，在医院的时候穿工作服。剩下唯一可显示服装的场合，就是拥挤不堪、恶味冲天的公共汽车了。再好的衣服也会挤出皱褶来。女为悦己者容。毕大夫不想悦任何人。因此她听天由命，总是像一个真正的蓝领，穿最简朴的服装。

但会见曹末生必须穿好衣服。因为这个女友太讲究包装了，毕大夫不愿自己显得像个陪衬人。她换了一袭绢丝杨柳纺的铁灰色套装，走起路来，好像要发出金属的声音。

“毕刀”喜欢套装，认为上下一样的颜色给人古代盔甲的感觉，赋予职业女性凛然不可侵犯的威严。当然啦，太像“铁娘子”了也不好，还得给自己残存一点儿柔媚的女人味。这个拾遗补阙的担子就交给面料来承担了。今夏流行轻、软、薄。飘逸而高雅的绢丝纺，稍稍朦胧了铁灰套装的刚性，使“毕刀”冷健中透出些许温情，就成了她最爱着的礼服。

打扮停当，她出了医院的大门。突然一个潦倒的老头拦住她，“毕刀”以为碰上了要饭的，恰好没零钱，就狠狠心假装没看见，走过去。

没想到老头叫住她，说：“毕大夫，我等了您一天了……我是糯米的爷儿们。”

“毕刀”一看就知道他是某个病人的家属。她经常像包公一般被人拦路喊住，不是诉说冤屈，而是请求对他们即将手术的亲人多加关照。

唐糯米这个名字太有特色，“毕刀”在第一次写病历的时候就记住了她。但是，她不能让这个病人家属得意，以为自己比较特殊，就佯装完全没印象地说：“我一天接触的病人太多了，对不起，记不清楚了。请您说说她是多少床，也许我能想起来。”

“十四床。她是十四床，肚子里长了一个大瘤子的婆娘……”

“噢，我想起来了。看我这记性。”毕大夫抱歉地笑笑。她的笑容很明朗，眼睛直视着对方。按照通常的理解，这种坦率的目光是可以信赖的。但是你要小心，医生出现这种目光，并不意味着他的努力与负责，那其实是一种居高临下的俯视。

“我求求您了！给好好做个手术，家里离不开她啊，孩子、猪、羊……都离不开她啊……我想给您送点儿东西，可实在是没啦……我秋后再给您送礼，我说到做到。她要是好了，我在家给您立个牌位，我们全家给您上香……”

老汉急不择言，但还是把他的意思明确地表达出来了。这些话，他已经在等毕大夫手术的过程中默想了千百次。而且他的膝盖簌簌抖动，时刻准备弯曲的样子。

毕大夫温和地听着这些话，这对一个医生来说是难得的享受。她甚至做好了老汉一旦跪下，马上搀他起来的准备。她喜欢病人的感谢，就像演员喜欢掌声一样，但下跪这种感谢的方式太原始了一些。

老汉终于没有跪，可能也是觉得周围人太多了，再加上自己婆姨的病此刻也还算不得太重，这样的大礼，留着关键时刻再用吧。庄稼人还有什么呢？

毕大夫并不是见钱眼开的人。对于那些最穷苦的病人，她绝不打钱的主意。人总要在自己的行业里留一块净土，不是只为了钱才工作的。但这个比例不能太大，太大，医生就永远摆脱不了贫困了。因此毕大夫严格地控制着自己同情心的数量，只把它降临在最可怜最需救助的人头上。

这个农村来的老汉和他那个叫作唐糯米的婆娘，荣幸地入选了。

毕大夫轻轻地拍了病人家属一下，然后很快地躲开了，怕在这短暂的接触中有虱子爬过来。

她说："您放心好了。我一定尽力为你的妻子开刀，什么都不要。你把钱给你婆姨多买些好东西吃，人有了抵抗力，手术后恢复得就会快一些，就能早些回家照顾你的孩子和猪羊了。"

老汉的眼泪一下充满眼眶，说："这可怎么说……谢谢呀，活菩萨……"他还想表达什么，毕大夫不客气地说："我还有点儿事。以后也不用再等着求我了。我说话是算话的。你安心等吧。"

在挤得人仰马翻的4路汽车站，毕大夫寻找着曹末生，渐渐气愤起来。

按说人的脸是最显著的徽章，可在这夏日傍晚炙热如火的白光中，每一张脸都被汗水冲刷得如同黄土高原，惊人地一致。整个儿城市是一块椭圆的用水泥制成的灰色发糕，像吸足了热气的大气功师，开始吐纳黏稠的火焰。

应该问问曹末生今天穿什么衣服。衣服真比脸的面积要大得多啊！"毕刀"开始怀疑自己是否听错了地点，或曹末生爽约。其实看看表，才过了一分钟。但她平日同曹末生约会，女记者都会严格恪守西方人的规矩，提前五分钟到场，显示出不言而喻的教养。

今天是一个反常。也许这一切都跟发财有关?

“毕刀”决定等十分钟。要是十分钟之后曹末生还不来，就是好朋友，她也不等了。要知道，医生也是时间观念很强的人。

最主要的是，她对发财不抱希望。

突然，毕大夫感到臂弯处一凉，一股冷冷的感觉顺着肘正中神经，直抵手掌末梢的中指指尖。

回头一看，一个身穿雪白纯棉绉纱T恤和短裤的英俊男子，立在她的身后，用一根包着银花纸的雪糕碰了她一下。

来人戴着硕大的变色镜，使眼光深不可测。唯有从镜框外侧散布的扇形皱纹看，判断出他已不像他的身材显示的那样年轻，眼睛充满了笑意。

不管怎么说，这个人不是曹末生。

“毕刀”镇静地注视着他。对一个外科医生来说，遇事冷静是第一素质。

“看什么？不认识了？还不快吃？雪糕流的汤快把我的手都粘住了。”来人很亲昵地说。

雪糕真的很软了，有乳黄色的汁液缓缓下移。

“噢！原来是你！”“毕刀”接过了雪糕。

来人是郑玉朗——末生的丈夫。

“末生怎么没来？她有事吗？”“毕刀”极力吸吮着奶液，力争不浪费一点一滴。

“末生没事。”郑玉朗掏出手帕，优雅地擦每一根手指，淋上奶油和没淋上奶油的都擦。

“毕刀”快速嚼吃渐融的雪糕，她讨厌这种黏黏糊糊的局面。事无巨细，先处理最紧急的。待手的危急状态告一段落，她抑制住心中的不快，尽量平和地说：“她没事，为什么不来？”

当年在郑玉朗和曹末生的结合上，她是投反对票的，因此心里总存隔膜。现在人家的女儿都上学了，日子过得红红火火，证明她当年的判断误差。见到郑玉朗，脸上总讪讪的。此刻，她对曹末生没事不来赴约，自然大不满，但不能暴露在郑玉朗的面前，须保持住自己的面子。

凭着医生的敏感，“毕刀”觉察到这两口子在合谋一件事，把她牵连了进去。因此她要沉着一点儿。

“末生开始就没打算来。”郑玉朗微笑着说。

“毕刀”火了：“这不是拿人开心吗？她说好了来的，怎么变卦？”

郑玉朗继续微笑：“她只说同你有个约会，并没有说一定是她来啊。”

“毕刀”想想当时的对话，的确是这样。但这更暴露出是一个蓄意的阴谋。

她冷笑着说：“这么说，你妻子今天是让我同您约会了？”

郑玉朗说：“听您的口气，好像觉得同我在一起辱没了您的人格？”

郑玉朗在一家大公司做事，风度翩翩。他同曹末生在一起，真是金童玉女。他自小就受女孩子青睐，说起话来大言不惭。

毕大夫抱着双肘，以纯粹医生的目光打量着郑玉朗。惊奇于他也是四十多岁的人了，竟无一缕久坐办公室的人必不可少的赘肉。因两人呈丁字形站立，见他的侧背更是轮廓简洁，筋脉蓬勃。“毕刀”知道，在雪白的精纺棉纱之下，是郑玉朗船板一样结实的背阔肌和斜方肌。

把思绪拽回来，她说：“那倒不是。在我们之间不存在辱不辱的问题。只是若不是这世上有个曹末生，咱们就是路人。我想不通有什么事情，同我相识了二三十年的曹末生不能开口同我谈，却请出你来。”

郑玉朗说：“我们不要站在光天化日下，好不好？南极上空有黑洞，紫外线能致癌。”

“毕刀”原想说，有什么底牌，你趁早翻过来好了。但炙热的气浪把人烤得像羊肉串冒油，只得随郑玉朗躲进一家小冷饮店。

“你要点儿什么？”郑玉朗礼貌地问。

“你们有砖茶吗？”“毕刀”问服务小姐。她在兵团时靠内蒙古牧区不远，经年像牧民一样喝砖茶，成了习惯。返回城市以后，她总觉得绿茶太清淡，花茶又被喧宾夺主地熏掉了茶气。经过一番调查研究，她发现最像砖茶的是坨茶，平日常从茶叶店里买那种包得像圆香皂一样致密的茶叶。在朋友家没条件选择时，她就喝花茶。看这家店这般考究，她就大胆地提出要求。

“我们只有英国红茶。”小姐低着头，看着桌布的花边说。她还是懂茶的，挑了一种最接近砖茶的品种。

“好吧，就要它吧。”“毕刀”说。

“您呢？”小姐问。

“我要冰咖啡。”郑玉朗摘下了变色镜。

“对不起，我们只有热咖啡。”小姐依旧低眉顺眼。

“把热咖啡放到冰箱里镇一下，不就成冰咖啡了吗？这是欧洲现在最时髦的喝法，我不急，可以等。价钱可以加倍。”郑玉朗说。

小姐喏喏而下。

“你诱敌深入了这么半天，我还不知道你们的真实动机。是不是说出来，让我这杯茶也喝得安心一点儿？”毕大夫小口啜着红茶，感觉这种来自大不列颠的茶精实在是一般，皱着眉说。

“您一天的收入不一定能抵几包红茶的价格。”郑玉朗面对桌子的空白说。

“您这是什么意思？我可以自己付茶钱。”“毕刀”愤愤地说。她想，当年真应该多说这个家伙的几句坏话，也许真能督促曹末生跟他掰了。现在可好，沆瀣一气，倒算计起老朋友来了。

“我只不过是说出了一个事实。我的收入当然比你多一点儿，但同这世界上的许多人相比，我们都在不可遏制地堕入赤贫。”郑玉朗的冰咖啡还没有来，火气就越发冲。

“是事实又怎么样？我们都很清醒地知道这件事，用不着你提醒。”

“你想不想改变它？”郑玉朗循循善诱。

“不想。”“毕刀”很干脆地说。

别看“毕刀”拒绝得很断然，其实谁能不想富裕呢？只是这些年来，她看过知识分子太多的纸上谈兵，再也不想空议这个话题了。别看你郑玉朗衣冠楚楚，也没有太多的进项。曹末生这个记者，招待会没少开，肚子里用公款积聚的油水不少，家里也颇有几箱粗制滥造的纪念品，比如拉链打不开的公文包、走时不准的手表什么的，但硬通货并不多。郑玉朗也就是算个中康吧，做出这种拯救他人于水火之中的大慈善家表情，令人不快。

“好，好极了。”郑玉朗轻轻地敲着桌边，“末生猜你会这样回答这个问题，我还不相信。看来毕女士确实是不为商海所动，这使我们对选择你更有了信心。”郑玉朗很严肃地说。

“毕刀”越发迷惑，说：“我又不是一件商品，何来选择？何来信心？”

“这个我们以后自会向你解释的。我不知末生同你说清楚了没有，看在你与她多年上下铺的友谊上，今晚你能同我一道去看看她的父亲吗？”郑玉朗的面容越发凝重起来。

“曹老？病了？”毕大夫轻轻重复了一声。如果她记得不错，老人家已经快八十岁了。

曹末生的父亲是文化界的一位老前辈了，在相当一级的部门做领导工作，现在当然是退下来了，但仍经常在报纸上露面。就像一颗庞大的彗星，虽说最灿烂的彗头已经闪过，但巨扇般的彗尾依旧笼罩着半个天空。

“曹老还会记得我吗？”“毕刀”嘀咕了一声。说实话，她不想领这个差事，少年时留下的冷淡太深刻了。

“是的。曹老现正在医院的病床前等着你。”郑玉朗肃穆地说。事情真是越来越复杂了。精明干练的女外科主治医师，像掉进一杯牛奶，范围不大，但四面混浊。直觉告诉她，这后面一定藏着一件事。但事的性质规模趋向，毕大夫可是一点儿都判断不出来。

你甚至没法提高警惕，因为对方是你三十年的朋友——一个秀外慧中、有教养的女人，一个虽然毕大夫不喜欢，但还算得上出色的男人。现在，德高望重的曹老也卷了进来。三个人已形成了一个旋涡，毕大夫跳不出去了。

冰咖啡来了。杯子裹挟着凉气，四周散发着缥缈的云雾。郑玉朗又叫了几样小点心以充便饭，打算吃了就到医院去。

“委屈你了，今天只能这样凑合了。”他很抱歉地说。

“到底是怎么一回事，你讲清楚。”“毕刀”抱着手，大有不说清楚就绝食的意思。

“不管事情是个什么结果，我都一定会同你讲清楚，只是，不是今天。一是三言两语说不明白，二是马上就要到医院停止探望的时间了。虽说老头子那儿有点儿特权，也不好超时太多。”郑玉朗率先站了起来，这不符合绅士的风度，但他顾不了这许多了。至于毕大夫吃得饱不饱，他也不关心。

现今的女士崇尚减肥，整个儿世界都崇尚轻。

毕大夫只好说：“好。”就起身。一连串安排激起了她的好奇心，倒要看看曹家玩的什么机关。

的士停在翠柏森森的院落之前。

斗拱飞檐。岁月把阴凉处的石板镀上城市罕见的青苔，走廊像街巷一样宽大，显示着当年的建造者奢华的王者气派。

这是外国人在大约一个世纪以前用庚子赔款修起的医院。夕阳下，古典式的轮廓清晰如铁。时光的流逝使它破旧，平添了些许和蔼的温情。

他们走进高干外宾部。长长的甬道铺着深可陷入的地毯，竟把医院素有的消毒水气味也吸附了许多，朦胧渗出豪华宾馆的气氛。

走过一间间病房。门都关得紧紧的，毫无声息。病房的门把手都是黄铜的，像一只只豹眼，炯炯地瞪着来人。

到了。

推开门，病房里只开了床头灯，洒着均匀的光晕，给开着空调的病房清冷的空气中，注入了淡淡的暖意。一位须发洁白的老者，趿着软底拖鞋，缓缓地踱着方步，很有规律地在地毯上走动着。

听到人声，老人低吟了一句："来了。"依旧不停歇地走自己的路。

毕大夫和郑玉朗站在一旁，看老人若无其事地走着，口中呼出的气流把一根很长的白眉毛吹得飘飘欲飞。老人一边走，一边很有韵律地念叨着："九百一十八……九百一十九……"

时间分分秒秒地过去了。几十年前毕兰送曹末生回她家时的压抑感，重又鲜活地莅临。

她原以为老人走到一千步的时候就会停下脚步，没想到曹老全不受习俗制约，到了那个整数，他依旧不紧不慢地把地毯蹚出两道浅壕。

曹老的威严就在这沉默中渐渐生长。他明明约了你，你和他的女婿同时到达，他已经知晓了，却完全无视你的存在，一心一意地做自己的功课。

这是一种融入血液的尊严的气势，它膨胀着，将两位中年得意的后生震慑，觉得自己萎缩起来。

老爷子自顾做着游戏，数到一千一百了，定住身，缓缓地回头，向他们和善地微笑。

那笑容中有一种很感人的天真。

"毕刀"以为他会说"让你们久等了"之类的客气话，但她马上就知道自己错了。老爷子丝毫不感到内疚，让别人等着他，是他一生中最常做的事之一。他的笑容，是因为自己终于完成了走路的指标。

"你是末生的同学，很好，听末生讲到过你。"曹老的确已经很老了，皮肤的面积比躯体的实际面积大出许多，到处耷拉着丧失弹性的褶皱。他的牙齿不正常地洁白整齐，显然是假的了。义齿使老人的声音夹杂着清脆的回声，使布满老年斑的面孔不真实。眼睛出奇地亮，尽管有早期白内障，从昏黄的瞳孔正中射出的光芒，还是有一种让你不由自主说真话的魅力。

"曹老，您好。看您气色还好，不知您得的是什么病？""毕刀"关切地问。她开口就问病情，三分之一是出于礼节，三分之一是因为职业，还有三分之一是为了掩饰自身的紧张。

“不要谈什么病了。我住在医院里，天天来人谈的都是病，烦了。谈点儿别的，外面的事。我喜欢和年轻人谈话。”曹老很干脆地打断了问候。

“外面？外面还不是一天乱哄哄的。大家都像工蜂似的忙，为了名和利，打得头破血流……”“毕刀”说着，有口没心。如今大家都这么说，好像不这么说，就不了解社会似的，说的时候自然把自己洗涤一清。

“我们年轻的时候……”老人的脸因为回忆显出光彩，老年斑也因充血越发显出褐色。

完啦！

毕大夫哀叹一声，心想自己好倒霉啊！现在的时光，每三五年就可以构成一道代沟了。和这位老前辈（虽说他是同窗好友的老爹），只怕已有十代以上的隔膜。再说，毕大夫这一代人，“文化大革命”、上山下乡、求学求职，自家吃过的苦，也足够教诲下一代的。渐渐增长的年龄，已使他们自己滋生出倾诉欲，哪里还耐烦再听别人痛说往昔！

好在曹老毕竟是多年的领导人了，即使在晚年，也能很节制地控制怀旧这个老年病。话锋一转，他对着“毕刀”说：“孩子，你是否很喜爱文学？”

本来昏昏欲睡的毕大夫没想到战火突然烧到自己身上，吓了一跳之后说：“喜欢看，不能写。我平常倒是经常写字，摞起来的篇幅可能比一部长篇还要长，但都是病历。”

曹老宽厚地说：“喜欢看，这就足够了。比如足球，当大伙儿说喜欢足球的时候，有几个人是真能上场踢的？能在现场看的都不多，还不就是对着电视机的一块玻璃就说喜欢？”

“毕刀”没想到老头还挺风趣的，而且思维敏捷，精神就聚集起来。

曹老又问：“看过多少世界名著？”

“毕刀”想了想说：“所有的吧。”

轮到须发皆白的老人吓了一跳，说：“我搞了一辈子文学，都不敢说这个话。”

“毕刀”自知失言，但话已然说了出来，她又不是轻易愿认错的，就硬着头皮坚持下去，不过绕了一个小弯，说：“您是大家，知道得愈多就愈谦虚了。我不过是个普通医生，图书馆里有的名著都看过了，再也找不出一本新的来了，所以就说这话了。记得有个哲人说过，已知的世界是一个圆圈的内部，未知的世界是这个圆环的外部。一个人懂得的愈多，他的未知的范围也越大。我是一个小圈圈，所以讲话就很随便了。”

老人听了“毕刀”的诡辩，宽容地笑笑，接着问：“你觉着名著怎么样？”

毕大夫想说，现在谁还看名著啊？但当着一位搞了一辈子文学的前辈，这样说就太伤他的心了，于是说：“名著当然是名著了。经过了几十年上百年甚至上千年时光的淘洗，那么多双眼睛都看过，看了都说好……”“毕刀”突然孩子气地笑了一下。

按照预定计划，今天的主角是老岳丈和“毕刀”。一直冷眼旁观的郑玉朗，觉得“毕刀”的这一笑实在是没有道理。只有女人才会在这样严谨的谈话里无缘无故地添加作料。干大事业的男子汉，绝不如此掉以轻心。

毕大夫真的是走神儿了。“看了都说好”——“用了都说好”——那是一种像手指一样玲珑的捞面条的小工具，它的广告词就是这样写的。从理论上，你不觉得它有多么高明，但是它真的把面条都捞干净了，你就会觉得这句话很出色，不由自主地记住了，让它在这个严肃场合蹦了出来。

定下神儿，看到曹老正专注地看着自己，等待下文，“毕刀”慌不择言，说：“噢，名著……当然了，名著也是有缺点的啊……”

“哦？好。你说说看，名著的缺点。”曹老眼光一亮。

“毕刀”本是顺嘴说的，到了现在的份儿上，只有自圆其说：“名著，特别是比较经典的名著，大多成书于十八、十九世纪，那时候没有电影，更没有电视。作家们写到森林草原就要大泼笔墨。要是写到皇宫宫邸贵族院落，您看吧，洋洋洒洒最少几千言。还有吃的什么穿的什么，复杂得不行。要是现在，只要附上一张彩色插页，什么问题都解决了，再幽深的古堡也能一目了然。包括我们的《红楼梦》也有这个毛病，一个大观园，费了多少笔墨。当然了，您可以说这是留下了丰富的历史资料，养活了一大批红学家。可一般读者看的是小说，不是读资料啊。这就是名著的缺点，或者说是名著的局限了……”

“毕刀”侃侃而谈。作为一名医生，文学哪里是她的特长。但事到临头，她一贯的主张是咬着牙先冲上去。

曹老很注意地听着，说：“一家之言，一家之言。”

“毕刀”心里窃笑，她哪里算得上是什么“之言”，不过是不想在郑玉朗面前露丑就是了。

曹老调整了一下坐姿。郑玉朗不失时机地走过去，在老人的肩胛处轻捶起来，手法之娴熟，可与旧日地主家的丫鬟媲美。

“毕刀”在内心深处不以为然。她觉得人类一切过于亲昵的举动都不应在光天化日下进行，否则就有某种表演或别有用心的味道。

老人很舒适地享受着晚辈的孝敬。“毕刀”就觉得自己错了。也许一个人年轻的时候对这种动作反感，但随着年龄的增长，就格外珍惜后人的关切，或者明知是假，也自愿当真。

之后曹老又问了几个问题，“毕刀”都恭敬地作答。但每个问题都是只答了一半，曹老就用手指轻点茶几，表示已明白，可就此打住。问题涉及天文地理文史哲，虽说不是很深，但摊子铺得很广。毕大夫模糊地感到这好像是一场考试，但考的目的是什么呢？她完全不知道。

她无所求，因此也不紧张。知道的，就拣着自己擅长的话，往外掏，总不能让人太看不起自己了。实在不明白的，就老老实实地说“我不清楚”。也不是她就特别地谦虚板正，而是长期的医学实践养成的习惯，接触的都是人命关天的事，知之为知之，不知为不知。强不知以为知，是要用血来偿还利息的。

曹老飞速地转换着话题，显示出和他的年纪不相符的敏捷。但岁数毕竟不饶人，他很快就露出了倦意。

一直在旁洗耳恭听的郑玉朗，相机递上一杯淡茶，说："爸，您休息会儿，慢慢说。没敢给您沏太浓的茶，怕您睡不着。"

曹老倔倔地说："我不累。"

正在这时，门开了，身穿浆得笔挺的工作服的护士走进来，态度很轻柔地说："曹老的客人，能否让曹老早一点儿休息？"

"毕刀"心里早就巴望着护士来撵人，此刻忙不迭地站起来说："曹老，您好好休养。我以后再来看您。"

曹老兴犹未尽，但体力实在不支，就不甘心地嘟囔："我感觉自己体力很好嘛，可他们总是来提醒我有病。"

大家微笑不语，对这种老小孩式的恼火表示充分的理解。

"你们怎么来的？"曹老关怀地问。

"打的来的。"郑玉朗说。

"这么晚了，怕不好叫车了。我让司机送你们一下吧。"曹老很体恤地说。

"毕刀"忙说不必，心想，老头子真是不食人间烟火，越是晚上，大街上越好打的。公车私车都上街拉客，满街蝗虫一般。

郑玉朗没说什么，一时间摸不清老泰山的心思。老人家平日是很反对用公家的车给家里人接送客人的。今天这是怎么啦？

老人开始给他单位的管车人打电话。那边答应得并不痛快，意思是要是曹老亲自用车还好说，既然是别人，这么晚了，是不是……

曹老火了。别看干瘦的一个病老头，一旦火起来，威严不减当年。那边就乖乖地说马上赶到医院来。

焦急地等待。该说的话都已说完，就像火车站送行的人们，只等火车鸣笛了。大家就有些尴尬。

"曹老，您找我？"房间门嘭地被撞开，进来一个穿和尚领文化衫的五短汉子，全然不看客人，直冲曹老问。他的前胸印着"我没钱"几个拙劣的黑字，待他走到曹老身旁，就看到他的身后印着"想发财"。

“……是……啊。来介绍一下，这是我的小婿。”曹老从朦胧中惊醒，说。

“噢噢，末生的爷儿们！听说多年了，一直没缘见，今个儿幸会幸会。我姓姚，叫我姚师傅也成，叫我姚老大也成。有事言语啊，要用车，跟我说。曹老廉洁，他叫我出车，是派车。我给您出车，是咱哥俩儿的事，您说是不是？”姚老大全然不顾医院的规矩，大声说笑。

大家同曹老告别。老人家勉力半站起来，扶着沙发的扶手，膝盖显得很软弱。衰老的气味像是用纸裹不住的油饼味散发出来。

“毕刀”以她的医学知识明白，衰老最先表现在从一个动作到另一个动作的过渡中。老人在他们面前不断地表现走路，也许不只是当官的习惯，可能是证明自己的活力。

“篮子，你确实是一个好孩子。末生在家常提起你。我很喜欢你。”老人由衷地说。

“毕刀”很严肃地点了点头。我们的朋友家里对我们的了解，远比我们想象的要深刻亲切。但这点头是什么意思呢？是承认自己的确是个好孩子，还是说自己也很喜欢曹老呢？

当然都不是。但“毕刀”只有点头。

“假如我有了很多钱，你们知道我要干什么？”也许是看到了姚老大的后背，曹老突然很有几分天真地说。

郑玉朗当然知道，但他是绝不抢先说的。

“毕刀”傻乎乎地真费心琢磨：“假如您真有了很多的钱……”“毕刀”觉得很意外，这么老的一位老人了，而且还是我党的高级干部，似乎很淡泊金钱才对。钱对他还有多少意义？曹末生家住的是一套旧时的亲王宅院。北京城里上好的四合院，基本上都是贵人们的私宅。单是这套房子，就要值上百万元了吧。曹老离休前还有专门的奔驰轿车，现在也是随用随到的。祖国的名山大川，曹老都已携家眷游历过，一路上迎来送往，下榻于当地最豪华的宾馆，回来时拎着大包小包的土特产礼物。生了病可以住这样舒适的单间病房……老人还想要什么呢？以毕兰不算太狭窄的眼光看，钱对这样的垂暮之人实在是没太大的用处了。

“毕刀”不止一次地想过，不但自己，就是曹老的女儿曹末生，拼上一辈子，也混不到曹老现在的风光。

如今的人常说自己有了钱要怎样怎样，比如，“毕刀”的儿子说有了钱就买一个屋子大的冰箱，都装满冰激凌。“毕刀”的另一个因离婚而伤感的朋友就说，她要在某一日买下北京城所有的红玫瑰，然后在花丛中饮煤气身亡。“毕刀”对这一类的愿望一律表示尊重。她是医生。在某种意义上说，医生都是萨特存在主义的门徒。凡是存在的，都是合理的。病已经得了，你觉得多么不可思议，病也像钉子一样扎在你的身上了。一种想法就是一种疾病，一个人既然这么想了，他就一定有这么想的理由。

“毕刀”很惭愧地说：“我不知道您有了许多钱以后会拿来干什么。”

在回答完成的一瞬间，她突然冒出了一个荒唐的想法：“这老头不会用最后的钱为自己造一座豪华墓地吧？”

“假如我有了很多钱……”老人凝重地说，“我就立一个曹畏三基金，专门用以奖励严肃文学，扶持日益贫困的文学事业，出老作家的选集、全集，录制过去的音乐唱盘。比如，抗日时期、解放战争时期各根据地的流行歌曲，包括民间小调，现在抢救还来得及，要是再过几年就很困难了。淹没了我们，对不起子孙后代……”神往和痛惜的神情，轮替出现在苍老的面庞上，暗淡的灯光隐去了皱纹，使这张脸充满了令人感动的虔诚。

“毕刀”为自己对一颗苍老灵魂的臆测而不安。

“得了吧！我的曹老！您前两天不是还说要是有了钱，先把咱的大奔修一修。不是我这人乌鸦嘴，专拣难听的说。今个儿拉的是您的乘龙快婿和尊贵的客人，我可要高度提高革命警惕。要是别人，说什么我也不拉了。那车的毛病您又不是不知道，弄不好要出人命的。您这会儿又说什么基金会了，再等会儿又该想起希望工程了。跟您实说吧，这该大修的奔驰就是您的希望工程，有了钱，什么也别张罗，先修车！”姚老大的大嗓门把薄纱窗帘都拂动了。

“是啊是……车当然是要修的，基金会也要办，要办……”曹畏三老人突然像孩子似的不好意思起来。他的司机使他出了丑。

终于告辞，呼吸到外面的新鲜空气。

坐进锃亮的奔驰230汽车，不想却比外面热得多。姚老大摇开车窗，说：“空调坏了。”

大奔颠簸地滑行起来。“毕刀”的屁股是坐惯了公共汽车的，至多也就是“面的”的水平，一时还觉得挺舒适。郑玉朗皱着眉头说：“这车变速齿轮的毛病大了。”

姚老大说：“行，是个行家。车也跟人一样，小病不治就攒成癌症了。车比人还不如，人还能讲点儿精神，练个气功什么的。车只有一招，就是出事。不定谁倒霉赶上翻车了呢。”

“毕刀”想，别的司机都不乐意说翻车，这个司机不怕。可总把翻车挂在嘴皮子上的司机，没准儿更怕。

“毕刀”突然想起了最重要的事，问郑玉朗：“你们两口子，折腾了我这么一下午连带一晚上，到底是什么事，你可还没告诉我呢！”

郑玉朗仿佛没听见似的说：“都这么晚了，先送你回家吧。”

“毕刀”不甘心，说：“你还是跟我讲清楚。我是个心里存不了事的人，你要是不说明白了，只怕我连今晚上的觉都睡不好。”

郑玉朗看着姚老大的后背说：“还是让末生同你谈吧。你们毕竟是老同学了。”

毕大夫还想问什么，一见郑玉朗双肘抱肩，正襟危坐免开尊口的模样，知道也问不出什么了，就闭紧了嘴。

车里一时有些沉闷。

“到哪儿下，提前言语。我最怕到了跟前才说话的主儿。要知道北京城里的路口规矩大了，不是你想在哪儿停都行的。”姚老大吭吭哧哧驾驶着不大灵光的奔驰，在慢行道上开。一辆辆蓝鸟皇冠奥迪桑塔纳林肯凯迪拉克，从奔驰车的左侧飞掠而过。

姚老大安之若素，不焦不躁地缓缓打着方向盘，仿佛在耍一套太极功夫。

但老迈的大奔不争气，应声颤抖了一下，好像经过了一个炮弹坑。

“毕刀”回头看了看路，下了微雨，马路很平坦。浅浅的水滴像油膜镀在路面上，流淌着一道又一道霓虹灯艳丽的光斑，仿佛一匹暗淡的缀着团花的绸缎。

“喂！我说小姑爷，听老爷子讲，几个快婿中，就你的路子最野。怎么样？给咱打听打听，有没有愿意要大奔的主儿？我跟他换，八成新的桑塔纳咱就干！这个车，也就壳子还像那么回事，内里头都耗损完了，一个文化单位就没有钱修修。不过，可得快！趁现在这变速轮还站着最后一班岗。要是彻底趴下了，没有几万元钱，它是彻底转不起来的。再说了，老爷子都这个岁数了，要是哪天半夜里急诊上医院，突然车误在半道，我吃不了这官司。我一个当下人的，也想通了，要的什么面子？图的什么排场？左不过是个穷开车的，平平安安把主人送到了地方，这就是最大的面子！我也不管是什么牌子的车了，开着好使就行。人非草木，曹老对我那是没说的，我得对得起他。你们说，是不是这个理？”

“我们会有钱来修奔驰230的。说句不好听的话，老爷子坐了一辈子的奔驰，不能叫他死在桑塔纳里。”郑玉朗冷冷地说。恰好这时驶过一处紫蓝色的广告牌灯箱，他的脸就显出潜水艇样的坚毅。

“你们接着聊吧，我到家了。”毕大夫说。

第二天是“毕刀”出门诊的日子。主治医师诊室，限挂二十个号。挂号费一元，每张挂号单医生可提两毛钱。也就是说，同样是出门诊，在主治医师诊室干一个上午，可多得四元钱。因此轮流出这种门诊，就成了公众的一种福利。

其实在普通诊室里，也常常坐着主治医师。只是那里的挂号费都是归集体所有，看病的医生一尘不染。

“毕刀”有时想想可笑。医生还是那个医生，医术还是那个医术，只因屁股坐的凳子不同，病患就要付出不同的价钱，就不免替病患叫屈。但细想起来，主治医师诊室的房间毕竟宽敞一些，病人是单独就诊，不像普通号那里，一溜儿坐七八个病人，好像等着剃头的铺子。主治医师诊室里还有一扇虽说不很洁白但很严实的屏风，给人一种安全的感觉。

“毕刀”开始看病人。昨晚上没睡好，头痛欲裂。但一想到病人是把带着体温的一元钱塞进挂号室的小窗口的，其中有两毛钱还将进入自己的腰包，就提醒自己一定要抖擞精神。

看主治医师门诊的多半是些中年知识分子。他们真是有病啊，好不容易放下工作，来一趟医院。挂一个专家门诊要十元钱，他们舍不得。五毛钱一个的普通号，他们又信不过刚出校门像青枣一样毛愣的年轻医生。为了对得起自己的身体和时间，他们不约而同地选择了主治医师号。除了节俭之外，还有一种惺惺相惜之感，觉得这个年纪的医生像自己一样，都是挑大梁有真才实学的。

中年知识分子易早夭，“毕刀”格外认真地诊治，头上沁出薄薄的汗水。

叫到十六号了，她的神经渐渐麻木。她依旧温和地注视着病人，但目光像随手撒出的沙砾，很散乱地罩在病人身上，已没了焦点。

“您叫什么名字？”她机械地问眼前的女病人。

病人没有回答，摇了一下头，浅浅笑着。

“请问，叫什么名字？”毕大夫略略提高了声音。病人坚持缄默。

“您的名字？”“毕刀”简洁地增大力度。她想，这个病人可能失聪。

“哎哟哟，我说篮子啊！你就真的殚精竭虑到这个份儿上了，连我都认不出了吗？”女病人大叫。

门口喊号的护士小姐闻声进来，不客气地说：“请您安静一点儿，这又不是自由市场！”

“毕刀”先是瞠目结舌，然后幸灾乐祸地看着护士训斥女病人。

“想不到是你。”她说。

曹末生今天穿得十分淡雅，一袭淡紫色的裙衫，清爽可人。

“世上只有做不到的事，没有想不到的事。我要尽快地见到你，你说除了这个办法，还有什么办法？”

“毕刀”把听诊器搁在桌上，准备用看一个病人的时间同女友对话。

“你们夫妇俩对我进行地毯式的轰炸，到底藏了一个怎样的狼子野心，现在该昭然若揭了。”

曹末生规规矩矩地并腿坐在专为病人准备的小凳子上说：“我父亲对你很满意，印象很好。”

“毕刀”说：“我真有点儿受宠若惊。有人对我印象好，总比有人对我印象不好要好。可是我想不出，这种好与不好与我有什么关系？”

曹末生说：“他考察了你，认为你可以做一个女企业家。”

毕大夫不由自主地拿起了听诊器，这是她要为病人诊治时的第一个动作，然后说：“末生，我想，我们俩，也许还要加上您的老父亲，其中有一个人需要进安定医院。”

曹末生冷静地说：“我们都很正常，特别是我的父亲。以他近八十高龄的年纪，能思虑出这样鼎力革新的计划，我觉得很悲壮。我本来是不愿介入这件事的，但我觉得父亲的举动与一位我所尊敬的画家相仿，我要帮助他。”

“哪一位画家？”“毕刀”好奇。

“齐白石啊。他六十岁以后大规模地改变画风，史称衰年变法。”

“那您家老父打算变一个什么法呢？我觉得，你们一家人在合伙演一出戏，把我拉来跑龙套。”“毕刀”愈发摸不着头脑。

“不不，你是主角。”

曹末生急急反驳。

“我是主角？那么谁是导演？”

“社会。”曹末生冷冷地说。

“你再说得明白一点儿，好不好？不过，要节省点儿时间，我还有病人。”“毕刀”认真起来。

曹末生默不作声地从衣兜里掏出了一张小纸片。“毕刀”不用看就明白了，那是第十七号挂号单。这个鬼机灵，居然多挂了一个号。

“好吧，你说吧。现在我就是不想听也得听，因为你买下了我的这段时间。”“毕刀”把自己的姿势调整得舒服一些，想必说起来话长。

“事情是这样的。我父亲在位的时候，创建了一家九星出版公司。你知道，审批一个出版社，要费许多周折。父亲为了严肃文学的发展，动用了他的许多老关系，用现在的话讲，就是友情出演吧。可以这么说，要是没有我父亲，就没有这个九星的存在。这几年，严肃文学大滑坡，出版公司的状况一直不好，徘徊于微利和轻度亏损之间。前几年不是兴承包吗？出版公司的一个普通工人，好像叫什么浦为全的站出来说，他愿意承包出版社，每年给我父亲所在的部门交十万元钱。

“这当然是我父亲那样的文化人巴不得的事情，乐得当甩手掌柜的，就同意了。现在，几年过去了，浦为全居然分文不交。一问，就装穷，说是不景气亏损什么的。可是，你看……”

曹末生说着，从肩背的见棱见角的军用挎包里掏出一大摞书。里面的内容一时看不到，只见封面红的酷红、绿的惨绿。黑白对比鲜明的性感女星照片，像斑马的纹路使人眼花缭乱。

“这都是我从书摊上搜罗来的他们的产品，还是不完全统计。像这样在凶杀暴利色情边缘行走的出版物，销路出奇地好。我问过书摊的老板，说出这种书会赔吗？他们说，这都是从国外盗版来的，简直就是无本生意。焉有不赚之理？再有，据我的调查，那个浦为全出入坐轿车，手提大哥大，比我父亲的排场大多了。要是出版公司不赚钱，他去偷来抢来的钱啊？

“真他妈的恶仆欺主……”温文尔雅的女记者骂了一句脏话。

“你说了这么多，还是没有说到为什么呀？”“毕刀”看了看表，虽说女记者买下了两个号，但后面还有几个病人要看的。

“别急呀，我这就说到正事上了。最近我父亲让他们兑现合同，每年十万元。他们就摆出泼皮无赖的嘴脸说，要钱没有，要命有一条！不信你们可以到账面上去查！你说到处有他们的书，哪能不挣钱？他们说书商拿了书不给钱，要是不信，你们也可去查账！我父亲他们一伙儿书呆子，哪里会查账？！再说人家既然敢让你去查，必是事先做好了手脚的，听说他们请了一个退休的高级会计师。你哪里查得出？父亲气得心脏病都犯了，这不是无法无天吗！”曹末生微微有些颤抖了。

看女友生了这么大的气，“毕刀”也随着气愤起来：“那就不让那个什么……浦为全承包好了！”

“这咱们就想到一块儿去了。父亲他们不能捧着金碗要饭吃啊！以后国家的拨款越来越少，文人们再没有条件关起门来儒雅了。有什么办法呢，靠天靠地不如靠自己。父亲在筹划着更换承包人，这一次，政权可要牢牢地掌握在无产阶级革命家手里。这个人，既要有经营头脑，又要绝对忠诚可靠。再不能选错接班人了……”曹末生像一位女政治家侃侃而谈。

“那是，那是。”“毕刀”频频点头，钦佩之余，不免设身处地地考虑，“只是这样的人到哪里去找？”

“不用找。现成就有一个。”曹末生胸有成竹。

“你说的是我？！”“毕刀”大惊，联想起刚才的女企业家云云，才知道在这里埋伏着一支兵马。

“不是你，是我的丈夫郑玉朗。”曹末生字正腔圆地说。

“毕刀”大松了一口气，笑自己自作多情。“这太好了。”她忙说。

其实郑玉朗到底适不适合做承包人，“毕刀”哪里知道。只是人家的婆姨都说行，自己还唱什么反对票？只要同自己无干，又何必认真。

“你真这样认为吗？”曹末生半信半疑。

“知夫莫过妻嘛！”“毕刀”一口咬定。其实心里说，当年我反对你们结合，你还不是根本不听我的？这次我可要耍一个滑头了。

“其实就我的本心来说，并不觉得他行。但我们全家都说他是最合适的人选，我也就不好再说什么了。你知道，我只有一个哥哥，生性懦弱，对从商从政没有一点儿兴趣，绝担不起此担子。其余几位姐夫，也都是搞艺术的，不管闲事。为了父亲，我理应挺身而出，但抛头露面，一个女流，终是不便。更何况我是曹畏三的女儿，恐怕有许多闲话。”曹末生缜密地思考着。

“既是这样，那让郑玉朗当就是了。”“毕刀”惦记着余下的病人，心不在焉地说。

“但是，老爷子不肯。”曹末生神色严肃。

“为什么？”“毕刀”不解。

“为了避嫌。”

“这又不是私人开的买卖，既然一个普通的工人都可以承包，大学毕业的郑玉朗为什么就不行了呢？钱都是在公家的账上，不信可以查嘛！”“毕刀”说完，不由得笑了。今天怎么老说查账的事，值得这样认真吗？

“老爷子清白一生，不愿晚节沾上污点。”

“中国不是有句古话，内举不避亲吗？”

“我们也都这样劝老爷子，但他就是执意不肯。”曹末生很焦虑的样子。

“别着急，再想想办法。”“毕刀”安慰朋友。

“办法倒是有一个。”

“什么办法？”“毕刀”忙不迭地问。

“我们全家思谋了半天，只有来个李代桃僵。由这个人出面竞争九星出版公司总经理的座椅，把浦为全顶下去，枪杆子就回到劳动人民手里了。”

“这倒是个好办法。只是这个人也不好找。”“毕刀”担忧。

“我们已经找到了。”

“谁？”

“你。”

风从窗外飘进来，把插在钉板上的挂号单吹得扑扑响。曹末生最后掏出的那张单子，险些飞了起来。

“毕刀”把单子往钉子的根部压紧，好像在给一棵小树培土。

“啊！末生，我想你很清醒，可是这怎么可能？我是一个外科医生，对出版行业一窍不通。我哪能做这种刀光剑影的总经理？真是……嘻嘻……”“毕刀”开始大惊失色，但很快就镇定下来。曹末生从小就喜异想天开，她是有数的。怎么就当了真！

“你不要笑。这是真的。我之所以先让郑玉朗找你，又让你见了我父亲，正是因为我们是非常认真的。”曹末生脸上没有一丝玩笑意味，眉头竖起针形的皱纹。

在相书上，这种纹路叫作“正义纹”。“毕刀”突然不相干地想到。

看来这不是一个玩笑了，需要郑重对待。

“毕刀”挺直身子说：“你们这样信任我，我该高兴才是。可你们想到我的态度了吗？我对经营完全是门外汉。”

“想到了，所以才委派我来同你细细地谈。”曹末生说。

“我厌恶经商。”

“这不是经商，是实业。实业救国。就是救不了国，起码可以自救。”曹末生冷峻地说。

“毕刀”把自己的椅子往后退了退，拉开了同她的病人之间的距离。一般情况下，都是病人有严重的口臭，她才行此下策。

“我不会分辨经商同实业间细微的差异，我只是告诉你，我不干。我们都是四十多岁的人了，我是一名很好的外科医生。我这一双手，简直就是宝手。我的每根手指都救过病人的性命。我不想改行，对女人来说，医生和教师是最好的职业了，医生比教师还好。不论社会发生什么样的变化，医生永远是受人尊敬的事业。”

毕大夫说着，站了起来，习惯地把双手插在白大褂儿的衣袋里，听诊器冰凉的金属听头，像一只光滑的小龟，把冷静坚硬的感觉传达给她的手指。

医生把手插在白衣衣袋里，给人的感觉是倨傲而冷漠的。殊不知很多时候，是医生把自身隐藏在白色的铠甲之后，为自己壮胆。

“真的，末生，很抱歉，我还有三个病人要看，上午的时间已经不多了。”

“毕刀”说着走到门口，对门外的护士说：“请叫下一个病人吧。”

小护士略微有惊异，因为每次都是旧的病人走出来，才叫新的病人进去。

医生的话就是命令。“十八号——十八号来了没有？再不答应，就叫十九号了啊，十八号……”

护士毫无感情的声音，在走廊的墙和挂着“防病须知”的镜框玻璃上反射着，破裂成干燥的碎片。

曹末生明白这是逐客，轻轻地站起来。

“毕刀”内疚地笑笑，算是为她送行。她不愿这样对待一个有着三十年友龄的朋友。朋友也像出土文物一样，愈古愈好。人到中年以后，就很难再结交到披肝沥胆的朋友了。因此，她有点儿伤心。但这也是没有办法的事。待过一段时间，再慢慢解释吧。

曹末生打开随身带的另一只公文包。她不同于一般的时髦女士在这暑热难熬的夏季拎的一款小得可怜的香包，而是挟一个真正纯牛皮的经理包。

她把几张薄纸片递给“毕刀”。

那是今天主治医师门诊剩下的所有挂号单。

很安静。

诊室里的水龙头没关紧，凝聚了许久的一滴水砸落下来，清脆震耳。

两位女士重新走到桌子旁，落座。只是由于方向的关系，病人曹末生坐到了医生的位置上。

有小孩的哭声传来。外科的旁边是小儿科。

“末生，不必再说什么了。我喜欢当医生。”“毕刀”疲倦地说。同朋友相争是累人的事。

“鲁迅先生说过，凡是愚弱的国民，病死多少是不足为惜的。”曹末生针锋相对。

“我不是从国家来讲，只说个人利益。医生毕竟是最保险的职业之一，受人尊敬，收入也还说得过去。”“毕刀”有意把自己说得很自私。现在的事情，如果公事公办，反倒不易说通。你强调了个人利益，大家就谅解你了。

“毕兰，推心置腹地说，这件事对我们的家族是有大好处的，但对你，也是一件好事。你刚才说到了收入。不错，医生永远是受人尊重的事业，在美国，什么人收入最高？医生和律师。在中国，可就远不是这么回事了。现今收入最高的是老板和经理。这是一个机会，对我们大家都有好处的机会。”

曹末生好像在给“毕刀”讲解一道数学题。只不过当年在学校的时候，都是由毕兰讲给曹末生听。

“毕刀”的眼光聚焦在钉子头的那一沓挂号单上。每一张挂号单都使她耗费精力，口干舌燥。她的生命被这一张张薄纸片粘走，每一张挂号单回报她两毛钱。在这之前，她没有觉得少过，但是在这一瞬，她觉得自己的劳动和所得的报酬太不相宜了。

“你是说，对我也……好？”“毕刀”迟疑了。

“你依然可以做你的医生，不过暂时中断一下罢了。具体步骤是这样的，由你出面，把出版公司承包下来。其余的事就都由玉朗来办，并不需要你操很多的心。我们的素质，比那些最先发达起来的个体户优越得多。那些人更多地属于流氓无产者的范畴，当改革大潮初起，善良的人们还在岸上观望的时候，他们就以特殊的嗅觉一跃而起了。知识分子就失去了他们的第一次机会。

“现在，第二次机会来了。我们再也不能失去了，因为很难说还有第三次机会。有些路口错过了，就再也无法退回重新选择。我们应该挺身而出了。我父亲他们为共产党干了一辈子，作为打天下的一代人，他们注定享有许多特权。许多贫民老百姓看了生气，我可以理解，但并不服气。一个政权，如果连它的开国元勋的待遇都保证不了，这不是国家的悲哀吗？可是，他们的时代毕竟就要过去了……”

曹末生冷静哀婉地说。

“书上说，做女儿的，一般都比较钦佩自己的父亲。”“毕刀”清醒地说。

“谁的书？”曹末生问。

“弗洛伊德语录。”

“我真的很敬佩我的父亲在他近八十岁高龄时还不甘寂寞，变法维新。他希望有好的汽车，汽车就是他的腿。他希望建立一个以他的名字命名的基金会，弘扬严肃文学。你说这里面有流芳百世的念头在内，我以为也是无可指责的。毕竟他百年之后，受惠的是后来人。假如不是我们的社会人言可畏，郑玉朗完全可以出任总经理。为了把事情做得更完美，我们全家想到了你。所以，我来找你，是为了私事。但它利我也利你、利私也利公，你可三思而行。”

“毕刀”漠然坐着。这是一个罕见的疑难病例。

曹末生悄声说：“你当名义总经理还有一笔收入。当然我知道，你绝不会是为了这个而干，但我得告诉你。不是按市场规律办事吗，我们遵循游戏规则。”

“毕刀”嘶哑着嗓子说：“这事真是太突然了，容我和自家先生商量一下。”

曹末生说：“尽快把结果告诉我。当年部里和浦为全口头签的合约就要到期了，对新一轮承包人的审查就要开始。假如你不愿意，我们还得另物色人。当然，篮子，我们以前是上下铺，希望以后也成为左右手。”

曹末生走了。

“毕刀”走出医院时已经很晚了。因为虽说上了门诊，但病房里你的病人还要照常处理。平日都已习惯的事，今天就觉得不合理。一个人等于干了两个人的活儿。

出了大门，刚要拐弯，她的衣襟突然被人揪住了。

一看，是唐糯米的老汉。青筋毕露的手把“毕刀”的真丝裙衫钩得跳了线。

“毕刀”正有心事，就不耐烦地说：“不是已经给你说过了吗？我会认真给你的婆姨开刀的。你要老是这样缠着我，我就不管你们的事了，让一个实习医生给你婆姨做手术。”

“别！可别！人家都说您医术高，您就可怜可怜我家，我们大老远地来一趟京城不容易啊！我再也不敢烦您了，连一句多余话也不跟您说了。今儿的事，都赖我那个蠢婆姨啊！村子来了个人，看我们手术了没。给带了一瓶香油，自家榨的，可香咧。我婆姨说，给毕大夫尝尝吧。东西不是个好东西，可新鲜，是个土产啊。我在这外头等了您一天哪，您就收了我和婆姨的这片心意吧。”

老汉说着，把一只橙红色的小瓶哆嗦着擎了过来。清亮的油液弯出一个柔和的弧度，反射着西下的阳光。自家油瓶口密封得不好，有浓郁的芝麻香气四处飘散。

“不要这样。”“毕刀”拦着说，“我一定尽心尽力给你们做手术就是。”

虽说先生是最爱吃凉拌菜搁香油的，虽说这么好的香油全北京难找，但“毕刀”还是不想坏了自己手术前不收礼的规矩。

唐糯米的手术只是把脾脏上的巨大肿瘤摘除，看起来怪吓人的，其实脏器摘除是比较简单的手术。

没想到老汉突然急了，浑黄的眼泪迸出眼眶，像蜗牛一样在苍老的面庞爬。

“是不是我婆姨的病没得救了？您连这一点儿乡下的土产都不收我们的了？是不是您打定主意要实习医生给我婆姨做手术了，不愿欠了我们的人情？是不是嫌我们的油也是脏的？我没打开过油瓶，连一滴也没尝过啊……”老人哀痛万分。

“毕刀”只得接了这瓶被攥得汗渍渍的香油。油的温度很高，好像要沸腾。

“毕刀”迫不及待地等先生回家，比热恋时还焦急。

“回来了？我有件事要跟你说……”“毕刀”一边端菜碟子一边说。

先生在一家将要倒闭的工厂当党委书记，遇到什么大事都镇定自若。

“说什么也得让人吃饱了饭哪。饿着肚子的时候，出不了主意。”他操起筷子。

“毕刀”不管这一套，一边给丈夫盛饭，一边把曹氏家族的计划塞进丈夫的胃。

“就是说他们让你当傀儡？哎呀，我的老婆！你怎么连这个弯子都绕不过来？这是拿着你的名义做抵押啊！你是什么人？劳动模范，‘五一奖章’获得者，三八红旗手……喂，还有什么光荣称号？我的老婆？这些都是无形资产，值大价钱的。”先生在厂子里是几千人的主心骨，平时很庄重的。但他回到家里，就完全变成了另一个人。

“毕刀”有时打趣地说，你在厂子里，就是这样对广大工人阶级说话的吗？

先生就说，当然不是。你愿意听那样的话，我立刻就对你长篇大论。

吓得“毕刀”连连说，你还是这样说落后话吧。

“还当过党小组长。”“毕刀”补充。

“你在各方面几乎是无可挑剔的，所以你更要问清钱的事。”先生剔着牙缝，郑重相告。

“可是，我还没有决定干不干呢！”“毕刀”简直觉得一向主次分明的丈夫，这一回颠倒了顺序。

“这没有什么可犹豫的了。”先生严肃起来，“我看曹家是顺应了潮流。古语道，君子之泽，五世而斩。现在的所谓贵族，不要说五世，三世之后仍能凭自己的本事创出一份业绩的就很少了。

“曹老宝刀不老，曹氏女儿女婿齐上阵，这真是一个极好的机会。人家既然求到你的头上，给人助助兴有何不好？起码没有什么风险。不然，我们两个都在岸上晾着，何时才能发达？我自然不好有大动作，你将计就计练一回傀儡总经理，熟悉了情况，积累了经验，将来焉知不能做一把真正的总经理呢？”先生谈得兴致勃发。

毕大夫连连摆手说：“我哪有那份野心？！”

先生说：“我说的是以后，并不是现在。他们之所以选中你，就是看中了你的毫无野心，不构成威胁。你在现阶段绝对要听他们的。待羽翼丰满以后，再甩开他们干也不是不可以。他们不是说原来的那个浦为全有轿车大哥大吗？我们为什么就不能有呢？要知道，毕竟你是总经理啊！这香油可真地道，能把人香一个跟头。多少钱一斤？”

“这香油不是买的。”“毕刀”淡淡地说。

“毕刀”有些迷惑。就这么一件事，怎么使所有的人都显得老谋深算起来？

“毕刀”把自己同意合作的意向通知了曹末生。曹末生让她直接同郑玉朗谈。“毕刀”不愿意理郑玉朗，但具体的问题又必须同他当面磋商。

他们将招标时可能遇到的情况事先进行了讨论。名义上是讨论，实际上都是郑玉朗一个人在说。“毕刀”对于出版社的经营和管理业务完全是一摸黑。刚开始就很烦，掬着曹末生的面子，硬着头皮往下听，居然也就听出了一些名堂。她天性聪颖，加上郑玉朗的阐述简明扼要又切中利弊，几个回合谈下来，也就不再是个出版盲了。

部里那方面，紧锣密鼓地进行着更换出版社承包人的准备工作。气球放出去了，还真有几个行家里手跃跃欲试，都递交了详尽的承包方案。

曹老告知部里，他郑重推荐一个很有思想很有能力的女医生来参加夺标。

医生？还是女的？这不是风马牛不相及吗？大概是曹老这次住院，这个医生对曹老的治疗格外认真吧？负责此项事物的副会长这样想着，就把同“毕刀”的面谈安排在了所有应征人的前面，想预先把她淘汰掉。

会面的时间定在明早八时。

明天又是“毕刀”出门诊的日子，她很不情愿耽误了工作。不仅仅是因为钱，由于她的医术好，很多病人都是专来看她的门诊的。还有唐糯米的手术方案，还要继续研究一下，这是她每次手术前的惯例。现在就全耽误了。

但是没办法。这不但是一个海，而且是一个漩涡，跳进去就身不由己了。

“毕刀”请了假，说是她在奶奶家上学的孩子病了。请假很顺利，没有一个人怀疑她在说谎。她从来没有做过这种事，心里很不安，心想，孩子可不要真的病了，那就是上天对她的惩罚了。

本来郑玉朗的意思是让她单刀赴宴，“毕刀”这一次是出奇地顽强，说什么也不肯。

“这不成！这又不是抢救病人，肠子肚子流出来我都不怕。对经济方面的事，我是初级阶段。要是哪句话说差了，我倒没有什么，一甩手走了，回去照旧开我的方子去，可你们家的‘马歇尔计划’就全毁了。”“毕刀”特意突出了那个“家”字。

郑玉朗迟疑说：“今天晚上，我岳父会再次打电话给副会长，强调他是出版社的创始人，强调这一次承包人非你莫属。所以无论你谈得怎么样，估计结果都是一样的。你就放心好了，我现在过早露面，恐不好。”

“但你迟早是要露面的，是不是？我认为早露比晚露好，不然半路杀出个程咬金，人家反倒惊讶。再说，按照国人的心态，对男人比对女人信任得多。特别是这样的大事，还是有男子汉出面比较好一些。”

“毕刀”也不知自己说得有多少根据，只是怯场。她开始恨自己的丈夫，其实和曹末生的友谊、对曹老的尊敬，都不是她投身这件蹊跷事的原因，只因自家先生显出浓厚的兴趣。

“不成。我现在不能露面。你必须一个人去。”郑玉朗思忖片刻，很强硬地拒绝了，语气中渗出凛凛的威严。

“毕刀”一下子火了，从来没有人这么居高临下地对她发号施令过。我不过是看在多年友谊的分儿上，演一出两肋插刀。你还真的拿出老板的架子来了？老子还不干了呢！

“你必须跟我一起去。否则，我们这场游戏到此结束！”“毕刀”冷冷地说。

郑玉朗怪自己疏忽。妻子说过，她的这个朋友也有极锋利的一面。自己这几天只看到她虚心求教的一面，竟把她看得太软弱了。事情到了现在的份儿上，硬顶就成僵局。他强制自己脸上的肉温柔地抖了抖，说：“那么好吧，我的总经理先生。只是，我以什么身份出现呢？”

“我的副手。您将来不是名义上也是我的副手吗？虽说实权是你的家族的，我不过是个皮影。”

郑玉朗不去理会“毕刀”话中的蒺藜，大度地说：“这是我们共同的事业。好吧，我出任你的副手。但主角还是你唱的，不到万不得已，我不说话。”

第二天，他们准时到达约见地点。

这是一座破败的四合院，只有那几棵枝叶苍苍的巨大古柏，说明这里曾经有过的威势。

汪伦副会长基本上还算矜持地接待了他们，神态中有掩藏不住的查询之色。

会议室里，双方隔着古老的木茶几端坐着，好像对峙的等号。

“毕刀”从未有过地拘谨。她经历过许多刀光剑影的场面，虽说刀是手术刀，血是病人之血，也算见多识广了，但面对今天这个场合，真是不知如何是好。

她的目光顽固地盯在自己的长袜上，晦气地想，这双灰色的袜子于今天的气氛真是很不相宜。灰色使她原本秀丽的双腿显出白蜡样的虚伪光泽，她不知道把腿藏在哪里好。

“我们还是成丁字形坐吧，这样大家都亲切些。”郑玉朗像主人一样调配起众人的座位。

汪伦坐在了窗前的沙发上，苍白的头颅映着纱窗外的翠柏。

呈九十度直角处，坐着郑玉朗和“毕刀”。

三人都衣冠楚楚，促膝交谈的样子，但有一种隐然的张力暗浮在空气中。

“毕女士是怎样得知我们这里有这样一家出版社，并决定要承包的呢？”汪伦副会长单刀直入地问。

郑玉朗和“毕刀”一下子傻了。他们准备了许多业务上的问题，但是独独没想到这个不是问题的问题。他们就觉得对方有些阴险，甚至是弄清了他们的底细，故意敲山震虎。

其实汪伦的骨子里是个文人，对商务谈判并无经验。他只是很奇怪，是什么渠道把这样一个端庄干练的女医生吸收到完全陌生的领域来的？他随心所欲地提出了自己的疑问，给了预谋的总经理、副总经理一个冷不防。

“这个……这个……是这样的……我是听……”“毕刀”张口结

舌，差点儿就要把曹老先生供出来。

“这个无可奉告。”郑玉朗果断地堵截了话头。

汪伦像山楂一样红而圆的面庞出现了很尴尬的神色。不过，他到底是好好先生，不自在了片刻，也就恢复正常了。

“毕女士作为很有经验的临床医生，”汪伦掀动茶几上的一沓纸，“毕刀”认出，那是几天前郑玉朗让她写的个人简介，“怎么就能弃医从工，改做自己完全不熟识的业务呢？你是否有把握做好它？”

这个问题倒是演练过多遍了。

“我虽喜欢医学，但更欣赏鲁迅先生说过的话，愿意投身到教育民众的工作中去，做企业家干实业也是很有意思的事。我平时也很注意积累这方面的知识……”“毕刀”神龙见首不见尾地谈了几点管理经验，都是郑玉朗临时教她的，现买现卖。汪伦副会长也是个外行，听得云山雾罩。

“毕刀”不敢恋战，赶紧把烽火烧向郑玉朗，说：“一个好汉三个帮。我已经物色到几位很有经验并从事过这方面工作的专家，比如这位郑先生，已答应出任我的副手。世上无难事，只有肯登攀。我们众志成城，相信心想事成，下面让郑先生说吧……”说到最后，简直有点儿语无伦次了。

“毕刀”长舒一口气，总算把这一席话大致不错地背完了，特别是不失时机地把郑玉朗推了出来，让他做血肉长城吧。

汪伦朝郑玉朗点点头。

郑玉朗朝汪伦点点头。两个男人都知道，谈判现在才正式开始。

汪伦本以为他是她的丈夫，现在看来不是了。那是她的什么人呢？噢，可能是情人了，要不然，他怎么会为她这样卖力呢？汪伦很为自己的发现得意。

郑玉朗敏锐地感觉到汪伦对实情一无所知，心想，老岳丈一生为官清廉，现在派上用场了。根本没人认得自己，这很好，有利于得标。又想，雪里不埋尸，等将来大家知道了自己的真实身份，不知又作何感想。再一想，胜者王侯败者贼，到时候自家成了大出版商，谁说什么也来不及了。现在最要紧的是把标夺下来。

汪伦擎起“毕刀”的标书，试探地对郑玉朗说：“你们这上面说的是，若让你们承包了出版公司，每年上交三十万利润给部里。这当然是一个很令人鼓舞的数字……”汪伦咧开已经丢了一颗牙的嘴，嘻嘻笑着说。

“毕刀”也笑起来。这个汪伦啊，怎么比她这个只会捏手术刀的医生还没有谈判技巧？这番话好比同小贩讨价还价时，人家说出一个价钱，你作为买主，不但不还价，反而说，便宜呀便宜……

“毕刀”看着汪伦红得滴血的脸色，判断出他有二度以上的高血压。

“可是，你们有什么措施保证这个目标一定能达到呢？我们总不能谁说一个大数，我们就把出版公司交给他吧？有几位提得甚至比你们还要高呢。原谅我说得比较直白一些，只有捡到篮子里的才是菜，你们说是不是呀？”

汪伦绝不像“毕刀”想象的那样迂腐，一句话就说到了根本上。

“是的。”郑玉朗冷静地赞同。

“可是你让我们怎么才能相信你们呢？都是纸上谈兵的事。”汪伦想起一直赖账的浦为全，不禁皱起眉头。真是东风吹，战鼓擂，不知道现在究竟谁怕谁了。老板要从伙计手里讨小钱，悲哀啊！

“毕刀”误以为这眉头是冲他们皱的，虽然能体谅到他们的难处，仍是很气愤。这世风，真是人心不古、江河日下了。现在除了一手交钱一手交货，就是亲娘老子也不相信。再发展下去，就回到原始社会以物易物的层次了。

“那你们让我们怎么办呢？总不能买卖还没做就给你们交钱吧？不能把房子押给你，才相信我们吧？况且房子还不是自己的。我们就是交上点儿风险抵押金，也是杯水车薪。”“毕刀”上来了外科医生的火暴脾气，快人快语。

屋内一时很静，谈判陷入僵局。作为朋友，已为曹末生两肋插了刀。作为晚辈，已对革命老前辈曹畏三先生表示了足够的尊敬。至于郑玉朗，没有曹末生，谁认识他是谁？费了这么多时间和精力，连病人的治疗方案都耽误了，真是肝胆相照了。

这几天，权当为一个疑难病人查资料请会诊忙了个不亦乐乎，病人最后还是死了。吃一堑长一智吧。

“毕刀”想到这里，心境平和了。她很舒适地靠在墨绿色的沙发背上，搭着长腿，晃动着穿银灰色丝袜的脚。

汪伦副会长有些发毛：看来，这女老板还是挺有大将风度的。

郑玉朗沉稳地说：“您信不过我们，这很正常。”

汪伦忙不迭地点头。他知道这是敏感问题，谈不拢，事情就濒临破裂的边缘。看到郑玉朗这般通情达理，他竟受宠若惊，有了感激涕零之态。

“这样吧，”郑玉朗微微斜了身子，这样就以身体的整个正面直对汪伦的正面，把“毕刀”暂时屏蔽在外，“如果您认为，毕女士在其他方面都是出版公司总经理的合适人选，只是在上缴利润金额的保证方面你们难以下最后的决断，那么……”郑玉朗有意给了一个停顿，空气骤然凝结起来，等待着一块石头把坚冰打破。

“我们暂定此次承包期限为三年，每年承包金额为三十万元。如无异议，我将在十天之内将九十万款打到你们的账号上。这样，你们是否就相信我们了呢？”郑玉朗举重若轻地说完这些话，抱着双肘，安宁地等待下文。

“山楂会长”和“毕刀”都像被人点中了哑门穴，一时间无声无息。

“此话当真？当……真？”“山楂会长”的血压肯定在瞬间翻了一番。

“当然。当着我们总经理的面，君无戏言。”郑玉朗这时才把身子偏转了半圈，使“毕刀”进入了谈话圈。

“那……是……的。”“毕刀”使劲咽着唾沫说。她和郑玉朗并没有议论过这个问题。

“好好。如果你们能在十天内将三年应缴的钱都一下打过来，我们还有什么不放心的？黑猫白猫，谁的钱都是钱。等我们见了钱，再研究一下，你们知道，总要走个手续，这件事就算最后决定了下来。您——

毕兰女士，就成为我们出版公司的法人代表，我们依法来办各种有关手续。”“山楂”高兴得脸色发暗，犹如空运来京的南方荔枝，显出不新鲜的皱褶。

“我？就成了……法人？”“毕刀”喃喃地重复。这些天商议的时候，郑玉朗一直谨慎地使用着“总经理”这个词，一次也没说过什么“法人”。

女人家，天生对涉及“法”的事有一种惊悸感。

“是的，您就是法人。”郑玉朗很恭敬地说。

会谈在友好的气氛中结束。“毕刀”用仅有的精气神支撑着仪态，直到“山楂会长”隐没在幽暗的松柏之中。

“我的天哪！可累死我了！比站了一台开胸手术还累！”“毕刀”在胡同里就叫起来。

“还好。总的来说不错，可以打9.5分吧。丢的那0.5分，在于你听到法人一说时太不冷静了。”郑玉朗淡然评论。“岂止是不冷静？简直是惊慌失措。要不是沙发的垫子太软，也许我就要跳起来了。哎，我跟你说，我不当法人。你从来没跟我谈过法人的事，这个名字太吓人了。”毕大夫惊魂未定。

“法人又不是犯人，有什么害怕的？况且法人不是人，它只是一个符号。你跟他们签了合同，你就是法人代表，这是不言而喻的。它就是总经理的同义词。况且不论叫什么，你都当你的甩手掌柜的。”郑玉朗轻描淡写。

“那要是出了事，是不是也要我负责？”外科医生反应快。

“从理论上讲，是这样的。”郑玉朗继续向前走。他们要走出胡同，才能打到车。

“要是出了诈骗案破了产，我就得去坐牢？”“毕刀”停下脚步。

“从理论上讲，是这样的。”郑玉朗很肯定地说。

“那你们这一家不是合谋起来害人吗？我不干了！我这就回去同那个红脸膛的肯定有高血压的什么会长说，我刚才讲的话全都作废。”“毕刀”像根钉子似的戳在胡同当间，全然不顾风度地嚷起来。

“我只是说理论上的，实际并不是这样。我如果想骗你，就不会把实情告诉你。凡事在具体操作的时候都可以变通，这就是当今的特色。一旦这边签了合同，我们马上就到公证处去，办理一个手续，就说由你出任总经理期间，法人代表的一切责任都由我郑玉朗来负。你以为如何？要是你还信不过，就由我的岳父出面同组织上再说一遍。来个双保险。不过，这一切要在我们成功地拿下合同后再办。”

“毕刀”还是一个劲儿地摇头，说：“不管你怎么说，我还是不干了！”

郑玉朗正色道：“事情已经做到了这个份儿上，你来个釜底抽薪，就是郑玉朗在你眼里算不得什么，还有末生呢！还有我老岳父的面子呢！末生一直夸你是女中豪杰，其实是个胆小鬼！你不要以为没了你，事情就做不成了。到了最后关头，我郑玉朗可以赤膊上阵。这是于国于民于家于友都有好处的事，你不做，我为你可惜。这是一个机会，知识分子发财致富的最后机会了，因为你和末生有缘分，我们这个家庭才选择了你。毕大夫，该说的话，我都说了。我劝你三思。你仍是执意不肯，我们也绝不勉强，我们就此作别，一切善后事宜，都由我出面料理，你尽可以放心大胆扬长而去。我把话搁在这儿，现今的中国是英雄辈出的年代，几年以后，我郑玉朗绝不是现在的这个样。我一定会干出一番事业来！你尽快给我一个答复，这就是我对你最后的要求！”

男人发起脾气来，确实和女人不同。女人一般是呜呜哭叫着，自行跑向远方。男人不是，他们直挺挺站着，怒目相视，直到逼迫那个引起他们愤怒的物体消失。

但“毕刀”自小倔强，否则不会选择女性望而生畏的外科。她手起刀落，挽救过许多生命，岂容他人这般奚落？况且，这还是一个她一贯不佩服的人，她珍视同末生的友谊，曹老抚摸她头顶的感觉也像磁带一般在她的天空反复播放着。现在退出，实在与她的性格不符。

真是当经理不容易，不当经理也不容易啊。

经过这几天郑玉朗对她的狂轰滥炸，也使“毕刀”在医务的白色帷幕之外看到了一个广阔的五光十色的世界。为什么不可以试一试呢？

当医生给人提供的是一种悲天悯人式的满足，外面的世界却是冒险与挑战。

总经理像一个从未尝试过的水果，在远处的丛林中，闪着诱人而诡秘的光泽。

“给我一点儿时间，让我最后地想一想，我会尽快把答复通知你。”“毕刀”和郑玉朗对视着，一字一句地说。

“毕刀”回到家里。疲倦像巨鸟的羽毛，覆盖了她的全身。

掏家门钥匙时，她想：“回到家里的第一件事，是甩掉皮鞋，伸直了双腿躺在地毯上。”

她突然看到门缝里插着一封信，封皮上用陌生的字体写着：毕大夫收。

这些年，普通人很少收到信了。上山下乡的回来了，下放的也没有了，两地分居的也解决了。主要是电话多了，电话扼杀了信，信渐渐成了一种历史的遗迹。

但毕大夫还是会收到信。那一般是经她手治好的病人写来的感谢信。她一边换拖鞋，一边打开了信。在打开信的那一瞬间，感觉有些怪异。这是一封没有邮票的信，也就是说，它是有人专程把信送到她家来的。

毕大夫：

您为什么不好好地做一个医生，要卷入这样复杂的活动中去呢？做一个清清白白的知识分子，保持自己头脑的清醒与操守的崇高，不是比当总经理更重要得多的事情吗？

我很想同您谈一谈。明天上午十时，我在儿童公园游乐场等您。我穿一套绿军装。

您的朋友

信封上没有地址。信瓤里没有名字。

“毕刀”的精神凛然一振，头脑像冰镇矿泉水一般冷澈。

总经理还只是一个画饼，风雨已经如磐。这个号称的朋友，到底是什么人？“毕刀”像猎犬一样，把信翻来掉去，甚至用鼻子嗅了嗅。字很娟秀，纸很清洁，没有烟味。信封是街上最普通的那种，送信的人很仔细，信封上没有一丝折痕。

尽管信里不含恶意，“毕刀”还是感到恐怖。承包出版公司的事，除了末生一家，她再未同任何人讲过。是谁，在暗中炯炯有神地洞察着这一切？

百思不得其解。

先生回来了。毕大夫赶紧像献宝似的把信递了上去。

她以为丈夫会严重地关注这件事，没想到先生只掠了一眼，就说：“拿饭来。”

她说：“我心事重重，哪里还有心思做饭？凑合吃点儿方便面吧。”

先生说：“方便面也行。反正得先补充了蛋白质碳水化合物什么的，让脑子营养好一点儿，才能讨论问题。要是有酒就更好了，酒后吐真言。”

“毕刀”说：“有碘酒，你喝不喝？”

她一边操持简单的晚饭，一边说：“怎么会有这样的事？”

“这很正常。”先生说。

“你说什么很正常？”“毕刀”不解。

“这封信。”先生静如秋水。

“这是匿名信啊。我的先生，你看明白了没有？”“毕刀”叫起来。

“是啊，匿名。匿名就很正常，署名就不正常了，不合中国人的思维习惯了。你既然预备当总经理了，你就得预备把这些东西当成家常便饭。这封信的口气很温和，甚至还有一丝机智和关切在里面，实在要算匿名信里的上品。我平日接到的这类信多了，风格比这无赖多了。”先生开始了饭后的一支烟，烟圈平缓柔滑地喷出来，好像两条隧道。

“毕刀”立刻转而为先生担忧，讶然道：“你怎么从来没说过？”

先生说：“你要是当了总经理，咱们就可以多交流这方面的心得了，否则没有共同语言。一家将要倒闭的工厂的党委书记，就是一个盛匿名信的信筒。拆匿名信，是第一把手的工作之一。”

“毕刀”说：“那我现在该怎么办啊？”

“很好办。”先生说，“一件事，你要是不知道该如何办，就索性想想它最坏会演变成什么样。假如那个最坏的结果我们尚可接受，就按最好的努力去办吧。比如我们厂真的倒闭了，我这个党委书记干什么呢？我可以去卖豆腐。我父亲原来就是卖豆腐的，我原来就是一个卖豆腐的人的儿子。这么一想，事情就很好办了。”

“毕刀”想，是的。这件事最坏的结果，就是她重新回来当外科医生。她的手是一双宝手，医学是她的童子功。什么东西遗弃了她，温柔的白色也会将她不声不响地包裹起来。

“这么说，你是主张我明天去见他了？”

“他是一个在暗中窥测你们的人，他对你们了如指掌，你们对他一无所知。如果你们希望这件事成功，知己知彼，才能百战不殆。当然，你若是害怕，我可以陪你一道去。”先生说。

虽说是一家人，先生的话还是伤了“毕刀”的自尊心。“我有什么害怕的？光明正大的事。再说是繁华闹市，我又不是大款，能把我怎么样？”

先生说：“你已经有些像总经理了。”

“毕刀”早起先到医院里去。好几天没有心思工作，事情积了一大堆。你的病人就是你的自留地，你不在，别人也不好替你锄草捉虫。有几个病人的医嘱要马上更改。病情变化了，就像季节变化了，要随之增减衣服。你没给病人及时更动医嘱，就像天热了，你不给孩子换单衣，孩子就只好热出痱子。“毕刀”有些愧恧，她以前是从未出现过这种情况的。还有几张检查单也堆在那里，像是侦察兵抓回来的探子吐出的情报，也因她这个总司令不在，毫无意义地散落着。

“毕大夫，您孩子的病好些了吗？”小护士关切地问。

“孩子的病？……啊啊，好……好些了。谢谢你们这样惦记着。”“毕刀”埋头处理病历，以掩盖自己的失态。

“明天有唐糯米的手术，您可得休息好了。家里有病人，最熬人了。一场手术就是一场仗。”小护士老气横秋地嘱咐她，“毕刀”觉得很温暖。

按照以往的惯例，应该再把唐糯米的手术方案推敲一下。“毕刀”看了看表，匿名信约会的时间快到了。

出了办公室的门，她看到唐糯米的丈夫。老汉眼巴巴地看着她，希望她能主动地过问点儿什么。病人的家属一般不敢打扰医生，总是潜伏在医生必经的路上，想让医生在看到自己的同时，联想到自己卧病的亲人，多想出治病的好办法。

“毕刀”不耐烦地点点头，又摇摇头。

这是什么意思呢？是你婆姨的病我知道了，你就不要再啰唆了？还是手术没有问题，你就放心好了？“毕刀”自己也说不明白，只是想快点儿摆脱繁杂的事物，去把匿名信的谜底揭穿。

毕大夫远远地就看见，在儿童游乐园的入口处，有一个身穿很干净的旧军装的中年男人安详地站着。

这是一套假军装，从来没有缀过领章帽徽的军装。这个瞒不过当过兵团战士的“毕刀”。军装的领子是均匀一致的浅绿色，没有领章遮蔽过的浓绿方块。

“毕刀”径直向他走过去，那个人也迅即迎了上来。

“你就是……”两个人几乎同时说出了这句话，但“毕刀”说了半句就没了下文。她总不能说：你就是匿名信的作者吧？虽然她极想这样说。

“你就是……毕兰大夫吧？”来人说完了这句话。

“是的。”毕兰很矜持地说。事情就这么开始了，似乎比她设想的简单。

“我的名字想来你一定是很熟悉了。这两天，我的耳朵一直发热，有人在不断地重复我的名字。”来人说。

“我并不知道您是谁。”“毕刀”直截了当地说。

“我是浦为全。”来人伸出了他的手。

浦为全？浦为全是谁？这个名字很熟，似乎震动过自己的鼓膜多次，但她确实没见过这张像黑人领袖曼德拉一样泛着釉彩的黑脸。

她歉然一笑说：“真对不起，我不记得了。也许是当医生每日接触的姓名太多了，我对人的名字反应很迟钝。您能介绍得再详细一点儿吗？”

浦为全笑了，笑得很尽兴：“我就是您企图颠覆的那个人——九星出版公司的现任总经理。”

噢！

狭路相逢。

“毕刀”确实从郑玉朗和曹老还有“山楂会长”嘴里，多次听到过浦为全这个名字，但那只是一个抽象的音符。她似乎从没想到，那是一个活生生的散发着烤人热气的男人。

“毕刀”一时有点儿窘。

“您——好——”她拉长声音说。她并不想问他好，甚至不想见到他。问好只是基于礼貌，拖长时间以调整情绪。她后悔没让先生一道来，或者干脆应把郑玉朗揪来。

“很想同您详尽地谈一谈。”浦为全单刀直入。

“噢……好。我还有一个助手，让我打个电话，约他来一道谈吧。”“毕刀”终于想出计策。

“您说的是曹畏三的女婿郑玉朗先生吗？我看就不必了。你们还并没有取我而代之，这次也并不是移交工作。我只是想同毕女士单独谈一谈，我知道您似乎不太乐意。但你我之间这样一次谈话是不可避免的，迟早而已，早比晚好。”

“毕刀”不是个拖沓女性，既然一定要发生，索性早点儿挑明了好。她点了点头。

“我们在哪儿谈呢？”浦为全环视四周。儿童游乐园的转马孤零零地兜着圈子，只有一个孩子坐在一匹黑马上，他的父亲奋力地推着马屁股，整个马群咿咿呀呀地旋转。

“还很复杂吗？像中国入关的乌拉圭回合？”“毕刀”原以为三言两语就可解决问题。

“一言难尽。我希望能有一个比较好的谈话环境。到我的出版公司去吧。您也可以参观一下。”浦为全以主人的姿态热情相邀。

“这……恐怕不合适吧？”“毕刀”虽没有商海知识，但也敏锐地觉察到这是一个陷阱。假若真的承包成功，“毕刀”就要以崭新的身份出现在公司的员工面前。那么，这一次见过她的人就会有猜测和传言。此刻还是不见为好。

浦为全并不勉强，点点头说：“以后再去也好。那这一次就到我家去好了，看看我是否如外界所传已然暴富？”

毕大夫淡淡一笑，说：“我也不是公检法。府上改日再去拜访。”她从小就不愿意到陌生人家里去。

“那么……到哪里去呢？”浦为全真的有些犯愁，“要不我们一起去吃饭吧？”

“这么早就吃饭啊？我实在吃不下去。”“毕刀”这一次说得倒是实情，医生的生活是很规律的。

“要不，到您的家里去吧？”浦为全不动声色地说。他并没有因“毕刀”一而再、再而三的拒绝而恼火，只是以不断的建议重申自己的主张。

“这个……”已经拒绝了多次，“毕刀”真是不好意思再说“不”了。虽说不想把一个生人引到自己家，又一想，匿名信人家都送得到，想必也没什么可保密的了，就想答应了算了。但她的脸色还是很不情愿的样子。

浦为全看在眼里，说：“初次见面，毕女士若是觉得太唐突了，以后我再登门拜访。我刚想到了一个好的去处，又安静又闲适，人不多，也不少，既可以交谈，又比较符合安全的要求。”

“毕刀”被人窥破了心思，略有些尴尬，听说有这样一个好地方，忙说：“在哪儿？”

“就是这儿——儿童游乐园。我们一块儿去玩大型游艺机吧！”浦为全掏出钞票，“我请您玩这种很惊险很刺激的成人游戏。”

“毕刀”再不能拒绝了。

浦为全买了最为昂贵的游乐园通用门票——就是进得门去，不论多么奇妙的游艺机，你都尽可以重复乘坐，再无须单独买票了。浦为全又周到地买了面包和饮料，丢了一份给“毕刀”，说：“让我们来一次真正的夏游吧。自打我当了总经理，就再没有轻松过。”

正是上午，游乐园里人不多，但也不很少。轻微的喧闹给人以勃勃的生气，又不太嘈杂。高耸入云的摩天轮像巨大的水车，缓缓滚动，切割着湛蓝的天空。每一架悬挂的小房子都像神话布景似的，摇摇晃晃地被送上天穹。有游人的小屋就紧闭着门，不知他们在天空中讲着什么。没人的小屋子的门就虚掩着，好像藏着巨大的秘密。

远处的翻滚过山车，像红色蜈蚣，先是假装镇定地攀爬着，突然一个凶猛的俯冲，然后像气血攻心晕了头，疯狂地来了一个大回环，紧接着又是一个乾坤倒置……游人裂帛一般齐心协力地惊叫，震荡寰宇。

在最忙最乱的时候，居然有机会来玩，真是不可思议。“毕刀”想。

他们先上了摩天轮。

一座标号为“13”的蓝色小房子，像一条小鲨鱼敏捷游来。服务生将房门拉开，小房子继续沿轨道弧形滑动。当它位于巨大圆周的最低点时，浦为全抢先，“毕刀”随后跃入，服务生将房门闭好。

尖顶的小房子里面洁净平稳，好像森林深处供七个小矮人居住的宿舍。面对面的两排椅子，赭色的皮面像岩石一般牢固。

极细碎的咯吱声从靠近轮轴中心一侧传来，提醒你这不是在地上，而是在缥缈的空间。小房子像空水桶，被一种无名之力牵引着，无可遏制地升向高空。

两个人面对面地坐下，四目对视。

“这真是一个谈话的好地方。”“毕刀”说。

“是的，没有窃听。只要你没带录音机，我们所有的话将随风而逝。”浦为全说。

“我带那个干什么？我们俩的谈话不是纯粹的私人谈话吗？”“毕刀”这样说，心里还真生出了遗憾，要是带了录音机就好了，可以请先生逐字逐句地分析。有风从安了铁条的窗户鱼贯而过，使人顿生寒凉。

“我也没有带。我有的时候会带，但今天确实没有，你放心。当总经理有时要生小人之心，这是职业需要。但今天我很坦荡。先说说我的经历吧，因为我对你已经很了解，而你对我一无所知，这不公平，我这个人喜欢公平……”浦为全沉思着说。

蓝色小屋已经升到摩天轮的最高点了，一瞬间，无依无傍，飘荡在碧空之中。

“你是说，你对我所知甚多？”“毕刀”越发觉得寒意浓了。

“是的。”浦为全毫不掩饰地说。

“你雇了私人侦探？”

“不要说得那么耸人听闻。您大小也算个知名人士，打听起来并不太困难。只是要弄清楚您和曹老女儿的关系，费了一些周折。您和曹老看起来素昧平生，其实还是裙带关系。”

蓝色小屋开始下降，浦为全这番话说得很平和。

“我是路见不平，拔刀相助。”“毕刀”说的是实话。

“不要把自己说得那样清白。”浦为全不屑地摇头。

小屋缓缓下滑，以觉察不到的速度将他们重新安放回地面。服务生殷切地将门打开，示意他们下来。

“请关好门。我们还要转上去。”浦为全毫无表情地说。

服务生顺从地关好门，用眼睛静静地盯了他们一下，心想，这是一对怎样的男女呢？搞第三者吧？神气不大像啊。

“毕刀”一副悉听尊便的神态。该说的总要都说出来，就像疖肿红了，就要切开排脓。

当小屋里重又是他们两个人的时候，浦为全似乎忘了刚才的话头，随随便便地说：“为了今天和你的会面，我很发愁，不知道穿什么样的衣服好。”

“毕刀”觉得很好笑。只知道女人们出门好打扮，谁知这样一个其貌不扬的男人也费了心机。她看着这位据说已腰缠万贯的总经理寒酸的行头，说：“所以，您特意穿戴得像旧社会一样，以求哀兵动人，是不是？”

浦为全即刻反驳："这是我最喜爱的服装，怎么能说像旧社会？不错，我有很多套衣服，各有各的用处。比如会见政界要人富贾大款什么的，我就穿名牌西装，扎几千块钱一根的腰带。我要到印刷厂盯活儿的时候，就穿工作裤和大背心，有的时候还光膀子。逢年过节给财神磕头的时候，我就穿长袍马褂，像黄世仁的打扮。我想，中国的赵公元帅可能不喜欢西服革履，别惹得财神爷你一烧香他掉了屁股。但所有的衣服里，唯有这套兵团战士服我穿着最自在。所以我遇到非常棘手的客人时，就会穿上这套衣服。"

"这么说，我使你很为难了？""毕刀"扬扬眉毛。

"难道你不这样认为吗？"浦为全咄咄逼人地反问。

"是啊，我也棘手。""毕刀"承认。双方巨大的裂隙，一旦暴露在光天化日之下，彼此反倒自在了。

"我是来劝说您退出这场角斗的。"浦为全直言要害。

毕大夫全身皮肤陡地收缩，连睫毛都紧张起来。浦为全可不是"山楂会长"，今天是与虎谋皮。

她极力在脸上安好一个微笑，然后说："事已至此，不可能的。"

浦为全说："对于商人来说，没有什么是不可能的。当然了，我们现在各为其主，本来是道不同不相为谋的。但我想，我们的分歧再大，也比当年的毛泽东和尼克松要小吧？他们都可以坐到一块儿，我们也可进行极为坦率的谈话。我喜欢'极为坦率'这个词，我记得是在中美联合公报里第一次用的这个词。您先听我的理由，在我谈完以后，您当然可以按照自己的意思做出判断。"

蓝色的小房子一圈又一圈地旋转着，好像一盘巨大音带上的唱针。一个人的历史渐渐展开。

"借用一句宗教术语，我是一个先知先觉者。您不要瞪眼睛，我是用自己的命运打了一个赌。现在人们觉得出版公司是一只会下金蛋的母鸡，但几年以前那是一只瘟鸡。我从兵团回到北京当一个普通的工人，我不甘心。当机会出现的时候，我像狼一样地扑了上去。那时候，你们到哪里去了？你们吃着皇粮，在受人羡慕的皮椅子上把我这样的人视作亡命徒。你们等着看笑话，以证明你们的高贵和远见。我的血液里真的流着流氓无产者的血，宁肯被人打死，不能被人吓死。宁可撑死，不能饿死。所以，我铤而走险，承包了出版公司。我含辛茹苦，这其中的波折我就不同你细说了。总之，我抓住了一个机会，而你们这些自以为是的知识分子失去了它。现在，你们明白过来了，看到那棵病恹恹的桃树活过来了，开始结桃子了。不但结桃子，还结苹果，结哈密瓜，你们就眼红了，摩拳擦掌地要把桃树抢回去。为了夺回失去的机会，而且使这次掠夺道貌岸然，显出名义上的公平，他们抬出了你。其实，你只是一道烟幕，好戏还在后面呢！”

摩天轮的正轴该上油了，运行得十分沉重。

毕大夫紧紧地闭着嘴。她是怕自己不由自主地半张了嘴，显出鱼一样的惊愕来。

“他们是一个家族，而你是一个外人。我没有想到，他们最终走上了家族统治的道路。曹老并不是最厉害的，他的子女也并非穷凶极恶的衙内。但他们看到了这步棋，虽说晚了，还要后下手为强。我可以理解他们，却不理解您——毕大夫。您一个两姓旁人，在这样的激烈竞争里，您想得到什么？您能得到什么？就算有了收益，您分到的是一杯残羹。假若出了问题，一切责任都要您来负，因为您是白纸黑字签名画押的法人……”

浦为全的每一句话，都像燕山雪花席一般地飘来，搅得周天寒彻。

“可是，我可以就法人一事同郑玉朗到公证处公证……”“毕刀”慌忙解释，这是她最后一件御寒的袈裟。

“作为一个操刀的医生，还能想到公证，真不简单。”浦为全由衷地夸赞，但他倏地话锋一转，“不要把公证想得那么万能。我现在就与你去公证，说你所有的事都由我负责。假若你杀了人，拿出这张公证书，难道就是我去坐牢，你反倒逍遥法外了吗？这是不可能的。法律自有它的威严。”

“毕刀”被唬得心跳窘急，特别是法人一事，切中要害。但看着浦为全太嚣张了，她便镇定精神，冷冷地问：“你既然这么懂法律，为什么承包了不给钱哪？这不是赖账吗？”

“毕刀”并不是为了给浦为全难看，这的确是她毅然相助曹末生一家最基本的动因。

“您说得对，只是口气还不够狠。我要是处在您的位置，也许会破口大骂的。您毕竟比我有教养得多。我要告诉您一个秘密。”浦为全仿佛要展示一个宝贝。

“毕刀”凝神静听。

“出版公司是谁的？是国家的。国家又是谁的？是人民的。人民又是谁的？是大伙儿的，人人有份，包括你我。我每年给他们交钱，他们想怎么用就怎么用，问过你我没有？这不就成了我既是实际上的长工，又是名义上的老财？所以，我不交。我不欠国家的税金，这就不犯法。这几年，我改善了大家的生活，大家都拥护我，不信你可以去做民意调查。听说要换人，他们都说要给新来的人一点儿厉害看看，怠工！当然了，我自己也赚了一点儿。为什么我就不该赚？就只有郑玉朗赚是应该的吗？”

“毕刀”被这一番话说得晕头转向，但还有一点是清醒的，说：“郑玉朗把几年的钱一次都打到协会的账上，毕竟是言而有信的。”

浦为全鄙夷一笑，说：“这个鬼伎俩骗谁？他不过是利用关系搞一笔短期贷款，钱打过来，把我的权颠覆了，然后再把钱还回去，主人还是一场空，不过成就了他们家族的事业。到那个时候，会有人找你的，因为是你在承包书上签的字。”

“毕刀”不寒而栗。她既是对浦为全，更是对自己说：“曹家他们不会的！”

浦为全一副孺子不可教的神态，说：“他们一定会的。你还不明白这到底是怎么一回事，他们明白。但是我不怕。我有我的关系，有我的势力，我会跟他们干到底的。”

蓝色小屋子又转到了大轮盘的最低点。“毕刀”不由分说地示意服务生开门，率先跳了下来。

“怎么，不玩了？”浦为全关切地问。

“不玩了。”“毕刀”说。

“那咱们去坐翻滚过山车吧。在头冲下的那一瞬，你会咆哮。在现代都市的人，被剥夺了咆哮的自由。能自由自在地惊恐万状地咆哮一声，是一种幸福。”浦为全真心相邀。

“我现在一点儿都不想咆哮。我想安静。我告辞了。”“毕刀”扶着太阳穴说。

“好，再见。不管您做出什么决定，我都很尊重您，都会奉陪您把游戏玩下去。”浦为全彬彬有礼地说。

晚上，先生很想详细了解谈话的全过程。但是，“毕刀”没有心绪。“我明天有一台大手术，想好好休息一下，等我手术做完了，再说。好吗？”

“不好。手术对你来说，不过是家常便饭。但这个人的出现，是需要我们当机立断的。”先生很郑重地说。

“毕刀”不好拒绝，约略地说了说。

“摩天轮在天上转了那么长的时间，就只讲了这几句话？你不要按照自己的理解压缩了浦为全的话。我想知道他的真实想法，原装的。”先生不客气地说。

“怎么，您一直跟着我？你不是个大忙人吗？”“毕刀”惊异。

“当然了。自己的妻子去跟一个匿名信的作者会面，我就是再忙，也要保护你的。”先生轻描淡写地说。

“毕刀”便很感动。她想，这茫茫人海中，谁是自己的亲人？不就是先生吗？她抑制着疲劳，将白天的对话原原本本地复述了一遍，恨不能连标点符号都凸现出来。说到最后，倦意袭来，睫毛像刷了胶水，连她自己都挺奇怪：当时精神高度紧张，心弦绷得欲断，现在怎么松弛得像一张破渔网？

“你说，曹家……能是那……样的吗？”她昏昏欲睡，但还是把这个自认为最重要的问题吐了出来。

“我们先不要去管曹家怎样想的了。”先生沉吟着说，“这个浦为全的确是个人物。他说出了一个很重要的问题。”

“什么问题？”“毕刀”打起最后的精神。

“机会。这是我们最后的机会了。这么多年过去了，我们面对的再不是一张可画最新最美图画的白纸，而是一桌摆满了许多盘盏的桌子。有的盘子只有骨头没有肉了，比如我们的那家工厂。但有的盘子，香气喷喷，大鱼大虾。人民共同积攒的财富，是一块大蛋糕。他浦为全手疾眼快，先用刀子切了一块。郑玉朗不甘示弱，也伸出了他的长把勺子。当然，他现在是假了你的这只手。从名义上看，毕兰是被曹家利用了。但实际上，我们为什么不能在这其中，也伸出自豪的小勺子呢……”说到最后，先生简直就是自言自语了。

“毕刀”蒙眬中惊讶地说：“这么多勺子一起上，蛋糕不是要被私分光了？”

先生不屑地一笑说：“只要蛋糕表面的奶油花还在，就没有人会发现蛋糕已经变小。”

“毕刀”没有再答话，昏昏睡去。

早上起来，先生说：“你有点儿像熊猫了。”

“毕刀”知道他不是好话，但不知嘲讽的具体所指，只好问：“哪点像？”

“眼圈。”

唐糯米被推进手术室。她的老汉颠颠地跟在手术车旁边，想嘱咐点儿什么，该说的话又早已说完，便怕冷似的一口一口哈着气。倒是白被单下鼓着大肚子的女人比较镇静，小声说：“街上去吧，看看有甚给孩子买的东西。听说穿针引线的一会儿就完，跟纳双鞋底似的。听说给我手术的毕大夫活计可好了，单是切下的瘤子就有一马车……”老汉说：“是的啊。人都这么说，咱就有救了，手术半截要是麻药劲过了，你可好生忍着。不兴喊疼，别乱了大夫的心……”

两人讲话的时候想彼此看着脸，转动身子，窄窄的手术车就不易平衡。推车的护士不耐烦了，说：“啰唆个什么呀，好像生离死别。唐糯米你是全麻，什么都不知道，就像睡一个觉，再出来时瘤子就没有了，放心好了。”

“毕刀”愿意给病人上全身麻醉。在强制的平静睡眠中，打开病人的腹腔，就像打开一口没有主人的箱子，翻拣腾挪无所顾忌。外科医生讲究的是快捷、准确、机敏，这些都不是简单的恻隐之心所能奏效的。在手术的全过程中，你越是不把病人当人，越可以恣肆汪洋地操作，成功的把握越大。外科手术不是徒有虚名的漂亮孔雀，它是嗜血的苍鹰。

麻醉就要开始，“毕刀”最后一次看了看清醒的唐糯米。唐糯米说：“大夫，让您受累了。”

“毕刀”温和地说：“这是一个一般的手术，待你醒来，一切都好了。”

唐糯米放心地闭上了眼睛。

“毕刀”戴上淡蓝色的手术帽、淡蓝色的口罩。手术室弥漫着矢车菊般淡蓝色的情调，为的是稀释血液的恐怖。

无影灯诡谲地亮着。它并非无影，只是将影子冲淡，好像一杯兑水过多的咖啡，无声地在手术台上空浮动。

“毕刀”喜欢鲜血的涩甜气。一闻到血的气息，她就像猎豹一样亢奋起来，头脑清晰若冰，指掌运作如风。

但是，今天这一切来得格外缓慢，好像起跑线上的选手，迟迟听不到发令的枪声，进入不了激动状态。她揉揉有些僵硬的手指，疑惑地想，难道医学也像狭隘的情人，容不得半点儿其他行业的染指?

鸭嘴钳夹着硕大的棉球消毒皮肤。唐糯米的肚子像一口偏扣的尖锅，坚硬的脾脏肿瘤把皮肤撑得薄而透明。

“毕刀”擎起手术刀，刀尖在无影灯下炫目地一闪，就溅上了樱桃红的血迹。

刀口平直若弦，张力很大的皮肤像鼓面一样竖直裂开，腹腔仿佛一个外拉过狠的抽屉，脏器哗啦啦地摊了出来。

手起刀落，动作翩若惊鸿，谁见了都会夸这是一手好刀法，只有“毕刀”心里摇了摇头。

按照以往的惯例，她会更仔细地推敲切口的走向，犹如美女精心描画她的嘴唇。病人手术后还要承担繁重的劳动，怎样才能让刀口走向更合理，皮肤恢复得更平坦，在这个女人以后漫长的岁月里，当她奋力干活儿的时候，不会被肚子上的刀疤牵扯出锥心的疼痛？这是一个优秀的外科医生和一个手术匠人的区别。

但是这一次，“毕刀”没有下一点儿功夫，用了一个最常规的刀法。没有人能挑剔出什么，天上人间只有她一个人知道，这是对病人的搪塞。

打开腹腔的那一瞬，按照常规，“毕刀”会有意识地后退半步，以躲避人体脏器特有的罡气。这是老医生教给她的，说医生闻了这种气息会头晕的。但是，今天她忘了。

紫褐色的肿瘤和脾脏紧紧地依偎在一起，犹如古树洞里赘生的枯藤。不，那不是枯藤，有强大的血脉供给它营养，无数筋络缠绕其上，整个瘤体显出邪恶的波动。

情况比预想的复杂。血管肿瘤和脾脏粘在一起，就像曹老、郑玉朗、“山楂会长”，还有浦为全纠缠在一起……

“给我血管钳……”“毕刀”对护士说，竭力收拢自己的精神。

分离血管，用钳子夹断血流，丝线结扎。好，切断血管。

手术就是把赘物割除，但是投鼠忌器啊，肿瘤粘连太紧，体积巨大，成功地把它取了出来，可以给自己的学术论文增添光彩……可是，假若真的去当总经理，学术论文还有什么意义呢……

“要卵圆钳……”手术越做越深了，像掘一口井……但是，当医生要比总经理保险得多……天下有很多总经理，外科医生，特别是好的外科医生可是有数的啊，可总经理的收入高。你要是美国的外科医生，当然就不必想这么多了，但你在中国啊……

“手术剪……”“毕刀”用戴着乳胶手套的手指撑开剪刀的双翼，把不锈钢薄而微有弧度的锋刃送到肿瘤底部。新鲜的血像刚出锅的炸糕，又热又黏，给医生的手一种很舒适的感觉。

唐糯米无声无息地躺在手术台上，好像一床打开的旧棉絮。这是一次短暂的死亡。她是一台残破的机器，由医生将她修补一新。在这个过程中，她孤苦无助。她的生命细若游丝，拴在给她做手术的这位医生的小手指上。

手术器械护士发现毕大夫今天神色恍惚，不断有小的愣怔打断她迅捷的操作。仔细看去，她露出在蓝色口罩上的双眼，犹疑而疲倦。想起她因为儿子有病已操劳多日了，便十分心疼。但这是手术台上，连一句关切的话也没法说，只有更努力地配合“毕刀”的手术步骤。

清除了瘤体的外围，就开始最后的攻坚了。剪去杂芜，肿瘤更加狰狞，好像千疮百孔的礁石。瘤子的根部匍匐在腹腔后壁，似一丛毒草。它的要害部位，目力完全达不到，任何仪器都帮不上忙。只有凭着医生指尖精细的纹路和多年积攒的经验，盲人摸象般探索手下的物体究竟是血管是韧带是肿瘤是脏器还是……

滑溜溜的一片，到处都是血的泥泞，混沌一片……是啊，哪里是路啊……现在已经陷进去了，要是不干，曹老的面子往哪里放？怎么再见曹末生……那就不见好了……可先生说，这是一个机会，我们最后的机会啊……这到底是血管还是瘤子呢？要是能把病人的肚子扒开来看一看就好了，当然这是不可能的。是血管就要扎住，是筋膜就要剪除……要是能钻到曹末生的肚子里看一看就好了，她真的像先生说的那么有心机吗……

“毕大夫，您的手伸了半天了。到底是要钳子扎血管，还是要刀子切肿瘤？您的手势我看不清楚……”递手术器械的护士为难地说。

今天，毕大夫已经连连打出这种含义模糊的动作，配合多年的护士总算半猜半蒙地对付过去了，没有出差错。但这一回，实在是难以断定。况且，这次器械的区别昭示着手术步骤的趋向，就像一个是水、一个是火，南辕北辙，后果完全不同。护士不敢擅猜，唯唯请示。

手术者的手势暧昧，意味着思维混乱。手伸在半空，好像讨乞，自己也不知到底是什么。护士一叫，“毕刀”吓了一跳。手术台上走神儿，就像战场上开小差一样，实在是医生的耻辱。她慌忙掩饰住自己的失态，刚想说什么，忽然一阵眩晕，十六头的无影灯突然幻化出三十二头、六十四头以至无数闪光的斑环，白色的手术台像舢板一般摇晃，沾了鲜血的纱布团像桃花遍野怒放，开肠破肚的唐糯米也不再躺着，而是与她平行地靠立在一起……

“毕大夫，您的脸色特别不好，是不是休息一下……”助手是离她最近的人，最先发现了“毕刀”的虚弱，忙说。

“不，我……能行……”“毕刀”喘了一口气，竭力控制住自由化的坍塌感。医生做一台手术，就像老艺人雕一根象牙，不到万不得已，是不能易手的。手术是丝丝入扣的事，做到什么地步了，唯有你自己最清楚。要知道，这不是平常的活儿，手术单下卧着的是一条喘着气的命啊。

“毕刀”命令自己全身总动员，精神就像没了电的电池，又放在火上烤了烤，依稀发出微弱的光。

“真对不起，我刚才没看清楚，您是要钳子还是刀子？”护士委婉地再次提问。

“要……刀子。”“毕刀”略一踌躇，发了指令。

这就是说，她已确认，在唐糯米的腹腔深处人眼所看不到的那一片沼泽是肿瘤的粘连纤维。她要用刀，将它最后刈杀。

刀柄递过来了，准确地落在“毕刀”半屈的手掌中，位置之适宜，使她可以立即用刀锋刺向任何部位。刀刃像一片初生的银色柳叶，寒光凛冽，在空气中轻微抖动，发出啸声。

唐糯米静静地躺着，全然不知她的生命之弦就要断了。“毕刀”把手术刀探进瘤体下部。现在，几乎看不到刀柄了。酱色的肿瘤覆盖了刀子，刀子还没有使用就已裹满血浆的黏液。

“毕刀”聚集精神，最后触摸了一下她就要下刀的部位，那里像坟场一样深奥。她竭力排除干扰，停息了片刻，最终判定那是肿瘤的边缘。她屏住一口气，右手紧紧地捏了刀，左手指艰难地在一片血液的滑腻中，引导着刀片尖弧形的前端。

好了，就是这里了。她右手虎口猛地一紧，全身精力贯注到手指的方寸之地，刀锋以雷电之势劈杀下去，她感觉到金属在活体中横行的快意。巨大的瘤体像被砍断了一只脚的怪物，趔趄不止。

这是最后的分离。患部与健康，应该像橘皮与橘瓣一样相互脱落，腹腔驱走了强盗，重新打扫干净……

预想中的情景没有出现。

在一个短暂的空白之后，无数的鲜血像马群一样奔腾而出，沸腾的血泉喷涌四溅。唐糯米敞开的腹腔顿时注满红汁，顷刻间形成一个血湖泊。浓烈的涩甜气息，狼烟般笔直地冲向手术室天花板。病人的血压带着呼啸飞速下降，心跳微弱得如旷野的磷火……

手术中最可怕的大出血！

"毕刀"误伤血管。

手术室里渺无声息，好像人们在一瞬间全都死去。久经沙场的护士和助手将巨大的惊愕困锁喉头，等待主刀医生处理灾变的指令。

血使"毕刀"空前地清醒了。行医多年，这是她最严重的一次失误。她在台上当然遇到过更凶险的境况，但那多半是因为病人自身的重笃而导致危难。她还是第一次因自己的疏漏将一条生命推入深渊！

不应该啊！焦焚与悔懊煎灼着"毕刀"的心，但她依然是冷静的。她的手还潜在病人的脏腑深处，距离那根突突冒血的管道很近。现在不是检讨自身的时候，救人如救火，她必须挽狂澜于既倒！

加压输血。

开辟第二液路。

开动吸引器，清除腹腔积血。

注射强心药物。

"毕刀"使出浑身解数，横刀立马，惨淡经营，刀光剑影，殚精竭虑。一道道命令自"毕刀"嘴里发出，整个手术室陷入紧张压抑的忙乱之中。大瓶鲜血像小孩饮矿泉水一样，咕咚咕咚地灌进了唐糯米的机体。

唐糯米始终沉睡如泥，不知道自己曾被装进死亡的黑色斗篷。

她要为这些鲜血付出一大笔医药费。

"毕刀"终于抢救回来了唐糯米的生命，并坚持着把病人的手术做完了。她靠着无影灯冰凉的灯柱说："请给我擦一下汗。"

巡回护士灵猫一样地跑过来，用蘸着盐水的大纱布垫轻拭"毕刀"的额头。医院的擦汗也像擦血一样，不是抹，而是轻轻地贴附在湿处，靠纯棉纤维把液体吸走。尽管出了这样大的事故，护士仍然尊重"毕刀"。

毕大夫的额头铺满了汗，好像那里降过一阵冷雨。

"毕刀"说："谢谢。"然后，护士就接到了一个倾倒的白色影子。"毕刀"昏厥在手术台前。

唐糯米的老汉早就觉得，这屋里的事不对头。一瓶瓶鲜血往里送，所有的人都面皮绷得紧紧，问谁谁都还不说。

他实在忍不住了，劈头抓住一个护士，黑黑的手指甲深深地掐进了护士的白工作衣。

"你说，我婆姨怎啦？她是不是已经不在人世了？你说啊！"

小护士被刚才唐糯米的情形吓得够呛，也没敢计较老汉的粗鲁，只是揉着胳膊说："她的瘤子太难做了，像一个章鱼扒得那么紧。大出血，幸亏毕大夫医术高明，这才救了下来。你老婆的命总算保住了，瘤子也切了。"

老汉双泪直流，哽咽着声说："毕大夫是菩萨！"听得里面依旧不安宁，不放心地说："你不是骗我吧？"

小护士叹了一口气说："现在是抢救毕大夫呢。"老汉吓了一大跳，说："医生自家也会生病？"

小护士知道毕大夫的情形不要紧，不过是累的，也不愿意听这话，就说："瞧你说的，医生也吃五谷杂粮，不但能病，还能死呢！"

老汉就捂着脸呜呜地哭起来。"毕刀"被人搀着，虚弱地走出来。本来人们是要她躺在手术车上的，"毕刀"坚决不肯。听见老汉哭，她就停下脚步，温和地说："你不要哭了。你的婆姨没事了。所需的医药费，我替你出。"

老汉的膝盖就要发软，"毕刀"疲倦地摆摆手，说："你应该骂我。”

小护士跑过来说：“毕大夫，您手术的时候，有好几个电话找。好像是一个女的、两个男的吧，都说有急事。”说完，她又饶舌地补充，“那个女的就是上次说发财的那位。”

“毕刀”说：“我刚用了镇静剂，现在要到值班室休息一下。再有电话来，你们就说我睡了。”

小护士说：“知道喽。”突然又想起来问，“要是您的先生打来的电话呢？”

“毕刀”说：“也这样讲。一切等我醒来再说。”

图书在版编目（CIP）数据

预约财富 /毕淑敏著. —长沙：湖南文艺出版社，
2013.3
ISBN 978-7-5404-6031-0

Ⅰ. ①预… Ⅱ. ①毕… Ⅲ. ①中篇小说－小说集－
中国－当代②短篇小说－小说集－中国－当代
Ⅳ. ①I247.7

中国版本图书馆CIP数据核字（2013）第026882号

上架建议：名家经典|小说

预约财富

作　　者：毕淑敏
出 版 人：刘清华
总 策 划：谢不周
责任编辑：薛　健　刘诗哲
监　　制：张应娜
特约编辑：耿金丽
封面设计：耶律阿宝猪
版式设计：利　锐
出版发行：湖南文艺出版社
（长沙市雨花区东二环一段508号　邮编：410014）
网　　址：www.hnwy.net
印　　刷：北京通州皇家印刷厂
经　　销：新华书店
开　　本：880mm×1230mm　1/32
字　　数：290千字
印　　张：10
版　　次：2013年3月第1版
印　　次：2013年3月第1次印刷
书　　号：ISBN 978-7-5404-6031-0
定　　价：32.80元
（若有质量问题，请致电质量监督电话：010-84409925）